STEPHANIE VON WOLFF
Fräuleinwunder – Goldene Zeiten

STEPHANIE
VON WOLFF

Fräuleinwunder

GOLDENE ZEITEN

ROMAN

Lübbe

Dieser Titel ist auch als E-Book erschienen

Die Bastei Lübbe AG verfolgt eine nachhaltige Buchproduktion. Wir verwenden Papiere aus nachhaltiger Forstwirtschaft und verzichten darauf, Bücher einzeln in Folie zu verpacken. Wir stellen unsere Bücher in Deutschland und Europa (EU) her und arbeiten mit den Druckereien kontinuierlich an einer positiven Ökobilanz.

Originalausgabe

Copyright © 2022 by Bastei Lübbe AG, Köln

Textredaktion: Katharina Rottenbacher, Berlin
Umschlaggestaltung: Sandra Taufer, München
Umschlagmotive: © Shelley Richmond / Trevillion Images | © BrAt82 / shutterstock
Satz: hanseatenSatz-bremen, Bremen
Gesetzt aus der Adobe Garamond Pro
Druck und Einband: GGP Media GmbH, Pößneck

Printed in Germany
ISBN 978-3-7857-2798-0

5 4 3 2 1

Sie finden uns im Internet unter luebbe.de
Bitte beachten Sie auch: lesejury.de

*Für meinen guten alten Hessischen Rundfunk.
Es war mir eine Ehre, beinahe täglich durch
deine Goldhalle zu gehen! Ich hab viel in dir gelernt!*

Kapitel 1

»Für mich die Weinbergschnecken, dann den gebratenen Lachs mit dem warmen Gurkensalat und den Kartoffeln. Danke.«

Elly reichte dem Ober die Karte und trank einen Schluck des Sherrys, den Thies ihnen als Aperitif bestellt hatte. Sie saßen am Fenster eines Restaurants an der Hamburger Alster.

Nun lehnte sie sich zurück und schaute hinaus aufs Wasser, während sie sich durch die dunkelbraunen Locken fuhr. Welch ein Glück, dachte sie oft, dass sie in Hamburg wohnte. Elly liebte diese Stadt. Hamburg war unaufgeregt nobel, aber eben manchmal auch zickig.

Elly freute sich auf das Abendessen, sie hatte extra den ganzen Tag über wenig zu sich genommen, damit sie heute Abend ohne Reue essen und auch ein Dessert genießen könnte. Ihre Figur war ihr wichtig, sie war nicht dünn, aber schlank, doch eben kein abgemagerter Besenstiel, wie ihr Bruder York manche Frauen nannte. Und sie liebte es, sich schick anzuziehen. Heute trug sie ein fliederfarbenes Wollkleid mit weißen Applikationen und Schuhe mit halbhohem Absatz. Sie hatte sich an diesem kalten Abend für ein Persianer-Cape mit Fellkragen aus Silberfuchs entschieden, das sie ihrem Vater in einer passenden Minute mit großem Augenaufschlag abgeschwatzt hatte. Benedikt Bothsen fiel es grundsätzlich schwer, sich bei seinen hübschen Töchtern durchzusetzen und hart zu bleiben, wenn sie mit ihren Wünschen zu ihm kamen. Das wussten die beiden ganz genau.

Elly musste ihren Vater manchmal nur ansehen und bekam, was immer sie wollte. Katharina, das Nesthäkchen, beherrschte die Kunst des Papa-um-den-Finger-Wickelns noch ein wenig besser, und wenn die Schwestern, die eine dunkelhaarig, die andere hellblond – »wie Schneeweißchen und Rosenrot«, sagte die Mutter oft –, gemeinsam auftraten, war Benedikt Bothsen machtlos, und Mutter sowie der Bruder schüttelten oft nur die Köpfe.

»Für mich ein Labskaus«, sagte Thies nun, und Elly schüttelte es innerlich. Sie konnte diesem Gericht aus gepökeltem, matschigem Fleisch, Roter Bete, Rollmops und gestampften Kartoffeln, garniert mit einem Spiegelei und Gurke, nichts abgewinnen. Aber Thies liebte diese einfache Küche.

»Zu Hause gibt es nur perfekt pariertes Fleisch und auf den Punkt gegartes Gemüse oder fein angerichtete Salate, da will ich wenigstens aushäusig mal was Richtiges haben«, sagte er immer.

»Elisabeth … Elly«, kam es nun von Thies. »Ich muss dir etwas sagen.« Er räusperte sich. »Genau genommen will ich dich etwas fragen.«

Elly stellte ihr Sherryglas auf die blütenweiße Tischdecke und schaute ihn an. »Was ist?«

»Die Sache ist die«, sagte Thies. »Wir sind nun schon so lang … gut miteinander, und ich war gestern, als du mit deiner Schwester bummeln warst, bei deinem … deinem alten Herrn und deiner Frau Mama, um ein gutes Wort für uns einzulegen.«

Elly schaute ihn an. Sie ahnte etwas, schwieg aber überrumpelt.

»Also die Sache ist die … herrje …« Wieder räusperte er sich.

»Ich habe deine Eltern gefragt, ob sie etwas dagegen haben, wenn wir heiraten. Genau genommen habe ich gefragt, ob ich um deine Hand anhalten darf«, sprudelte Thies hervor, als habe er Angst vor seiner eigenen Courage. »Sie haben sofort, also direkt, zugestimmt und sich sehr, sehr gefreut. Dein Vater hat sogar aus dem Keller eine von den ganz Verstaubten hochgeholt, und wir haben angestoßen. Und deswegen frage ich dich nun hier und heute, ob du meine Frau werden willst.« Erleichtert lehnte er sich zurück und nippte an seinem Glas.

Elly war wie vor den Kopf gestoßen. »Ihr habt darauf angestoßen, ohne mich zu fragen? Was soll das denn? Hätte man mich vorher nicht mal fragen sollen?« Sie wurde sekündlich wütender.

»Nun, ich dachte … also, ich war mir sicher, dass du Ja sagen wirst«, sagte Thies etwas zerknirscht, aber doch hoffnungsvoll.

Elly antwortete nicht. Sie versuchte, ihre Wut zu unterdrücken, und dachte nach.

Wollte sie Thies heiraten? Ja. Nein. Doch. Auf gar keinen Fall.

Sie nahm ihr Glas und trank noch einen Schluck.

Thies sah sie erwartungsvoll an. »Sagst du Ja? Willst du meine Frau werden? Was sagst du? Elly?«

Elly horchte in sich hinein. Wenn eine junge Dame einen Heiratsantrag bekam, musste sie sich doch freuen – wenn sie den Mann heiraten wollte. Da musste man doch Herzklopfen haben und vor Freude aufspringen.

Aber sie spürte nichts. Ihr Herz schlug nicht schneller. Wie sollte sie Thies das sagen, ohne dass er sich schlecht fühlte? Sie wollte ihn nicht unnötig verletzen. Das hatte er weiß Gott nicht verdient.

Er hatte in den letzten Wochen wirklich alles getan, um es ihr schön und recht zu machen, und kam mit immer neuen Ideen für romantische Unternehmungen. Sie musste kurz lächeln, als sie an den nächtlichen Bootsauflug vor einigen Wochen denken musste.

Sie hatten sich heimlich gegen dreiundzwanzig Uhr getroffen, und Thies, der direkt am Isebekkanal wohnte, hatte schon auf sie gewartet. Gemeinsam hatten sie sich durch Gestrüpp und Hecken zum Kanal gekämpft. Durch den Garten von Thies' Elternhaus konnten sie nicht gehen, der war stets bei Dunkelheit illuminiert, und man sah dort jede Maus, sehr zum Schrecken von Thies' Mutter.

Und dann waren sie in das kleine Holzboot gestiegen, und Thies hatte sie den Kanal entlanggerudert, was sehr romantisch war, weil der Mond so schön und mit voller Kraft schien. Es war zwar eiskalt, aber sie hatten dicke Jacken an und Elly gefütterte Gummistiefel.

Thies hatte einen Proviantkorb dabei. Heißen Orangensaft, eine Flasche Rotwein, Baguette und Krabbensalat, in Sahne und Zwiebeln eingelegten Matjes und Huhn. Sie tranken und aßen, während das kleine Boot vor sich hintrieb. Der heiße Saft tat gut, der Rotwein war perfekt temperiert, wie auch immer Thies das hinbekommen hatte.

Dann hatte Thies seine Hand vorsichtig auf ihre gelegt. Mehr hatte er nicht getan, er war viel zu gut erzogen und viel zu höflich, um sie weiter zu bedrängen, auch wenn er sie in der Vergangenheit einige Male hatte küssen dürfen. Aber Elly hatte das eher als unangenehm empfunden und verstand nicht, welch ein Gewese manchmal darum gemacht wurde. In manchen Gedichten war der Kuss das absolute Symbol der Liebe und Zuneigung und wurde von den Geküssten als zartes Band mächtiger Gefühle und als wonnesüß empfunden. Vielleicht machten Thies und sie es ja falsch, wer wusste das schon.

Elly war selbst Thies' Hand auf ihrer ein wenig zu viel gewesen, obwohl sie ihn wirklich von Herzen gern mochte. Er war nett und höflich, er war gut erzogen und gebildet. Elly dachte manchmal, dass er ein wenig öfter lachen könnte. Lachte sie mal laut auf, blickte er sie eher tadelnd an.

»Ich möchte jetzt lieber nach Hause, Thies«, hatte sie an dem Abend geflüstert.

»Aber warum denn? Lass uns doch noch ein wenig bleiben, Elly«, sagte Thies enttäuscht. »Es ist doch so schön. Und wir haben noch so leckere Sachen dabei.«

»Ich bin so müde …«

»Na gut.« Er seufzte und nahm die Paddel. Eines löste sich aus der Halterung und fiel ins Wasser.

»Verflixt«, sagte Thies und beugte sich aus dem Boot, um nach dem Paddel zu greifen. Und es passierte natürlich, was passieren musste.

Elly hatte später auf dem Heimweg vor Kälte geschlottert. Das hatte noch gefehlt, dass sie mit dem kleinen Boot gekentert waren. Einen Stiefel hatte sie im Kanal im Modder auch verloren.

Thies hatte das Boot schwimmend an Land manövriert und Elly dann aus dem Wasser geholfen. Nachdem sie erst noch kichernd durch Schlamm gewatet waren, nahm die Kälte überhand, und sie wollte so schnell wie möglich heim.

»Es tut mir so leid, Elly, wirklich.« Thies, der natürlich auch entsetzlich fror, war ganz zerknirscht gewesen. »Dabei hätte es so schön werden sollen.«

»Das weiß ich doch, Thies!«

»Bist du mir nicht böse?«

»Nein, alles gut.« Elly wollte jetzt nur fort. Endlich ins Warme.

Sie umarmten sich kurz, dann war sie schnell Richtung Harvestehuder Weg gegangen, in der Hoffnung, dass niemand sie sah, eine nasse, verfrorene Katze, die sie war. Und mit nur einem Stiefel, das Wasser darin hatte bei jedem Schritt gequietscht.

Aber so war Thies nun mal. Er hatte es ihr einfach schön machen wollen.

»Ich denke darüber nach, Thies«, sagte sie nun. »Gib mir einige Tage Zeit.« Sie hob ihr Glas, und er tat es ihr nach.

»Auf uns, Elly! Auf die Zukunft!« Ernst blickte er sie an.

Sie stießen an.

Elly ging das alles viel zu schnell. Mit der Zukunft war noch gar nichts geklärt.

Kapitel 2

Einige Tage später traf Elly ihre beste und liebste ehemalige Schulfreundin Ingrid in einer Milchbar auf der Uhlenhorst. Ingrid war gerade von einer Hauswirtschaftsschule in der Schweiz zurück nach Hamburg gekommen und hatte sich umgehend bei Elly gemeldet. Ingrid hatte sehr aufgeregt geklungen, und Elly war gespannt, was sie zu erzählen hätte. Sie waren zusammen in einer Klasse gewesen und gemeinsam durch dick und dünn gegangen. Elly hatte Ingrid bei Aufsätzen und bei Diktaten geholfen, und Ingrid hatte versucht, Elly Häkeln und Stricken beizubringen. Die Versuche der beiden Mädchen waren von mäßigem Erfolg gekrönt gewesen, aber die schlechten Noten hatten sie nur noch mehr zusammengeschweißt. Seit der ersten Klasse hatten sie wie die Kletten zusammengehangen. Ihre beiden Mütter bezeichneten sie gern mal als siamesische Zwillinge. An den Wochenenden durften die Mädchen oft beieinander übernachten und verbrachten die Abende und die Nächte damit, die Jungen ihrer Klasse zu benoten und zu überlegen, welche Kleider sie auf ihrer Hochzeit tragen würden und wie die Torten aussehen könnten. Am liebsten hätten die beiden eine Doppelhochzeit gefeiert und malten sich die dazugehörigen Männer in schillernden Farben. Groß und blond musste der Zukünftige von Ingrid sein, dunkelhaarig und breitschultrig war Ellys Favorit.

Elly hatte die Freundin vermisst, und sie hatten sich regelmäßig geschrieben. Nun, gleich nachdem sie zurückgekommen war, hatte Ingrid bei Elly angeläutet.

Elly konnte es kaum erwarten und freute sich darauf, die Freundin zu treffen, aber sie bekam einen Schreck, als sie Ingrid in der Milchbar sitzen sah. Sie war käseweiß, dünn und ausgemergelt, sie zitterte und wirkte fahrig, einfach todunglücklich.

»Du liebe Zeit, Ingrid, was ist dir denn geschehen?«, fragte Elly entsetzt und nahm Ingrid gegenüber Platz. Sie legte eine Hand auf die der Freundin und merkte, dass sie eiskalt war.

»Ach, Elly«, zwei Tränen liefen über Ingrids Wangen. »Es ist alles ganz furchtbar.«

»Was ist los? Sag schon. Du weißt doch, wir erzählen uns alles«, bat Elly sie und zwang sich, ruhig zu bleiben.

»Wäre ich doch bloß nie in die Schweiz gereist«, sagte Ingrid bitter. »Dann hätte ich Alexander niemals getroffen und nichts wäre passiert. Ach, Elly, du kennst mich doch. Ich bin doch keine, die sich einem Mann einfach so an den Hals wirft. Du weißt, wie zurückhaltend ich immer war. Ach, Elly, ich … ich bekomme ein Kind, ich weiß nicht mehr weiter …«

Ingrid weinte nun noch mehr. »Ich weiß nicht, was ich tun soll, Elly. Ich weiß es einfach nicht …«

Elly beugte sich vor zu Ingrid und legte ihre Hand auf die ihrer Freundin. »Jetzt bleibst du mal ganz ruhig, und wir überlegen, was wir tun können, Ingrid. Ich bin für dich da. Ich lass dich nicht im Stich«, sagte sie ruhig und besonnen, denn wenn Ingrid jetzt etwas nicht brauchte, dann eine hysterische Freundin, die so Sachen sagte wie »Wie konntest du nur?« oder »Ach je, keine Ahnung, was man da machen kann!«.

Ingrid blickte auf. »Ich bin völlig verzweifelt.«

»Das glaube ich dir. Nun eins nach dem anderen. Weiß dieser Alexander davon?« Elly hatte kurz die Hoffnung, dass es jemand sein könnte, der Ingrid heiraten würde, und vor allem einer, der Ingrids Eltern gefiel. Aber Ingrid erzählte ihr, Alexander sei ein Student gewesen, der mit seinen Freunden in den Bergen gewandert war und in Zürich Station gemacht hatte.

»Ich habe ihm schon geschrieben, nach Frankfurt am Main, wo er angeblich wohnt«, erklärte ihr Ingrid matt. »Aber die Adresse existiert gar nicht. Es gibt keinen Alexander Hoffbach in der Textorstraße. Der Brief kam als unzustellbar zurück. Beim Amt wusste man auch nichts. Niemand konnte mir helfen. Das Schlimme ist, Elly, dass ich gedacht habe, mit Alexander, das wäre etwas Ernstes. Er hat mir gesagt, dass er sich in mich verliebt hat und dass er nach Hamburg kommen will und dass wir beide dann schauen, wie es mit uns weitergehen kann. Dann erfahre ich also, dass er gar nicht wohnt, wo er vorgab zu wohnen. Er hat mir bewusst eine falsche Adresse gegeben. Wahrscheinlich stimmt noch nicht mal der Name. Wie hab ich mich nur so täuschen können! Ach, Elly, wenn du ihn gesehen hättest! Er sieht so gut aus, und das, was er gesagt hat, klang auch ehrlich. Ich hab mich sofort in ihn verliebt, es ging gar nicht anders! Aber jetzt stehe ich alleine da. So alleine.« Die Tränen liefen aus ihren Augen. »Ich bin völlig verzweifelt«, sagte sie dann. »Mama und Papa haben gesagt, ich soll mir eine Lösung für die unangenehme Sache suchen.« Sie zitterte am ganzen Körper.

»Was denn für eine Lösung?«, fragte Elly, der die Gedanken im Kopf herumschwirrten.

Ingrid sah sie an. »Das haben sie so nicht gesagt, aber ich weiß, was sie meinen. Ich soll es wegmachen lassen.«

»Himmel, wie und wo denn? Das ist doch strafbar!« Elly konnte es kaum glauben.

»Ich weiß. Es ist noch dazu gefährlich. Nach dem, was ich gehört habe, sterben viele Frauen daran, weil unsauber gearbeitet wird. Ich weiß nicht, was ich tun soll, Elly. Ich weiß es einfach nicht. Vati hat gesagt, ich solle sagen, ich sei gegen meinen Willen … genommen worden, dann gibt es wohl die Möglichkeit, ein Kind legal abtreiben zu lassen, aber dann werde ich von der Polizei verhört, und du weißt doch, wie schlecht ich lügen kann. Ach, Elly, es ist so schrecklich, so furchtbar.«

Elly schüttelte ungläubig den Kopf. »Ich kann nicht glauben, dass deine Eltern das wollen, Ingrid. Dass sie in Kauf nehmen, dass du dabei sterben könntest. Und das ist so. Man hört nichts Gutes. Ich …«

»Hallo. Was darf ich euch denn bringen? Äh, Ingrid?«, fragte da eine verwunderte männliche Stimme. Die beiden zuckten zusammen und blickten hoch. Einer der Kellner war zu ihrem Tisch gekommen, ein smarter junger, dunkelhaariger Mann Mitte zwanzig.

»Peter!«, sagte Ingrid nun mit schwacher Stimme. »Du bist auch wieder da?«

Der junge Mann mit dem dichten braunen Haar lachte sie an. »Jawohl. Die Seefahrt war doch nichts auf Dauer für mich, dauernd dieses Geschaukel und die Seekrankheit, und immer nur Schlafen in der Hängematte, puh, und der getrocknete Fisch und der Schiffszwieback, dazu tagaus, tagein dieselben Gesichter und die gebrüllten Befehle, da hab ich es sein lassen und bin erst mal zurück nach Hamburg gekommen. Bis feststand, was ich machen will, habe ich mich um diese Stelle hier in der Milchbar beworben. Jetzt weiß ich, was werden soll, aber so lange bleibe ich noch hier. Das Leben bezahlt sich ja nicht von selbst.« Er reichte Elly die Hand. »Peter Woltherr, ich bin der Bruder von Lotti.«

»Lotti?« Elly verstand nicht, schüttelte aber seine Hand. Sein Händedruck war angenehm. Nicht zu kräftig. Seine Hand war warm und trocken.

»Peter ist der Bruder von einer unserer Hausangestellten, Lotti Harmsen«, erklärte Ingrid der Freundin kurz. »Peter hat sich, bevor er zur See gefahren ist, am Wochenende hin und wieder um Papas Autos gekümmert, wenn Not am Mann war, und sich ein paar Mark dazuverdient.«

»Aha«, sagte Elly und schaute Peter an. Der erwiderte ihren Blick länger als nötig. Er sah hervorragend aus, musste Elly zugeben, so groß, kräftig und breitschultrig, wie er war, und er hatte ein offenes und freundliches Gesicht mit markanten, männlichen Zügen.

»Ich bin Elisabeth«, sagte sie, und Peter nickte.

»Demnächst fang ich beim NWDR auf dem Heiligengeistfeld an«, erzählte er freudig. »Bis dahin muss noch ein wenig Geld in die Kasse kommen!«

»Was machen Sie denn da?«, fragte Elly interessiert. Auch wenn sie wusste, was der NWDR war, der Nordwestdeutsche Rundfunk, konnte sie sich gar nicht vorstellen, wie die Arbeit dort war. Sie liebte die Sonntagnachmittage, an denen sie die Radiosendung *Sang und Klang* hörte, und genoss die schönen Sängerstimmen. Anneliese Rothenberger fand sie ganz besonders wunderbar, solch eine Stimme gab es nicht nochmal. Früh um sieben Uhr morgens machte sie manchmal die Frühgymnastik im Radio mit. Hildegund Bobsien ermutigte mit ausgeschlafener und frischer Stimme die Frauen zu sportlicher Bewegung, und auch ihre Schwester Kari war oft mit dabei, manchmal sogar die Mutter.

Auch wegen des Moderators Hugo R. Bartels schaltete Elly regelmäßig ein, seine Sendung *Mit auf den Weg …* von halb sieben bis halb neun Uhr am Morgen gefiel ihr sehr.

»Ich werde die Fernsehabteilungen und alles andere wochenweise durchlaufen, und dann schauen wir gemeinsam, wo ich am besten eingesetzt werden kann«, erklärte Peter. »Not am Mann ist da momentan überall. Zu gern würde ich eine Ausbildung dort machen, mal schauen, was sich ergibt, ob etwas frei ist und ob sie mich überhaupt haben wollen.«

»Interessant«, sagte Elly ehrlich. »Da sind Sie dann bestimmt auch mal hinter den Kulissen und haben sicher mit interessanten Menschen zu tun. Wie aufregend!«

»Ich bin jedenfalls schon sehr gespannt«, sagte Peter. »Und hoffe, dass ich meine Vorgesetzten überzeugen werde. Ich glaube, beim Fernsehen wird's nie langweilig. Und du, Ingrid, geht's dir gut?« Freundlich sah er die blasse Ingrid an.

»Oh ja, danke, Peter.« Ingrid lächelte matt. Elly merkte, dass die Freundin keine Lust mehr hatte, sich mit Peter zu unterhalten. Ganz im Gegensatz zu ihr, was ihr fast ein schlechtes Gewissen bereitete. Immerhin gab es Wichtigeres, und sie musste sich um ihre beste Freundin kümmern.

Aber Elly hatte sich schon immer gefragt, wie es im Rundfunk und Fernsehen so aussah, wie man dort arbeitete. Gerade das neue Fernsehen! Ihr Vater hatte gesagt, solche Apparate kämen ihm gar nicht erst ins Haus. Das sei Volksverdummung, und die Menschen sollten sich gefälligst miteinander unterhalten. Er hatte nichts gegen ein gutes Rundfunkkonzert am Abend, aber so eine Flimmerkiste, die war ja wohl Gift. Elly hatte einen Fernseher bislang nur durch Schaufensterscheiben gesehen, viele Geschäfte stellten einen auf, und wichtige Sendungen wurden übertragen, unter anderem Fußball – und dann standen die Männer zu Dutzenden vor dem Glas. Elly fand das Fernsehen unglaublich faszinierend. Seit Kurzem gab es einen Apparat, der *Zauberspiegel* hieß, die Firma Grundig hatte ihm den Namen gegeben, weil man sich in der Scheibe spiegeln konnte, wenn er aus war. Bekannte ihrer Eltern hatten einen solchen. Einmal waren sie bei ihnen zu Besuch gewesen, und Elly hatte sich im *Zauberspiegel* angeschaut und mit sich selbst gesprochen, das war witzig gewesen, weil sie ihr Gesicht quasi im Fernsehen gesehen hatte.

Ach, war es nicht faszinierend, dass aus diesen Geräten einfach etwas kam, was man sich ansehen konnte?

Peter gefiel Elly. Er sah nicht nur gut aus, sondern er wirkte charmant und gut erzogen. Ihr Herz klopfte so merkwürdig seit ein paar Minuten.

»Also«, sagte Peter. »Was darf's sein? Ich kann euch wärmstens den Zitronenmilkshake empfehlen, der schmeckt wirklich bestens.«

»Dann nehme ich das«, sagte Elly und lächelte Peter an. Der lächelte zurück.

»Was möchtest du, Ingrid?«

»Ich? Äh … ich nehm eine Coca-Cola«, sagte Ingrid matt, und Peter nickte.

»Geht klar«, sagte Peter freundlich, nickte ihnen zu und wandte sich ab. Elly bedauerte es, doch sie musste sich jetzt wirklich um Ingrid kümmern. Sie nahm wieder ihre Hand, die immer noch eiskalt war.

»Das können deine Eltern doch nicht verlangen«, nahm sie nun den Faden wieder auf. Gleichzeitig wusste sie, wie Ingrids Eltern waren. Hartmut und Bärbel Rasmussen waren alteingesessene Hamburger, die einen großen Fischgroßhandel besaßen und deren Fahrer nicht nur Norddeutschland, sondern bundesweit mit großen Kühllastern die feinsten Restaurants, Fisch- und Feinkostgeschäfte versorgten. Die Lieferwagen mit dem Werbespruch *Rasmussen bringt den besten Fisch täglich frisch auf Ihren Tisch* fuhren wirklich überall herum.

»Sie tun es aber«, sagte Ingrid matt.

Da kam Peter mit den Getränken. Er strahlte Elly wieder an, und ihr wurde wieder ganz schummerig.

Ingrid sah abwesend auf ihre Coca-Cola, dann auf gerade hereinkommende junge Leute, die lachend ihre Jacken auszogen und sich auf den Chromstühlen niederließen, um bei Peter laut Cola, Erdbeer- und Vanilleshakes zu ordern. Ein junger Mann sprang wieder auf und begab sich zur Jukebox, kurze Zeit später sangen alle zu Vico Torriani. Die Clique am Nebentisch wippte im Takt mit. Das war das Gute an den Milchbars: Hier konnte man sich mit gutem Gewissen auch die amerikanischen Schlager anhören, ohne dass ein Vater kam und befahl, das Gejaule mit dieser indiskutablen Musik auszumachen. Musik, die die Jugend verderben würde. Die Jukeboxen in den Milchbars zogen die jungen Leute wie Magnete an. Die Einrichtung wirkte fast steril, die Stühle waren aus Chrom, der Boden und die Wände oftmals gefliest, und amerikanische Emailschilder mit Coca-Cola- und Zigarettenwerbung schmückten die Wände neben Tütenlampen. Herzstücke jeder Milchbar waren die Jukebox und der Tresen. Hier wurden die Shakes in Metallbehältern geschüttelt, und der Kaffee kam aus einem großen, zischenden Automaten.

»Weißt du was, wir gehen zu deinem Vater und reden mit ihm«, schlug Elly nun vor. »Und zu deiner Mutter. Wenn ich dabei bin, lenken sie vielleicht ein.«

Ingrid sah sie ratlos an. »Ich bin so schrecklich müde, Elly.

Am liebsten würde ich mich ins Bett legen und nur noch schlafen. Ich weiß gar nicht, wann ich zum letzten Mal eine Nacht durchgeschlafen habe, seitdem ich das mit der Schwangerschaft weiß. Papa redet nur von Schande, so hätte er mich nicht erzogen, ich sei ein Flittchen, und man hätte mich anstelle in die Schweiz in eine Korrektionsanstalt für gefallene Mädchen schicken sollen, da sei ich besser aufgehoben gewesen.«

»Ach, Ingrid, das ist so ungerecht. Dieser junge Mann, also der Vater, der weiß nichts von seinem Glück oder Unglück und wird es auch nie wissen. Der hat schon gewusst, warum er dir eine falsche Adresse gegeben hat. Wahrscheinlich hat der schon das eine oder andere Kind! Und wieder sind die Frauen die Leidtragenden. Wir sind es, die Schande machen. Wir müssen alles ausbaden, wenn wir in Schwierigkeiten kommen. Warum ist das so? Warum sind immer wir Frauen an allem schuld?« Elly redete sich in Rage. »Wenn ich das schon lese in diesen Büchern, die man sich vor der Eheschließung besorgen soll. Der Mann darf sich vorehelich austoben, die Frau muss warten. Das wird dann so hingestellt, dass der Mann ja Erfahrungen sammeln muss, um bei seiner Zukünftigen alles richtig zu machen. Ich frage mich nur: Wo sammeln denn die Männer die Erfahrungen? Auch bei ledigen Frauen, die dann vielleicht schwanger werden? Oder im Bordell? Das gilt natürlich auch nicht als verwerflich.« Sie war wütend.

»Sei nicht so laut«, bat Ingrid sie.

»Ich bin doch gar nicht laut«, sagte Elly. »Ich bin nur empört. Weil ich das alles so ungerecht finde.«

Ingrid starrte auf ihre Cola. »Frag mich mal. Aber ich bin nun mal in dieser Situation, daran kann ich nichts ändern.«

»Ich bleibe bei meiner Meinung«, sagte Elly. »Und ich lasse dich nicht im Stich. Ein Gespräch mit deinen Eltern bringt bestimmt einiges in Ordnung, und wenn ich dabei bin, lenken sie vielleicht eher ein. Was sagst du?«

Ingrid sah sie an. »Wenn du meinst.« Aber ihr Blick war hoffnungslos und leer. Sie sah aus dem Fenster. Es hatte angefangen zu schneien. »Danke, Elly«, sagte sie leise. »Danke, dass du das mit mir durchstehen willst. Du weißt, mein Vater ist nicht einfach.«

»Das hast du schön gesagt.« Elly musste lachen. »Dein Vater ist ein Choleriker, ein Despot und ein Brüllaffe, alles zusammen.«

Ingrid lächelte matt. »Jede Beschreibung stimmt.« Mehr gab es dazu nicht zu sagen.

Elly lud die Freundin auf die Cola ein und bezahlte bei Peter Woltherr am Tresen. Der lächelte sie freundlich an. »Hat mich sehr gefreut, Sie kennenzulernen.«

Elly ärgerte sich, weil sie rot wurde. »Ja, mich hat es auch gefreut. Ich wünsche Ihnen viel Glück beim Fernsehen.«

»Das wünsche ich Ihnen auch«, sagte er.

Elly lachte. »Ich bin ja nicht die, die zum Fernsehen geht.« Sie nahm das Wechselgeld und steckte es in die kleine Trinkgelddose auf dem Tresen.

»Schade eigentlich.« Er grinste.

»Wir würden gern noch was bestellen!«, riefen da Gäste von einem weiteren Tisch.

»Komme!« Peter sah Elly noch mal an. »Also dann.«

»Also dann«, sagte die und nickte ihm zu. Dann verließ sie die Milchbar und zwang sich, nicht zu ihm zurückzublicken. Es fiel ihr wirklich schwer.

Ingrid wartete schon draußen im Schneetreiben.

Elly hakte sich bei Ingrid unter. »Der ist sehr nett, also dieser Peter Woltherr.«

»Findest du?« Ingrid knuffte sie in die Seite.

»Hm«, machte Elly.

»Das hab ich wohl gemerkt«, sagte Ingrid. »Elly, Elly, lass dich nicht verführen!«

»I wo! Das verspreche ich dir. Außerdem – wer weiß, ob ich ihn überhaupt wiedersehe. Lass man. Davon abgesehen hat Thies mir einen Heiratsantrag gemacht.« Sie sah Ingrid mit großen Augen an. »Und ich weiß nicht, was ich antworten soll.«

Ingrid starrte sie an. »Ein Heiratsantrag! Oh! Das ist ja famos. Und Thies ist wirklich ein guter Mann und netter Kerl.« Sie seufzte. »Ich hätte auch gern einen Heiratsantrag bekommen.«

»Ich weiß, Ingrid, ich weiß.«

Langsam gingen sie weiter.

»Jedenfalls ist das ja erst mal eine schöne Sache«, meinte Ingrid dann. »Also Thies ist wirklich nicht die schlechteste Wahl. Er ist intelligent, sieht gut aus, und du hättest ausgesorgt. Wenn man das alles jetzt mal praktisch sieht.«

»Ist das alles?«, fragte Elly.

»Nicht alles, aber viel«, erklärte ihr die Freundin. »Natürlich ist das für deine Eltern der für dich vorgezeichnete Weg. Die eigentliche Frage aber ist, ob du Thies liebst.«

Erwartungsvoll schaute sie Elly an.

Elly malte mit der Schuhspitze Kreise auf den Bürgersteig.

»Ganz ehrlich?«

»Natürlich!«

»Nein. Ich liebe ihn nicht. Ich mag ihn sehr, ich bin auch gern mit ihm zusammen, aber so, wie ich gern mit Kari oder dir oder einer anderen Freundin zusammen bin. Thies ist ein netter Kerl und ein guter Freund. Man kann sich auf ihn verlassen, und er ist hin und wieder auch witzig. Aber wenn ich mir vorstelle, dass ich mit ihm …« Sie zögerte. »Nein, das könnte ich nicht. Und ich hatte auch noch nie Herzklopfen oder so, wenn wir uns getroffen haben.«

»Ach, Elly. Dann kannst du ihn nicht heiraten. Du musst es ihm sagen«, meinte Ingrid.

»Davor habe ich Muffensausen, ich möchte ihn ungern verletzen. Er ist wie gesagt ein guter Mensch.« Sie seufzte. »Ich werde darüber nachdenken. Aber jetzt bist erst mal du dran. Auf in den Kampf, Ingridchen. Wir werden das Kind schon schaukeln.«

»Ein sehr passender Vergleich in meiner Situation«, gab Ingrid resigniert zurück, lächelte aber ein wenig.

»Die Welt wird nicht untergehen, nur weil du ein Kind bekommst«, erklärte ihr Elly. »So viel steht schon mal fest.«

Sie gingen Richtung Straßenbahn, um zu Rasmussens in die Große Elbstraße zu fahren. Dort war der Firmensitz von *Rasmussens feinste Fischwaren, Schalen- und Krustentiere.* Bärbel Rasmussen erledigte die gesamte Buchhaltung und Bankgeschäfte, sie war für alles Schriftliche zuständig, für Bestellungen und für die Löhne der Arbeiter. Hartmut Rasmussen war täglich außer sonntags ab vier Uhr hier und nahm die Lieferungen entgegen, um sie dann weiterzuleiten. Um kurz vor sieben fuhren die ersten VW-Kastenwagen los und lieferten aus.

Als sie noch in die Schule gegangen waren, war Elly oft mit Ingrid hierhergekommen. Sie liebte es, in der Großen Elbstraße zu sein, in den riesigen Hallen herumzustreunen, in denen geschäftig herumgewerkelt wurde und laute Rufe erschollen. Ehrfürchtig hatte sie mit Ingrid vor riesengroßen Fischen und Hummern gestanden, die in Wasserbassins lagen, und ängstlich hatten sie zugeschaut, wenn die Arbeiter den Tieren die Scheren zusammenbanden. Manchmal schaffte es ein Hummer zu entkommen und krabbelte panisch über den Boden, dann war das Geschrei bei den Mädchen groß, bis er wieder eingefangen war. Und manchmal lief einer der Arbeiter mit einem Hummer hinter ihnen her und wedelte mit den Scheren, dann kreischten sie noch lauter.

Wie immer ging Hartmut Rasmussen geschäftig herum, wie immer trug er eine Gummischürze und Gummistiefel, und wie immer guckte er ziemlich grimmig. Als er sah, dass seine Tochter Elly im Schlepptau hatte, blickte er noch eine Spur grimmiger drein.

»Guten Tag, Herr Rasmussen«, sagte Elly lächelnd. »Wir haben uns ja so lange nicht gesehen. Ich hoffe, es geht Ihnen gut?«

Hartmut Rasmussen machte »Mpf«, was Elly als ein »das geht dich gar nichts an« wertete.

»Schön.« Sie strahlte ihn nun an. »Könnten wir vielleicht irgendwo hingehen, wo wir ungestört sind und Ihre Frau dabei sein kann?«

»Was gibt's denn so Wichtiges?«, fragte Herr Rasmussen unwirsch.

Elly blieb weiter freundlich und sah ihn mit klarem, festem Blick an. »Ich glaube, das wissen Sie.«

Hartmut Rasmussen lief rot an und sah wütend zu seiner Tochter hinüber. »Musstest du alles schon weitertratschen! Kannst du's nicht erwarten, dass wir das Gespött aller Leute sind?«

»Paps, ich …«, fing Ingrid an, aber ihr Vater hob die Hand.

»Kein Wort mehr jetzt.« Er sah sich um. Seine Arbeiter eilten geschäftig hin und her, keiner sah zu ihnen herüber.

»Wir gehen ins Kontor«, sagte er dann mürrisch und ging voraus.

»Es wird schon werden«, wisperte Elly ihrer Freundin zu. »Du wirst sehen. Vielleicht freut er sich sogar.«

»Nie im Leben«, gab Ingrid leise zurück und verdrehte die Augen. »Mein Vater ist …«

»Bärbel!«, brüllte Herr Rasmussen. »Komm mal rum!«

Sie folgten ihm in das kleine Kontor im ersten Stock, von wo aus man die Halle und die Arbeit gut überblicken konnte. Ingrids Mutter kam angeeilt.

»Was ist denn los, Hartmut?«

Bärbel Rasmussen war klein und schlank, ihre wachen Augen funkelten hinter einer schicken Cateye-Brille. Sie lächelte kurz, als sie ihre Tochter mit Elly erblickte.

»Deine Tochter hat sich Verstärkung mitgebracht.« Hartmut nickte zu Elly, setzte sich auf einen Drehstuhl hinter dem Schreibtisch und lehnte sich mit den Unterarmen auf die braune, abgeschabte Lederunterlage.

»Verstärkung würde ich das nicht nennen, Herr Rasmussen«, sagte Elly höflich. »Es ist nur so, dass Ingrid ziemlich verzweifelt ist und sich allein gelassen fühlt, und da dachten wir beide, dass …«

»Ha! Allein gelassen! Frag mich mal, wie ich mich fühle, Elisabeth. Kommt das Fräulein Tochter aus der Schweiz zurück und hat sich ein Bankert andrehen lassen. Das soll ich jetzt großziehen und füttern, während die Leute sich das Maul über uns zerreißen.« Er schlug auf den Tisch. »Nicht mit mir! Ich lass mir doch nicht nachsagen, ich hätte meine Tochter nicht im Griff!«

»Hartmut, nun hör den Mädchen doch wenigstens mal zu«, sagte Bärbel leise. »Vielleicht findet man ja gemeinsam eine Lösung.«

Hartmut sah seine Frau mit großen Augen an. »Stehst du etwa auf ihrer Seite?«

Bärbel erwiderte den Blick ernst und nickte langsam. »Natürlich tu ich das. Ingrid ist doch unsere Tochter. Wir sind eine Familie. Du, ich, Ingrid und die Jungs. Wir sollten versuchen, den Tatsachen ins Auge zu blicken, und gemeinsam überlegen, was wir tun können.«

»Ich weiß, was ich tu!«, brüllte Hartmut Rasmussen. »Fort mit dem Balg! Wegmachen lassen, sag ich. Ohne Frage. Keine Diskussion. Damit das mal klar ist!« Er ballte eine Hand zur Faust.

»Aber, Hartmut«, sagte Bärbel resigniert.

Ingrid wich ängstlich zurück und zitterte schon wieder.

»Das ist mein letztes Wort, und nein, Elly, du mischst dich da nicht ein, du bist selbst noch grün hinner den Ohren, und ich sach dir, nimm dir das hier zu einem guten Beispiel, wie man es nicht machen sollte! So wie meine Tochter, so soll man es keinesfalls machen! Lässt sich in Zürich mit einem dahergelaufenen Nichtsnutz ein, bei dem noch nicht mal die Adresse stimmt. Der lacht sich jetzt ins Fäustchen! Nix da. Kümmert euch von mir aus alle zusammen darum, dass die Sache aus der Welt geschafft wird, ich werde kein solches Balg dulden. Schluss, aus!«

Er stand auf und polterte aus dem Kontor. Kurze Zeit später hörte man ihn laut die Treppe zur Halle hinunterstapfen.

»Ach, Ingrid.« Bärbel ließ sich müde und erschöpft auf einen Holzhocker sinken. »Was wird jetzt nur?«

Ingrid sah ratlos aus, die Tränen standen ihr in den Augen.

»Ich weiß nicht. Ich werde wohl versuchen, einen Arzt zu finden, der … mir hilft.«

»Kind«, sagte Bärbel. »Das spricht sich in der Stadt herum wie nichts. Ich hör die Leute schon reden, ach je, wie sich das dann aufs Geschäft auswirkt!«

Elly traute ihren Ohren kaum. »Wo soll Ingrid denn hin, Frau Rasmussen? Zu einem schmutzigen Engelmacher? Wollen Sie, dass sie vielleicht bei dem Eingriff stirbt oder nie wieder Kinder bekommen kann?«, fragte sie und wurde langsam böse. Wie konnte man denn das Geschäft und die Leute vor die Tochter stellen! Überhaupt – die Leute! Elly konnte es nicht mehr hören. Außerdem war Bärbel doch Ingrids Mutter. Die musste doch zu ihrer Tochter stehen und nicht das Geschäft vorziehen. Wie kaltherzig konnte man sein!

»Dein Vater hat das letzte Wort«, sagte Bärbel leise. »So ist es immer schon gewesen.«

»Mama, bitte hilf mir«, sagte Ingrid verzweifelt. »Wir könnten uns doch gemeinsam um das Kind kümmern, und wenn es erst mal da ist, sieht die Welt vielleicht anders aus, und …«

Aber ihre Mutter schüttelte den Kopf. »Du weißt, was passiert, wenn ich Papa das vorschlage«, sagte sie leise und sah traurig aus.

»Was ist denn dann?« Elly verstand nicht so recht.

»Er kann manchmal sehr … rabiat werden«, sagte Ingrid. »Sehr sogar.« Sie sah ihre Mutter an. »Ach, Mama.«

Bärbel sah auf den Holzboden, der mit dunklen, geölten Schiffsplanken ausgelegt war.

Ingrid drehte sich um, nahm Elly am Arm, und sie verließen das Kontor, gingen die Treppen hinab und dann Richtung Ausgang.

»Dein Vater schlägt deine Mutter?«, fragte Elly ungläubig, als sie draußen standen.

Ingrid nickte. »Manchmal. Sie versucht immer, nicht zu schreien oder zu weinen, aber man hört es doch.«

»Meine Güte, deine arme Mama«, sagte Elly. »Das tut mir so leid.«

Eine Zeit lang sagte keine von ihnen etwas.

»Ich kann und will das nicht glauben«, sagte Elly dann zornig. »Die eigenen Eltern, die *eigenen Eltern* lassen dich im Stich!«

Müde sah Ingrid sie an. »Was würden deine Eltern tun?«

Elly blieb stehen. »Ich weiß es nicht«, sagte sie dann. »Ich weiß es wirklich nicht.«

»Siehst du.«

Sie gingen weiter, und Elly genoss die frische Luft. Es schneite immer noch.

Ingrid hakte sich bei Elly unter. »Lass uns ein bisschen spazieren gehen«, schlug sie vor. »Ich muss meinen Kopf freikriegen.«

»Ja.« Elly nickte und streichelte Ingrids Hand. »Und lass uns nachdenken.«

»Ich dank dir so, Elly.« Über Ingrids Wangen liefen schon wieder Tränen. »Ich danke dir so sehr, dass du da bist und mir hilfst. Ich glaube, alleine würde ich das nicht durchstehen.«

»Wir haben doch schon immer zusammengehalten wie Pech und Schwefel.« Elly musste lächeln, als sie an die Schulzeit dachte.

»Weißt du was, du übernachtest heute bei mir, und wir überlegen die nächsten Schritte.«

»Da muss ich wenigstens Muttchen Bescheid geben.«

»Ach wo, lass die doch mal schmoren. Außerdem können

sie sich denken, dass du bei mir bist. Davon mal ganz abgesehen, dein Vater hat doch gesagt, du sollst die Sache regeln. Also muss man über die Sache nachdenken.«

»Na gut.« Ingrid nickte.

»Nun komm, lass uns ein wenig gehen. Und wir müssen rechtzeitig daheim sein. Um sieben wird gegessen, und ich muss in der Küche noch Bescheid geben, dass wir einen Gast haben.«

Bald darauf standen sie an den Landungsbrücken und blickten auf die Elbe. Barkassen mit Touristen drin fuhren vorbei, jemand rief: »Auf zur Hafenrundfahrt, die nächste Hafenrundfahrt mit Speicherstadt in fünfzehn Minuten! Kommense her, meine Damen und Herren, so was gibt's nur hier, das gibt's nur bei uns in Hamburch!«

Möwen zogen gleichmäßig ihre Kreise und schrien dabei, und vom gegenüberliegenden Ufer hörte man aus der Werft die Geräusche der Hafenarbeiter. Es klopfte und schepperte, es knallte und knirschte. Ein Schiff aus Übersee wurde gerade hereingelotst, so tief, wie es im Wasser lag, würde es wohl recht lange dauern, die Ladung zu löschen. Der Hafen hatte Elly schon immer fasziniert. Sie liebte diese Atmosphäre, das geschäftige Treiben, die Akkordeonspieler, die Gaukler und die Fischbrötchen, sie sah gern den Leuten zu, wie sie flanierten, Kinder mit Brezeln, die Erwachsenen hier und da mit einem Rundstück, in dem sich Matjes oder Krabben befanden. Sie gingen langsam weiter. Plötzlich blieb Ingrid stehen.

»Elly«, sagte sie. »Vielleicht … also möglicherweise finde ich ja in der Nähe der Reeperbahn auf dem Kiez jemanden, der das macht.«

Elly zog die Freundin weiter. »Auf gar keinen Fall«, wehrte

sie streng ab. »Das ist lebensgefährlich. Außerdem weißt du genau, dass wir nicht auf den Kiez sollen. Meine Eltern jedenfalls sagen immer, wer sich auf dem Kiez herumtreibt, hat Dreck am Stecken und führt nichts Gutes im Schilde. Außerdem seien dort die Straßen mit Blut und Leichen gepflastert.«

»Aber ich soll ja die Sache regeln.«

»Bestimmt nicht so. Und nun gehen wir nach Hause. Ich hab Hunger und du bestimmt auch. Komm!«

Kapitel 3

Zum Abendessen gab es mit Hackfleisch und Zwiebeln gefüllte Paprikaschoten mit Salat, hinterher Eis mit Dosenfrüchten. Ingrid langte auf Geheiß von Ellys Mutter gut zu. Sie war ein gern gesehener Gast im Hause Bothsen, alle mochten die gut erzogene Ingrid. Magdalena Bothsen hatte nicht nur einmal zu ihrem Mann gesagt, man könne gar nicht glauben, dass Hartmut Rasmussen Ingrids Vater sei, so laut und grölend und rau der immer war. Bärbel Rasmussen hatte bei der Tochter und bei den beiden Söhnen gute Erziehungsarbeit geleistet.

»Wie schön du es hast, Elly«, seufzte Ingrid, als die beiden nach dem Essen in Ellys Zimmer saßen.

»Was meinst du?«

»Na, deine Eltern sind lieb zu dir, und du hast ein schönes Zuhause, ein wunderhübsches Zimmer. Weißt du, wie oft ich Paps angebettelt habe, er möge mir rosa Tapeten und einen rosa Teppich spendieren? Aber er wollte das nicht. Einmal hab ich ein Gespräch meiner Eltern mit angehört. Was soll ich denn viel in Ingrid investieren, hat Paps gesagt, sie heiratet doch sowieso, das Geld kann man sparen.«

Elly schüttelte den Kopf. »Vielleicht meint er das gar nicht so. Dein Vater ist eben durch und durch ein Kaufmann, der denkt nicht rosa, der denkt praktisch.«

»Mag sein, aber das hilft mir jetzt auch nicht weiter«, sagte Ingrid und schloss die Augen. »Lass uns doch noch ein bisschen hin und her überlegen, vielleicht fällt uns noch was ein.«

Leise beredeten die beiden die Situation.

Kein Frauenarzt durfte offiziell einen Abbruch vornehmen, es sei denn, er konnte einen triftigen Grund nennen, etwa dass Gefahr bestünde, die Mutter würde die Geburt nicht überleben oder wäre vergewaltigt worden. Aber das konnte Ingrid ja nicht nachweisen. Außerdem war sie sicher, dass man merken würde, wenn sie log. Es war zum Verzweifeln.

»Auf gar keinen Fall gehst du zu so einem Verbrecher. Für heute haben wir genug überlegt, lass uns schlafen. Morgen ist ein neuer Tag«, schlug Elly irgendwann vor.

»Da hast du recht.« Ingrid gähnte. »Himmel, bin ich müde.«

»Ich wüsste gar nicht, an wen ich mich wegen einer illegalen Abtreibung wenden könnte«, sagte Ingrid am nächsten Morgen. Sie wirkte noch verzweifelter als gestern.

»Vielleicht weiß jemand am Hafen Bescheid«, überlegte Elly laut und setzte sich auf. »Dein Bekannter Peter ist doch zur See gefahren, der kennt doch bestimmt noch viele am Hafen. Sollen wir ihn um Hilfe bitten?«

»Oh Himmel«, wehrte Ingrid ab. »Einen Mann fragen. Ich weiß nicht. Was, wenn er das alles gleich brühwarm weitererzählt?«

»Wieso sollte er das tun? Er hätte doch nichts davon.«

»Und was, wenn er es Lotti erzählt? Für die ganzen Bediensteten ist doch so was ein gefundenes Fressen. Da kann ich mich gleich auf den Fischmarkt stellen und es rausschreien.«

Elly kämmte ihr Haar und nickte. »Da ist was dran.«

»Elly, ich habe solche Angst, dass bei dem Eingriff etwas

schiefgehen kann. Was man von solchen Leuten hört, ist nie etwas Gutes. Weißt du, was Hilda passiert ist?«

»Der Hilda aus unserer Klasse? Was denn?«

»Die Familie hat wie meine versucht, es geheim zu halten, aber es sickerte doch durch. Sie war schwanger von einem verheirateten Mann und wäre bei einem Engelmacher fast an einer Blutvergiftung gestorben. Viel zu spät haben ihre Eltern sie in ein Krankenhaus gebracht. Jede Minute hat gezählt.«

»Wie schrecklich. Auf gar keinen Fall gehst du zu so einem Verbrecher.«

Nach dem Frühstück ging Ingrid nach Hause. »Ich bin so ratlos«, sagte sie beim Abschied traurig zu ihrer Freundin. »Ratlos, hilflos, alles zusammen.«

»Bitte versuch noch einmal, mit deiner Mutter zu sprechen«, sagte Elly. »Sie kann vielleicht die Sturheit deines Vaters lockern.«

»Ja, das mache ich.« Ingrid wirkte wie erschlagen.

Dann war sie fort, und langsam schloss Elly die Haustür. Jetzt musste sie sich wieder ihren eigenen Problemen zuwenden und musste mit ihrer Mutter sprechen.

»Was gibt es denn, Kind?«, fragte Magdalena, die im grünen Salon saß und gerade den von der Köchin vorgeschlagenen Speiseplan durchsah. »Warte, gib mir einen Moment.« Sie schrieb etwas neben den Samstag und schob dafür ihre Adelszeitschriften beiseite. Magdalena liebte die Klatschgeschichten über den Adel und konnte Stunden damit zubringen, alles über die königlichen Hoheiten zu lesen.

»Am Samstagabend kommen nämlich Thies und seine Eltern«, erklärte sie der Tochter. »Ich habe Charlotte von Rehren gestern angeläutet und sie und ihren Mann eingeladen.«

»Aha. Warum denn?«, fragte Elly, der schon etwas schwante.

Obwohl Magdalena noch gar nichts weiter gesagt hatte, kroch die Wut schon wieder langsam in Elly hoch. Aber sie beherrschte sich vorläufig. Vielleicht irrte sie sich ja.

»Nun, Thies war ja kürzlich bei Papa und mir, wie du weißt«, sagte Magdalena bedeutungsvoll und legte den Stift beiseite. »Seine Mutter hat mir, als ich sie mit Frau Doktor Schildknecht auf der Modenschau im *Atlantic* traf, bei einem Glas Champagner erzählt, dass Thies auch schon mit dir gesprochen hat.« Sie lächelte die Tochter an. »Das freut Papa und mich. Das freut uns wirklich sehr. Nun setz dich doch mal.« Sie deutete auf einen der grünseidenbezogenen Biedermeierstühle, die neben ihrem Mahagoni-Sekretär standen. Elly setzte sich und merkte, dass die Wut weiter in ihr hochkroch. Wie konnte Thies nur!

»Ja, er hat mit mir gesprochen«, sagte sie ernst und kühl. »Allerdings habe ich ihm noch nicht geantwortet.«

»Aber Kind.« Magdalena schüttelte den Kopf und lachte leise auf. »Die Antwort dürfte dir wohl nicht schwerfallen. Natürlich sagst du Ja zu Thies von Rehren. Eine bessere Familie, ein besseres Leben kannst du dir gar nicht wünschen. Er erzählte schon von dem Haus, das er kaufen wird. Aus dem siebzehnten Jahrhundert, vierzehn Zimmer hat es und wird von Grund auf renoviert, und dann will Thies es nach deinen Wünschen einrichten. Es würde zwar knapp, aber eventuell könnten wir doch noch in diesem Jahr eine Hochzeit feiern. Anfang Juni wäre doch wunderbar, ach, da wird ja auch die neue englische Königin Elisabeth gekrönt! Deine Hochzeit und die Krönung am selben Tag, ach, wäre das schön! Noch dazu kommt, dass …«

»Mama, ich weiß wirklich noch nicht, ob ich jetzt schon heiraten möchte. Ich bin erst neunzehn«, sagte Elly giftig.

»Und ob eine englische Prinzessin an diesem Tag gekrönt wird, ist mir egal.«

Ihre Mutter seufzte. »Worauf willst du denn warten? Die von Rehrens sind eine erstklassige Familie mit bestem Ruf, das Vermögen ist riesig, und der Junior macht sich gut im väterlichen Bankhaus. Er macht sich sogar so gut, dass sein Vater ihm nach der Hochzeit die Bank seines Vaters in Lübeck übereignen wird. Denk doch mal nach! Vor dir liegt ein sorgenfreies Leben in wunschlosem Luxus. In Lübeck! So eine wunderschöne Stadt mit einem durchaus ansprechenden gesellschaftlichen Leben. Was ist daran auszusetzen?«

Elly stand auf und begann, im Raum auf und ab zu gehen. »Mama, bist du denn glücklich mit deinem Leben?«

»Was ist denn das für eine Frage? Und lauf nicht kreuz und quer durch den Raum, das macht mich nervös.«

»Das ist eine ganz normale Frage. Bist du glücklich?«

»Natürlich bin ich das. Mir geht es gut. Ich habe drei wunderbare Kinder und einen fürsorglichen Mann, der mir jeden Wunsch erfüllt. Was will ich noch?«

»Wolltest du nie mal etwas *selbst* tun?«

»Was meinst du, meinst du etwa arbeiten?« Sie sah beinahe fassungslos aus.

Elly verdrehte die Augen. »Du tust ja gerade so, als sei das absolut verwerflich. Es ist doch bestimmt ein gutes Gefühl, sein eigenes Geld zu verdienen. Ohne jemanden immer fragen zu müssen.« Sie dachte an Peter und dessen Glück, beim NWDR anfangen zu können. Das war mit Sicherheit etwas anderes und viel Besseres, als tagein, tagaus beim Schneider zu sitzen oder im *Atlantic* Tee und Gin zu trinken und den neuesten Tratsch auszutauschen.

»Ich muss deinen Vater nicht fragen«, sagte Magdalena.

»Mir wird Wirtschaftsgeld und Geld für persönliche Ausgaben zugeteilt, und wenn ich größere Einkäufe tätige, lasse ich die Rechnungen ins Kontor schicken.«

»Das ist natürlich sehr einfach«, sagte Elly ein wenig spöttisch. »Du musst dir um nichts Gedanken machen. Mama, sag mir, musstest du mal auf etwas sparen?«

»Nein«, sagte die Mutter kurz. »Und das habe ich auch nicht vor. Davon mal abgesehen wäre ich dir sehr dankbar, wenn du jetzt mit diesen inquisitorischen Fragen aufhören könntest. Lass uns lieber über die Speisefolge für Samstag sprechen. Ich dachte, Hedda könnte mit einer Vichyssoise beginnen, dann könnten wir gebratene Scholle mit Reis und einem kleinen Salat reichen, was meinst du? Und als Hauptgang Rinderfiletspitzen in einer Morchelrahmsoße, das fände ich köstlich. Mit Prinzessböhnchen, frische natürlich, diesen neuen Zauber mit diesem Nassgemüse aus der Dose machen wir nicht mit, und pürierten Trüffelkartoffeln. Was möchtest du zum Nachtisch, Elly? Du darfst dir etwas wünschen.«

Versöhnungsbereit schaute Magdalena Bothsen ihre Tochter an, aber Ellys Lippen waren nur zwei dünne Striche.

Sie hatte die Arme verschränkt und schaute die Mutter lauernd an.

»Hattest du nie eigene Träume, Mama?«

»Alles, was ich mir je gewünscht habe, ist in Erfüllung gegangen«, sagte die Mutter in abschließendem Tonfall.

»Liebst du Papa, oder habt ihr geheiratet, weil das gut gepasst hat? Ich meine, für Oma und Opa in Bremen muss es doch ganz hervorragend gewesen sein. Kaffee- und Gewürzhandel dort und hier, Geld zu Geld, heißt es doch so schön.«

»Meine Güte, Elly, nun ist aber Schluss. Du bist ja nicht gescheit. Hat es dir je an etwas gemangelt? Haben wir nicht alles für dich getan? Meinst du nicht, jetzt ist es an der Zeit, dass du mal was für die Familie tust?«

»Indem ich reich heirate?«

»Zum Beispiel«, sagte Magdalena entnervt und stand nun ebenfalls auf. »Ich sage dir etwas, du machst uns keinen Skandal, hörst du? Oder hast du etwa vor, die von Rehrens zu brüskieren, wenn sie am Samstag kommen? Wir wollen einen netten Abend haben und auf die Verlobung anstoßen.«

Elly antwortete nicht. Sie war wütend auf ihre Mutter und wütend auf Thies' Übergriffigkeit.

Sie ließ ihre Mutter im Salon zurück und ging Richtung Garderobe, um einen Mantel zu holen, dann verließ sie die elterliche Villa. Sie hatte keine Lust, sich mit ihrer Mutter über irgendwelche Menüs zu unterhalten und darüber, wie schön sich das doch alles fügte. Das durfte ja wohl nicht wahr sein! Was bildeten sich alle ein, so über ihr Leben zu bestimmen! Nein, so einfach würde es nicht gehen.

Elly lief den Harvestehuder Weg entlang. Sie schäumte vor Wut. Glaubten denn alle, sie würde einfach so heiraten, ohne sich weiter Gedanken darüber zu machen? Weil man das so vorgesehen hatte für sie? Ganz sicher nicht. Eine bodenlose Unverschämtheit war es, sie einfach vor vollendete Tatsachen zu stellen. Als ob ein Haus in Lübeck wichtig wäre, als ob das zu ihrem Glück beitragen könnte. Nein, wenn sie jemanden wirklich lieben würde, dachte Elly, dann könnte sie sonstwo mit ihm wohnen. In einer Villa, auf einem Hausboot oder in einer feuchten Kaschemme. Sie lief weiter über die Bellevue, schließlich überquerte sie die Langenzugbrücke und ging mit raschen Schritten auf der anderen Seite der Alster weiter. Bis sie sich eine knappe halbe Stunde später auf der Uhlenhorst befand.

Sie blieb stehen und schüttelte den Kopf. Wieso war sie denn ausgerechnet hierhin gelaufen? Das hatte sie ja noch nie getan. Unversehens war sie vor der Milchbar gelandet, in der Peter Woltherr arbeitete.

Sie schaute durch die Scheiben ins Innere. Da stand er an einem der Fenstertische und winkte ihr freundlich zu, als er sie erblickte.

Nun bin ich schon einmal hier, dann kann ich auch hineingehen, dachte Elly und merkte, dass sie sich freute. Peter hielt ihr die Tür auf.

»Wie schön«, sagte er zur Begrüßung. »Ich gebe zu, ich habe gehofft, Sie wiederzusehen, aber so schnell habe ich nicht damit gerechnet.«

Elly lächelte ihn an. »Scheint, als ob Sie sich freuen würden«, sagte sie, und er nickte.

»So kann man es ausdrücken. Und Sie? Freuen Sie sich auch?«

Elly lächelte nun noch mehr. »Ja«, sagte sie dann schlicht. »Sehr sogar.«

»Ich arbeite heute nur bis zwölf Uhr«, erklärte Peter. »Also noch ungefähr eine Stunde. Was meinen Sie, wollen Sie auf mich warten und wir gehen dann ein Stück spazieren oder einen Kaffee trinken?«

Elly nickte. »Gern.« Sie zog ihren Mantel aus und gab ihn Peter, der ihn sorgfältig aufhängte.

»Sie sehen hübsch aus«, sagte er. »Mir ist das gestern schon aufgefallen, Ihre sehr geschmackvolle Garderobe.«

Elly trug heute schwarze Steghosen und einen locker fallenden, flaschengrünen Strickpullover, dazu eine Mütze in derselben Farbe und goldene Kreolen, an denen Perlen baumelten.

»Vielen Dank, Herr Woltherr«, sagte sie und setzte sich.

»Soll es wieder ein Zitronenmilchshake sein?«, fragte er höflich.

»Sie haben es sich gemerkt«, stellte sie fest. »Ja, gern.«

Er begab sich hinter den Tresen, und Elly sah ihm nach. Er war wirklich schrecklich nett, und was war schon dabei, den Nachmittag mit ihm zu verbringen?

Später würde sie sich wieder um Ingrid kümmern und fragen, was es Neues gab. Ach, Ingrid. Die Freundin tat ihr so leid. Das war alles so ungerecht. Und ihr Vater so uneinsichtig wie ein Stein. Sein Herz war ebenso hart.

Da kam Peter mit dem Shake zurück und hatte auch eine Zeitung dabei.

»Damit Ihnen nicht langweilig wird.«

»Danke«, sagte Elly. Höflich und zuvorkommend war er auch. Peter gefiel ihr immer besser.

Kapitel 4

Um kurz nach zwölf Uhr wurde Peter von einer jungen Kollegin abgelöst, die Elly eingehend musterte. Fast kam es ihr so vor, als sei die kleine Blondine ein wenig eifersüchtig.

»Dann einen netten Nachmittag«, sagte sie schnippisch, als Peter sich verabschiedete.

»Bis morgen«, sagte er und schien den Unterton in ihrer Stimme gar nicht zu bemerken. Elly lächelte die Blonde freundlich an, doch die drehte sich brüsk zur Seite und begann, Gläser zu spülen.

Elly und Peter verließen die Milchbar und schlenderten die Straße entlang.

»Wie schön, dass Sie heute so früh Feierabend haben«, sagte Elly. »Das war ja ein netter Zufall.«

»Ich hab mir den Nachmittag freigenommen, weil ich später noch einen Termin beim NWDR habe, ganz kurzfristig, die haben sich gestern gemeldet. Offenbar gibt es einige Krankheitsfälle und man sucht Verstärkung in Technik und den Redaktionen.« Er schaute auf die Uhr. »Das heißt, ich habe jetzt noch zwei Stunden Zeit, bis ich dort sein muss. Was halten Sie davon, wenn ich Sie zum Essen einlade?«

Fast hätte Elly gesagt: »Nein, das ist doch viel zu teuer«, aber sie konnte sich noch rechtzeitig auf die Lippen beißen. Keinesfalls wollte sie Peter Woltherr brüskieren. Er sah sie fröhlich und verschmitzt an.

»Gern«, sagte Elly daher.

41

»Prima. Essen Sie gern Fisch?«

»Sehr gern.«

»Dann los.«

Einige Minuten später standen sie vor einem Wohnhaus, was Elly wunderte. Sollte hier ein Restaurant sein?

Doch Peter klingelte, und kurz darauf wurde die Tür von einer alten, weißhaarigen Dame geöffnet.

»Peter, min Jung«, sagte sie. »Schön, dass du mal wieder rumkommst.«

»Hilde, das ist Elly, und wir beide haben Kohldampf. Was hast du heute im Angebot?«

»Scholle mit Speck und Bratkartoffeln hab ich. Oder Fischeintopf. Beides lecker.«

»Das weiß ich doch, Hilde, bei dir ist's immer lecker. Was nehmen Sie, Elly?«

Elly schmunzelte. Das war ja eine merkwürdige Restauration.

»Ich nehme den Fischeintopf.«

»Und ich die Scholle mit viel Bratkartoffeln und ordentlich Speck, Hilde.«

»Sollt ihr haben. Was zu trinken? Ich hab noch von meinem Sohn Apfelsaft. Aus dem Alten Land. Selbst gekeltert natürlich.«

»Den nehmen wir«, beschloss Peter, und sie folgten Hilde ins Innere der Wohnung und setzten sich an den Küchentisch.

Elly sah sich um. Hier hatte noch kein modernes Küchengerät Einzug gehalten. Es gab einen gusseisernen Ofen, ein riesiges, verschnörkeltes Buffet und eine steinerne Spüle. In der Mitte der Küche thronte ein alter Holztisch mit gedrechselten Beinen, um den unterschiedliche Stühle standen. In einem großen Topf blubberte die Fischsuppe vor sich hin und verbreitete köstlichen Duft. Hilde verteilte Butter in einer großen, gusseisernen Pfanne, dann brachte sie ihnen den Apfelsaft.

»Sie wundern sich bestimmt darüber, dass wir hier in keinem richtigen Restaurant sind«, sagte Peter.

»Das stimmt«, sagte Elly.

»Ich bin mit meinen Eltern in diesem Haus hier aufgewachsen«, erklärte Peter. »Hilde hat schon immer gern gekocht, und als sie dann Witwe wurde, hat sie einen Mittagstisch eingeführt. Jeden Tag kann man für kleines Geld bei ihr ein Mittagessen kriegen. So verdient sie sich was dazu, und man bekommt die leckerste Scholle oder ein gutes Schnitzel.«

Hilde nickte. »So hoch ist die Witwenrente nicht, und es hat sich auf der Uhlenhorst schnell rumgesprochen, dass ich koche. So hat sich das eben eingebürgert. Und für meinen Jungen hier hab ich immer einen Teller übrig.«

»Wohnen Ihre Eltern noch hier?«, fragte Elly, nachdem sie den köstlichen Apfelsaft probiert hatte.

Peter schüttelte den Kopf. »Sie sind leider beide schon verstorben«, erzählte er traurig, und Elly fragte nicht weiter nach.

Vom Herd her zischte es, als Hilde die Bratkartoffeln hochwarf und sie dann wieder in die Pfanne sausten.

»Ich selbst wohne hier auch nicht mehr, aber zu Hilde geh ich oft, es ist ein bisschen wie nach Hause kommen«, gab er zu. »Aber nun erzählen Sie doch mal von sich, Elly. Ich weiß über Sie nur, dass Sie Ingrids Freundin sind.«

»Was wollen Sie wissen?«, fragte Elly.

»Am besten alles«, erwiderte er, und Elly fing an zu erzählen. Sie erzählte von ihren Eltern und ihren Geschwistern, von der Schule und von ihren Freundinnen. Sie erzählte von dem Meerschweinchen, das sie als Kind hatte, und von den beiden

Katzen, die Bothsens hatten und die sich um die Mäuse kümmerten.

»So, nun wissen Sie alles über mich«, sagte sie schließlich lächelnd.

»Ach, das glaub ich nicht. Sie haben mir zum Beispiel noch gar nicht erzählt, wie Sie sich Ihre Zukunft vorstellen«, sagte Peter, und er wirkte dabei gar nicht neugierig, sondern fürsorglich.

»Ach.« Elly winkte ab. »Da ist noch gar nichts geplant. Erst mal will ich ein bisschen … ach, ich weiß auch nicht.« Sie biss sich auf die Unterlippe. Auf einmal verspürte sie einen geradezu überbordenden Drang, Peter Woltherr das ganze Dilemma anzuvertrauen. Er wirkte auf sie, als könne ihn so schnell nichts schockieren. Andererseits kannte sie ihn kaum.

Peter sah sie an und wirkte erwartungsvoll.

Elly holte Luft, und dann erzählte sie ihm einfach alles und merkte von Satz zu Satz, dass es ihr guttat, das alles loszuwerden.

»… und wenn es nach meinen Eltern geht, wird am Samstagabend meine Verlobung mit Thies gefeiert«, schloss sie etwas später.

»Und – freuen Sie sich auf Samstag?« Neugierig sah Peter sie an.

»Auf die Verlobung? Nein«, gab sie spontan zu. »Ich kann doch keinen Mann heiraten, den ich nicht liebe.«

»Nun, das sehen Ihre Eltern wahrscheinlich anders«, bekam sie erklärt. »Heißt es nicht so schön, Geld heiratet Geld? Und Geld scheint ja bei Ihrer Familie kein Problem und sehr wichtig zu sein. Ich kenne Ihre Familie zwar nicht, aber ich vermute es.« Elly hatte ihm nicht erzählt, wie sie mit Nachnamen hieß und wo sie wohnte, sie wollte nicht, dass Peter dachte, sie sei eine Angeberin oder zu nichts nütze, außer Schals und Fäustlinge für Weihnachtsbasare zu stricken.

»Ist es auch nicht. Aber es bedeutet mir nichts«, sagte Elly. In dem Moment kam Hilde mit den beiden Tellern. Ein paar Minuten aßen sie schweigend. Hildes Fischeintopf schmeckte fantastisch. Elly hätte glatt noch eine Portion verdrücken können, sagte aber nichts, weil sie nicht so verfressen wirken wollte.

Auch Peter hatte aufgegessen. »Also, ich hab gerade mal drüber nachgedacht. Das sagen Sie jetzt, und weil Ihre Familie wohlhabend ist. Glauben Sie mir, wären Sie arm wie eine Kirchenmaus, hätte das Geld einen anderen Stellenwert für Sie.«

»Das ist nicht wahr. Ich meine es, wie ich es sage«, erklärte Elly.

Peter kratzte die restlichen Bratkartoffeln zusammen. »Wie viele Zimmer hat das Haus, in dem Sie wohnen?«

Elly überlegte schnell.

»Sehen Sie, Sie wissen es nicht mal auf Anhieb. Sind es mehr als zehn?«

Sie nickte. Weit mehr waren es, aber das sagte sie nicht.

»Dann ein großer Garten, Dienstboten, alles, was das Herz begehrt, und einen Vater, der einem die teuerste Garderobe spendieren kann.« Nun legte er die Gabel zur Seite. »Könnten Sie sich vorstellen, eine Dienstbotin zu sein? Zimmermädchen? Köchin? Hinter Ihren Arbeitgebern herzuräumen, zu putzen und alles mögliche andere machen? Für wenig Geld? Ich weiß, ich weiß, es hat sich in den Jahren einiges verbessert, aber schön ist es trotzdem nicht, auch wenn es mittlerweile Strom und Waschmaschinen gibt.«

Elly erinnerte sich daran, wie die Waschmaschine angeschafft worden war. Es war eine Sensation gewesen. Als sie ein kleines Mädchen war, wurde die Wäsche einmal pro Woche eingeweicht, und am Waschtag hatten die Dienstboten jede Menge zu tun. Sie sah noch die rot gescheuerten Hände von Walburga, der Lohnwäscherin, vor sich. Jeden Tag wusch sie woanders anderer Leute Wäsche, ihre Hände waren rau und rissig, und Walburgas Laune war immer schlecht gewesen. Aber war das ein Wunder?

Elly war an den Waschtagen immer gern im Keller, sie liebte den Duft der Seife und des Waschmittels, und sie liebte das Ritsch-Ratsch des Waschbrettes.

Die Bett- und Tischwäsche sowie die Handtücher waren in einem riesigen Bottich gekocht worden, der Dampf war heiß, und im Sommer schwitzte man sich dabei fast zu Tode.

Eines Tages wurde ein riesiges Paket geliefert und von vier Männern in den Keller getragen, und die ganze Familie und alle Dienstboten bewunderten die neue, riesengroße Waschmaschine. Das war vor zwei Jahren gewesen. Die Constructa hatte über zweitausend Mark gekostet. Elly erinnerte sich noch daran, wie die Eltern beim Abendessen davon gesprochen hatten. Und sie war so schwer, Papa hatte gesagt, einige Zentner. Man musste sie mit Steinschrauben im Boden befestigen.

Fortan stand Elly gern während des Waschgangs vor der Maschine und betrachtete die rotierende Wäsche durch das neuartige Bullauge. Es war faszinierend gewesen.

»Sie haben sicher recht, es ist einfach zu behaupten, Wohlstand würde einem nichts bedeuten, wenn man ihn hat«, musste Elly nun zugeben. Sie dachte daran, dass es für sie wohl immer so weitergehen könnte, wenn sie es wollte. Das Leben mit Thies würde ein Leben im Luxus sein.

Sie würde nie arbeiten müssen. Nein, falsch, sie würde nie arbeiten dürfen. Für die wohlhabenden Hamburger Familien war es eine Selbstverständlichkeit, dass die Frau zu Hause blieb und den ganzen Tag vertrödelte, wenn sie es wollte. Oder man machte es wie Ellys Mutter und war ununterbrochen mit allem überfordert und hatte immer, wenn es gerade passte, die schlimmsten Kopfschmerzen, die man sich nur vorstellen konnte. Dann litt Magdalena auf einer Chaiselongue still vor sich hin und ließ sich Tee und kalte Tücher für die Stirn bringen.

»Nun, wenigstens sehen Sie es ein. Was planen Sie für die Zukunft?«

»Wie gesagt, wenn es nach meinen Eltern geht ...«

Er hob lächelnd eine Hand und machte eine abwehrende Bewegung. »Nein, ich fragte nicht, was Ihre Eltern wollen, sondern was Sie sich wünschen. Welche Pläne haben Sie?«

Elly legte den Löffel beiseite.

»Sie sind der erste Mensch, der mich das fragt«, sagte sie beinahe erstaunt. »Aber viel schlimmer ist, dass ich es nicht weiß. Ich habe mir noch keine Gedanken darüber gemacht.«

»Das sollten Sie aber, es ist doch Ihr Leben«, sagte Peter.

Er sah auf die Uhr. »Lassen Sie uns losgehen«, sagte er. »Es dauert ein bisschen, bis wir im Heiligengeistfeld sind.«

Aus den Bunkern auf dem Heiligengeistfeld wurde momentan gesendet, das hatte Elly auch mitbekommen. Aber was sollte sie da?

»Soll ich etwa mitkommen?«

Peter stand auf und legte einige Münzen auf den Tisch.

Er nickte. »Na klar. Sie haben so interessiert gewirkt, als ich vom Sender erzählte.«

»Das war ich auch. Ich finde Fernsehen faszinierend. Und

wahnsinnig interessant und auch ein bisschen unheimlich. Ich konnte anfangs gar nicht glauben, was ich da gesehen habe. Plötzlich sprachen Menschen aus diesem Apparat. Mein Vater meint allerdings, dass es sich nicht durchsetzen wird. Aber ich würde mich freuen, wenn es damit weitergeht. Ich finde Radio schon so toll, aber Fernsehen ist ja noch mal was anderes. Stellen Sie sich mal vor, in der Welt passieren irgendwelche wichtigen Dinge und man hört nicht nur im Radio davon oder liest in der Zeitung, sondern das Fernsehen berichtet mit Bildern! Das muss doch großartig sein, da zu arbeiten, mit etwas ganz Neuem. Ich beneide jeden, der das darf.«

Elly wunderte sich ein wenig über sich selbst. Dass sie so für das neue Medium brannte und das gerade erst so richtig merkte. Sie musste an den Abend vor dem Zauberspiegel denken, was für einen Spaß es ihr gemacht hatte, zu ihrem eigenen Spiegelbild zu sprechen. Auf einmal konnte sie es kaum erwarten, mit Peter zum NWDR zu gehen. Das alles mal von innen zu sehen! Wie man da arbeitete! Als Zuschauer sah und hörte man ja nur das Ergebnis der Arbeit.

»Danke, dass Sie mich mitnehmen, das interessiert mich wirklich brennend.«

»Na, dann los!« Peter nahm ihre Hand und zog sie mit sich.

Liebe Bücherfreundin, lieber Bücherfreund,

Sie haben ein Buch in einem unserer Stöber-Treffs gekauft oder geschenkt bekommen?

Das freut uns sehr, denn alle Bücher, die uns gespendet wurden, sollen im Idealfall ein neues Zuhause finden.

Und wer kennt das nicht? Längst ausgelesene oder vergessene Bücher, die nur noch als Dekoration im Regal stehen, stauben still vor sich hin.

Sollten bei Ihnen oder in Ihrem Bekanntenkreis solche vergessenen Bücher existieren, geben wir diesen Exemplaren gerne ein vorübergehendes Zuhause.

Mit jeder Ihrer Sachspende helfen Sie nicht nur Langzeitarbeitslosen eine sinnvolle Beschäftigung zu verschaffen, sondern geben auch Gebrauchtem eine neue Chance!

Viel Spaß beim Schmökern!

Stöber-Treff

www.werkstatt-treff.de

vielfältig - preiswert - nachhaltig

Accessoires   Antikes   Bilder   Bücher
CDs   Dekoartikel   DVDs   Elektrogeräte
Fahrräder   Haushaltsgegenstände
Kleidung   Lampen   Möbel   Schmuck
Spielzeug   Textilien   Werkzeug   uvm.

05/2024

Stöber-Treff HAINHOLZ
> unser soziales Kaufhaus

Rehagen 8B
30165 Hannover
Tel.: 0511 2700769

Große Bücher-auswahl

Öffnungszeiten: Mo - Fr: 10 - 18 Uhr · Sa: 10 - 16 Uhr

Stöber-Treff SAHLKAMP
> unser soziales Kaufhaus

Schwarzwaldstr. 33A
30657 Hannover
Tel.: 0511 920636-36

keine Kleidung

Öffnungszeiten: Mo - Fr: 11 - 18 Uhr · Sa: 11 - 16 Uhr

Stöber-Treff STÖCKEN
> unser soziales Kaufhaus

Weizenfeldstr. 62
30419 Hannover
Tel.: 0511 97939977

keine Elektrogeräte und Möbel

Öffnungszeiten: Mo/Do: 13 - 18 Uhr · Di/Mi + Fr/Sa: 10 - 15 Uhr

Stöber-Treff WERKSMEILE
> unser soziales Kaufhaus

Helmkestr. 20 (Hof)
30165 Hannover
Tel.: 0511 3003958-46

Exclusivartikel:
Holz
Shabby Chic
Upcycling

Öffnungszeiten: Mo - Fr: 10 - 18 Uhr · Sa: 10 - 16 Uhr

Kapitel 5

Der Hochbunker auf dem Heiligengeistfeld wirkte auf Elly wie eine trutzige Burg. Sie kannte ihn natürlich von außen, hatte sich aber nie wirklich mit ihm beschäftigt. Das Gebäude wirkte auf den ersten Blick schäbig und unnahbar, trist und grau, aber bestimmt nicht wie ein Ort, an dem kreativ gearbeitet wurde. Drinnen war sie noch nie gewesen. Am improvisierten Empfang saß ein Pförtner und las gelangweilt Zeitung.

»Woltherr«, sagte Peter freundlich. »Ich habe einen Termin bei Dr. Riedhorn.«

Umständlich nahm der Pförtner einen Telefonhörer ab und wählte eine Nummer, um sie anzumelden.

»Dritter Stock, dann rechts«, war die knappe Anweisung, bevor er sich wieder dem Sportteil der Zeitung widmete.

Als sie den dritten Stock erreichten, war Elly überrascht von dem Trubel, der hier herrschte. Menschen riefen sich etwas zu, jemand lachte, Türen wurden zugeschlagen, jemand fragte, ob dies oder das eine Meldung wert sei, ein anderer gab zurück, das könne ein Rausschmeißer sein, mal sehen, ob es noch was Aktuelleres für die breite Masse gab. Elly verstand zwar gar nicht, um was es ging, sie spürte aber, dass hier etwas Herrliches, Neues, Interessantes vor sich ging.

»Es dauert noch einen Moment, bis Dr. Riedhorn Zeit hat«, sagte eine freundliche Dame, die sie oben empfing und sich als Linda Grüneberg vorstellte. »Hier geht heute alles drunter und drüber, wir haben drei Krankheitsfälle, aber die Arbeit wird dadurch nicht weniger. Und Sie?« Sie wandte sich Elly zu.

»Ich bin hier, weil …« *Herr Woltherr mich mitgenommen hat, ich fand das so interessant und wollte mal ein wenig Fernsehen sehen,* wollte Elly sagen, wurde aber unterbrochen.

»Dann kommen Sie am besten gleich mal mit, damit wir uns unterhalten können. Sie warten hier bitte«, sagte sie zu Peter, der etwas überfordert nickte.

Die Dame führte Elly in ein Büro.

»Ich bin …«, fing Elly wieder an.

»Ich bin auch froh«, sagte Linda Grüneberg. »Und Sie machen mir einen wachen und cleveren Eindruck. Ich hoffe, Sie sind es auch.« Sie kramte eine zerknautschte Zigarettenpackung aus ihrem Schreibtisch. »Möchten Sie auch eine?«

»Nein danke, ich rauche nicht«, sagte Elly höflich. Frau Grüneberg zündete sich die Zigarette an, inhalierte und lehnte sich auf ihrem Stuhl zurück.

»Ich glaube, Sie …«, fing Elly an. Sie wollte sagen, dass Frau Grüneberg sie fälschlicherweise für eine Bewerberin hielt, die hier wegen irgendeiner Stelle beim Fernsehen war. Aber sie kam gar nicht zu Worte, denn Frau Grüneberg quasselte wie ein Wasserfall.

»Ich finde leider keine einzige Bewerbungsunterlage mehr. Ich weiß nicht, ob Fräulein Kappus wieder alles verbummelt hat oder ob ich den Stapel aus Versehen weggeworfen habe. Fräulein Kappus ist eigentlich dreimal pro Woche hier, aber nun hat der Ziegenpeter sie erwischt, und wieder hocke ich alleine hier. Nun, Sie können mir ja auch so von sich erzählen. Noch nicht mal die Termine hat sie mir korrekt aufgeschrieben, ist das zu glauben! Na ja, jetzt sind Sie ja da! Die Sache ist die – seitdem wir regelmäßig senden, kommt haufenweise

Zuschauerpost«, klagte Linda Grüneberg und deutete auf einen enormen Stapel ungeöffneter Briefe. »Ich habe keine Ahnung, wie ich das schaffen soll, ich bin sowieso schon jeden Tag zehn Stunden hier und mache selten Mittagspause, weil das sonst alles nicht zu bewältigen ist. Also brauche ich Hilfe. Sie schickt der Himmel.«

Sie sah Elly herausfordernd an.

»Erzählen Sie doch mal von sich«, sagte sie, und Elly musste lächeln. Es war das zweite Mal heute, dass sie das jemand fragte. Außerdem fand sie das drollig, dass sie hier stand und plötzlich als Bewerberin galt. Ihr gefiel es hier.

Also erzählte sie zum zweiten Mal, dass sie neunzehn Jahre alt sei und momentan noch nicht so richtig wisse, was sie mal machen wolle.

»Da ist es doch gut, dass Sie hier mal reinschnuppern«, nickte Linda wohlwollend. »Haben Sie denn vor, in nächster Zeit zu heiraten? Verstehen Sie das bitte nicht falsch, ich gönne jeder Frau ihr Eheglück, aber für mich ist es einfach wichtig zu wissen, wie die jeweiligen Pläne sind. Angenommen, ich arbeite Sie ein und in drei Monaten ist Hochzeit und dann kündigt der Göttergatte Ihre Stellung und sagt, meine Frau bleibt zu Hause und soll Kinder kriegen. Nun, man weiß ja, wie es ist.«

Elly sah sie mit festem Blick an. »Ich habe weder vor, in nächster Zeit zu heiraten, noch verspüre ich den Wunsch nach Kindern.«

»Ich habe auch keine«, sagte Linda. »Meine Eltern und meine Schwestern können es überhaupt nicht verstehen. ›Linda will nicht heiraten, Linda will arbeiten, Linda verzichtet auf Kinder‹, heißt es immer. Als sei das eine Straftat.« Sie schüttelte den Kopf. »Ich will mein Leben selbst bestimmen.

Ich bin jetzt fünfundzwanzig und schon länger hier im Sender. Mir gefällt es, mein eigenes Geld zu verdienen. Die Vorstellung, von einem Mann Haushaltsgeld zu bekommen und ständig Rechenschaft ablegen zu müssen, bei jeder Anschaffung, nein, da graust es mir vor.«

»Das kann ich gut verstehen, mir geht es genauso«, sagte Elly spontan. Ein wohliges Gefühl machte sich in ihr breit. Ihr gefiel das Chaos, das hier zu herrschen schien.

»Um es auf den Punkt zu bringen, ich suche jemanden, der mir unter die Arme greift, Termine überwacht, die Zuschauerpost abarbeitet, das Telefon bedient, und auch jemanden, der mal in der aktuellen Redaktion aushelfen kann. Können Sie Schreibmaschine und Steno?«

»Nein, leider nicht, aber ich schreibe sehr schnell.«

»Am besten melden Sie sich zu einem Kurs an«, meinte Linda Grüneberg. »Das schadet nicht, die Kurse finden auch vormittags und abends statt oder am späten Nachmittag, einer sogar hier um die Ecke.«

Schreibmaschine und Stenografie lernen? Nun, warum nicht. Elly musste lächeln. Ihre Mutter würde sofort schlimmste Migräne bekommen, wenn sie das erfuhr. Aber das musste Magdalena ja erst mal gar nicht wissen.

»Eine gute Idee«, sagte sie daher also zu Linda.

»Wann könnten Sie denn anfangen?«

Das kam für Elly ein bisschen plötzlich. »Äh …«, machte sie. »Das kann ich jetzt noch gar nicht sagen.«

»Das ist ja dumm«, meinte Fräulein Grüneberg. »Wann wissen Sie es denn? Die Sache ist die, dass ich wirklich dringend jemanden suche.«

»Das verstehe ich«, sagte Elly. »Kann ich Ihnen morgen Bescheid geben?«

Das schien Linda gar nicht recht zu sein, am liebsten hätte sie offenbar jetzt schon alles festgezurrt.

»Gut, dann morgen Vormittag bitte. Hier, ich schreibe Ihnen meine Nummer auf.«

»In Ordnung, vielen Dank«, sagte Elly, die etwas durcheinander war.

Linda lächelte sie an. »Was mir noch einfällt: Da will ich Sie einstellen und weiß noch nicht mal Ihren Nachnamen.« Sie sah Elly an. Die wusste nicht, was sie sagen sollte außer »Bothsen«. In dieser Sekunde klingelte Linda Grünebergs Telefon, und das Gespräch dauerte etwas länger.

Elly sah ihre Felle schon davonschwimmen. Fast jeder in Hamburg und der Umgebung kannte Benedikt Bothsen und seine Firma. Bestimmt würde Fräulein Grüneberg fragen, ob sie die Tochter von Benedikt Bothsen war.

Dann war das Gespräch zu Ende.

»Und Sie leben allein, Fräulein Bode?«

Ein Glück, dachte sie. Fräulein Grüneberg hatte den Namen falsch verstanden, und Elly korrigierte sie nicht.

»Nein, noch bei meinen Eltern.«

»Ah, dann brauche ich, wenn Sie sich für uns entscheiden, von Ihrem Vater eine Einverständniserklärung dafür, dass Sie hier arbeiten dürfen«, erklärte ihr Linda. »Gucken Sie nicht so erschrocken. Ich habe die Vorschrift nicht gemacht.« Sie seufzte. »Als sei man ein unfähiges kleines Kind und keine selbstständig denkende Frau. Also dann.« Sie stand auf, und Elly tat es ihr nach.

»Bis morgen. Ich freue mich.«

Elly verließ den Raum mit der Telefonnummer auf einem Zettel. Wenn hier alles so fix ging, musste sie sich umgewöhnen.

Draußen im Gang saß Peter auf einer Bank.

»Da sind Sie ja. Auf einmal waren Sie weg und kamen nicht wieder«, sagte er. »Ich dachte, Sie seien geflüchtet.«

»Ganz im Gegenteil.« Elly lachte ihn an. »Ich muss mich bis morgen entscheiden, ob ich hier arbeiten möchte.«

»Wie bitte?« Peter sah aus wie ein Fragezeichen. Elly erklärte ihm die Lage.

Er schüttelte den Kopf. »Das gibt's ja nicht. Und wissen Sie was – ich fange hier morgen auch an, aber sicher. Einer der Kameraassistenten hat gekündigt, und jetzt brauchen sie schnell Ersatz, also werde ich aushilfsweise Kabel schleppen und assistieren. Bis August, dann beginne ich meine Ausbildung hier. Es klappt alles wie am Schnürchen.«

»Das ist ja wundervoll, ich gratuliere Ihnen, Peter.« Elly freute sich für ihn. Er sah so glücklich aus.

»Ich gratuliere Ihnen auch, Elly. Wir haben uns offenbar gegenseitig Glück gebracht. Nun muss ich bloß der Inhaberin der Milchbar klarmachen, dass ich nicht mehr komme, aber zum Glück hatte ich schon angekündigt, dass ich recht schnell aufhören müsste, wenn es mit einer Anstellung beim Sender klappt.«

Sie gingen die Treppen hinunter und verabschiedeten sich vom Pförtner, der ihnen gnädig zunickte.

Draußen atmete Elly die frische Februarluft ein.

»Was werden Ihre Eltern dazu sagen, dass Sie arbeiten wollen, und das so schnell, gleich morgen? Also, wenn Sie sich dafür entscheiden, meine ich natürlich«, fragte Peter.

»Ich sage es ihnen nicht«, beschloss Elly spontan. »Ich sage, ich gehe zu meiner Freundin.«

»Wird das nicht auf Dauer auffallen?«

»Darüber mache ich mir dann Gedanken, wenn es so weit

ist«, sagte Elly bestimmt. »Meine Mutter ist sowieso ständig mit sich und irgendwelchen Speiseplänen und Essenseinladungen und Modenschauen und Wohltätigkeitsgewusel und was weiß ich beschäftigt, sie wird gar nicht merken, dass ich nicht da bin. Und wenn doch, fällt mir garantiert was ein.«

»Aber erst einmal müssen Sie sich für oder gegen die Stelle entscheiden«, erinnerte Peter sie.

»Das stimmt. Was meinen Sie denn, soll ich?«

»Ich? Hm. Also ich kenne ja Ihre Pläne nicht«, erwiderte Peter. »Aber Sie machen auf mich einen intelligenten Eindruck und wirken gar nicht wie ein Mädchen oder eine junge Frau aus reichem Hause, die ihre Tage mit Müßiggang verbringt oder womit auch immer.«

»Jedenfalls mit was Langweiligem«, lachte Elly.

»Dann würden wir uns ja öfter sehen«, stellte Peter fest und schien sich darüber zu freuen. »Wie sieht es aus, wollen wir auf dem Kiez etwas trinken und darüber sprechen, wie Sie sich entscheiden? Vielleicht kann ich Ihnen ja helfen.«

»Auf dem Kiez?« Dort war Elly noch nie gewesen. Die Reeperbahn war tabu für die Damen ihres Stands. Niemals würde eine der Frauen aus den alteingesessenen Familien, die Ehefrauen oder Töchter der Pfeffersäcke, auf dem Kiez herumspazieren und einfach so irgendwo dort etwas trinken. Mit den Männern sah es auf den ersten Blick nicht anders aus. Natürlich mied man diesen Sündenpfuhl und rümpfte die Nase, aber abends, wenn sich die hohen Herren zu Besprechungen im Rathaus oder im Restaurant des *Atlantic* trafen, schlug der eine oder andere zu vorgerückter Stunde schon mal vor, noch eine Bar zu besuchen, womit ein Bordell gemeint war. Gesprochen wurde natürlich darüber nie, aber es war ein offenes Geheimnis. Elly hatte in der Vergangenheit schon das ein oder andere Mal zufällig mitbekommen, wie während Magdalenas Teekränzchen über die sündigen Freudenhäuser gesprochen wurde. Merkwürdigerweise fanden die Damen es gar nicht schlimm, dass ihre Gatten solch einen Zeitvertreib hatten. Sie schienen eher froh zu sein, dass man sie nicht »damit« behelligte.

»Natürlich auf dem Kiez. Wir sind ja quasi schon da.« Peter lachte sie an. Gerade gingen sie auf die Reeperbahn zu.

»Och«, machte Elly, dann sagte sie: »Warum nicht? Ich war noch nie dort.«

»Was? Noch nie?« Peter konnte es nicht fassen. »Kommen Sie. Wir suchen uns eine richtig verruchte Bar, damit Sie es mit der Angst zu tun bekommen.«

Elly sah ihn erschrocken an.

»Das war nicht ernst gemeint. Wir gehen in die Hong-Kong-Bar auf dem Hamburger Berg. Die gehört einem Freund. Kommen Sie.« Er hielt Elly seinen Arm hin, und sie hakte sich ein, um zum ersten Mal über die Reeperbahn zu spazieren.

»Hier wohnen und arbeiten viele Chinesen, deswegen wird das Viertel hier Chinesenviertel genannt. Der Hamburger Berg, die Schmuck- und die Talstraße sind quasi fest in der Hand dieser Menschen. Das Essen ist einfach grandios. Haben Sie schon mal eine Frühlingsrolle gegessen? Mit Sojasoße?«

Elly schüttelte den Kopf. »Noch nie.«

»Oder Chop Suey. Das ist mit ganz viel Gemüse und Fleisch. Es schmeckt köstlich. So, da sind wir.«

Sie standen vor der Hong-Kong-Bar. Ein unscheinbarer Leuchtschriftzug wies auf die Bar hin, die auch ein Hotel war.

»Nach Ihnen.« Peter öffnete die lila und schwarz angemalte Tür und ließ Elly den Vortritt.

Aus einer quakenden Lautsprecherbox erklang Willy Schneiders »Schütt' die Sorgen in ein Gläschen Wein …«, was irgendwie gar nicht zu dieser Bar passte. Hier drinnen war es dunkel, die Wände ockerfarben, hier und da hingen gerahmte Fotografien von Asiaten, wahrscheinlich Familienangehörige des Besitzers, und hinter einem Tresen stand ein älterer Mann und füllte etwas in Flaschen ab.

»Darf ich vorstellen, Chong Tin Lam«, sagte Peter und schüttelte dem Wirt die Hand. »Ah, ich sehe, du mixt den Mexikaner, den roten Schnaps. Darin sind Korn, Tequila, Tomatensaft und Wodka«, erklärte er Elly.

Chong Tin Lam nickte Elly freundlich zu.

»Davon nehmen wir gleich mal zwei. Und zwei Bier«, bestellte Peter. »Wie geht's dir, mein Freund?«

»Man wird nicht jünger mit den Jahren«, sagte der Wirt. »Aber ich will mich nicht beklagen. Ich hab die Bar und das Hotel zurückgekriegt und konnte noch mal neu anfangen.«

»Chong Tin Lam wurde 1944 von der Gestapo verhaftet«, sagte Peter leise zu Elly. »Und ins Gefängnis nach Fuhlsbüttel verbracht, wo man nicht gerade freundlich mit ihm umgegangen ist. Vor einiger Zeit hat er seinen Laden zurückbekommen, aber bislang noch keine Entschädigung erhalten.«

Chong Tin Lam stellte zwei Mexikaner und zwei Flaschen Bier vor Elly und Peter und widmete sich dann weiter dem Abfüllen des Mexikaners. Ein stiller, in sich gekehrter Mann, der nicht viel zu sprechen schien.

»Das ist ja schrecklich«, sagte Elly. »So viele wurden misshandelt und ermordet. Man darf gar nicht darüber nachdenken.«

»Doch, ich finde, man sollte unbedingt darüber nachdenken, denn sonst gerät alles in Vergessenheit. Nicht nur die Juden wurden verfolgt und fast ausgerottet, auch Menschen anderer Nationalitäten«, sagte Peter ernst.

»Da haben Sie recht«, nickte Elly. Sie dachte nach und beobachtete dabei Chong Tin Lam, der aussah, als könne er keiner Fliege was zuleide tun.

Der Krieg war in ihrer Familie nie wirklich Thema gewesen. Natürlich war er präsent, aber die Bothsens hatten genügend Beziehungen, um ihn nicht zu nahe an sich herankommen zu lassen. Benedikt Bothsen war nicht eingezogen worden, genauso wenig wie sein Vater. Man hatte sich arrangiert.

Zum ersten Mal überlegte Elly, was das hieß, sich zu arrangieren. Und mit wem? Mit den Nationalsozialisten?

Plötzlich fand sie, dass sie fürchterlich unwissend war und Peter sie wahrscheinlich für ein verwöhntes Töchterchen hielt. Er jedenfalls schien Bescheid zu wissen über die diversen Facetten des Lebens.

Und sie selbst? Es war immer eine Selbstverständlichkeit gewesen, dass sie in einem großen Haus wohnte, dass sie Bedienstete hatten und die Schränke stets gefüllt waren. Sie hatte sich nie über Sorgen und Armut den Kopf zerbrechen müssen. Sie hatte nie arme Menschen gesehen, Menschen, die gar nichts oder wenig hatten. Die nicht so privilegiert waren wie sie und ihre Familie. Und warum hatten ihre Eltern nie mit ihren Kindern über den Krieg, über die Verfolgten gesprochen? Warum wurde gerade von den Frauen alles ferngehalten? War man als Frau nicht dazu berechtigt, auch eine Meinung zu haben und mitzusprechen?

Am liebsten wäre Elly aufgestanden und hätte Chong Tin Lam umarmt und ihm gesagt, wie leid ihr das alles täte, all das, was der Mann und viele andere Menschen durchgemacht hatten, von denen, die ihr Leben lassen mussten, mal ganz abgesehen. Elly erinnerte sich daran, als es für viele plötzlich nichts mehr gegeben hatte und sie selbst mit ihren Geschwistern aufs Land zu Verwandten geschickt worden war.

Hatten ihre Eltern eigentlich denen was abgegeben, die nichts hatten? Das wäre ihrem Vater, der als Kaffee- und Gewürzhändler an der Quelle saß, bestimmt möglich gewesen.

Elly wüsste, was ihr Vater ihr auf ihre Fragen antworten würde. »Davon verstehst du nichts, was soll denn das, hilf lieber deiner Mutter bei den Vorbereitungen zum Tanzabend.«

Mit einem Mal hatte Elly überbordende Lust, etwas zu ändern, bei etwas Neuem mitzuwirken, etwas zu tun. Mit dem Fernsehen hatte man doch solche Möglichkeiten! Man konnte zum Beispiel mit diesen ganzen vertriebenen Menschen sprechen, sie zu Wort kommen lassen, versuchen, etwas wiedergutzumachen …

Am liebsten wäre sie sofort zurück in den Hochbunker gerannt, um Fräulein Grüneberg zuzusagen. Aber sie wollte zuerst mit Peter sprechen und Für und Wider abwägen. Alles ging so schnell! Seitdem sie Peter gestern in der Milchbar kennengelernt hatte, schien irgendetwas losgetreten worden zu sein.

Elly lehnte sich zurück und horchte in sich rein. Ja, sie fühlte sich wohl gerade. Sehr sogar.

Peter holte eine Packung Zigaretten aus seiner Tasche.

»Sie als hochwohlgeborene junge Dame rauchen wohl nicht«, sagte er grinsend.

»Nein, das tu ich nicht, und ich werde auch nicht damit anfangen, auch wenn Rauchen als schick gilt. Ich sehe keinen Sinn darin.«

»Oh doch, es schmeckt einfach gut«, sagte Peter und zündete ein Streichholz an.

»Aber ist es auch gesund? In der Reklame sieht man ja sogar

Ärzte, die fürs Rauchen werben. Ich weiß nicht, ob das richtig ist.«

»Ach, fast jeder raucht doch«, meinte Peter. »So schlimm wird es schon nicht sein.«

Tatsächlich hatte Elly noch nie an einer Zigarette gezogen. Ihr Vater Benedikt rauchte abends zu seinem Whisky eine Zigarre im Herrenzimmer, gern mit seinem Sohn York, der die Firma später übernehmen würde und mit seinen dreiundzwanzig Jahren schon in verantwortungsvoller Position mitarbeitete.

Magdalena rauchte natürlich nicht, das gehörte sich nicht für die feine Hamburger Gesellschaft, aber Katharina, die jüngste Tochter, liebte es, ihre Eltern zu ärgern, indem sie sich provokativ vor ihnen Zigaretten oder Zigarillos ansteckte.

»Zum Wohl«, sagte Peter nun und hob sein Glas. Sie stießen an.

»Du liebe Güte, ist das scharf!« Elly, die sowieso, wenn überhaupt, nur an Champagner oder Sherry nippte, bekam fast keine Luft mehr.

»Spülen Sie mit Bier hinterher, das hilft«, sagte Peter. »Ach, ist immer wieder schön, dein Mexikaner, Chong!«

»Ich weiß.« Der Wirt grinste.

Sie bestellten noch zwei Mexikaner und dann noch zwei Bier, und Peter erzählte Elly von seinen Erlebnissen auf See und wie schrecklich die Seekrankheit sein konnte.

»Es hieß immer, wenn man in einer Hängematte liegt, macht einem das Geschaukel nichts aus, aber mir schon. Seekrank zu sein ist so entsetzlich. Es gibt Leute, die wollen ins Wasser springen, bloß damit diese schreckliche Übelkeit vorbeigeht.«

»Ich war noch nie auf einem Schiff. Also schon auf einem Schiff im Hafen, aber nie draußen auf See«, sagte Elly. »Aber natürlich stellt man sich das so romantisch vor mit schönen Sonnenuntergängen.«

»Ja, das sind diese Vorstellungen, die man hat. Aber die Wahrheit ist ganz anders. Bei schlechtem Wetter und heftigem Seegang ist es kein Vergnügen. Aber natürlich gibt's auch schöne Erinnerungen an die Zeit. An Tahiti zum Beispiel oder Brasilien. Afrika war auch wundervoll. Wir waren ja immer einige Zeit an Land, bis die Ladung gelöscht und die neue geladen wurde, da hat man einiges gesehen.«

»Gab es da auch Haie?« Elly war neugierig.

»Klar. In Afrika gibt es zum Beispiel den Weißen Hai. Ein paar Mal haben wir welche gesehen. Die schwimmen auch gern ums Schiff herum und warten auf Abfälle.«

»Dann sind Sie ja sehr herumgekommen«, sagte Elly bewundernd. »Ich war noch nie auf einem anderen Kontinent. Zu gern würde ich mal auf einem von Papas Schiffen mitfahren, aber das schickt sich natürlich nicht. Wir fahren im Sommer in die Sommerfrische an die Ost- oder Nordsee, ich war in Italien und Spanien und zum Skifahren in der Schweiz und in Österreich, und dann habe ich ein paar Mal Verwandte in Berlin, Bremen und Frankfurt besucht. Aber zu gern würde ich mal nach Afrika reisen.«

»Wissen Sie was, wir fahren eines Tages zusammen hin«, schlug Peter vor, und Elly musste kichern. »Oh ja, dann zeigen Sie mir Löwen und Giraffen und was es da noch so alles gibt.«

Sie merkte, dass sie einen ganz schönen Schwips hatte. Am liebsten hätte sie weitergetrunken, aber sie wollte ja noch zu Ingrid, und dann musste sie auch irgendwann mal nach Hause. Außerdem wollte sie ja noch mit Peter über die Stelle sprechen.

»Ach, Peter«, sagte sie. »Wenn das doch alles so einfach wäre.«

Er sah sie liebevoll an. »Man kann es sich doch einfach machen«, antwortete er. »Sie packen Ihren Koffer, und wir buchen eine Schiffspassage.«

»Das geht doch nicht«, wehrte Elly ab.

»Doch, es würde gehen. Aber Sie wollen nicht.«

»Meine Eltern würden vor Sorge verrückt werden.«

»Vor Sorge um Sie oder vor Sorge um ihren guten Ruf?«, wollte Peter wissen. Elly dachte nach.

»Natürlich haben Sie recht, der gute Ruf ist ihnen wahrscheinlich wichtiger. Mir kommt das gerade alles so sinnlos vor. Solche ungeschriebenen Gesetze. Warum darf eine junge Frau nicht mit einem Mann nach Afrika reisen? Oder? Sagen Sie doch mal, Herr Woltherr.« Elly war ganz aufgebracht. Sie sah sich um in dieser Bar. Ha! Wer hätte das gedacht! Sie, Elly Bothsen, Tochter des angesehenen Benedikt Bothsen, saß mit einem jungen Mann ganz vertraut in einer Kiezkneipe und betrank sich – und fand das gut. Sie fand hier alles gut und wunderbar, und sie fühlte sich am rechten Platz, obwohl der, wenn es nach ihren Eltern ging, ganz sicher nicht hier war. Zum ersten Mal hatte Elly das Gefühl, etwas wirklich zu erleben. Hier sitzen, sich unterhalten, trinken. Oh, war das herrlich!

Peter lächelte sie an. »Sie sind ganz rot«, sagte er. »Entweder regen Sie sich gerade sehr auf, oder das ist der ungewohnte Alkohol, jedenfalls sehen Sie ganz entzückend aus.«

»Ich glaube, es ist beides«, sagte Elly und kicherte. »Ach, mir geht's so gut, ich glaub, so gut ging's mir noch nie!«

»Ich habe die Gesetze nicht gemacht«, beantwortete Peter dann ihre Frage. »Natürlich ist eine Reise nach Afrika nicht ungefährlich. Aber ich weiß genau, was Sie meinen. Gerade die Frauen reicher Familien werden in Watte gepackt, und man traut ihnen wenig zu.«

»Oder gar nichts«, bestätigte Elly und trank einen Schluck Bier. »Männer dürfen alles, Frauen dürfen nichts. So wird es wahrscheinlich immer bleiben.«

»Das glaube ich nicht. Es gibt ja mittlerweile viele Frauenrechtlerinnen, die einiges zu bewegen versuchen. Und seit 1918 gibt es das Wahlrecht auch für Frauen.«

»Ja, das stimmt, aber trotzdem hat sich nicht furchtbar viel verändert, oder? Die meisten Frauen tun doch nach wie vor, was Männer ihnen sagen. Außerdem habe ich schon Gespräche mitgehört, die meine Eltern mit anderen Paaren geführt haben. Da gehen die Frauen entweder gar nicht zur Wahl, weil sie überhaupt keine Ahnung haben, oder aber sie wählen das, was ihr Mann ihnen sagt.«

»Ja, das ist jammerschade«, musste Peter zugeben. »Jede Frau sollte von Politik wenigstens ein bisschen Ahnung haben.«

Elly wurde rot und starrte auf ihr Bierglas.

»Das muss Ihnen jetzt nicht peinlich sein«, sagte Peter lieb.

»Was denn?«

»Na, dass Sie keine Ahnung haben. Ich habe mich damit auch erst spät auseinandergesetzt. Auf See braucht man nicht wirklich eine Partei. Da gelten eigene Regeln.«

»Trotzdem ist es mir unangenehm.« Elly drehte nun das Bierglas zwischen ihren Handflächen hin und her. »Und ist es nicht merkwürdig, dass ich das Gefühl habe, in einem Kokon zu leben?«

»Manchmal weiß man eben nicht, wann sich etwas ändert. Gut möglich, dass es bei Ihnen gestern so weit war.«

»Ja, das stimmt. Ich will was ändern. Ich will mein Leben lebenswert gestalten und nicht irgendwann alt und grau dasitzen, und das Beste, was ich zustande bekommen habe, waren meine Kinder. Und das auch nur, weil man sonst nichts von mir verlangt hat.«

»War denn Ihr Leben bislang so schlecht?«

»Nein, natürlich nicht. Aber überschaubar und ereignislos, ein immer wiederkehrendes Einerlei.«

»Ist das nicht besser, als wenn es Ihnen schlecht ergangen wäre? Da ist doch ein Einerlei die attraktivere Wahl.«

»Das stimmt sicher.« Elly schaute ihn an. »Jedenfalls fühle ich mich, als ob sich nun noch ganz viel ändern würde.«

»Na, darauf stoßen wir doch am besten an, oder? Auf die Veränderung!« Peter hob sein Bierglas.

»Auf alles, was neu kommt!«, sagte Elly, und sie stießen an.

»Ich würde gern mit Ihnen über die angebotene Stelle beim Fernsehen sprechen«, sagte sie dann. »Was halten Sie davon?«

»Möchten Sie meine ehrliche Meinung hören?«

»Aber ja, unbedingt.« Neugierig schaute sie ihn an.

»Ich finde, Sie sollten sich das gut überlegen«, sagte Peter ruhig.

»Aha.« Elly war enttäuscht und sah ihn mit großen Augen fragend an. »Warum?«

»Weil ich nicht glaube, dass Sie dem anstrengenden Leben der Berufstätigkeit – gerade beim NWDR, der gleicht ja einem Bienenstock – gewachsen sind. Sie haben noch nie gearbeitet.«

Elly bemühte sich, die bittere Pille zu schlucken, ohne die Fassung zu verlieren. Peter hatte ja keine hohe Meinung von ihr.

»Aha«, brachte sie heraus. »Nun … vielen Dank für Ihre ehrliche Einschätzung. Dann werde ich wohl morgen …«

Peter griff über dem Tisch nach ihrer Hand. »Elly, ich habe nur ein bisschen die Befürchtung, dass Sie überfordert sind mit dem Ganzen«, sagte er freundlich. »Das ist alles. Ich rate Ihnen ja nicht ab, ich habe nur Bedenken.«

Elly sah ihn an. »Hm« war alles, was sie sagen konnte.

»Bitte seien Sie nicht böse. Es kann durchaus sein, dass Ihnen die Arbeit beim Fernsehen guttun wird, und genau das ist, was Sie wollen und können. Sie sind offen und voller Leben, Sie sind gespannt auf Neues, und was liegt denn bitte näher, als sich auszuprobieren? Aber es kann auch ganz anders kommen und Sie stellen fest, dass Sie doch lieber verheiratet sind und nichts tun wollen, außer auf Modenschauen zu gehen und so.«

Elly schüttelte den Kopf. »Sie sind mir einer«, sagte sie. »Aber danke für Ihre Ehrlichkeit!«

»Was ich eben gesagt habe, meine ich wirklich ernst«, erklärte Peter. »Sehr ernst sogar. Sie sind vielleicht nicht für ein Reiche-Frauen-Leben gemacht, Elisabeth. Sie sollten was aus Ihrem Leben machen und so schnell wie möglich damit beginnen. Entweder beim NWDR oder woanders.«

»Das habe ich auch vor«, sagte Elly, die sich nun wieder eingekriegt hatte. »Gleich morgen Vormittag gehe ich zu Fräulein Grüneberg.«

»Na wunderbar!«, freute sich Peter.

»Danke für Ihre offenen Worte.« Elly sah auf ihre Armbanduhr. »Au verflixt. Ich glaube, ich sollte jetzt mal langsam gehen«, sagte sie, und Peter nickte. »Gut. Chong, zahlen bitte. Schade«, sagte er dann zu Elly.

Sie tranken aus und verließen die Bar. Nach der Wärme empfand Elly die kalte, klare Luft als wohltuend. Es schneite schon wieder, und überall blinkten und blitzten die Leuchtreklamen in der Dunkelheit, die bereits eingesetzt hatte. Mehr Leute waren nun unterwegs, es herrschte eine gelöste, heitere Stimmung, aus den verschiedenen Kneipen dröhnte die Musik, man hörte Wortfetzen und Lachen. Nur zu gern wäre Elly mit Peter hier noch weiter herumgebummelt, aber sie hatte Ingrid versprochen, zu ihr zu kommen, und das Versprechen hielt sie auch. Als sie an Ingrid und ihre Notlage denken musste, bekam sie ein schlechtes Gewissen. Den ganzen Tag hatte sie nur an sich gedacht und die Zeit mit Peter so genossen.

»Wohin müssen Sie?«, fragte Peter fürsorglich.

»Zu Ingrid Rasmussen, meiner Freundin«, sagte Elly.

»Ah, in die Elbchaussee«, nickte er. »Ich besorge Ihnen einen Wagen.«

»Ach wo, ich kann doch laufen«, wehrte Elly ab.

»Nichts da. Da ist ein Taxi. Haben Sie genügend Geld dabei?«

»Ich kann die Rechnungen direkt ins Kontor von Papa schicken lassen«, bekam er erklärt. »Er hat eine Kundenkartei bei den Taxi-Unternehmen.«

»Natürlich hat er das«, sagte Peter und grinste. »Ich hoffe sehr, Sie bald wiederzusehen, Elly.« Er winkte einen vorbeifahrenden Wagen heran.

»Das tun wir doch, gleich morgen früh«, sagte Elly. »Was für ein Tag, ich kann es immer noch nicht glauben. Ich war bei einer alten Dame zum Mittagessen, habe eine Arbeit beim Fernsehen angeboten bekommen, ich war mit einem fast unbekannten Mann auf dem bösen Kiez unterwegs und habe mehr Alkohol getrunken, als mir gutgetan hätte. Aber summa summarum war es ein herrlicher Tag!«

»Sagen Sie, was verdienen Sie da eigentlich?«, fragte Peter. »Oder möchten Sie darüber nicht sprechen?«

Elly sah ihn an und schlug die Hand vor den Mund. »Du liebe Güte. Ich gehöre geschlagen«, sagte sie. »Glauben Sie es oder nicht, aber ich habe nicht gefragt.«

Wie naiv sie doch war. Peter musste ja denken, sie sei bislang mit Scheuklappen durch die Welt gegangen.

Aber er lachte. »Bei so viel Aufregung kann man das schon mal vergessen«, sagte er. »Außerdem können Sie ja morgen fragen.«

»Na ja, selbst wenn ich frage, ich muss zugeben, ich habe überhaupt keine Ahnung, was viel oder wenig ist. Ach, Peter, ich bin eine dumme Kuh.«

»Quatsch mit Soße«, sagte Peter. »Von einer dummen Kuh sind Sie weit entfernt, wirklich. Also, ich werde nach Tarif bezahlt, hat man mir gesagt, morgen bekomme ich alle Unterlagen. Bei mir ist es eine Festanstellung, bei Ihnen ja wohl eine Aushilfsstelle?«

»Das weiß ich auch nicht, das muss ich alles Fräulein Grüneberg morgen fragen.« Elly schüttelte den Kopf. »Jedenfalls danke ich Ihnen dafür, dass Sie mich nicht für komplett dumm halten.«

»Keineswegs«, sagte Peter ernst. »Ganz im Gegenteil.«

Nun lächelte sie ihn an. »Es war ein wunderbarer Abend, Herr Woltherr, ich danke Ihnen dafür.« Sie reichte ihm die Hand, und er nahm sie und drückte sie fest, aber nicht zu fest.

»Ich danke Ihnen, Elly. Schön, dass wir uns getroffen haben. Dann also bis morgen auf unserer Arbeit, mit Verdienst oder ohne.« Er hielt ihr den Schlag auf, und Elly nahm Platz und nannte dem Fahrer die Adresse.

Der nickte und fuhr los. Peter stand da und winkte. Er sah dem Wagen noch eine Zeit lang nach, bis er verschwunden war. Dann ging er langsam die Straße entlang und beschloss, noch ein Bier zu trinken. Oder doch nicht. Er musste ja noch zur Milchbar auf der Uhlenhorst, um Frau Krug mitzuteilen, dass er nicht mehr käme.

Kapitel 6

»Ich dachte schon, es sei was passiert«, sagte Ingrid matt. »Ich hab sogar bei euch daheim angeläutet, aber deine Mutter wusste auch nicht, wo du bist. Ihr hättet eine Meinungsverschiedenheit gehabt, hat sie gesagt.«

»Ach, es ging ums Heiraten und darum, dass Mama einfach Thies und seine Eltern für Samstag zum Abendessen eingeladen hat, um unsere Verlobung zu feiern. Dabei habe ich Thies noch nicht endgültig geantwortet. Inzwischen weiß ich auch, dass ich gar nicht heiraten werde. Jedenfalls jetzt noch nicht. Das war ein Tag, Ingrid! Aber erzähl du erst mal, was ist mit deinen Eltern?« Erwartungsvoll sah Elly die Freundin an.

»Papa ist unerbittlich«, klagte Ingrid. »Mama versucht zu vermitteln, aber er hat das letzte Wort, wie immer. Die Schande tut er sich nicht an und so weiter. Ich weiß gar nicht, wie es weitergehen soll, Papa hat gesagt, wenn ich die Angelegenheit nicht regele, war es das mit uns, er wirft mich raus und ich bin nicht mehr seine Tochter.«

»Ach, Ingridchen, das meint der olle Griesgram bestimmt nicht so«, sagte Elly beschwichtigend. »Das legt sich bestimmt wieder.«

»Mama hat gesagt, dass er es ernst meint.«

Sie saßen in Ingrids Zimmer und schauten sich ratlos an.

»Ich muss es wegmachen lassen.«

»Aber von wem denn?«, fragte Elly.

»Das weiß ich nicht. Papa sagt, bei diesem Thema könne ich keine Hilfe von ihm erwarten. Ich muss mich einfach auf die Suche machen. Vielleicht frage ich wirklich Peter Woltherr, ob er jemanden kennt, im Hafen oder so.«

»Peter arbeitet nicht mehr in der Milchbar auf der Uhlenhorst«, erklärte Elly ihr. »Wir haben den Nachmittag zusammen verbracht.«

»Aha«, sagte Ingrid verwundert. »Und getrunken habt ihr offenbar auch. Du riechst nämlich nach Alkohol.«

»Ja, du, wir waren in der Hong-Kong-Bar auf dem Hamburger Berg, auf dem Kiez. Und ab morgen arbeiten wir beide beim Fernsehen. Also, ich muss noch zusagen.« Elly bemühte sich, einen klaren Kopf zu bekommen. Aber der ungewohnte Alkohol wollte ihr einen Strich durch die Rechnung machen.

»Wie bitte?« Ingrid riss die Augen auf. »Das musst du mir bitte genauer erzählen.«

Kurz erzählte Elly ihr das Nötigste. Sie wollte jetzt mit ihrer eigenen Geschichte nicht von Ingrids Problemen ablenken.

»So kam das also. Weißt du was, ich frage ihn morgen, wenn ich ihn sehe, ob er uns helfen kann«, schloss Elly die Erzählungen ab. »Vielleicht kennt er wirklich jemanden.«

»Bitte tu das. Ich weiß weder aus noch ein«, klagte Ingrid. »Danke, Elly. Du bist wirklich lieb. Ach, wäre ich doch nie in die Schweiz gegangen. Hätte ich mich doch bloß niemals mit Alexander eingelassen. Dann wäre ich jetzt nicht so verzweifelt. Ich war wirklich verliebt in ihn. Bitte denk nicht, dass ich mich irgendwelchen Männern einfach so an den Hals werfe. So war es nicht. Ich bin so richtig reingefallen, Elly. Er hat übrigens auch meine Adresse, aber er hat sich bislang nicht gemeldet, obwohl er gleich schreiben wollte, und das ist jetzt auch schon sehr lange her. Und jetzt das. Ich dachte immer, das passiert nur den anderen. Wär ich doch zu Hause geblieben! Dann hätte ich Alex nie getroffen!«

»Das ist doch Unfug, Ingrid. Außerdem kann man es jetzt nicht mehr ändern. Wir werden schon eine Lösung finden. Ich lass dich nicht im Stich, das verspreche ich dir. Bitte sei nicht böse, weil ich etwas getrunken habe, Ingrid. Das war gar nicht geplant. Ich weiß doch, wie es dir geht.«

»Du bist ja nicht meine Gouvernante«, sagte Ingrid. »Aber ich bin wirklich froh, dass du da bist. Und ich muss zu irgendjemandem gehen und es wegmachen lassen, ich muss, sonst ist zu Hause mit Papa alles zu Ende. Zu ihm ist einfach kein Durchkommen. Ach, Elly, ach, Elly, aber was, wenn wir niemanden findet, wenn Peter niemanden kennt?«

»Dann überlegen wir weiter«, sagte Elly. »In jedem Fall werde ich bei dir sein und dich das nicht alleine durchstehen lassen.«

»Danke, Elly«, sagte Ingrid wieder. »Danke.« Sie überlegte kurz. »Aber was wollen wir denn dann machen? Du kennst doch auch niemanden. Ich wüsste auch nicht, wo wir suchen sollten, wir können ja schlecht herumlaufen und uns durchfragen. Peter ist die einzige Möglichkeit. Ach, Elly.« Sie umarmte die Freundin. »Ich habe dich so lieb. Wie gut, dass du bei mir bist und mir beistehst. Ich bin so unglücklich, Elly, so unglücklich. Ich bin immer noch so schrecklich verliebt in Alexander. Und ich habe solche Angst vor dem Wegmachen. Ich will nicht sterben, Elly.« Nun brachen die Tränen aus Ingrid heraus, und Elly saß nur da und hielt sie fest. Ratlos dachte sie nach. Was für eine schreckliche Situation! Und was für ein furchtbarer Vater. Herr Rasmussen war schon immer laut und ungehobelt gewesen. Doch das hier war etwas anderes. Er ließ seine einzige Tochter gnadenlos im Stich. Ellys Herz fühlte so sehr mit Ingrid, dass es beinahe schmerzte. Sie streichelte Ingrids Rücken und ließ die Freundin weinen.

Kapitel 7

»Mama, ich muss mit dir sprechen«, sagte Elly, nachdem sie nach Hause gekommen war.

»Ich auch mit dir. Wo warst du bitte den ganzen Tag?«, fragte Magdalena Bothsen erzürnt. »Schau mal auf die Uhr! Ich dachte, nach unserem Disput rennst du zu Ingrid, aber die hat hier angeläutet und fragte nach dir. Bist du jetzt wenigstens endlich zur Vernunft gekommen?«

»Zur Vernunft gekommen, Mama? Wie meinst du das denn?«

Magdalena antwortete nicht, sondern schnüffelte an Elly herum. »Kind, hast du etwa Alkohol getrunken? Und geraucht?«

»Ja, Mama, stell dir vor, ich war mit einem wildfremden Seefahrer auf der Reeperbahn unterwegs in einer ganz gruseligen Bar, dort haben wir uns betrunken und Zukunftspläne geschmiedet. Ich werde mit ihm nach Afrika fahren und dort in einer Lehmhütte wohnen«, erzählte Elly. »Und geraucht habe ich auch, wie verrückt, Mama. Da könnte selbst Papa nicht mehr mithalten. Ach, und soll ich dir meine Tätowierung zeigen? Du errätst nie, wo die ist!«

Die Mutter ignorierte diese Worte. »Wie dem auch sei, Elisabeth, Thies' Eltern kommen am Samstag, und sie freuen sich auf einen schönen Abend, ich habe vorhin mit Frau von Rehren gesprochen, sie ist schon ganz aufgeregt, weil eine Hochzeit ins Haus steht und …«

»Mama«, sagte Elly fest. »Ich werde Thies jetzt nicht heiraten. Mir geht das zu schnell.«

»Ach, Kind, zu schnell, zu schnell, nenn mir bitte einen jungen Mann, der besser zu uns passt. Thies kommt aus hervorragendem Haus, er hat finanziell ausgesorgt, er ist fleißig und durch und durch ein Gentleman mit tadellosen Manieren und bester Schulbildung.«

»Ich finde sicher niemanden, der besser zu *uns* passt, aber vielleicht jemanden, der besser zu *mir* passt. Wirklich, Mama, sag das Essen bitte ab, ich werde jetzt noch nicht heiraten.«

»Du redest wirr, Kind. Am besten, du nimmst ein heißes Bad, damit du zum Abendessen wieder auf der Höhe bist. Danach sieht die Welt schon ganz anders aus. Ich läute nach Birte, die soll das Bad einlassen.«

»Das kann ich selbst«, wehrte Elly ab.

»Aber dafür ist Birte doch da.« Magdalena ging zur Wand, wo sich ein Klingelknopf fürs Personal befand. »Reg mich jetzt bitte nicht auf, Elly, denk an meine Migräne.«

Elly schüttelte nur den Kopf. Ihrer Mutter war wirklich nicht beizukommen. Wenn Magdalena sich etwas in den Kopf gesetzt hatte, dann musste das so geschehen und nicht anders. Genau so war es jetzt mit der Hochzeit. Aber da hatte sie nicht mit ihr, Elly, gerechnet. In dem Moment klopfte es, und Birte kam herein, um nach den Wünschen zu fragen, dann knickste sie und ging nach oben, um in Ellys Badezimmer das Wasser einzulassen. Am liebsten hätte Elly sie wieder weggeschickt, aber dann würde Birte denken, sie hätte etwas falsch gemacht. Das dachte das junge Hausmädchen ständig. Sie war erst fünfzehn und hatte stets Angst, Fehler zu machen.

Elly legte sich tatsächlich in die Wanne, genoss den wunderbaren Duft des Badeschaums und die Wärme, cremte sich nach dem Bad ein, zog ein Strickkleid an und legte sich auf ihr Bett und starrte an die Decke. Ihre Gedanken drehten sich um Peter Woltherr und darum, dass sie sich morgen schon wiedersehen würden. Und überhaupt ließ sie den ganzen Tag Revue passieren. So viel war noch nie an einem Tag geschehen.

Dann fiel ihr ein, dass sie noch ein Schreiben brauchte, in dem ihr Vater versicherte, er habe nichts gegen die Arbeit beim NWDR. Sie stand schnell auf und ging zu ihrem Schreibtisch aus rotbraun leuchtendem Kirschholz, zog einen Bogen Papier aus einer der Laden und nahm einen Stift, um sorgfältig loszuschreiben.

Die Unterschrift ihres Vaters war recht leicht zu kopieren, er und Elly hatten ein ähnliches Schriftbild.

So. Viktor Bode hatte nichts dagegen, dass seine Tochter Elisabeth Bode arbeitete. Mit vorzüglicher Hochachtung. Viktor Bode – Punkt.

Während des Abendessens plapperte Magdalena ununterbrochen davon, wie wichtig der kommende Samstag wäre und alle hätten sich einzufinden, Ausreden würden nicht gelten.

»Bis dahin hat sich unser Töchterchen auch wieder beruhigt«, sagte sie in Ellys Richtung. »Sie hatte nämlich heute die drollige Idee, dass sie noch nicht heiraten will.«

Ihre Schwester Kari sah auf. »Wirklich nicht? Ich kriege ja richtig Respekt vor dir, Schwesterchen. Du stellst dich gegen unsere heiligen Eltern und deren Wünsche! Dass ich das noch erleben darf.«

Elly zwinkerte Kari zu. Die beiden Schwestern verstanden sich von jeher gut, wobei Kari definitiv die Wildere von beiden war und sich so gut wie nichts sagen oder vorschreiben ließ. Kari war überhaupt kein typisches Mädchen, von ihrem

Aussehen mal abgesehen. Sie hatte hellblonde, lange Locken, dunkelblaue Augen und eine zierliche Figur. Sie trug wahnsinnig gerne Hosen, war rebellisch und aufbrausend. Ungerechtigkeit war ihr zuwider, und wenn es nach ihr ginge, hätte man in diesem Haus keine Angestellten, sondern müsste sich selbst um alles kümmern.

»Putzen hat noch niemandem geschadet«, sagte sie beispielsweise, oder »Männer und Frauen sollten gleichberechtigt sein und auch das Gleiche verdienen. Es ist eine Unverschämtheit, dass Frauen für dieselbe Arbeit nur die Hälfte an Lohn bekommen.«

Mit ihren siebzehn Jahren war Kari noch zu jung zum Heiraten, aber natürlich hatte Magdalena Bothsen schon ihre Fühler ausgestreckt und passende Kandidaten ausgeguckt, die man wie zufällig während der Sonntagsspaziergänge auf dem Jungfernstieg traf.

Finn zu Rade-Sellhoff beispielsweise, der zwanzigjährige Sohn eines Reeders, Jan Bergmann, dessen Vater mit Stoffen handelte, oder Jonte Ladisberg, Spross eines schwerreichen Getreidehändlers. Gerade der einundzwanzigjährige Jonte passte gut in Magdalenas Bild eines Schwiegersohns, er hatte tadellose Manieren, sah gut aus, und außerdem hatte er noch vier weitere Brüder, was Magdalena hoffen ließ, dass auch er Söhne zeugen würde, um den Fortbestand der Familie zu sichern. Für sie stand fest, dass beide Töchter heiraten und möglichst viele Kinder bekommen würden. Es musste immer weitergehen. Man brauchte Erben. York war schon mit gutem Beispiel vorangegangen. Zu gern schmierte sie Elly und Kari aufs Butterbrot, dass sie ebenso schnell nach ihren Hochzeiten Kinder in die Welt setzen müssten. So hatte es York mit seiner stets kränkelnden Frau Elfriede vorgemacht, und so waren der dreijährige Maximilian und das zweijährige Binchen kurz hintereinander auf die Welt gekommen. Elfriede legte viel Wert auf gute Erziehung und gluckte den lieben langen Tag um die beiden herum. Sie war zart und klein und wirkte ständig nervös, wie sie um die Kinder herumschwirrte.

»Wie ein übereifriger Schmetterling«, sagte Elly immer.

Momentan war Elfriede mal wieder kränklich, wie sie jedem erzählte, sie war müde und musste sich oft hinlegen, so dass die patente Kinderfrau sich oben um Maxi und Binchen, die wie immer in der Küche gegessen hatten, kümmerte.

Frau Johannsen hatte schon York, Kari und Elly großgezogen, nun war die nächste Generation an der Reihe.

»Elly redet viel, wenn der Tag lang ist«, sagte Magdalena nun. »Freuen wir uns alle auf Samstag, und lasst uns essen. Benedikt, ich habe einen Fischsalat machen lassen mit Pumpernickel, den isst du doch so gerne …«

Für den Moment ließ Elly es auf sich beruhen.

Sie würde gleich morgen zu Thies gehen und ihm ihre Entscheidung mitteilen. Und dass sie arbeitete, das würde sie erst mal für sich behalten. Nur Kari würde sie eventuell bei Gelegenheit einweihen. Eine Verbündete war nicht das Schlechteste.

Nach dem Abendessen begaben sich Benedikt und York in die Bibliothek, um ihren allabendlichen Whisky zu trinken und über den Tag zu sprechen.

Ellys Bruder York wurde von seinem Vater mit strengem Regiment an die Aufgaben herangeführt. Benedikt Bothsen duldete weder Schwäche noch falsche Entscheidungen. Man hatte gründlich nachzudenken und dann das Richtige zu tun, so einfach war das. Natürlich hatte auch er schon Fehler gemacht, deswegen war es umso wichtiger, gute Ratschläge und

Hilfestellungen an den Nachwuchs weiterzugeben. Aber mit harter Hand. Weiche Sprüche und von Gefühlen geleitete Handlungen waren nichts für Benedikt. So war York erzogen worden, und ein dünner, biegsamer Rohrstock hatte oftmals dabei geholfen. Elly hatte es immer schrecklich gefunden, wenn sie den Vater aus der Bibliothek mit York brüllen hörte. Oft rief er Magdalena, Kari und Elly herein, und sie mussten sich aufstellen und zuschauen, wie er seinem vor Scham knallroten Sohn die Hosen herunterzog und ihm je nach Vergehen zwanzig bis fünfzig Hiebe mit dem dünnen Stock aufs bloße Hinterteil verabreichte. York war das gerade vor seinen kleinen Schwestern so abgrundtief peinlich gewesen, das war noch schlimmer als seine vor Mitleid weinende Mutter. Wenn Benedikt fertig war, musste York sich für die Bestrafung bedanken und gelobte schluchzend Besserung von was auch immer.

Elly hatte oft weinen müssen, wenn York bestaft wurde, weil sie das so schrecklich gefunden hatte.

Glücklicherweise kam der Rohrstock nie bei den Mädchen zum Einsatz. In den seltenen Fällen einer Bestrafung bekamen sie Stubenarrest oder mussten einen Sonntag lang in der Ecke stehen.

Doch York musste auf den Ernst des Lebens vorbereitet werden.

Für die Firma musste alles funktionieren.

Das war Benedikt seinem Vater und seinen Vorvätern schuldig.

Nach dem Abendbrot ging Elly auf ihr Zimmer, um noch ein wenig zu lesen. Und natürlich, um über Peter nachzudenken. Morgen schon würde sie ihn wiedersehen.

Sorgfältig faltete sie das Schreiben mit der falschen Unterschrift zusammen und steckte es in ihre Handtasche. Natürlich hatte sie ein schlechtes Gewissen, und sie wusste auch, dass das, was sie da getan hatte, Urkundenfälschung war – aber was blieb ihr anderes übrig?

Ihr fiel wieder ein, dass auch Peter gar nicht wusste, wie sie wirklich hieß. Ob sie es ihm sagen sollte? Aber je weniger Menschen wussten, dass sie eine Bothsen war, desto besser war es doch!

Sie beschloss, es ihm erst mal nicht zu sagen. Es spielte ja auch keine Rolle, wie sie wirklich hieß.

Dann machte Elly sich für die Nacht fertig und stellte zum ersten Mal seit Ewigkeiten einen Wecker.

Einschlafen konnte sie lange nicht. Wie der nächste Tag wohl werden würde?

Kapitel 8

Als Elly gegen halb acht fertig angezogen und frisiert das Frühstückszimmer betrat, waren nur ihr Vater und York anwesend. Glücklicherweise war Magdalena nie so früh wach. Auch Kari schlief immer lange.

»Nanu, was verschafft uns denn die Ehre?«, fragte Benedikt erstaunt, stand auf und schob seiner Tochter einen Stuhl zurecht.

»Danke, Papa. Ach, ich konnte nicht mehr schlafen, da dachte ich, dass ich auch aufstehen kann. Außerdem bin ich nachher mit Lena und Bruni verabredet, wir wollen bummeln gehen.«

Benedikt nickte. »Mach das, Elly.«

Elly nahm die schwere silberne Kanne und goss sich Kaffee ein. York läutete und verlangte noch eine Portion Rührei, Elly bestellte bei Maike Toast und zwei Eier im Glas und nahm sich dann etwas Obst und Quark.

Im Hintergrund lief leise klassische Musik, und aus den bodentiefen Sprossenfenstern hatte man einen fantastischen Blick in den winterlichen Garten. Magdalena beschäftigte zwei Gärtner, um jedes Jahr wieder ein Paradies daraus machen zu lassen. Im Sommer war der Garten ein reines Blumenmeer mit Rosen, Rittersporn und Clematis, dazu Sandsteinskulpturen überall und einem Baumhaus, das Opa Bothsen damals für seinen Sohn gebaut hatte. Früher hatten Elly und ihre Geschwister darin gespielt, heute taten das im Sommer

Binchen und Maxi. Die Köchin Hedda hatte vorgeschlagen, ein Stück Garten für Obst- und Gemüseanbau zu verwenden, so wuchsen Salat und Erdbeeren, Möhren und Johannisbeeren in einem Extragarten, und Hedda freute sich, wenn sie je nach Jahreszeit die leckersten Sachen aus dem eigenen Garten zubereiten und auf den Tisch bringen konnte. Elly liebte die frischen Himbeeren und aß sie gern direkt nach dem Pflücken.

Da kam Maike mit den Eiern und geröstetem Toast, den Elly mit frischer Butter und Honig bestrich.

Man sprach wenig beim Frühstück, Vater und Sohn waren stets mit der Lektüre des *Hamburger Abendblatts* beschäftigt, und deswegen hatte Magdalena irgendwann beschlossen, länger zu schlafen.

»Man redet ja sowieso nicht mit mir«, hatte sie gesagt. Als die Kinder noch klein waren und zur Schule mussten, war das Kindermädchen mit ihnen aufgestanden. Nun, da sie alle groß waren, gab es keine Veranlassung für Magdalena, ihr Bett vor zehn Uhr zu verlassen.

Benedikt faltete nun seine Zeitung zusammen, trank noch einen Schluck Kaffee und stand auf.

»Ich wünsche dir einen schönen Tag, Elly«, sagte er und strich ihr übers dunkle Haar.

»Danke, Papa, den wünsch ich dir auch.«

York erhob sich ebenfalls und verabschiedete sich von ihr, dann saß Elly alleine da.

Sie aß auf, nahm ihre Tasche und im Flur ihren Dufflecoat und verließ das Haus. Dann begab sie sich zum nächsten Fernsprecher und holte den Zettel mit der Nummer von Linda Grüneberg heraus, um kurz darauf die Nummer zu wählen. Linda Grüneberg war gleich am Apparat.

»Das sind schöne Nachrichten«, sagte sie. »Können Sie wohl gleich vorbeikommen, damit wir das Bürokratische regeln können?«

»Aber ja«, sagte Elly froh.

»Dann bis gleich«, freute sich auch Linda.

Elly legte auf, und ihr Herz schlug voller Freude schneller als sonst. Geschafft! Sie hatte zugesagt! Kurz überlegte sie, wie sie zum Heiligengeistfeld gelangen würde, dann beschloss sie, mit der kleinen Vespa zu fahren, die ihr Vater ihr geschenkt hatte. Sie hatte sich zum achtzehnten Geburtstag gewünscht, den Führerschein machen zu dürfen, und Benedikt hatte zugestimmt, obwohl ihm das nicht ganz geheuer gewesen war. York hatte sich damals sehr geärgert, denn er selbst war dreimal durch die Fahrprüfung gefallen, während seine kleine Schwester gleich beim ersten Mal mit Bravour bestand. Auto fuhr Elly nur manchmal, da hatte sie nicht viel Übung, viel lieber knatterte sie mit ihrer hellblauen Vespa herum. Sicher könnte man sie irgendwo vor dem Sender abstellen. Schnell rannte Elly zurück nach Haus, um die Vespa aus der Garage zu holen, und hoffte, niemandem zu begegnen, was ihr gelang.

Wie gut, dass sie heute wieder Hosen trug, kombiniert mit warmen Stiefeln und einem grünen Pullover. Der Dufflecoat, Lederhandschuhe und eine Pelzmütze würden sie auf der Vespa warmhalten. Offenbar hatte Linda Grüneberg nichts dagegen, dass Frauen Hosen trugen, sonst hätte sie ja gestern was gesagt.

Kurze Zeit später bremste Elly, stellte die Vespa vor dem Hochbunker ab und atmete durch. Es war so weit! Sie würde jetzt in den NWDR hineingehen und alles Weitere mit Fräulein Grüneberg besprechen!

»Können Sie heute direkt anfangen?«, fragte Linda, die sich sehr über Ellys Zusage gefreut und den Schrieb vom »Vater« nur flüchtig begutachtet hatte. »Sie müssen auch in unserer Personalabteilung noch einige Unterlagen ausfüllen.«

»Natürlich«, sagte Elly mit fester Stimme, während sie innerlich fieberhaft nachdachte. Was war, wenn ihre Flunkerei jetzt aufflog? Aber dann atmete sie tief durch. Das würde sie auch noch hinkriegen.

»Das machen wir dann gleich, ich melde Sie eben unten bei Frau Brunsen an. Sie sitzt im Erdgeschoss, gleich hinter dem Kabuff vom Pförtner. Frau Brunsen ist unschwer zu erkennen. Sie trägt immer einen grauen Rock und eine weiße Bluse, und ihre Brille hängt an einer silbernen Kette. Ihre Haare sind genauso grau wie ihr Rock und immer hochtoupiert.«

»Jo, jo, bestens, so, dann legen wir Sie mal in einer Kartei an«, sagte Victoria Brunsen und setzte ihre Brille auf.

Sie trug tatsächlich einen grauen Rock und eine weiße Bluse, wie Linda gesagt hatte. Ihre grauen Haare waren kunstvoll hochtoupiert, und Elly fragte sich, wie viel Haarspray Frau Brunsen dafür benutzt hatte.

Elly musste drei Formulare ausfüllen und bekam einen vorläufigen Ausweis für freie Mitarbeit des NWDR ausgestellt. Elisabeth Bode arbeitete jetzt hier! Sie hatte Angst gehabt, dass Frau Brunsen ihren Ausweis sehen wollte, aber zum Glück war das nicht nötig. Aber eine Adresse wollte sie haben, und Elly gab einfach die Adresse von Rasmussens an, weil sie auf gar keinen Fall die von ihren Eltern nennen wollte.

»Normalerweise stecken wir die Post in die jeweiligen Fächer der Mitarbeiter«, erklärte Frau Brunsen. »Also bitte immer mal nachschauen.«

»Natürlich«, nickte Elly. »Ach so, eine Frage hätte ich noch. Ähem ... was verdiene ich hier eigentlich?« Himmel, war das peinlich! Sie kam sich vor wie eine Fünfjährige.

»Also, ist es die Möglichkeit!« Frau Brunsen schüttelte den Kopf. »Hat Fräulein Grüneberg das nicht mit Ihnen besprochen? Nun, offenbar nicht.« Sie holte einen Ordner aus einem Regal und schlug eine Seite auf. Elly konnte eine Tabelle erkennen.

»Das ist alles festgelegt. Sie sind ungelernte Aushilfe, da kommen wir auf zweihundertfünfzig Mark im Monat.«

Elly musste sich eingestehen, dass sie tatsächlich überlegen musste, ob das viel oder wenig war. »Aha«, sagte sie also nur. Wie peinlich das war! Aber sie musste so selten bar bezahlen, dass sie wirklich kaum eine Ahnung hatte. Wenn sie ausging, zahlte meistens der Herr, also Thies, oder eben ihr Vater. Taxifahrten und Einkäufe wurden direkt übers Kontor von Benedikt abgerechnet. Sie wusste noch nicht mal, was die Vespa gekostet hatte. Wie blind war sie eigentlich?

Frau Brunsen klappte den Ordner zu. »Ausgezahlt wird wöchentlich in bar. Die Ausgabestelle ist hier gegenüber. Jeden Freitag ab halb neun Uhr.«

»Danke«, sagte Elly.

»Das Erlaubnisschreiben nehmen Sie bitte wieder mit hoch zu Fräulein Grüneberg«, wies Frau Brunsen an. »Hier sind wir fertig. Dann also herzlich willkommen beim Nordwestdeutschen Rundfunk.«

»Danke schön«, sagte Elly froh und lief mit raschen Schritten in den dritten Stock. Zweihundertfünfzig Mark ... sie erinnerte sich daran, dass ihre Mutter von Papa mal einen Pelzmantel geschenkt bekommen hatte, der hatte über fünfhundert Mark gekostet. Also waren die zweihundertfünfzig

Mark vergleichsweise wenig. Oder war der Mantel einfach sehr teuer gewesen? Sie wusste es nicht.

Aber Elly ließ sich dadurch nicht weiter beirren. Sie reckte sich und hob den Kopf. Immer weitergehen!

Im dritten Stock herrschte bereits hektische Betriebsamkeit. Linda rauchte schon wieder.

»Da sind Sie ja«, rief sie. »Laszlo hat Ihnen einen Schreibtisch in mein Büro gestellt, und Sie bedienen heute auch noch das Zuschauertelefon. Wir sind chronisch unterbesetzt, es ist zum Heulen. Ich habe Ihnen die Zuschauerpost hingelegt. Unter der Haube da versteckt sich eine Schreibmaschine. Jeder Brief muss beantwortet werden, und zwar höflich, Anweisung der Programmdirektion. Aber das kriegen Sie hin, oder? Einen freundlichen Brief zu schreiben kann ja nicht so schwer sein.«

»Ich glaube schon, dass ich das hinkriege«, sagte Elly und zog ihren Dufflecoat aus.

»Oh, das ist aber eine schicke Pelzmütze«, sagte Linda und sah bewundernd auf die Nerzkappe. Elly hätte sich ohrfeigen können. Hätte sie nicht eine normale Mütze aufsetzen können?

»Ach, die ist nicht echt«, sagte sie geistesgegenwärtig und lachte.

»Dafür ist sie aber gut gemacht. Normalerweise erkenne ich Imitate.« Linda strich über das Fell.

»Wie dem auch sei. Kommen Sie mal mit, Fräulein Bode, ich zeige Ihnen unsere kleine Küche, da findet man immer jemanden zum Schnacken, und so ganz nebenbei kann man sich da Kaffee holen. Wer den letzten verbraucht, kocht neuen, das ist hier eisernes Gesetz.«

Sie lief mit Elly einen Gang entlang, auf dem es vor Mitarbeitern nur so wuselte.

Elly sog alles in sich auf. Die Betriebsamkeit, das Lachen, die Gespräche. Hier war Leben, hier entstanden Sendungen, hier arbeitete man und stellte etwas her, nämlich das Programm für die Zuschauer.

Das war doch ein ganz anderer Tagesablauf als der, den sie kannte. Ausschlafen, frühstücken, waschen, anziehen, herumsitzen, häkeln, mit Freundinnen Tee trinken, Magdalenas Gejammer zuhören und abends gemeinsam mit der Familie Abendessen. Und irgendwann würde sie dann selbst einen Haushalt in einer Villa führen, hätte Angestellte, so viele, wie sie wollte, und Kindermädchen für den Nachwuchs. So würde es immer weitergehen.

Nein. Nicht mehr. Nicht mit ihr!

»Hier sind wir«, sagte Linda. »Marie, Ina, Olaf, darf ich euch eine neue Kollegin vorstellen. Elisabeth Bode.«

Elly bekam einen Schreck. Sie kannte Ina! Bis vor einigen Jahren hatten sie zusammen Klavierunterricht gehabt.

Ina erkannte sie auch und öffnete schon den Mund, um etwas zu sagen, da schüttelte Elly fast unmerklich den Kopf und formte lautlos mit den Lippen ein »Nein«.

Ina war zum Glück nicht dumm. Sie verstand und schwieg.

So ein Mist. Daran hatte Elly nicht gedacht, dass sie ja Bekannte treffen könnte. Das würde nicht lange gut gehen mit der Heimlichkeit. Aber vorerst gab es keine andere Möglichkeit.

»Hallo«, sagten die drei Kollegen nun und schüttelten Elly nacheinander die Hand.

»Willkommen im Hornissennest«, sagte Olaf fröhlich. »Damit meine ich nicht, dass hier gestochen wird, aber alle wuseln herum. Man gewöhnt sich aber dran, und irgendwann macht es sogar Spaß.«

»Das glaube ich«, lächelte Elly. »Und ich freue mich drauf.«

»Kaffee?«, fragte Marie, eine kleine, zierliche Person mit lackschwarzem Haar und Pferdeschwanz.

»Sehr gern«, sagte Elly. Marie nahm eine Tasse aus dem Schrank und goss ihr ein.

»Leider haben wir keine Zeit für einen Schwatz, die Schreibtische quellen über, meine Liebe, wir sehen uns zur Mittagspause.«

Die drei gingen zurück an ihre Arbeitsplätze.

Linda stellte Elly auf dem Rückweg zum Büro noch einige Kollegen vor, deren Namen sich Elly gar nicht alle merken konnte. Aber das würde sich sicher mit der Zeit geben.

Eine blonde, hochgewachsene Frau kam den Gang entlanggerannt, ihr folgte ein etwas kleinerer dunkelhaariger Mann mit Oberlippenbart.

»Nicht mit mir«, sagte die Frau. »Wenn die nicht einlenken, dann gehen wir.«

»Erika, nun reg dich doch nicht auf«, sagte der Mann kurzatmig. »Wir werden uns schon einig werden. Nichts wird so heiß gegessen, wie es gekocht wird.«

»In deinem Falle sollte man das aber tun«, sagte die Frau giftig, und sie rannten beide an Linda und Elly vorbei.

Linda verdrehte die Augen. »Carl Hahn und seine sehr geschäftstüchtige Frau Erika«, sagte sie leise. »Sie hatte die Idee, aus ihrem Mann einen Fernsehkoch zu machen.«

»Einen Fernsehkoch?«, fragte Elly.

»Ja, Sie haben richtig gehört. Eine neue Programmidee. Er soll vor der Kamera kochen. Eigentlich ist er Schauspieler, aber es fehlt an Engagements. Da hatte Frau Hahn diese Idee. Ich bin mal gespannt, ob sie sich noch einig werden, die Programmdirektion und die beiden. Er hat einen Künstlernamen, nennt sich Clemens Wilmenrod. Wilmenrod hört sich wohl besser an als Hahn. Wilmenrod ist eigentlich sein Heimatort. So, da sind wir. Auf in den Kampf.«

Sie schloss die Tür des Büros, und Elly setzte sich an den Schreibtisch.

»Was soll ich denn zuerst machen?«, fragte sie.

»Die Zuschauerpost, bitte«, sagte Linda.

Bis zur Mittagspause öffnete und las Elly die Post der Zuschauer. Die meisten beschwerten sich über etwas. Sehr viele urteilten über die Ansagerin Irene Koss, die seit dem ersten Weihnachtsfeiertag des letzten Jahres, als der NWDR auf Sendung gegangen war, die Programme im Wechsel mit einer Kollegin ansagte. Deren Frisur sei unmöglich und die Bluse eine Katastrophe! Man solle doch lieber einen Mann die Programme ansagen lassen, oder die Kollegin Angelika Feldmann sei viel souveräner. Einige Briefe waren auch freundlich, Männer fragten, ob man Frau Feldmann und Frau Koss kennenlernen könne, einige Heiratsanträge waren dabei, und zwei oder drei Briefe waren voll des Lobes.

Zwischendurch ging Elly an das Zuschauertelefon. Der erste Anrufer war ein giftiger Mann, der sich darüber beschwerte, dass der Ort Ganderkesee falsch ausgesprochen worden war.

»Das heißt nicht Ganderkäse, sondern Gan-der-ke-see«, wurde er nicht müde zu wiederholen. »Man muss doch in eurem Laden wissen, wie etwas ausgeprochen wird. Sagen Sie das mal den Verantwortlichen. Unzumutbar ist das.«

»Wie gut, dass Sie anrufen«, antwortete Elly höflich und zuvorkommend. »Auf Menschen wie Sie kommt es an. Mitdenkende Menschen, die dann auch noch so nett sind und uns die Fehler mitteilen. Danke dafür!«

87

»Äh, äh, bitte.« Offenbar hatte der Anrufer sich auf ein Streitgespräch gefreut und war nun von Ellys Entgegenkommen überrascht.

»Ich werde das weitergeben und wünsche Ihnen noch einen wunderbaren Tag«, flötete Elly, und Linda Grüneberg lächelte anerkennend aus einer Rauchwolke. »Die Leute schreiben und rufen eher an, wenn sie unzufrieden sind«, erklärte Linda Elly, als die aufgelegt hatte. »Lob ist selten, aber herumstänkern tun manche eben gern. In der Zeitung gab es sogar mal eine Abstimmung, als Irene eine neue Frisur hatte.«

Das Telefonieren und Beantworten der Zuschauerpost machten Elly Spaß. Sie ließ sich von Fräulein Grüneberg erklären, wo die Empfängeradresse hingeschrieben wurde und wann man Absätze einbauen musste, und sie kam gut mit der Schreibmaschine zurecht, denn sie hatte in Papas Kontor schon ein paarmal auf einer tippen dürfen. Das Tippen war zwar auf Dauer mühselig und strengte die Finger an, aber Spaß machte es doch.

Jeder Brief musste mit zwei Durchschlägen getippt werden, von dem Durchschlagpapier bekam Elly schnell blaue Finger. Sie musste aufpassen, dass nichts von der Farbe auf die Briefe und ihre Kleidung kam.

Linda Grüneberg las die ersten Briefe gegen und zeigte sich zufrieden.

»Sehr schön«, sagte sie. »Immer freundlich bleiben, aber dem Zuschauer auch mal Grenzen setzen. Wenn einer beispielsweise schreibt, Frau Feldmann solle eine tiefer ausgeschnittene Bluse anziehen, dann wird hier natürlich entsprechend geantwortet. Sie werden sehen, mit der Zeit geht es immer einfacher. Sie sind ja fix, Fräulein Bode, es ist wirklich gut, dass Sie da sind.«

Sie zündete sich schon wieder eine Zigarette an.

»Können wir vielleicht das Fenster öffnen?«, fragte Elly höflich. Ihre Augen tränten immer schrecklich, wenn sie zu viel Zigarettenrauch abbekamen. Außerdem ekelte sie der Gestank.

»Um Himmels willen, es ist so kalt draußen«, wehrte Linda ab. Elly insistierte nicht weiter. Sie musste sich daran gewöhnen. Und da klingelte auch schon wieder das Zuschauertelefon, und Elly nahm den Hörer ab. »Zuschauertelefon des Nordwestdeutschen Rundfunks, wie kann ich Ihnen helfen? Ja … ja … nein, so etwas gibt es in unserem Programm nicht, das tut mir leid. Vielleicht sollten Sie einmal im *Abendblatt* inserieren, da gibt es doch extra eine Rubrik für Heiratsanzeigen … genau … oh … nein, ich bin schon vergeben, aber vielen Dank. Ja, auf Wiederhören.«

Sie legte den Hörer auf die Gabel und schüttelte den Kopf. »Das war ein Mann, der findet, dass ich eine sexy Stimme habe, und fragte, ob ich mir vorstellen könnte zu heiraten«, lachte sie in Lindas Richtung.

»Oh, das wird nicht der letzte Anruf dieser Art bleiben«, sprach die aus Erfahrung.

Gegen halb eins klopfte Ina an die Tür und stand dann im Raum. »Ich wollte fragen, ob du die Mittagspause mit uns verbringen willst«, sagte sie zu Elly.

»Eine gute Idee, nehmen Sie unsere Elisabeth mal gleich unter Ihre Fittiche«, freute sich Linda. »Gehen Sie gern, Elly, alles gut. Ich gehe mit den anderen Sekretärinnen an die Luft. Sie haben eine Stunde Mittag.«

»Nun bin ich aber gespannt wie ein Flitzebogen«, sagte Ina, als sie den Gang entlanggingen.

Elly lächelte. »Das glaube ich dir. Wäre ich an deiner Stelle auch. Du, eins vorweg, ich bitte dich wirklich, also es ist enorm wichtig, dass du deinen Eltern und auch sonst niemandem erzählst, dass ich hier arbeite«, bat sie Ina.

»Verstehe, aber warum?«, fragte die.

»Weil meine Eltern nichts davon wissen, und sie sollen es auch erst mal nicht erfahren.«

Zusammen gingen sie die Treppen hinunter, um eine Runde auf dem Heiligengeistfeld zu drehen.

»In Ordnung, du kannst dich auf mich verlassen.«

Nach dem ersten Schrecken, hier jemand Bekanntes getroffen zu haben, freute Elly sich, Ina Schütze wiederzusehen. Sie hatte sich immer gut mit ihr verstanden. Allerdings waren ihre Eltern von der Freundschaft nicht so begeistert gewesen, denn Inas Herkunft passte nicht in die Welt der Bothsens. Inas Eltern betrieben eine Imbissbude an den Landungsbrücken und verkauften dort Bratwurst, Brezeln und Pommes Frites mit einer von Inas Mutter selbst gemachten Mayonnaise, die jeder liebte. Elly fand es herrlich, nachmittags mit Ina nach dem Unterricht dorthin zu gehen und Fischbrötchen zu essen und den Schiffen zuzusehen.

Magdalena hatte stets die Nase gerümpft, wenn Elly nach heißem Fett gerochen hatte. Sie wäre nie auf die Idee kommen, etwas an einer Imbissbude zu essen.

»Warum arbeitest du denn hier unter falschem Namen?«, wollte Ina wissen, als sie ins Freie traten.

»Ina, versprich mir, dass du's wirklich für dich behältst«, sagte Elly leise.

Ina nickte. »Ehrenwort!«

»Meine Eltern wissen wie gesagt noch nicht, dass ich hier arbeite. Ich bin ja selbst erschrocken, wie schnell es ging. Seit gestern ist sowieso irgendwie alles anders. Ich habe Peter, einen jungen Mann, der auch hier angefangen hat, hierher begleitet und die Stelle angeboten bekommen. Das hat mich einfach gereizt. Und ein bisschen war es auch die Wut auf meine Mutter, denn sie hat einfach die Eltern meines Freundes für Samstag zu einer Verlobungsfeier eingeladen. Da fühlte ich mich übergangen.«

Ina runzelte die Stirn. »Habe ich das richtig verstanden? Deine Frau Mama will eine Verlobung feiern, die es eventuell gar nicht gibt?«

»Nicht eventuell. Ich will nicht heiraten. Was die immer alle mit dem Heiraten haben, es ist nervenaufreibend.«

»Also, meine Eltern sind da nicht so, aber wir sind ja auch keine Pfeffersäcke. Meine Mutter sagt immer, Hauptsache, ich werde glücklich und liebe den Mann. Wer ist denn der Glückliche, der dich heiraten will?«

»Thies von Rehren, natürlich eine alteingesessene Familie«, erklärte Elly. »Er ist wirklich nett, aber ich liebe ihn nicht. Meinen Eltern ist das egal. Geld zu Geld. So wie das in diesen Kreisen immer ist.«

Ina grinste. »Ich weiß noch, dass deine Mutter damals gefragt hat, aus welchen Familien denn die ganzen Kinder kommen, die bei Fräulein Krautkopf Klavier gelernt haben. Die Krautkopf hat gesagt, dass sie das nicht interessiere, sie würde nur Klavier unterrichten. Da käme es nicht auf die Herkunft an, sondern auf das Musikalische.«

»Oh ja, ich erinnere mich. Fräulein Krautkopf war ein Besen«, lachte Elly. »Aber wir haben viel gelernt.«

»Jedenfalls liebst du diesen Thies nicht«, fasste Ina zusammen, »sollst aber mit ihm am Samstag Verlobung feiern.«

»Ich soll, aber ich werde nicht. Ich werde heute noch mit Thies sprechen. Es wird nicht einfach, aber er soll es von mir selbst erfahren. Ich hoffe sehr für ihn, dass er eine Frau findet, die gut zu ihm passt, und dass die beiden glücklich werden. Aber ich kann es einfach nicht sein.«

»Ich verstehe dich gut, Elly. Und finde deine Entscheidung richtig. Denn letztendlich ist es ja auch zu Thies' Bestem. Ich halte dicht, ich schwör's.«

Elly hakte sich bei Ina unter und wechselte das Thema. »Lass uns mal über etwas anderes reden. Wie kommt es denn, dass du hier bist? Und wie ist Linda Grüneberg so?«

»Die Grüneberg ist ganz nett, aber nicht die Fleißigste, und sie raucht ein bisschen viel, aber das tun hier die meisten«, sagte Ina und hielt ein Päckchen Pall Mall hoch. »Wenn man hier arbeitet, kommt man irgendwie nicht dran vorbei. Fast alle rauchen. Aber ich wirklich nur in den Pausen.«

»Für mich ist das noch nie was gewesen«, sagte Elly.

Einige Männer überholten sie und sahen fix und fertig aus. Der Schweiß lief ihnen in Strömen über das Gesicht. Sie wirkten wie die Teilnehmer eines gerade beendeten Marathons.

»Huch«, sagte Elly. »Warum schwitzen die denn so?«

»Es ist ein Kreuz. Unsere provisorischen Studios sind extrem klein. Man arbeitet da wie in einer Sauna. Der kleine Senderaum ist gerade mal zwanzig Quadratmeter groß, und er hat kein Fenster, da kommen die Kollegen wahrscheinlich gerade her. Jede Menge Scheinwerfer gibt's da, und jemand ist noch auf die Idee gekommen, ein Klavier da reinzubugsieren, warum auch immer, aber das passte nicht, weil man feststellte, dass ja auch noch Menschen Platz finden müssen. Jetzt steht es auf dem Flur da oben. Hier macht man Fernsehen inklusive Saunabesuch. Und wenn der Aufzug ausgefallen ist, was öfter vorkommt – übrigens haben wir hier nur einen knirschenden Lastenaufzug, vor dem ich Angst habe –, dann kann man die ungefähr hundert Stufen nach oben hecheln. Es ist beinahe unerträglich. Ich habe einmal dort ausgeholfen, ich sag dir, nie wieder.«

»Und was machst du jetzt?«

»Ich bin direkt nach der Schule hier gelandet.« Ina packte ein belegtes Brot aus, das Elly hungrig musterte. Sie hatte natürlich nicht an ihre Mittagspause gedacht. »Möchtest du ein Stück? Hier, nimm, ist mir sowieso zu viel. Vati ist ein bisschen unglücklich darüber, dass ich nicht ins Imbissgeschäft einsteigen möchte, aber jeden Tag Pommes und Bratwurst verkaufen ist dann doch nichts für mich. Also habe ich geschaut, was ich machen will, und habe die Stellenausschreibungen in der Zeitung gelesen. Der NWDR suchte Sekretärinnen, und da bin ich nun in der Programmdirektion Politik und tippe auch die Ansagen für die Koss oder die Feldmann, und hin und wieder betreue ich die Sendungen als Mädchen für alles. Bringe Getränke oder Schnittchen. So was eben. Es ist toll hier. Wir sind eine nette Gemeinschaft. Ich glaube, du passt gut hierher.«

»Hallo, Elly, guten Tag«, sagte da plötzlich jemand hinter ihnen. Elly drehte sich um und lächelte, als sie Peter sah. Rasch stellte sie Ina vor.

»Ich habe auch gerade Mittagspause«, erklärte er Elly. »Die möchte ich natürlich gern mit den neuen Kollegen verbringen, bevor ich wieder in den Schwitzkasten muss.«

»Ina hat mir schon von der Sauna ganz oben erzählt«, lächelte Elly, während ihr Herz merkwürdig vor sich hin stolperte.

»Dann wissen Sie ja Bescheid. Es ist unerträglich, aber trotzdem macht es einen Heidenspaß. Wollen wir uns nach

Dienstschluss sehen? Wir könnten doch irgendwo eine Tasse Kaffee trinken.«

»Gern«, sagte Elly schnell. Ach, verflixt. Sie wollte ja noch zu Thies. Ach, das konnte sie auch morgen noch machen. Peter war ihr wichtiger.

»Gut, dann bis später.« Er ging zu seinen Kollegen zurück.

»Ein sympathischer Mann«, stellte Ina fest, nachdem Peter mit den beiden Kollegen weitergegangen war. Lächelnd sah sie Elly an. »Kann es sein, dass du gerade rot geworden bist?«

»Ach, i wo!«, wehrte Elly ab und fragte rasch: »Wie ist es mit dir? Hast du einen Freund?«

»Ich bin sozusagen frisch getrennt«, sagte Ina und verzog das Gesicht zu einer Grimasse. »Ulrich hat eine Nettere als mich gefunden und gedacht, das müsse er mir nicht gleich sagen, sondern kann eine Weile zweigleisig fahren. Dann hab ich im Imbiss ausgeholfen und ihn mit der Dame gesehen. Sie schienen doch sehr vertraut.«

»Ach, das tut mir sehr leid, Ina.«

»So was kommt vor. Aber so was passiert mir nicht noch mal. Ich werde nun einfach vorsichtiger sein.«

»Das ist sicher richtig«, sagte Elly. Sie gingen schweigend weiter.

»Ich glaube übrigens, dass du richtig handelst, Elly. Geh zu Thies und sag ihm die Wahrheit«, meinte Ina.

Elly nickte. »So werde ich es machen.«

Kapitel 9

Nach der Mittagspause begaben sich Ina und Elly wieder in den Hochbunker. Linda war schon da, zündete sich gerade eine Zigarette an und nahm sich ein paar Antwortbriefe, die Elly ihr auf den Tisch gelegt hatte.

»Die sind auch sehr gut. Weiter so«, sagte sie fröhlich und holte ein Nagellackfläschchen aus einer Schublade. Pfeifend begann sie, sich die Nägel in einem leuchtenden Rot zu lackieren.

Elly tippte weiter, beruhigte Zuschauer, gab Auskünfte und tippte wieder. So verging der Nachmittag, und sie fühlte sich pudelwohl.

Nach dem Dienst wartete Peter Woltherr draußen auf Elly. »Na, wie war Ihr erster Tag?«, fragte er neugierig.

»Also, ich bin begeistert!«, rief Elly froh. »Alle sind furchtbar nett, und ich habe sogar eine Bekannte wiedergetroffen, die, mit der ich Mittagspause gemacht habe.«

»Das freut mich sehr«, sagte Peter.

Elly strahlte ihn an. »Und wie war es bei Ihnen?«

»Es ist sehr interessant, hinter der Kamera zu assistieren«, sagte er. »Aber dieser Raum, in dem wir arbeiten, ist ein Hochofen.«

»Das ist furchtbar.«

»Wie mag das erst im Sommer sein«, sagte Peter. »Aber ansonsten ist es fein. Gute Kollegen, gute Arbeit, ich bin zufrieden. Sagen Sie, haben Sie Lust, am Samstagabend mit mir auszugehen? In den *Lübschen Baum* in Hohenfelde?«

»Davon hab ich schon gehört. Eine Freundin von mir ist dort öfter zum Tanzen. Es gibt da wohl einen großen Tanzraum.«

»Ja«, nickte Peter. »Und wirklich schöne Musik. Ich würde mich freuen.«

Elly überlegte. Da sie die Essensveranstaltung mit Thies und seinen Eltern sowieso absagen würde, bestand kein Grund, Peters Einladung abzulehnen.

»Gern«, sagte sie also.

»Wie schön. Soll ich Sie abholen?«

»Nein, das wäre nicht so gut. Ich muss meine Eltern ja nicht unnötig aufregen. Wir könnten uns doch an der Bahn treffen.«

»Dann machen wir das«, sagte Peter.

Elly überlegte, was sie ihren Eltern sagen könnte. Natürlich hatten Magdalena und Benedikt nichts dagegen, wenn sie mit Thies ausging. Man vertraute dem jungen Mann vollends. Aber mit einem jungen Mann, der schon zur See gefahren war, würden die Eltern sie höchstwahrscheinlich nicht zum Tanz gehen lassen.

»Prima«, sagte Peter aufgeräumt.

»Da gibt es übrigens noch etwas, das ich Sie fragen muss«, sagte Elly.

»Was denn?«

»Sie ... Sie kennen doch sicher viele Leute auf der Reeperbahn und in der näheren Umgebung.«

Peter nickte.

»Also, die Sache ist die.« Elly holte tief Luft. »Eine Freundin von mir befindet sich in großen Schwierigkeiten. Und ich möchte Sie fragen, also, ich soll Sie fragen ... ob Sie jemanden kennen, der ... äh ... in solchen Fällen helfen kann.«

Peter runzelte die Stirn. »Wir reden von jemandem, der illegal ein Kind abtreibt?«, fragte er dann direkt und sehr sachlich.

»Pssst, nicht so laut«, bat Elly. »Ja, genau darum geht es.«

»Nun ... ich müsste mich auch erst erkundigen«, sagte Peter langsam. »Aber ihr wisst, also Ihre Freundin weiß, wie gefährlich das ist? Erst mal für sie selbst, ich weiß, dass da viel passieren kann und auch schon viel passiert ist, und dann steht das unter Strafe.«

Elly nickte. »Das wissen wir alles, aber sie hat keine andere Wahl. Sie wird sonst von ihrem Vater aus dem Haus geworfen.«

Peter schüttelte den Kopf. »Ich frage mich wirklich oft, warum Menschen so sein können. Gerade Eltern zu ihren eigenen Kindern. Warum ist es den Leuten wichtiger, in der Gesellschaft anerkannt zu werden, anstatt ihrer Tochter zu helfen?«

»Das weiß ich auch nicht. Aber ich weiß, dass ich Ingrid helfen muss«, sagte Elly und wurde im selben Moment rot. Mist, warum hatte sie sich auch verplappert!

»Ingrid Rasmussen?«, fragte Peter erstaunt.

»Ja, aber bitte behalten Sie das für sich. Die größte Angst von Herrn Rasmussen ist es, dass ein Skandal über ihn hereinbricht.«

»Meine Güte, die Arme«, sagte Peter mitfühlend und dachte dann kurz nach. »Ehrlich gesagt, ich kenne niemanden, der so etwas tut, und ich habe da auch meine Zweifel, ob das gut ist, andererseits hat Ingrid sonst keine Chance, dass ihr Leben wieder in geordneten Bahnen verläuft. Tja, ich weiß nicht so recht ...«

»Sie können mir also nicht helfen?« Elly war verzweifelt.

»Ich direkt nicht, aber ich höre mich um. Gleich jetzt!«

»Würden Sie das wirklich tun? Ingrid wird Ihnen auf ewig dankbar sein.« Elly war erleichtert. Am liebsten hätte sie Peter Woltherr umarmt.

»Halt, halt, nicht so schnell. Noch habe ich ja niemanden gefunden«, sagte Peter, der schon zu überlegen schien. »Mit unserem Kaffeetrinken wird's dann heute aber nichts, ich muss jetzt sofort los. Am besten, wir treffen uns morgen nach der Arbeit wieder hier vor dem Hochbunker. Dann weiß ich vielleicht mehr.«

»Danke, vielen, vielen Dank«, sagte Elly und verabschiedete sich von ihm. Zu schade mit dem Kaffee, aber Ingrid ging vor.

Sie ging zu ihrer Vespa und fuhr nach Hause zurück, um Ingrid anzuläuten. Verflixt und zugenäht, und mit Thies wollte sie ja auch noch sprechen.

Natürlich lief sie prompt ihrer Mutter in die Arme.

»Wie nett, dass du dieses Haus auch einmal wieder mit deiner Anwesenheit beehrst«, sagte sie giftig. »Dein Vater hat beim Mittagessen berichtet, dass du schon früh auf den Beinen warst. Verheimlichst du uns etwas?«

Elly sah ihre Mutter mit festem Blick an. »Ja«, sagte sie dann. Magdalena schnappte nach Luft. »Dürfte ich bitte erfahren, was es ist.«

»Nein, Mama, dann wäre es ja kein Geheimnis mehr. Ich sag es dir schon irgendwann.«

»Dann sei doch bitte so gut und zieh dich um. Wir erwarten Gäste zum Abendessen.«

»Wer kommt denn?« Elly hasste die abendlichen Essen mit Gästen. Man saß stocksteif herum, die Männer redeten übers Geschäft, die Frauen tauschten den neuesten Tratsch aus und zerrissen sich die Mäuler über Scheidungen, Affären, unmögliche Frisuren und aufmüpfigen Nachwuchs.

Von Elly und Kari wurde erwartet, nett und freundlich zu sein und zu zeigen, dass sie wohlerzogen und gebildet mitreden konnten, aber bitte nicht zu viel.

»Ich erwarte dich in einer halben Stunde in der Bibliothek.«

»Und wer …«

»Nun geh und zieh dich um und mach dich frisch. Ach, und zieh doch am besten das neue beige Seidenkleid an, das mit der Schärpe. Dazu die Granate von Omi.«

Magdalena drehte sich um und ging mit harten Schritten davon. Elly hatte eigentlich vorgehabt, noch mit Thies zu sprechen, aber daraus würde offenbar nichts werden. Wenn sie ehrlich zu sich war, hätte sie den Abend gern noch ganz anders verbracht, nämlich mit Peter Woltherr.

Nun gut. Das Essen würde sie auch noch überstehen. Elly gähnte. Sie war müde. Aber sie war auch froh, dass sie den Mut gehabt hatte, beim NWDR anzufangen. Ihr gefiel es zu arbeiten, auch wenn es erst ein Tag gewesen war. Das war jetzt am Abend zum ersten Mal eine ganz andere Müdigkeit als die vom Nichtstun. Ihre Mutter jammerte den ganzen Tag herum, weil ja so viel zu tun war, dabei hatte sie ein bequemes, angenehmes Leben und musste sich nur um irgendwelche unwichtigen Menüfolgen kümmern und darum, wann die nächste Modenschau stattfand. Von ihren dämlichen Klatschblättern ganz zu schweigen.

Elly lief die Treppe hoch, nahm dabei immer zwei Stufen auf einmal, und beschloss, sich kurz unter die Brause zu stellen, dann ging die Müdigkeit bestimmt weg.

Eine halbe Stunde später betrat Elly den Salon. Sie hatte Magdalenas Garderobenvorschläge trotzig ignoriert und ein schlichtes dunkelgrünes Kleid angezogen, das ihre schlanke Figur betonte. Das eng anliegende Oberteil war mittig mit Perlmutt geknöpft, der wadenlange Rock in Kuppelform bildete einen schönen Gegensatz. Dazu trug Elly ihre neuen Nylons und ebenfalls dunkelgrüne Wildlederpumps mit halbhohem Absatz. Ihre Haare trug sie offen, nur zwei Schildpattspangen bändigten ihre dichte braune Mähne. Die schlichten Perlen an den Ohrläppchen passten gut zu den Perlmuttknöpfen.

Die Eltern und Kari waren schon da.

»Auch einen Sherry, Elly?«, fragte Benedikt Bothsen freundlich und gab seiner Tochter einen Kuss auf die Stirn.

»Gern, danke, Papa. Kari, hast du ein neues Kleid?«

»Ja, das hat Anneliese geschneidert. Sie hat bald ihre Abschlussprüfung und muss üben. Ich liebe es. Was sagt ihr?«

Kari drehte sich in einem himmelblauen Cocktailkleid vor der Familie.

»Es ist wirklich schön. Anneliese kann was«, musste Magdalena zugeben. »Aber will sie sich nicht bald mal nach einem passenden Mann umsehen?«

Kari und Elly verdrehten die Augen. »Nein, Mama«, sagte Kari dann. »Sie wird ihren eigenen Salon eröffnen und hat dann erst mal genug zu tun. Wenn alles klappt, schon im Herbst. Sag mal, Schwesterchen, wo warst du denn den ganzen Tag?«, fragte sie Elly.

»Unterwegs«, sagte Elly knapp und nahm das Sherryglas, das ihr Vater ihr reichte.

»Mir sagt sie auch nichts«, regte sich Magdalena auf. »Man wird ja wohl noch wissen dürfen, wo die eigene Tochter sich herumtreibt.«

»Mama, bitte, ich hab mich nicht herumgetrieben«, sagte Elly scharf. »Lass doch solche Unterstellungen. Ich hatte einfach zu tun.«

Nun, das stimmte ja auch.

»Wie dem auch sei, gleich kommen unsere Gäste, wir wollen uns nicht streiten«, erklärte Benedikt freundlich und verteilte weitere Gläser. »York und Elfriede lassen sich entschuldigen. Elfriede fühlt sich unwohl, und Binchen kränkelt. Die Kinderfrau hat frei, deswegen hat York sich bereit erklärt, Maxi was vorzulesen und ins Bett zu bringen.«

»Vielleicht kann man jetzt mal erfahren, wer kommt«, sagte Elly. In dem Moment klingelte es.

»Da sind sie schon«, rief Magdalena fröhlich und ging zur Tür.

»Was machen sie denn für ein Geheimnis aus diesem Besuch?«, fragte Elly ihre Schwester, aber die schüttelte den Kopf.

»Ich hab keine Ahnung.«

Aber da hörte Elly schon bekannte Stimmen.

Was hatte das denn bitte zu bedeuten? Das durfte ja wohl nicht wahr sein!

Sämtliche Stacheln in Ellys Innerem stellten sich hoch.

Kapitel 10

»Wie schön, dass es so kurzfristig geklappt hat! Ach, liebe Charlotte, was für ein wunderbares Kostüm Sie tragen.« Magdalena kriegte sich gar nicht mehr ein, während Elly stocksteif dastand und die Lippen zusammenpresste. Sie hasste es, überrumpelt zu werden. Wütend trank sie ihren Sherry aus.

»Guten Abend, Elly.« Thies kam zu ihr und küsste sie auf beide Wangen. »Schön, dich zu sehen.«

Sie antwortete nicht, sondern sah zu ihrer Mutter hinüber. Ihr war schon klar, was sie vorhatte. In Elly kroch eine blinde Wut hoch, und ihr wurde heiß.

»Aber das ist doch selbstverständlich«, sagte Charlotte von Rehren, die neben ihrem Mann die Bibliothek betrat und heute eine Kreation von Pierre Balmain trug. Für Charlotte gab es nur zwei Modeschöpfer auf dieser Welt, Balmain und Christian Dior. Sie trug stets den neuesten Schrei und war immer Ton in Ton gekleidet. »Für einen solchen Anlass!«

»Was denn für ein Anlass?«, fragte Kari unschuldig.

»Gleich, Katharina, gleich«, sagte die Mutter. »Haben Sie abgenommen, Charlotte?«

»Ja, ein wenig. Eine Saftkur wirkt Wunder, ich kann sie nur empfehlen. Eine Woche lang nur Brühe und Saft. Eine entsetzliche Zeit, aber da muss man durch. Sechs Pfund habe ich verloren.«

Charlotte begutachtete ein wenig herablassend die Figur von Ellys Mutter. Die fühlte sich sofort unwohl, das sah Elly ihr an. Ihre Mutter war ein wenig mollig, womit sie entsetzlich haderte. Ständig fing sie Diäten an, um sie dann wieder abzubrechen, weil sie den leckeren Soßen und Nudelgerichten nicht widerstehen konnte.

Elly konnte das sogar verstehen, sie selbst liebte auch gutes Essen, glücklicherweise kam sie figurmäßig nach ihrem Vater. Benedikt konnte essen, was und wie viel er wollte, er nahm weder ab noch zu und hatte eine sportliche Statur, ohne jemals Sport getrieben zu haben.

Benedikt verteilte neue Gläser, goss Portwein und Sherry ein, und man prostete sich zu.

Elly stand da und schwieg wie eine Auster.

»Nun, ich freue mich sehr, dass wir alle zusammengekommen sind«, begann Benedikt. »Denn bald wird aus unseren beiden Familien eine werden, das wollten wir eigentlich am kommenden Wochenende feiern, nur ist uns da leider etwas dazwischengekommen. Umso schöner ist es, dass wir uns heute treffen. Liebe Charlotte, lieber Konrad, liebe Kinder. Es ist mir eine Freude, die Verlobung von Ihrem Thies und unserer Elisabeth zu verkünden. Auf ihr Wohl!«

»Auf ihr Wohl«, sagten alle außer Thies und Elly, die so wütend war, dass sie am liebsten ihr Sherryglas gegen die Wand geworfen hätte. Das hatte ihre Mutter ja fein ausgeheckt. Sie so zu überrumpeln und vor vollendete Tatsachen zu stellen.

»Hast du das gewusst?«, fragte sie Thies leise, während die Mütter sich freudig und mit Tränen in den Augen in den Armen lagen und die Väter sich gegenseitig jovial auf die Schultern klopften. Nur Kari stand stirnrunzelnd dabei und dachte offenbar nach.

»Aber ja«, sagte Thies und holte ein Kästchen aus rotem Samt aus seiner Sakkotasche. Er klappte es auf. Ein wunderschöner Smaragd, umgeben von sechs Brillanten, funkelte Elly an. Sie hatte das Gefühl, ihr würde der Hals zugeschnürt.

»Dann habt ihr das also ohne mich für heute Abend geplant?«, fragte sie. »Aber warum? Warum so schnell?«

»Es war der Wunsch deiner Mutter. Sie sagte etwas davon, dass du sehr durcheinander wärst und man dich zu deinem Glück zwingen müsse. Da habe ich nicht Nein gesagt.« Er strahlte sie verliebt an, und Elly bekam ein schlechtes Gewissen.

»Ach, Thies«, sagte sie und schaute auf den Ring.

»Steck ihn ihr doch an«, bat Magdalena aufgeregt.

»Das mache ich, wenn wir alleine sind«, sagte Thies, und Elly atmete erleichtert auf. Sie musste nachdenken. Wie konnte sie aus dieser Situation wieder rauskommen?

Da kam eins der Stubenmädchen, Gisela, und verkündete, das Essen sei aufgetragen. Man begab sich ins Esszimmer, in dem der Mahagonitisch wunderschön gedeckt war. Schimmerndes Leinen, Meissener Porzellan, Kristallgläser und das Silberbesteck wurden von dem alten Kronleuchter bestrahlt, den Benedikts Vater vor Jahrzehnten aus Italien mitgebracht hatte.

Elly versuchte, Blickkontakt mit ihrer Mutter aufzunehmen, aber Magdalena verstand es, ihr geschickt auszuweichen.

Während der Vorspeise, einer Vichyssoise, einer Kartoffel-Lauch-Suppe mit Nordseekrabben, übertrafen sich die beiden Mütter mit Vorschlägen für Hochzeitsfeier und Torte und Brautjungfern, in welcher Restauration man feiern könnte und in welchem Hotel man die Gästeschar unterbringen würde.

Thies, der neben Elly saß, nahm ihre Hand.

»Ich freue mich so.«

»Ja«, sagte Elly unwirsch. »Das glaube ich dir. Die Überrumpelung ist euch allen gelungen.«

»Aber, Elly, so war das doch gar nicht gemeint. Ich meine, ich hatte dich doch schon gefragt letztens und …«

»… und ich habe gesagt, *ich muss nachdenken*«, unterbrach Elly ihn.

Thies wurde rot. »Deine Mutter fand, dass …«

»Hier geht es nicht um meine Mutter oder meinen Vater oder die Leute. Hier geht es um meine und deine Zukunft. Wenn ich dir sage, ich brauche Bedenkzeit, dann kannst du die mir doch bitte geben, das hättest du auch meiner Mutter sagen können.«

»Schon, aber warum machst du jetzt so ein Drama? Willst du mich etwa nicht heiraten?«, fragte Thies. Seine Stimme war lauter geworden, alle sahen von ihren Suppentellern hoch.

Elly legte den Löffel beiseite und sah ihn mit festem Blick an.

»Nein, Thies. Ich will dich nicht heiraten. Jedenfalls jetzt nicht, und ich kann dir auch nicht sagen, ob und wenn ja, wann«, sagte sie mit fester Stimme und wunderte sich über ihre Gelassenheit.

»Kind, was redest du denn?« Magdalena warf ihr einen strengen Blick zu. »Es war bis jetzt so ein schöner Abend.«

»Es kann auch ein schöner Abend bleiben, wenn wir keine Verlobung feiern, Mama«, erklärte Elly. »Es ist ja letztendlich meine Entscheidung.«

Benedikt sah sie stirnrunzelnd an und legte den Suppenlöffel auf dem Tellerrand ab. »Was heißt das jetzt genau?«, wollte er dann mit leiser und akzentuierter Stimme wissen. Kari und Magdalena hielten die Luft an. Wenn Benedikt so gefährlich ruhig redete, hatte das oft nichts Gutes zu bedeuten.

Elly hielt dem Blick des Vaters stand.

»Das heißt, dass ich zurzeit nicht heiraten werde, Papa. Und ich glaube und hoffe, jetzt hat es jeder verstanden, oder?«

Die Runde schwieg. Thies und seine Eltern wirkten fassungslos.

»Ja, aber …«, fing Charlotte von Rehren dann an. »Kindchen, was hast du denn vor? Eine Frau deines Standes muss doch heiraten, es ist doch alles so wundervoll arrangiert.«

»Eben, es ist arrangiert«, sagte Elly eisig höflich. »Das ist es, was mir missfällt, Frau von Rehren. Und was ich vorhabe? Nun, ich werde erst einmal arbeiten wie viele andere Frauen. Mein eigenes Geld verdienen. Mich ausprobieren.«

»Aber, Elly, das musst du doch gar nicht«, sagte Thies, der überrumpelt und durcheinander aussah.

»Ich will es aber.« Sie sah ihn mit festem Blick an.

Benedikt nahm einen Schluck Wein. »Aha«, sagte er dann beherrscht, aber Elly kannte ihren Vater und wusste, dass er innerlich vor Zorn kochte.

»Was genau gedenkt denn das verehrte Fräulein Tochter zu arbeiten? Willst du in einer Konditorei bedienen oder in einer Hotelküche als Kaltmamsell schuften? Willst du Straßenbahnschaffnerin werden oder auf dem Fischmarkt als Aalverkäuferin herumschreien? Dürfte ich das mal erfahren?«

»Ich werd's euch schon früh genug sagen«, antwortete Elly extra schnippisch, eine Art, von der sie wusste, dass ihr Vater sie missbilligte.

Kurz überlegte sie, von der Arbeit im Sender zu erzählen, aber das würde ja sowieso keiner verstehen. Außerdem lief sie dann Gefahr, dass ihr Vater zum NWDR rannte und ein Arbeitsverbot aussprach, dann würde herauskommen, dass sie seine Unterschrift gefälscht hatte, und das Drama würde seinen Lauf nehmen. Nein, nein, so weit durfte es auf gar keinen Fall kommen.

»Du gedenkst also, dich *auszuprobieren*«, sagte Benedikt langsam und mit unterdrückter Wut. »Bis du das Richtige für dich gefunden hast. Du willst also arbeiten und dann wieder hierher nach Haus kommen, dich an den gedeckten Tisch setzen, und irgendwann entscheidest du, was du machen willst. Habe ich das richtig verstanden?«

»Genau«, sagte Elly. Sie hörte, wie ihre Mutter aufstöhnte und sah, wie sie die Augen schloss.

Sosehr Benedikt an seinen Töchtern hing und so lieb er sie hatte, er hasste es, wenn irgendetwas nicht nach seinen Wünschen lief. Dann wurde er rabiat. Zwar nicht so sehr wie bei seinem Sohn und es kam nicht allzu oft vor, aber jeder in der Familie kannte seine cholerischen Ausbrüche.

Benedikts Faust krachte auf den Esstisch, sodass die Teller und Gläser vibrierten und hochsprangen und Charlotte von Rehren vor Schreck käsebleich wurde und leise aufschrie. Auch Kari und Magdalena zuckten zusammen. Elly schaute ihren Vater nur an. Mit so was konnte er sie nicht schockieren, das hatte sie schon zu oft erlebt.

»Hört, hört! So hat sich das junge Fräulein das also vorgestellt. Mal ein bisschen Arbeitsluft schnuppern, sonst bleibt alles beim Alten, und wenn's nicht das Richtige ist, wird sich eben weiter *ausprobiert*. Hier ist ja jemand, der einen auffängt, nicht wahr! Ich sag dir was, mein Kind. Mit einem richtigen Berufsleben hat das rein gar nichts zu tun. Du hast doch überhaupt keine Ahnung, wie das zugeht. Wenn es nicht klappt, zahlt der Herr Papa eben weiter, und ein warmes Bett in einem geräumigen Zimmer ist stets da sowie ein voller Eisschrank. Aber da hast du dich geschnitten, Elisabeth. Bitte, geh arbeiten, *probier dich aus*, aber nicht unter diesem Dach. Miete dir eine Wohnung und trabe brav jeden Morgen irgendwohin und entdecke meinetwegen ungeahnte Fähigkeiten. Aber hier wirst du dann nicht mehr wohnen. Ich gebe dir eine Woche Bedenkzeit, wenn du dann keine Vernunft annimmst und wir hier, wie es sich gehört und wie es entschieden wurde, Verlobung feiern und eine Hochzeit planen, dann gehst du, dann verlässt du dieses Haus! Punktum!«

Elly war erst blass geworden, nun wurde sie rot vor Zorn.

»Papa!«, sagte sie wütend. »Ich muss doch entscheiden können, wie ich leben will. Im Moment möchte ich einfach noch nicht heiraten. Ich bin doch gerade mal neunzehn, da muss ...«

»Gerade mal«, wiederholte Benedikt zornig. »Deine Mutter war bei unserer Hochzeit achtzehn, und da hieß es schon, alle über zwanzig seien alte Jungfern. Jedenfalls werde ich deine merkwürdigen Vorstellungen nicht unterstützen!«

Konrad von Rehren, der ihm gegenübersaß, hob nun beschwichtigend beide Hände. »Nun wollen wir uns alle beruhigen, schlage ich vor. Bitte, Benedikt, es ist doch noch nicht das letzte Wort gesprochen, ich finde ...«

»Und ob, und ob!«, wetterte Benedikt Bothsen. »Ich bleibe dabei! Sieben Tage Schonfrist. Mehr nicht. Keine Minute. Keine Sekunde! Das ist mein allerletztes Wort!«

Elly schleuderte ihre Serviette auf den Tisch und stand so ruckartig auf, dass ihr Stuhl umkippte.

»Das kannst du gleich haben. Ich packe meine Sachen und bin weg!«

Magdalena stand ebenfalls auf. »Kind, bitte, tu jetzt nichts Unbedachtes. Komm, setz dich wieder hin. Es wird doch alles nicht so heiß gegessen, wie es gekocht wird. Dein Vater meint es nicht so, nicht wahr, Benedikt, nicht wahr, das war nur die Aufregung …«

»Ich meine es so, wie ich es sage!«, donnerte ihr Mann. »Bitte, soll sie gehen! Da ist die Tür!«

»Nur zu gern!« Mit diesen Worten rannte Elly aus dem Esszimmer und die Mutter ihr hinterher.

»Elly, nun bleib doch mal stehen«, sagte Magdalena in der Eingangshalle. »Bitte.«

Elly tat ihr den Gefallen.

»Papa hat überreagiert, du weißt doch, wie aufbrausend er manchmal ist.«

»Das ist etwas mehr als aufbrausend, er hat mich rausgeworfen!«, rief Elly.

»Ach, Kind, ich dachte, ich hätte alles so schön eingefädelt, wir wollten dich vor vollendete Tatsachen stellen, damit du keinen Rückzieher machst, aber wir haben dich einfach überrumpelt, das war nicht recht.«

»Nein. Das war es nicht.«

»Die Sache ist die, dass Papa und Konrad von Rehren gemeinsame Geschäfte planen, große Geschäfte, und dass diese Hochzeit unsere Familien verbindet.«

»Man kann auch ohne Hochzeit Geschäfte machen, Mama. Wir leben ja nicht mehr im neunzehnten Jahrhundert, obwohl ich das manchmal fast annehmen könnte. Aber Papa kann mich doch nicht einfach so verschachern. Ich bin doch kein Sack Kaffee.«

»Ach, Unfug, das tut er doch nicht. Du kannst es ihm aber nicht übelnehmen, dass er das Angenehme mit dem Nützlichen verbinden will.«

»Ich finde, das sind uralte Ansichten. Da sind ja die Großeltern moderner eingestellt! So, ich gehe nun und packe meine Sachen.«

»Elly, bitte bleib. Sei doch vernünftig. Weißt du was, ich bitte die von Rehrens nach dem Essen zu gehen, und dann unterhalten wir uns.«

»Nein, Mama. Ich kenne Papa. Der wird erst mal wütend bleiben. Das hat überhaupt keinen Sinn.«

»Aber …«

»Elly, bitte, mach jetzt keinen Fehler.« Wie aus dem Boden gestampft stand plötzlich Thies da. Sie hatte ihn gar nicht kommen gehört.

Elly sah ihren Freund an, der so unbeholfen dastand, und plötzlich wusste sie ganz genau, dass das keine Liebe war, die sie für ihn empfand. Er war ein netter junger Mann und guter Freund, aber mehr nicht. Sie mochte ihn, sie hatte auch Mitleid mit ihm, aber das war es auch schon. Nun wurde ihr klar, warum sie nie einen Schritt weitergehen wollte.

Das mit der Liebe war so eine Sache. Die konnte man nicht erzwingen.

»Geh du nur wieder zu deinen Gästen, Mama. Ich melde mich bald.«

»Aber, Kind …« Magdalena blieb wie festgewurzelt stehen.

Dann drehte Elly sich zu Thies um. »Bitte verzeih mir«, sagte sie lieb. »Nimm es bitte nicht persönlich.«

»Nicht persönlich? Wie soll ich es denn bitte sonst nehmen?«, fragte Thies, der verärgert aussah.

»Thies«, sagte Elly. »Versteh mich doch. Ich … ich liebe dich einfach nicht.«

»Aber, Elly!« Er griff nach ihrem Arm. »Zwischen uns war doch alles klar, wir haben doch über eine gemeinsame Zukunft nachgedacht und waren uns einig.«

»Wir haben nachgedacht«, sagte Elly ruhig. »Genau. Dann hast du mir einen Antrag gemacht, dann habt ihr mich alle mit dem heutigen Abend überrumpelt, und nun steht fest, dass ich noch nicht heiraten möchte. Letztendlich ist es doch ganz einfach.«

»Für dich vielleicht, aber für mich nicht.« Er sah sie verzweifelt an. »Gibt es einen anderen?«

In diesem Moment wurde Elly glasklar, dass es tatsächlich jemand anderen gab. Aber das würde sie Thies nun nicht auch noch sagen. Er litt schon genug.

»Nein, Thies. Es ist allein meine Entscheidung.« Das stimmte ja auch. »Sei mir bitte nicht böse.«

Thies schluckte. »Ich bin nicht böse. Ich bin nur sehr enttäuscht und natürlich auch traurig.«

Elly strich ihm über die Wange und gab ihm einen Kuss. Dann ging sie Richtung Treppe.

»Du gehst doch nicht wirklich?«, fragte ihre Mutter.

»Doch, Mama. Ich gehe.«

Elfriede kam gerade im Nachthemd herunter. »Was war denn das für ein Lärm? Binchen und mir geht es doch nicht gut.«

»Papa hat sich aufgeregt. Nichts Besonderes also. Du musst dir keine Sorgen machen.«

»Warum hat er …«

»Ich hab gesagt, mach dir keine Sorgen, Elfriede. Alles gut.«

Elfriede sah sie mit aufgerissenen Augen an. »Ich mag es nicht, wenn dein Vater so herumschreit. Das halte ich schlecht aus. Das weiß er auch.«

»Ja, das wissen wir alle, Elfriede, aber die Welt dreht sich nicht nur um dich«, sagte Elly und wusste, dass sie barsch war, aber sie hatte keine Lust, sich weiter das Gejammere von ihrer Schwägerin anhören zu müssen.

»Guten Abend, Frau Bothsen«, sagte Thies nun höflich zu Elfriede.

»Oh, guten Tag.« Elfriede schien es gar nicht peinlich zu sein, dass sie im Nachthemd herumstand.

Nun wurde Thies rot. Hätte sie sich nicht mal was anziehen können, dachte Elly.

Elfriede drehte sich um und ging in ihre Zimmer zurück. York war offenbar doch nicht zu Hause, sondern wie so oft abends auf irgendwelchen Sitzungen.

Elly verdrehte die Augen. Dass Yorks Frau immer so schrecklich empfindlich sein musste. Sie stieg schnell hinauf auf den Dachboden, um von dort einen Koffer zu holen. Sie wollte nur noch weg. Das Nötigste einpacken und fort! Den Rest könnte sie später holen.

Kapitel 11

»Ingrid! Wie siehst du denn aus?«

Elly stand vorm Haus der Rasmussens. Sie hatte nur das Nötigste zusammengepackt und das wenige Bargeld, das sie hatte, mitgenommen.

Ingrid schluchzte und hatte schon ganz rote Augen.

»Vati sagt, ich soll gehen«, klagte sie. »Weil ich gesagt habe, ich möchte es nicht wegmachen lassen. Da kann doch wirklich so viel passieren, Elly. Ach, Elly! Es ist so schrecklich! Aber auf dem Ohr ist er taub. Und Mutti weint nur und sagt, dass das alles niemand erfahren darf. Was soll ich denn nur machen?«

Elly sah die Freundin ratlos an.

»Nun«, sie deutete auf ihren Koffer. »Ich bin auch gegangen. Weil ich Thies nicht heiraten werde.«

Ingrid konnte es nicht glauben. »Was? Aber … wo willst du denn hin?«

»Und wo willst du hin?«, fragte Elly zurück. Ratlos sahen sie sich an.

»Weißt du was?«, sagte Elly dann. »Pack deine Sachen. Wir nehmen uns für heute Nacht ein Hotel, und dann sehen wir weiter. Ein bisschen Geld hab ich noch. Und dann beratschlagen wir, was wir mit dir und dem Kind machen. Wir werden eine Lösung finden. Ich habe übrigens Peter Woltherr heute gebeten, sich mal wegen dir umzuhören. Er hat versprochen, es zu tun, und wird mir morgen Bescheid geben.«

»Du hast ihm gesagt, dass es um mich geht?«

»Ich hab mich verplappert«, gab Elly zu. »Aber er hält dicht, das weiß ich.«

»Oh, Elly, dann wird vielleicht doch alles gut.«

»Das wird es bestimmt. Wir halten jetzt einfach zusammen. Wir müssen.«

»Ist gut«, nickte Ingrid froh und umarmte die Freundin schnell.

Da kam Herr Rasmussen an die Haustür. Er war rot vor Wut.

Bevor er lospoltern konnte, sagte Ingrid: »Es ist gut, Vati. Reg dich nicht auf. Ich gehe. Jetzt.«

Ihr Vater nickte kurz, drehte sich um und ging zurück.

Elly war fassungslos.

»Herr Rasmussen!«, rief sie ihm nach. »Das können Sie doch nicht wirklich wollen, Ingrid einfach so wegschicken. Fortjagen. Das geht doch nicht.«

Ingrids Vater antwortete nicht, das war Antwort genug.

»Geh und pack ein paar Sachen, beeil dich«, bat Elly die Freundin. Sie wollte so schnell wie möglich von hier fort. Wie konnten Menschen nur so grausam sein!

Zwei Stunden später standen sie ratlos vor einem Hotel in der Innenstadt. Kein Haus war bereit, sie aufzunehmen.

»Wir vermieten nicht an alleinstehende Damen, woher sollen wir denn wissen, dass Sie nicht dem gewissen Gewerbe nachgehen?«, war einer der Sätze, die sie zu hören bekamen.

Elly regte sich schrecklich auf. »Man wird ja behandelt wie ein Mensch zweiter Klasse, wenn man als Frau alleine unterwegs ist.«

»Fällt dir das auch schon auf?«, fragte Ingrid resigniert.

»Ach, Elly, ich bin so müde. Wo sollen wir denn nun hin?«, fragte sie dann.

»Lass mich kurz überlegen«, bat Elly sie und grübelte. Eine Minute später sah sie die Freundin an.

»Weißt du, wo Peter Woltherr wohnt?«

»Nein, keine Ahnung. Lotti können wir nicht fragen, die arbeitet nicht mehr bei uns.«

»Hm. Weißt du was, wir gehen in die Hong-Kong-Bar, in der ich mit ihm war, und fragen nach ihm.«

Elly drehte sich schon um und stiefelte los.

»Warte doch mal. Woher willst du denn wissen, ob er da ist?«

»Weiß ich gar nicht, aber vielleicht weiß der Wirt, wo er ist.«

»Und wenn er da nicht ist? Es wird immer später.«

»Ach, vertrau mir einfach.« Elly zog die Freundin mit sich, und sie liefen mit ihren Koffern Richtung St. Pauli.

Chong Tin Lam erkannte Elly wieder. »Peter war bis vor einer halben Stunde hier«, gab er freundlich Auskunft. »Er wollte noch rüber in den Keller.«

»In welchen Keller denn?«, rief Elly. Himmel, war es hier laut. Trotz des Wochentags war die Bar gerammelt voll, Leute lachten, Betrunkene schliefen mit den Köpfen auf den Tischen und laute Musik spielte.

»Na, in den *Elbschlosskeller* gegenüber. Da trifft er sich oft mit seinen Seefahrtsfreunden.«

»Danke, Herr Lam«, sagte Elly.

»Komm«, sagte sie zu Ingrid, die draußen gewartet hatte.

»Ich gehe keinen Schritt weiter.« Ingrid blieb wie festgeklebt stehen und sah durch die Tür in die Kneipe. »Das ist ja entsetzlich.«

Elly musste ihr recht geben. Direkt am Eingang prügelten sich gerade zwei völlig besoffene Seeleute, Blut spritzte, und die beiden Männer brüllten sich böse an. Aus dem Innern des Elbschlosskellers dröhnte Musik, Männer torkelten durch Bierlachen und Erbrochenes, und einige ältere, grell geschminkte Frauen hockten am Tresen, rauchten und tranken Bier.

»Dann warte hier, ich frage nach ihm«, beschloss Elly, die sich unglaublich deplatziert fühlte in ihrem teuren grünen Kleid und dem Popelinmantel. Ingrid war für St. Pauli genauso unpassend gekleidet wie Elly. Zu einem dunkelbraunen Rock trug sie einen weichen, karamellfarbenen Pullover und einen grauen Dreiviertelmantel, dem man ansah, dass er teuer gewesen war. »Nein, lass mich nicht alleine!«, rief Ingrid.

»Also was nun, entweder du wartest, oder du kommst mit!«

»Dann komm ich doch mit.« Ingrid nahm ihren Koffer und hakte sich bei Elly unter. »Oje, oje, wenn unsere Eltern uns jetzt sehen könnten.«

»Schade, dass sie es nicht tun. Sonst könnten sie mal sehen, wohin sie uns gescheucht haben«, sagte Elly, obwohl natürlich niemand von ihnen verlangt hatte, in diese Räucherhöhle zu gehen. Zu den Klängen einer Jukebox tanzten zwei verlotterte Männer und ein älteres Paar, das offensichtlich zu viel gebechert hatte, dauernd stolperten sie und fielen beinahe um.

Elly sah sich suchend um, konnte aber aufgrund der schummrigen Beleuchtung nichts erkennen. Außerdem wollte sie hier so schnell wie möglich wieder weg.

»Ich suche Peter Woltherr!«, rief sie dem Wirt über den Tresen zu.

Der nickte ins Kneipeninnere.

»Ich bleibe hier stehen«, sagte Ingrid. »Ich geh nicht da hin, wo es noch dunkler ist. Was, wenn da einer mit einem Messer steht oder so.«

»Du Hasenfuß«, lachte Elly. »Aber schon gut. Ich gehe.«

Die Leute schauten sie an, als sie durch den Raum ging. Elly spürte, was sie dachten: dass eine wie sie nicht hierher gehörte. Eine von der Oberschicht, bestimmt die Tochter eines Pfeffersacks. Die wenigen Frauen guckten verächtlich, die Männer begehrlich. Elly stieg über eine Pfütze, von der sie gar nicht wissen wollte, was es war, um dann vor einem großen Tisch zu stehen. Da war Peter.

Ihr Herz klopfte.

Er saß da mit fünf anderen Männern, man hatte gerade ein Blatt in der Hand.

Einer der Männer in Peters Alter schaute auf.

»Schockschwerenot«, sagte er bloß und pfiff dann durch die Zähne. »Ein Engel in der Hölle.«

»Hallo, Peter!«, rief Elly gegen die Lautstärke an, und nun schaute er auf.

»Elisabeth, Elly … was in Gottes Namen tun Sie hier?«

»Ich war drüben bei Chong Tin Lam, er sagte, Sie seien hier.«

Peter stand auf und zwängte sich an zwei Freunden vorbei. »Das ist kein Ort für Sie. Und überhaupt, es ist spät, ist etwas passiert?«

Elly nickte. »Ich bin mit Ingrid hier. Wir sind beide sozusagen … nun ja, obdachlos, wenn man es genau nimmt. Wir waren in vier Hotels, alle haben uns abgewiesen. Da dachte ich, Sie hätten vielleicht eine Idee, wo wir unterkommen könnten?«

»Kommen Sie mal mit, wir sprechen draußen weiter«, sagte Peter und schob Elly vor sich her.

»Lass die Deern sich doch zu uns setzen, hab nichts dagegen«, lachte einer seiner Kartenfreunde, aber Peter winkte ab und ging mit Elly in den vorderen Bereich der Bar.

»Hallo, Peter«, sagte Ingrid, die erleichtert wirkte.

»Ich bin so froh.« Sie nahm ihren und Ellys Koffer und folgte den beiden nach draußen.

»Also sagt mal, alle beide, was ist in euch gefahren? Was tut ihr hier?«, fragte Peter dann sofort. »Und was bitte heißt obdachlos?«

Elly brachte ihn rasch auf den neuesten Stand.

»Oha«, sagte Peter dann. »Verstehe. Ich glaube, ich habe auch schon eine Lösung.«

Elly war froh. »Welche denn?«

Peter deutete auf die Hong-Kong-Bar gegenüber. »Über der Bar hat Chong ein kleines Hotel. Ich hoffe, es ist nicht ausgebucht.«

»Das wäre herrlich!«, rief Ingrid erleichtert. In diesem Moment fing es wieder an zu schneien.

»So, bitte«, sagte die ältere Frau, die sich als Waltraud vorgestellt hatte und bei Chong Tin Lam kellnerte. »Ist ein Doppelzimmer mit Waschbecken, wie man sieht. Bad ist draußen auf dem Gang. Frühstück gibt's unten.«

Erleichtert stellten Elly und Ingrid ihre Koffer ab und sahen sich um. Das Zimmer war einfach eingerichtet, aber sehr sauber. Ein wenig drang der Lärm von unten hoch, aber das würde sie nicht stören. Elly war so müde, dass sie am liebsten sofort schlafen gegangen wäre, aber sie mussten noch mit Peter sprechen.

»Vielen Dank«, sagte sie also zu Waltraud. »Das ist wunderbar so.«

Ingrid ließ sich auf eins der Betten fallen. »Ich bin völlig fertig. Ach, Elly, wer hätte das gedacht, dass wir mal hier landen.«

»Ach, es ist doch nur vorübergehend«, lachte Elly. In dem Moment stand Peter in der Tür, und ihr Herz klopfte schon wieder heftiger als sonst.

»Ich habe übrigens gute Nachrichten«, sagte er und setzte sich auf einen der beiden Stühle. Dann sah er Ingrid an, die sich gerade wieder aufgesetzt hatte.

»Du hast jemanden gefunden«, stellte sie mit schwacher Stimme fest.

Peter nickte. »Eine Frau. Angeblich eine derjenigen, die vorsichtig, sauber und professionell arbeiten. Aber beschwören kann ich es nicht. Du musst es dir gut überlegen, Ingrid.«

Ingrids Augen füllten sich sofort mit Tränen.

»Kommt ihr bitte mit? Ich geh da nicht alleine hin. Oder soll ich am besten gar nicht gehen? Aber dann bekomme ich ein uneheliches Kind. Was soll ich nur tun?«

»Also, ich würde mal sagen, Ingrid, wir gehen da morgen Nachmittag hin und hören uns alles an, und dann entscheidest du dich. Wir lassen dich jedenfalls nicht allein.«

Schon wieder kamen Ingrid die Tränen. »Dankeschön«, sagte sie leise.

»Nun hör schon auf, ist doch klar, dass wir dir helfen«, erklärte Elly ihr. »Jetzt wird erst mal geschlafen. Morgen spreche ich mit Chong über das Bezahlen des Zimmers, jetzt bin ich zu müde.«

»Habt ihr einen Wecker?«, fragte Peter.

»In letzter Sekunde hab ich dran gedacht und ihn eingepackt«, nickte Elly müde.

»Um wie viel Uhr wollen wir denn zu dieser Frau gehen?«, fragte Ingrid.

119

»Ich würde sagen, direkt nach der Arbeit«, meinte Peter. »Ich lasse es ihr ausrichten, dass wir gegen halb sechs bei ihr sind.«

»In Ordnung«, sagte Ingrid. »Aber ihr kommt wirklich mit?«

»Natürlich kommen wir mit«, sagten Peter und Elly synchron.

Kapitel 12

»Dem Himmel sei Dank, dass Sie da sind!«, rief Linda, als Elly am nächsten Morgen das Büro betrat.

»Ist etwas passiert?«

»Nein, oder ja, wie man es nimmt, also ich war gerade beim Unterhaltungschef, es ist ein Drama. Zwei Damen, die eigentlich nächste Woche hätten anfangen sollen, haben nun doch kurzfristig abgesagt. Bei der einen war es sogar der Ehemann, der tatsächlich nicht will, dass die werte Gattin arbeitet, und die andere zieht ans andere Ende der Stadt, und die Anfahrt ist zu weit. Jedenfalls steht Herr Winterstein nun vor einem Problem. Ich kann hier momentan nicht weg, ich mache ja die ganze Koordination, also der Chef hat gesagt, ich sei hier unentbehrlich, also habe ich vorgeschlagen, dass Sie erst mal aushelfen, bis sich bei mir alles ein wenig gelegt hat! Ich hab denen da oben erzählt, wie Sie mit den Leuten am Telefon umgehen können und dass Sie clever sind, gut, was?«

»Danke, aber wo denn aushelfen?«, fragte Elly und hängte ihren Mantel auf einen Haken.

»Na, oben bei der Unterhaltung, wo denn sonst?«, fragte Linda und schüttelte den Kopf. »Sie assistieren bei den Vorbereitungen für Herrn Wilmenrod, und am Freitagabend geht der Gute zum ersten Mal auf Sendung. Dann ist das Schlimmste erst mal vorbei, und wir sehen weiter. Dann sind Sie wieder hier unten bei mir.«

»Der Fernsehkoch?«

»Ja, sicher, wer denn sonst? Ach, ich weiß gar nicht, wo mir der Kopf steht. Kann denn nicht einmal etwas ohne Komplikationen ablaufen?« Linda setzte sich hinter ihren Schreibtisch und zündete sich eine Zigarette an.

»Was muss ich denn da machen?«, fragte Elly konsterniert. Sie hatte ja überhaupt keine Ahnung, wie das vor sich gehen sollte.

»Also, heute ist Mittwoch, natürlich wird mal wieder alles auf den letzten Drücker vorbereitet, weil Herr Hahn und der Sender sich nicht einig wurden, und weil seine Frau dauernd dazwischenfunkte, aber jetzt geht's los. Also, wie gesagt, heute ist Mittwoch, und Sie gehen gleich hoch und werden eingewiesen. Das muss ja alles irgendwie wie eine Küche aussehen.«

»Und die Post? Und das Telefon?«

»Das muss dann eben warten. *Bitte, in zehn Minuten zu Tisch* ist wichtig. Man verspricht sich offenbar viel davon«, sagte Linda. »Sie müssen sich auch um Herrn Hahn und seine Frau kümmern, die sind ein wenig kompliziert. Aber das machen Sie schon. Ist ja nur für ein paar Tage. Auf, auf, nach oben, man erwartet Sie bereits. Wir müssen uns hier alle gegenseitig helfen. Und wenn alles gut geht und ich hier nicht mehr gebraucht werde, bin ich vielleicht auch bald oben in der Unterhaltung!«

»Ist gut.« Elly nahm ihren Mantel und ihre Tasche und lief zu dem knirschenden Fahrstuhl, vor dem sie sofort Angst hatte, denn es war kein normaler Fahrstuhl, sondern, wie sie mit Entsetzen feststellte, ein Paternoster. Der fuhr ja viel zu schnell. Sie könnte sich ein Bein brechen oder eingeklemmt werden, oder …

»Hopp, hinein«, sagte eine Stimme neben ihr. Sie drehte sich um. Da stand ein freundlicher junger Mann und lächelte sie an.

»Der tut Ihnen nichts, und Sie müssen froh sein, dass er funktioniert. Das gute Teil wird nämlich abends abgestellt. Und dann kann man hundert Stufen nach oben klettern. Das ist kein Spaß, das können Sie mir glauben. Ich bin übrigens Jürgen Roland, Reporter. Ich habe Sie hier noch nie gesehen. Sind Sie neu?«

»Ja, ich arbeite seit gestern, äh, eigentlich seit heute, hier. Ich heiße Elisabeth Bot… Bode.«

»Freut mich. Wo müssen Sie hin?«

»Zur Unterhaltung, ich soll bei den Vorbereitungen für die Sendung mit Clemens Wilmenrod helfen.«

»Ah, verstehe. Also, Fräulein Bode, vertrauen Sie mir und reichen Sie mir Ihre Hand, ich werde Sie sicher in das Ungetüm geleiten und auch wieder hinaus, wenn Sie es wünschen.«

Elly lachte. Jürgen Roland war sehr nett.

»Danke, das nehm ich gern an.« Sie reichte ihm ihre Hand.

»Bei drei«, sagte er. »Eins, zwei … drei.« Er zog Elly mit sich, und die machte beherzt einen großen Schritt.

»Uff«, sagte sie, als sie in der Kabine stand, und lachte.

»Sehen Sie, es war gar nicht so schwer«, sagte Jürgen. »Man gewöhnt sich daran, so wie man sich hier schnell an alles gewöhnt. Merken Sie sich eins, Fräulein Bode, ganz viel ist hier improvisiert, und man braucht eine Menge Fantasie und Ideen, um hier mitzumischen. Aber das werden Sie schnell kapieren, da bin ich mir sicher.«

»Danke, Herr Roland«, sagte Elly. »Sagen Sie, sind die Geräusche von diesem Monstrum normal?«

»Sicher«, nickte er. »Die alte Dame ist nicht mehr so rüstig wie früher. Aber sie macht ihren Dienst, so gut sie's kann. Blöd wird es erst, wenn sie abends in den Feierabend geht. Schon immens viele Studiogäste sind mir für die Abendsendung abgesprungen, weil sie keine Lust hatten, die vielen Stockwerke hochzuklettern, was ich verstehen kann. Nur die Sportler machen das gern. Deswegen haben wir viele Sportler als Studiogäste.«

»Aha«, nickte Elly.

»So, da sind wir gleich. Wieder auf drei, dann einen Schritt nach vorn. Eins, zwei … drei!« Schon standen sie vor dem Paternoster. »Das haben Sie gut gemacht«, lobte Jürgen Roland sie.

Elly lachte. »Vielen Dank. Aber wie soll ich das nachher alleine schaffen?«

»Vielleicht haben Sie ja Glück, und die Lady ist schon ausgestellt.«

»Warum wird der Paternoster denn abgestellt?«

»Weil man hier der Meinung ist, die Arbeitszeit geht von acht bis siebzehn Uhr, und die Bürokratie denkt gar nicht daran, mal mitzudenken.«

»Ach so.« Elly lachte wieder.

»Da vorn rechts, das ist das Büro von Paul Winterstein, ich nehme an, da sollen Sie sich melden. Haben Sie keine Angst vor Stupsi, die tut immer so, als würde die Welt gleich untergehen, und ist nur am Jammern, aber sie hat ein goldenes Herz.«

»Danke für den Hinweis.«

»Dann wünsche ich Ihnen einen schönen ersten Tag im Hochofenstockwerk des NWDR. Trinken Sie genug und lassen Sie sich Ihre Portion Milch nicht entgehen.«

»Milch?«

»Ja, weil es in der Produktion so heiß ist, bekommt jeder Mitarbeiter zum Ausgleich einen halben Liter Milch.«

»Ausgerechnet Milch?«

»Ja, weil sie gesund und nahrhaft ist. Also bis bald, kleines Fräulein, und schwitzen Sie nicht so sehr.«

»Danke, Herr Roland, Ihnen auch einen schönen Tag.«

Elly begab sich zu der Tür, die Jürgen Roland ihr gezeigt hatte.

Paul Winterstein, Leitung Fernsehunterhaltung
Sekretariat: Henriette Stupsmann

stand auf einem Schild. Elly klopfte.

»Nur herein!«, ertönte eine Frauenstimme aus dem Inneren des Zimmers. Elly drückte die Klinke hinunter und öffnete die Tür.

»Guten Morgen«, sagte sie höflich. »Mein Name ist Elisabeth Bode. Fräulein Grüneberg schickt mich, ich soll bei der Kochsendung mithelfen.«

Henriette Stupsmann bekreuzigte sich.

»Dem Himmel sei Dank, ein *Mensch*! Ich bin so froh, dass Linda gesagt hat, sie könnte Sie ausleihen. Wir Mädels sagen hier alle du, also ich bin Stupsi, und du bist also Elisabeth.«

»Lieber Elly, Elisabeth hört sich so altmodisch an.«

Stupsi lächelte. »Also dann, Elly. Willkommen. Du kannst deinen Krempel dort ablegen, und dann gehen wir mal in die Höhle des Löwen. Der Hahn bringt mich noch ins Grab, vielmehr seine Frau. Die tun gerade so, als seien sie die größte Prominenz, die auf der Welt herumläuft, ich meine, Erika Hahn ist nun wirklich keine Prinzessin Elisabeth und auch keine Luise Ullrich, aber was will man machen, der eine ist so, der andere so, Tatsache ist, dass bis Freitagabend alles fertig sein muss, denn dann gehen wir zum ersten Mal auf Sendung, ich weiß wirklich nicht, wie das zu schaffen sein wird, ich habe auch gleich gesagt, ich glaub erst, dass die beiden Damen hier anfangen, wenn ich es auch sehe, und wie immer hab ich recht behalten, aber man kann sich ja hier den Mund fusselig reden, es wird dann doch anders gemacht, na ja, jedenfalls müssen wir uns sputen, komm, komm schon!«

Stupsi stand auf und ging zur Tür. Elly konnte gerade noch Tasche und Mantel ablegen, dann folgte sie ihr auf den Flur.

Stupsi war klein, hatte dunkle kurze Haare und trug ein fliederfarbenes Wollkleid. Sie war schnell wie ein Wiesel und plapperte ununterbrochen. Elly konnte ihr gar nicht so schnell folgen und zuhören.

»So, da sind wir, guten Morgen zusammen, darf ich euch Elly vorstellen, sie ist hier eingeteilt. Und seid bitte alle lieb zu ihr, wir brauchen sie, außerdem hatte ich am Wochenende Geburtstag und bin jetzt zwanzig Jahre alt, sozusagen also eine alte Schachtel. Ich muss behutsam behandelt werden.«

Während die Kollegen nachträglich gratulierten, sah Elly sich um. In dem Raum standen neben zwei Fernsehkameras bestimmt sieben Scheinwerfer, überall lagen Kabel herum, und an der einen Wand waren Küchenmöbel und ein Herd sowie eine Arbeitsplatte aufgebaut. Etwas weiter daneben stand noch ein Herd, wozu auch immer.

Clemens Wilmenrod stand hinter dem Herd und trug eine Schürze, auf der sein Konterfei prangte. Ein rundliches Gesicht mit Schnauzbart guckte Elly verschmitzt von seinem Bauch aus an.

Wilmenrod diskutierte lautstark mit einer Frau und einem Mann.

»Ich bitte Sie! Liebe Leute, warum sollten wir denn zu Niere kein Nassgemüse servieren? Es geht doch nicht darum, ein stundenlanges Menü zu kochen, sondern schnell soll es gehen. Das ist doch der Sinn des Ganzen.«

»Aber Herr Hahn«, sagte die Frau, eine Hochgewachsene

mit platinblondem Haar. »Es fängt doch schon mit der Vorspeise an. Fruchtsaft im Glas ist doch keine Vorspeise.«

Clemens Wilmenrod wurde zornig. »Warum denn nicht? Fruchtsaft ist wie ein Obstsalat.«

»Ja, aber den isst man doch nicht zur Vorspeise.«

»Liebe Frau Nonnenrot, bitte verschonen Sie mich mit den ollen Kamellen. Das ist es doch gerade. Ich will, dass die Leute aufhorchen. Und aufsehen. Ein Fruchtsaft vorneweg. Heureka! Das ist es! Ich werde eigene Kreationen kochen mit ausgefallenen Namen. Ich habe mir schon eine Liste gemacht, Erika, wo ist denn die Liste?«

Seine Frau kam angetrabt, Elly kannte sie ja vom Sehen.

»Hier ist die Liste, Carl.«

»Ha! Bei mir wird es Arabisches Reiterfleisch geben, bei mir wird es einen Venezianischen Weihnachtsschmaus geben, ein Päpstliches Huhn, und dann werde ich die Zubereitung eines speziellen Toasts mit Ananas und einer Kirsche zelebrieren, ja, da staunt ihr alle nicht schlecht, was?«

»Und die Namen hat er sich alle alleine ausgedacht«, sagte Erika Hahn Beifall heischend. »Mein Carl ist von Gott gesegnet. Er hat so viele gute Ideen.«

»Können wir jetzt mal weitermachen?«, fragte ein Mann genervt.

»Wir machen dann weiter, wenn ich das für richtig halte«, erklärte ihm Frau Hahn. »Carl, was ist, geht's dir nicht gut? Brauchst du eine Pause?«

»Ach, ich weiß nicht, alle sind so böse …«, jammerte ihr Mann.

»Man überfordert ihn, das sieht man doch«, regte Erika Hahn sich auf. »Holt mal jemand eine kalte Limonade?«

»Oh ja, eine Limonade«, sagte Carl.

»Wir müssen jetzt mal weitermachen, uns rennt die Zeit davon«, sagte Frau Nonnenrot.

»Erst die Limonade«, beharrte Erika.

Elly merkte, dass man hier nicht weiterkam, also ging sie einfach zu Erika Hahn.

»Sie sind also die Frau des berühmten Kochs!«, sagte sie ehrfürchtig.

»Endlich mal jemand, der das erkennt«, freute sich Erika. Elly strahlte sie an. »Sie müssen mir unbedingt erzählen, wie es dazu kam, dass er nun hier ist«, bat sie. Das ließ sich Erika Hahn nicht zweimal sagen, sofort fing sie an zu plappern.

Elly bewegte sich langsam von Herrn Hahn und den anderen weg, und Erika folgte ihr.

Elly spürte quasi, wie die gesamte Belegschaft aufatmete, je weiter Frau Hahn sich entfernte.

Erleichtert hörte sie, dass es hinter ihr endlich weitergehen konnte.

Frau Hahn redete und redete. Elly ließ sie reden und sah sich unauffällig um. Grundgütiger, waren hier viele Leute. Sie zählte vier Männer an den Scheinwerfern, drei standen bei den dicken Kabeln herum, mehrere Frauen schrieben ständig was auf Blätter, die in einem Klemmbrett steckten, und noch mehr Menschen wuselten herum. Elly konnte sie nicht alle zuordnen. Es waren jedenfalls definitiv zu viele Leute für den Raum. Es gab kein Fenster, dementsprechend heiß und stickig war es.

Himmel, dachte Elly, während Erika Hahn ihr erzählte, wie sie ihren Mann kennengelernt hatte. Welche Temperaturen hier wohl herrschten, wenn alles in Betrieb war? Das musste entsetzlich sein. Sie dachte an die verschwitzten Männer, die ihr gestern entgegengekommen waren. Noch dazu rauchten fast alle, und eine Lüftung gab es nicht.

Während Wilmenrod weiter diskutierte und sich echauffierte, weil niemand seine künstlerische Ader lobte, kam ein großer, dunkelhaariger Mann auf Elly zu.

»Sie müssen Fräulein Bode sein. Linda Grüneberg hat Sie schon angekündigt. Ah, guten Tag, Frau Hahn. Ich muss Ihnen Fräulein Bode entführen.«

Erika plapperte einfach weiter, und der Mann nahm Elly zur Seite. »Sie haben den Drachen gezähmt«, schmunzelte er. »Hervorragend, das hat noch keiner geschafft. Offenbar wissen Sie, was man tun muss, wenn Not am Mann ist. Sie schickt der Himmel, gutes Fräulein. Willkommen auf dem sinkenden Schiff. Mein Name ist Paul Winterstein, ich bin hier sozuagen der Chef von allem.«

»Freut mich, Sie kennenzulernen.« Elly schüttelte ihm die Hand. »Jetzt muss ich nur noch wissen, was ich tun soll.«

»Aber ja. Ich brauche eine Assistentin der Produktion, die alles zusammenhält. Momentan ist hier alles noch sehr zerstückelt, wir senden ja erst seit Dezember letzten Jahres, und dann noch aus diesen Bunkern, aber was soll man machen? Die Sendung von Hahn ist ein Risiko, es kann gut sein, dass die wenigen Zuschauer, die wir haben, uns die Sendung in Stücke zerreißen, aber ich möchte es gern probieren. Kurzum, ich suche ein intelligentes Mädchen für alles mit Hirn und Verstand, die sich den anderen gegenüber durchsetzen kann und mein Gedächtnis ist. Primär geht es erst mal um *Bitte, in zehn Minuten zu Tisch*. Da senden wir am Freitag zum ersten Mal. Dann sind natürlich andere Sendungen zu betreuen. Ich habe das aber alles gerade nicht im Kopf.«

»Ich verstehe«, sagte Elly und hoffte, dass Paul Winterstein ihr die Überforderung nicht ansah.

»Wissen Sie, die Damen, die hier arbeiten, sind nur stundenweise hier, das macht mich teilweise ganz verrückt, kaum ist die eine da, ist sie schon wieder fort und die nächste kommt. Am nächsten Tag sind wieder andere da, und alles muss neu besprochen werden. Was uns hier fehlt, ist eine führende Hand, die den Unterhaltungsladen lenkt.« Er lachte. »Nun hab ich Sie ganz schön überfahren. Aber so schlimm ist es nicht, und glauben Sie mir, die Arbeit beim Fernsehen macht Spaß. Ich hätte mir zwar ein anderes Gebäude gewünscht, aber besser ein Hochbunker als nichts, nicht wahr? Also, wie gesagt, wer mit Frau Hahn fertig wird, wird auch mit dem Rest fertig! Legen Sie los, liebes Fräulein, und zeigen Sie, was noch in Ihnen steckt. Wenn Sie Fragen haben, fragen Sie mich oder Stupsi, das ist ein Kuddelmuddel hier, aber wir werden es schon hinkriegen, meinen Sie nicht auch? Oder trauen Sie sich das nicht zu?« Damit hatte er Ellys wunden Punkt getroffen. Sie hatte tatsächlich überhaupt keine Ahnung, was sie hier erwartete. Einerseits hatte sie Muffensausen, andererseits reizte es sie, einfach so ins kalte Wasser zu springen und die Dinge auf sich zukommen zu lassen. Ha! Wenn Papa sie hier sehen könnte!

»Aber sicher«, sagte Elly also mit fester Stimme.

»Prima, Fräulein Bode. Schnappen Sie sich einen Block und einen Stift und folgen Sie mir. Ich stelle Sie den Kollegen vor und erkläre Ihnen, was jeder so macht und was wir vorhaben.«

»Gern.«

Sie gingen zu der Gruppe um Clemens Wilmenrod, der einen knallroten Kopf hatte.

»Das ist das Recht des Darbieters«, sagte er böse. »Ich habe einen Eingangssatz, und an dem halte ich fest.«

»Carl, bitte«, sagte einer der Männer mit einem Bleistift hinterm Ohr. »Du machst dich ja lächerlich.«

»Ich möchte gehört werden«, sagte Wilmenrod.

»In erster Linie wirst du *gesehen*, aber natürlich auch gehört«, sagte eine der Damen mit den Klemmbrettern. »Das muss alles passen.«

»Paul«, sagte Frau Nonnenrot zu Herrn Winterstein. »Sag doch auch mal was!«

»Die Dame gestern fand den Satz gut«, klagte Wilmenrod.

»Sehen Sie, Fräulein Bode, und deswegen sind Sie hier«, sagte Paul Winterstein leise zu Elly. »Es muss endlich die rechte Hand wissen, was die linke tut.«

Langsam verstand Elly. Nun, diesen Ameisenhaufen galt es, zusammenzuhalten.

Nun kam Erika Hahn zurück.

»Gibt es Probleme?«, fragte sie.

»Es geht um den ersten Satz, die Begrüßung sozusagen«, erklärte ein Kollege. »Sag doch mal den Satz, Carl.«

Der plusterte sich ein wenig auf. »Ihr lieben, goldigen Menschen«, sagte er dann und schaute Paul erwartungsvoll an.

»So was sagt man zu Kindern«, echauffierte sich die Dame mit dem Klemmbrett. »Aber doch nicht zu Erwachsenen um halb zehn Uhr am Abend.«

Die anderen Damen nickten.

Elly biss sich auf die Unterlippe. Der Satz war wirklich … merkwürdig.

»Ich bestehe auf dem Satz«, jammerte Wilmenrod. »Das wird den Menschen im Gedächtnis bleiben. Ich bin der Künstler, ich bin der Schauspieler, ich weiß, was die Leute sehen wollen.«

»Carl, wir senden seit ein paar Wochen, da wissen wir noch gar nicht, was die Leute sehen wollen.« Paul Winterstein klopfte ihm jovial auf die Schulter. »Wir denken noch mal drüber nach. Leute, nun hört mal bitte alle zu, und mit alle meine ich alle, auch Sie, Herr Caspari. Ich darf euch Elisabeth Bode vorstellen. Meine neue rechte Hand, die erst einmal bis Freitag nur für diese Produktion hier abgestellt wurde. Für den Piloten. Ich bitte alle, sie freundlich und kollegial aufzunehmen und zu begrüßen.«

»Hallo, Elisabeth«, sagten die Kollegen durcheinander.

»Freut mich«, sagte Elly und überlegte, ob sie jetzt allen die Hand geben musste, aber da keiner Anstalten machte, eine auszustrecken, beschloss sie, es nicht zu tun.

»Ich bleibe hier am besten erst mal stehen und verschaffe mir einen Überblick«, sagte sie dann, und Paul Winterstein nickte.

Die nächste Stunde verbrachte Elly damit, sich die einzelnen Namen der Mitarbeiter zu notieren, ihre jeweiligen Aufgaben, sie schrieb sich die einzelnen Abläufe auf und besah die Dienstpläne. Und sie freute sich, als sie sah, dass für morgen Peter als Assistent für Wilmenrods Sendung eingetragen war. Es musste geprobt werden.

Dann sah sie auch bei den Proben zu und wunderte sich, dass für eine Sendung, die gerade mal eine Viertelstunde dauern sollte, so ein Aufwand betrieben wurde. Wilmenrod musste sich ununterbrochen anders hinstellen, und immer noch gefiel es dem Regisseur nicht. Einmal war er zu präsent, dann zu wenig präsent, dann sah man den Herd nicht und dann nicht die Zutaten, dann fiel ein Ei herunter und alles begann von vorne.

Wilmenrod wollte in seiner ersten Sendung neben dem Fruchtsaft unbedingt ein italienisches Omelette und dann Nieren mit Dosengemüse präsentieren, zum Abschluss einen türkischen Mokka. Der Clou der Sendung war, dass alles innerhalb von einer Viertelstunde fertig war. Der Zuschauer vor dem Fernsehgerät sollte sich auch in einer kurzen Mittagspause zu Hause rasch etwas zubereiten können.

Erika Hahn mischte sich ständig ein.

»Nein, so nicht, Carl, lächle nicht zu sehr, das wirkt unglaubwürdig, Carl, lächle doch mal, Carl, nun guck doch nicht so grimmig, Carl, guck doch etwas ernster«, bis der Regisseur ein Machtwort sprach, woraufhin sich Erika Hahn beleidigt auf einen Klappstuhl setzte.

Wilmenrod war in seinem Element: »Ach, wenn es keine Hühner gäbe, müssten sie erschaffen werden. Nach Fleisch gibt es in der Küche nichts mehr an Reichweite der Verwendung als Eier. Sie sind eines der Hauptfundamente jeder Küche. Ohne Eier keine Saucen, Ragouts ...« Er steigerte sich immer mehr in seine Ausschweifungen hinein, bis der Regisseur irgendwann »Stopp!« rief.

»Was ist denn, Henning?«, fragte Wilmenrod giftig. »Was passt denn jetzt schon wieder nicht?«

»Das ist zu lang. Wir haben nur eine Viertelstunde. Das sind fünfzehn Minuten. Und du hast noch nicht mal den Saft ins Glas gefüllt.«

»Ach ja, das muss ich noch machen.«

»Also alles von vorne, vergiss den Saft nicht, und kürzeres Vorwort, bitte.«

Wilmenrod räusperte sich: »Ihr lieben, goldigen Menschen«, fing er an, und alle verdrehten die Augen.

Elly lächelte und machte sich Notizen. Es gefiel ihr hier, es gefiel ihr ausnehmend gut!

Sie blätterte eine Seite des Blocks um. Sie wollte aufschreiben, was ihrer Meinung nach geändert werden müsste.

Zum Beispiel, dass immer alle durcheinanderredeten und

jeder das letzte Wort haben wollte. Es war Kraut und Rüben hier. Aber sie hatte Lust, das geradezubiegen.

Nach einer gefühlten Ewigkeit waren die Textproben mit Wilmenrod erst mal fertig, und es ging ans Ausleuchten.

Elly verstand die schwitzenden Mitarbeiter immer besser. Es war heißer hier als in einer Sauna, wahrscheinlich so heiß wie auf der Sonne. Ihr selbst lief schon nach zwei Minuten der Schweiß von der Stirn und den Rücken hinunter, und sie musste noch nicht mal was tun, anders als die Kollegen an Kameras und Scheinwerfern und den dicken Kabeln.

Zwischendrin wuselten die Klemmbrett-Damen herum und mischten sich in alles ein.

»Mensch, Greta, nun hör doch mal auf herumzuquaken«, sagte einer der Kameramänner zu einer von ihnen. »Ich bin hier an der Kamera und nicht du. Wenn es nach mir ginge, würdest du uns allen mal was zu trinken holen.«

Greta antwortete nicht und zwängte sich an ihm vorbei. Der Kameramann, der Wolfgang Hagen hieß, zwickte Greta in den Hintern, dann gab er ihr einen Klaps.

»So ein schöner Po macht doch froh«, sagte er, und alle Männer lachten. Greta sagte nichts und wurde flammend rot.

»Ja, ja, man sieht es den Kollegen immer an, ob sie im Sendestudio waren oder nicht, wobei man ja eigentlich von keinem Sendestudio reden kann, hier liegt ja alles noch im Argen«, sagte Paul Winterstein, als Elly kurz vor Mittag bei ihm im Büro saß. Sein Schreibtisch war imponierend. Dunkles Holz mit Intarsien und Goldbeschlägen, mittig dunkelrotes Leder.

Er bemerkte ihren Blick. »Ein Erbstück meines Großvaters. Ich habe alle Hebel in Bewegung gesetzt, damit ich ihn in mein Büro kriege. Die Helfer haben mich wahrscheinlich innerlich gesteinigt, denn der gute Aufzug hatte mal wieder schlappgemacht, und sie mussten das gute Stück hundert Stufen hochtragen. Ich habe ihnen ein anständiges Trinkgeld gegeben, aber trotzdem haben sie mich mit ihren Blicken getötet. Nun, Fräulein Bode, wie waren denn die ersten Stunden?«

Es klopfte, und Stupsi kam rein und stellte einen großen Krug mit Wasser und Zitronenscheiben und ein Glas vor Elly. »Ich denke, das brauchst du jetzt«, sagte sie. »Soll ich noch Kaffee bringen?«

»Das wäre großartig, Stupsi«, sagte Paul Winterstein. »Sie wissen ja, für mich schwarz wie die Nacht. Und Sie, Fräulein Bode?«

»Mit Milch, bitte.«

»Kommt sofort.« Stupsi wieselte davon.

Elly goss sich Wasser ein und trank das erste Glas sofort leer. Paul füllte ihr nach.

»Also«, begann Elly und sah auf ihre Notizen. »Sie liegen schon richtig, die rechte Hand weiß nicht, was die linke tut, ich glaube, ehrlich gesagt, darin liegt das größte Problem. Und deswegen sollte man einen Ablaufplan machen mit genauen Uhrzeiten und was erledigt werden muss. Ich hab das hier mal grob aufgeschrieben.« Sie legte Paul einen Zettel hin, und der schaute ihn sorgfältig und interessiert an.

»Verstehe«, sagte er dann. »Das hört sich logisch an. Wissen Sie, wir sind so mit diesem Projekt überrumpelt worden, und wir mussten so schnell reagieren, da denkt man gar nicht dran, mal einen Plan zu machen. Eine wirklich gute Idee. Also, dann legen Sie mal mit dem Plan los, Fräulein Bode. Wie ist denn die Stimmung unter den Mitarbeitern?«

»Mir ist da was aufgefallen, Herr Winterstein.« Elly hatte sich lange überlegt, ob sie das mit Greta ansprechen sollte. Es war immerhin gut möglich, dass sie sich Wolfgang Hagen damit zum Feind machte. Aber dann siegte die Solidarität in ihr. Wenn ihr so etwas passieren würde, würde sie sich auch wünschen, dass ihr jemand zur Seite stünde.

»Die Sache ist die«, sagte sie und erzählte dann, was sie gesehen hatte.

Paul Winterstein sog an seiner Pfeife. »So, so«, sagte er. »Wolfgang wieder. Ich sage Ihnen etwas, Fräulein Bode, das kommt leider öfter vor, als man denkt. Als meine Schwester, sie ist Krankenschwester, mir von Anzüglichkeiten und solchen … Handlungen erzählte, dachte ich erst, das muss ich zugeben, dass sie übertreibt. Aber dann habe ich es hier auch mit eigenen Augen gesehen und den entsprechenden Herrn sofort zur Rede gestellt. Er tat es ab und meinte, die Kollegin habe ihn provoziert. Wir müssen das weiter beobachten, Fräulein Bode, danke, dass Sie mich ins Vertrauen gezogen haben. Ich werde mit Fräulein Barden sprechen und auch mit Wolfgang Hagen. Wenn Ihnen so etwas wieder auffällt, sagen Sie es mir bitte. Ich billige das unter keinen Umständen.«

»In Ordnung«, sagte Elly, die froh war, sich ihm anvertraut zu haben.

»Nun, dann gehen Sie mal in die Mittagspause, wir sehen uns in einer Stunde wieder«, sagte Paul und stand auf.

Im Vorzimmer saß Stupsi und tippte einen Brief. »Kommst du mit raus?«, fragte sie. »Es ist zwar eisig kalt und es schneit schon wieder, aber wir müssen ja mal an die Luft. Dieser Hochbunker erinnert mich immer an den Krieg.«

»Wie könnte er auch nicht«, meinte Elly, die sich freute, dass Stupsi mit ihr die Pause verbringen wollte. »Ich komme gern mit«, sagte sie dann.

»Dufte. Gabi und Monika kommen auch mit. Gabi ist die

Sekretärin vom Chefredakteur Fernsehen, und Monika ist beim Sport. Sie sind sehr nett, du wirst sie mögen.«

»Wie schön«, sagte Elly. Sie nahm ihren Mantel und ihre Tasche, und sie fuhren mit dem ächzenden Paternoster nach unten. Diesmal schaffte Elly es sogar alleine hineinzusteigen, davon abgesehen war kein Jürgen Roland in Sicht.

Die Luft draußen tat gut.

Sie blieben stehen und atmeten tief ein.

»Ist das herrlich«, sagte Gabi. Sie und Moni waren wirklich nett und sympathisch. Gabi war achtundzwanzig, verheiratet und hatte eine Tochter, um die sich ihre Mutter tagsüber kümmerte. »Mein Mann hat den Krieg nicht gut überwunden«, erzählte sie. »Er ist jetzt einunddreißig und hat nur noch ein Bein. Außerdem hat er beinahe jede Nacht Albträume. Er war schon bei Ärzten, aber keiner kann ihm helfen. Knud schreit im Schlaf, schwitzt und weint, es ist ein Jammer, und er tut mir so leid. Aber ich weiß nicht, was wir noch tun sollen. An Arbeit ist bei ihm nicht zu denken. Das Schlimme ist, dass er den ganzen Tag zu Hause sitzt und grübelt. Nachts geht dann die Träumerei wieder los.«

»Ist es nicht schrecklich, dass es kaum Hilfe gibt für die seelischen Schäden?«, fragte Moni, und die beiden anderen nickten. Es war das erste Mal, dass Elly von einer solchen Kriegsgeschichte hörte, und sie war betroffen, sagte das aber nicht. Genauso wenig hatte sie vorher gesehen, dass eine Frau belästigt wurde. Sie kam sich plötzlich so ungebildet und unnütz vor. In welcher Welt hatte sie denn gelebt noch vor ein paar Tagen? Alles Schlimme war von ihr ferngehalten worden. Sie hatte vom Krieg recht wenig mitbekommen. Als er anfing, war sie fünf Jahre alt gewesen und zu einer Tante aufs Land geschickt worden, gemeinsam mit Kari und York. Dort hatten sie stets genug zu essen und ein Dach über dem Kopf gehabt. Die Mutter kam bald hinterher, der Vater war nicht im Krieg gewesen, weil er einen kriegswichtigen Betrieb führte. Als der Krieg dann zu Ende war, beschützten die Eltern sie alle weiterhin. Ihr Leben war trotz der Kriegsjahre nie schlecht gewesen. Alles Unangenehme war an ihr vorbeigezogen.

»Das tut mir so leid für dich, Gabi«, sagte sie nun zu der Kollegin, und die nickte ihr zu.

»Dankeschön. Es muss halt irgendwie weitergehen. Zum Glück wohnt meine Mutter mit uns in der Wohnung. Sie hat eine kleine Rente, und gemeinsam mit meinem Lohn geht es schon. Ich frage mich nur, wie es mit Knud weitergehen soll. Er ist so schwermütig geworden und starrt stundenlang Löcher in die Luft, erzählt meine Mutter. Nun«, sie lächelte die beiden an. »Ich will euch nicht mit meinem Kram belasten. Jede von uns hat ja ihr eigenes Päckchen zu tragen.«

Stupsi und Moni nickten.

»Manchmal denke ich, ich halte es keinen Tag mehr länger ohne Piet aus«, sagte Moni dann leise. »Mein Mann ist 1944 gefallen«, erklärte sie Elly. »Fürs Vaterland.« Sie holte eine Brotdose aus ihrer Tasche und packte ein Butterbrot mit Wurst aus. Auch die anderen packten ihre Brote aus, nur Elly wieder nicht. Sie beschloss, nachher etwas einzukaufen, damit sie in der Hong-Kong-Bar etwas zubereiten konnte. Gestern hatte sie ja netterweise etwas von Ina abbekommen, aber sie musste sich ab jetzt selbst etwas machen.

Wieder boten die anderen ihr nett etwas an, und Elly sagte nicht Nein und versprach, sich bald zu revanchieren, aber die Mädels winkten ab. Das sei doch selbstverständlich.

»Jetzt erzähl du mal, Elly. Wo kommst du her, was hast du vor, wie bist du hier gelandet?«

Elly beschloss, größtenteils bei der Wahrheit zu bleiben. Sie hatte noch nie gern geflunkert und wollte vor allen Dingen die netten neuen Kolleginnen nicht anlügen. Also sagte sie, dass sie nach einem Streit mit ihren Eltern mit ihrer Freundin in einem Hotel wohnte, ohne zu sagen, welches das war, und dass die Eltern dagegen seien, dass sie arbeiten ging.

»Warum haben sie denn was dagegen?«, wollte Stupsi wissen.

»Ach, sie wollen, dass ich heirate und Kinder kriege«, erzählte Elly zurückhaltend.

»Das würde ich auch gern«, lachte Stupsi, »aber ich habe noch nicht den passenden, reichen Mann gefunden, der mir das ermöglicht. So lange muss ich noch beim Winterstein bleiben.«

»Was ist mit deinen Eltern, Stupsi?«, fragte Elly.

»Sie sind im Krieg unter unserem Wohnhaus begraben worden, es kam jede Hilfe zu spät«, lautete die knappe Antwort, und die Stimme klang so, dass Elly nicht weiter nachfragte. Es war ja auch alles gesagt.

»Das tut mir sehr leid«, sagte sie also wieder.

»Schon gut. Ich komm klar«, sagte Stupsi lieb. »Manchmal hab ich das Gefühl, dass ich vieles mit meiner Hektik verdränge, aber andererseits hilft das ja auch ganz gut.« Sie biss in ihren Apfel. »Lasst uns doch über was anderes sprechen.«

»Sagt mal.« Elly hatte beschlossen, den Vorstoß zu wagen. »Ist euch das auch schon mal passiert?« Sie erzählte kurz die Vorkommnisse mit Wolfgang Hagen.

Stupsi, Moni und Gabi lachten auf, eher bitter als fröhlich.

»Willkommen in der Wirklichkeit. Das geht nicht nur den Assistentinnen in der Produktion so. Es gibt in jeder Abteilung Herren, die glauben, sich alles herausnehmen zu können«, erzählte Moni. »Gabi, erzähl mal das mit Franz.«

Das ließ Gabi sich nicht zweimal sagen.

»Es war morgens in unserer Kaffeeküche. Mir ist was auf den Boden gefallen, ich hab mich gebückt und wollte es aufheben, plötzlich waren zwei Hände an meinen Hüften und jemand drückte seinen Unterleib an meinen. Kollege Franz. Ich habe vor Schreck alles fallen lassen, und was macht der Kerl? Lacht blöd, hebt meinen Rock hoch und klapst mir auf den Po. Also auf den Schlüpfer.«

Elly war fassungslos. »Und? Was hast du gemacht?«

Moni zuckte mit den Schultern. »Nichts.«

»Wie bitte? Warum nicht?«

»Weil es nichts nützt. Die Männer denken, sie können sich das alles erlauben, und wenn wir uns beschweren, sind wir frigide oder wir sind doch eh mannstoll und haben es drauf angelegt, oder es wird einfach abgestritten. Ganz ehrlich, die meisten von uns haben sich damit abgefunden, weil sich sowieso nichts ändern wird.«

»Du kannst dir gar nicht vorstellen, wie oft mir die Kollegen die Bluse mit Blicken ausziehen«, erklärte Gabi. »Ich trage schon keine engen Sachen mehr. Was kann ich denn für meine Körbchengröße? Zwei Vorgesetzte in der alten Abteilung letztes Jahr haben mich mal hin und her gejagt, alles musste ganz dringend erledigt werden, ich musste ganz flink rennen, dann stellte sich heraus, sie machten das nur, damit mein Busen hüpft. Die beiden haben sich totgelacht, und mir war das Ganze entsetzlich peinlich!«

»Unglaublich«, sagte Elly.

»Es stimmt aber«, bestätigte Stupsi. »Was will man machen.«

»Du hast es gut, Stupsi«, sagte Gabi. »Du bist beim Winterstein.«

Stupsi nickte. »Ja, da habt ihr recht. Er ist ein toller Chef und würde so etwas nie tun. Dazu ist er viel zu gut erzogen und zu anständig. Man kann sich keinen besseren Vorgesetzten wünschen.«

Elly nickte. »Die kurze Zeit, in der ich mit ihm gesprochen habe, musste ich das auch feststellen. Ich habe ihm übrigens von dem Vorfall erzählt. Ganz offenbar ist dieser Wolfgang kein unbeschriebenes Blatt. Er muss wohl schon öfter aufgefallen sein.«

»Ja, und Paul Winterstein würde ihn am liebsten mit allen anderen in einen Sack stecken und draufhauen«, sagte Moni. »Aber wenn ein Wort gegen das andere steht ...«

Elly verstand nicht, warum die drei Kolleginnen so resigniert reagierten. Musste man nicht aufschreien und den übergriffigen Kollegen mal so richtig die Leviten lesen?

»Himmel, wir müssen zurück«, sagte Gabi, die auf die Uhr geschaut hatte, und eilig liefen die vier Frauen Richtung Hochbunker zurück.

Elly konnte es einfach nicht fassen, dass die Kollegen so waren und die Frauen so behandelten. Sollte das mal einer mit ihr machen, sie wüsste, was sie täte. Eine Ohrfeige wäre das Mindeste, was der Mann als Quittung bekäme.

Kapitel 13

Den Nachmittag verbrachte Elly teils mit der Erstellung eines Ablaufplans und teils damit, Erika Hahn zu beruhigen. Der hatte man nämlich erzählt, dass Elly nun ihre erste Ansprechpartnerin sei, und die Kollegen vor Ort waren heilfroh, dass sie die anstrengende Frau von Clemens Wilmenrod jetzt los waren.

»Eddi will immer alles anders haben«, klagte Erika Hahn und wischte sich den Schweiß von der Stirn. »Aber Carl hat doch auch Mitspracherecht, was hat denn Eddi dagegen?«

»Ich kläre das mit Eddi«, versprach Elly und machte sich eine entsprechende Notiz. Eddi war einer der Regieassistenten.

»Die Kameraleute müssen den Herd noch ein bisschen weiter nach rechts schieben«, ging es weiter. »Also meinen Herd, den zweiten.«

»Wozu brauchen wir den denn überhaupt?«, wollte Elly wissen.

»Na, mein Mann kann doch nicht kochen«, sagte Erika und schien verwundert darüber, dass Elly das nicht wusste. »Der ist Schauspieler.«

»Äh, er kann nicht kochen?«, fragte Elly verwirrt. »Wie soll denn das dann gehen?«

Theo, einer der Kabelträger, hatte das Gespräch mitbekommen. »Na, wir haben der Frau Hahn einen eigenen Herd hingestellt, darauf bereitet sie dann alles vor«, erzählte er. »Sie

wird kochen, nicht er. Don Clemente kann ja noch nicht mal
’ne Zwiebel schneiden. Wenigstens hat er das zugegeben, und
wir können entsprechend reagieren. Wir machen dann einfach eine Großaufnahme von irgendwas auf dem Tisch, einem
Eierschneider oder so, und in der Zeit wechseln wir Pfanne
oder Topf aus, dann halten wir die Kamera wieder darauf.«

»Aha.« Elly runzelte die Stirn.

»Sag mal, Kleene, hast du ’nen festen Freund?«, fragte Theo
dann. Ellys Stacheln richteten sich auf.

»Das geht dich überhaupt nichts an«, sagte sie kühl.

»He, mal nicht so spröde. Das war ja nur ’ne Frage. Sonst
hätten wir zwei Hübschen mal am Wochenende einen Ausflug
gemacht ins Grüne.«

»Danke, kein Interesse.«

»Ooch.« Er kam näher und kniff ihr in die Wange. »Süß
bist du, weißt du das?«

»Das machst du noch einmal, dann knallt es«, sagte Elly
leise, aber bestimmt. »Und zwar vor allen Kollegen hier.«

Theo trat einen Schritt zurück. »Schon gut, schon gut.
Man wird ja noch fragen dürfen. Wusste ja nicht, dass du so
’ne Prüde bist.«

Elly blitzte ihn an. Er drehte sich um und sah so aus, als
würde es in ihm brodeln.

»Sie haben ja ein ganz schön loses Mundwerk«, sagte Erika
Hahn pikiert.

»Wieso *ich*? Ich finde eher, dass der Kollege ziemlich frech
war.« Elly wunderte sich. Jetzt hatte sie den Schwarzen Peter?
Das durfte ja wohl nicht wahr sein.

»Ist ja auch unwichtig«, sagte Frau Hahn. »Wichtig ist, dass
mein Herd von der Kamera nicht eingefangen wird, wo kommen wir denn hin?«

»Ich rede nachher mit den Kollegen«, versprach Elly, der das alles zu bunt wurde, und Erika düste nach vorne zu ihrem Mann, um ihn vorteilhafter hinzustellen und um die Maskenbildnerin zu rufen. Die musste Carl abpudern. Die Hitze, die Hitze.

Bis zum Feierabend blieb Elly in der Produktion. Mittlerweile hatte sie sich gemerkt, wie alle hießen, und sie hatte eine ungefähre Ahnung davon, was sehr wichtig und weniger wichtig war. Unwichtig und zeitraubend waren beispielsweise die ewig langen Kaffee- und Zigarettenpausen. Einmal angefangen, zog sich alles in die Länge und wertvolle Zeit verstrich.

Dann erzählte der eine dem anderen dies und der Nächste das, und der Übernächste hörte nicht zu, jemand wurde unterbrochen, oder man fing einfach wieder von vorne an, um dann die Hälfte zu vergessen. Hier herrschte einfach keine Struktur. Außerdem schien niemand für etwas verantwortlich zu sein, und jeder machte das, was er gerade für richtig hielt. Elly machte sich ununterbrochen Notizen. Kollegen kamen zu ihr und wollten wissen, was ihre Aufgabe war.

»Na, das ist ja mal eine gute Idee, jemanden abzubestellen, der diesen Haufen bändigen kann.« Eine Kollegin nickte ihr zu.

»Ich versuch es zumindest«, lächelte Elly.

Aber es gab auch einige, die verstohlen zu ihr rüberschauten und ihr Tun kritisch beobachteten, so, als wäre ihnen das nicht recht. Es waren nur männliche Kollegen, die so herübersahen. Einige von ihnen gaben spöttische Sprüche von sich.

»Hat der Winterstein keine Lust mehr, sich selbst um seine Leute zu kümmern, und muss eine Gouvernante schicken?«, fragte Werner, einer der Kameramänner.

»Braucht ihr denn eine?«, gab Elly zurück.

»Nö.« Werner kratzte sich am Kopf. »Wir brauchen keine Aufpasserin. Und so ein Küken schon mal gar nicht.«

Elly lächelte ihn an. »Aus Küken werden Hühner«, sagte sie dann schlicht und widmete sich dann wieder ihrem Block. Werner schnaubte irgendwas vor sich hin und ging zu den anderen zurück. Nun sahen sie alle rüber.

Elly versuchte, die Männer zu ignorieren, und machte einfach weiter. Sie würde sich bestimmt nicht einschüchtern lassen.

Trotzdem machte es ihr einen solchen Spaß, hier zu sein, bei etwas mitzuwirken, was es vorher noch nicht gegeben hatte.

Sie hätte Peter vergolden können. Hätte der sie nicht mit hergenommen, niemals wäre sie hier in diesem wirren, aktiven, wuselnden Ameisenhaufen gelandet! Oder in dem Hornissennest, wie ein Kollege es genannt hatte.

Nach Feierabend ging Elly die Stockwerke hinunter und traf im Erdgeschoss auf Peter, der sich zu freuen schien.

»Ich hörte, Sie waren bei Don Clemente«, sagte er. »Ein lustiger Vogel, und dann seine Frau, die ständig wie ein verrücktes Huhn herumschwirrt. Ich bin mal gespannt, wie die erste Sendung am Freitagabend wird.«

»Ja, ich bin nun fest für die Vorbereitung eingeplant.« Elly erzählte das nicht ohne Stolz. »Quasi die rechte Hand von Paul Winterstein.«

Peter nickte. »Das hab ich schon gehört. Es freut mich für Sie. Von Herrn Winterstein hört man nur Gutes. Ein feiner Kerl.«

»Das sagen alle. Ach, wer ist denn da?« Elly schaute an Peter vorbei, und der drehte sich um. Da kam Ingrid auf sie zu.

»Ich hab es heute Morgen im Zimmer einfach nicht mehr ausgehalten, deshalb bin ich runter zu Chong Tin Lam und hab ihm ein bisschen geholfen, Gläser gespült und so, da hat er mich gefragt, ob ich nicht öfter aushelfen will. Wie findet ihr das? Ingrid Rasmussen in der Hong-Kong-Bar! Was darf es denn zu trinken sein?«

»Darüber sprechen wir, wenn die andere Sache erledigt ist, Ingrid«, sagte Peter ganz vernünftig. »Gut, dass du da bist. Wir gehen jetzt zu dieser Lene Schulz.«

Ingrids Lächeln verschwand, sie nickte und hakte sich bei Elly unter. Dann machten sie sich auf den Weg.

Lene wohnte im Hamburger Gängeviertel, von dem nicht mehr viel übrig war. Elly kannte das Gängeviertel vom Hörensagen, dort gewesen war sie noch nie.

Das Viertel, das unglaublich eng gebaut war, war ein Brutkasten für Krankheiten, hier wurde gesoffen, gehurt, und es gab regelmäßig Prügeleien. Die Häuser standen teils so dicht beieinander, dass die Leute in den oberen Stockwerken sich aus dem Fenster lehnen und dem Nachbarn gegenüber die Hand geben konnten. Und es fiel kaum Licht hier herein. Hier wohnten die Ärmsten der Armen.

Die Stadtoberen hatten beschlossen, das Viertel nach und nach abzureißen, nur etwas von den alten, baufälligen Gebäuden war noch übrig. Das Gängeviertel, das seinen Namen hatte, weil es so eng gebaut war, dass kaum ein Fuhrwerk durchkam, war ein einziger Krankheitserreger gewesen, und wegen der hygienischen Zustände hatte man sich zum Abriss entschlossen. Aber noch war nicht alles dem Erdboden gleichgemacht worden, es gab noch Häuser. Hier stank es erbärmlich nach Fäkalien und anderen Dingen, die man nicht zuordnen konnte und wollte.

Sie betraten einen muffigen und dunklen Hausflur und

stiegen eine enge Holztreppe hoch. »Oh Gott«, entfuhr es Ingrid, als die Tür geöffnet wurde.

Eine Frau um die vierzig machte ihnen die Tür auf. Sie war klein, trug eine graue Kittelschürze und eine löchrige Strumpfhose. Ihr kurzes, fast schon weißes Haar war offensichtlich länger nicht gewaschen worden. Nicht nur Ingrid bekam einen Schreck. War das etwa Lene? Sie schauten in die Wohnung. In dem winzigen Raum befanden sich sieben Personen, zwei ältere Menschen und fünf Kinder, alle schrien durcheinander. Auf einem recht altersschwach aussehenden Herd blubberte etwas in einem Topf und verströmte Dampf. Eine Katze strich um Ellys Beine und maunzte. Es stank zum Gotterbarmen nach Mensch, Schweiß, abgestandener Luft und Undefinierbarem.

»Äh, Lene Schulz?«, fragte Peter, dem die Situation sichtlich unangenehm war.

»Sicher doch, wer denn sonst?« Lene grinste sie an. »Kommt rein inne gute Stube.«

»Ich möchte gehen«, flüsterte Ingrid.

Elly drückte ihre Hand »Wir hören uns erst an, was sie zu sagen hat«, sagte sie. Insgeheim glaubte sie aber auch nicht daran, dass das hier das Richtige war.

»Hier lang.« Lene schlurfte zu einer weiteren Tür, die sie öffnete. »Hier is der Raum, wo ich arbeiten tu.«

Elly, Ingrid und Peter sahen sich überrascht um. Dieses Zimmer war verhältnismäßig ordentlich, in der Mitte stand ein langer Holztisch, darauf eine Matratze mit einem weißen Laken, das in der Tat sauber aussah. An der Wand weiße Schränke, in denen hinter Glas Arztbestecke zu liegen schienen. Es war kein Vergleich zu dem anderen Raum, und es roch sogar recht angenehm nach Reinigungsmitteln und Desinfektion. Dieser Raum war ganz anders als der andere. Kein Gestank drang hier hinein.

»So, dann bitte ich den Herrn mal rauszugehen, nicht wahr? Ich will mir die Dame mal anschau'n«, wies Lene an. »Sie können hierbleiben«, sagte sie zu Elly, die nickte.

Peter schaute noch mal zu Ingrid, und als die ebenfalls nickte, ging er in den Nebenraum und schloss die Tür hinter sich.

»Legen Se sich ma auf'n Tisch, und vorher muss die Buxe aus«, sagte Lene, und Ingrid tat, was von ihr verlangt wurde. Elly war neben ihr und hielt Ingrids Hand, die eiskalt war. Sie sah aus, als würde sie gleich ohnmächtig werden.

Aber Elly war ein wenig beruhigt. Hätte Lene gesagt, dass sie in diesem mit Menschen gefüllten Raum arbeiten wolle, auf der Stelle hätte sie sich Ingrid geschnappt und wäre geflüchtet.

Lene tastete Ingrids Bauch ab, dann überprüfte sie im Innern den Muttermund, das erzählte sie jedenfalls. Schweigend machte sie dann weiter, doch dann hielt sie inne.

»Hm.« Lene stockte, dann tastete sie wieder am Bauch. »Oha.«

»Was ist?«, fragte Ingrid panisch. »Stimmt was nicht?«

Fast hörte es sich für Elly so an, als würde die Freundin sich Sorgen um ihr ungeborenes Kind machen.

»Ja nun!«, sagte Lene nun und ging zum Waschbecken, um sich die Hände zu waschen. »Bist ja schon ganz schön weit, Mädchen. Vierter Monat, vermute ich.«

Ingrid setzte sich auf. »Wie bitte? Aber ich … ich hab doch …«, sie schien zurückzudenken und zu rechnen. »Oje, ich … ach Gott …«

»Denk mal nach, Ingrid«, sagte Elly erschrocken. »Wann hast du denn mit ihm verkehrt?«

»Na, in Zürich«, sagte Ingrid ganz durcheinander. »Ach je, es kommt schon hin, wenn ich jetzt so rechne. Ich hab mich verzählt, glaub ich. Aber das ist doch nicht so schlimm, oder?«, fragte sie Lene. »Das kann man doch trotzdem wegmachen?«

»'türlich, wegmachen kann man alles, aber im vierten Monat ist das nicht mehr so einfach. Das ist ja ein richtiger Eingriff, da müsste eine richtige Betäubung her, sonst gehen Se mir ein vor Schmerzen. Und an allem möglichen anderen können Se auch eingehen, wenn wir das machen, dann krepiern Se mir hier auf'm Tisch. Das mach ich nich.« Lene schüttelte den Kopf.

Ingrid wurde blass. »Aber …«

»Nee, min Deern, ich könnt dir auch keinen empfehlen, wo das macht. Nicht mit gutem Gewissen zumindest. Davon rat ich dir ab. Lass es sein. Du riskierst im schlimmsten Fall dein Leben, lass es dir gesacht sein.«

So schäbig Lene Schulz aussah, sie schien sich auszukennen.

»Heißt das, ich soll das Kind behalten?«, fragte Ingrid panisch.

»Wird dir nix anderes übrig bleiben.« Lene zuckte mit den Schultern.

»Aber …«

»Es sei denn, du gehst zu einem der Männer, die vor nix Halt machen, aber das könnte bedeuten, dass ihr beide nicht überlebt, du und dein Kind nicht. Und der Quacksalber will's dann nicht gewesen sein.«

Elly drückte Ingrids Hand. »Das lasse ich nicht zu. Das kommt nicht infrage.«

»Aber, Elly, was machen wir denn jetzt?« Ingrid war völlig verstört.

»Du ziehst dich an, und wir gehen erst mal.«

»Aber …«

»Tu jetzt bitte, was ich sage. Danke, Frau Schulz, dass Sie so ehrlich waren! Ich muss Sie natürlich noch bezahlen.«

»Jo«, Lene kratzte sich am Kinn. »Aber nich alles, letztendlich hab ich die Deern ja nur untersucht.«

Elly legte einige Geldstücke auf den Tisch.

»Das is genug, bedankt«, sagte Lene. »Ich wünsch dir alles Gute mit deinem Kind, Deern. Sind se erst mal da, hat man se doch lieb.«

Unten vor der Tür wartete Peter.

»So schnell?«, fragte er verwundert. Kurz erklärte ihm Elly den Stand der Dinge.

»Oh«, meinte er und dachte nach. »Hm. Und nun?«

»Was mir noch eingefallen ist«, sagte Elly zu Ingrid, während sie das Gängeviertel verließen. »Du könntest das Kind bekommen und zur Adoption freigeben. Was meinst du?«

»Ich weiß nicht«, sagte Ingrid und strich über ihren Bauch.

»Bestimmt gäbe es kinderlose Paare, die sich freuen würden«, meinte Elly.

»Ich weiß nicht«, wiederholte Ingrid und atmete tief ein. »Ich weiß es nicht.«

»Was weißt du nicht?«, wollte Peter wissen.

»Vielleicht … kann ich es ja auch einfach behalten?« Sie blieb stehen und sah die anderen beiden an. »Das wäre doch auch eine Möglichkeit.«

»Du weißt doch, wie das ist mit alleinstehenden Frauen, das haben wir doch oft genug gehört«, meinte Elly. »Die Fürsorge kommt und nimmt dir das Kind weg, daher kannst du dich gleich zu einer Adoption entschließen.«

»Dann bekommen fremde Menschen mein Kind!«

»So ist es leider. Oder deine Eltern werden als Vormund eingesetzt, aber ich glaube nicht, dass sie das wollen.«

Ingrid schnaubte auf. »Natürlich nicht.«

Peter mischte sich ein. »Nun gehen wir erst mal ein paar Schritte und schnappen frische Luft, und macht bitte eure Mäntel zu, es hat angefangen zu schneien. Ihr wollt wohl nicht noch krank werden.«

Sie gingen automatisch Richtung Hamburger Berg zurück und saßen eine halbe Stunde später in der Hong-Kong-Bar. Chong Tin Lam hatte ihnen Bier hingestellt. Ingrid wollte auch eins, aber Elly erlaubte das nicht.

»Du kriegst ein Kind«, sagte sie. »Man hört, Alkohol sei nicht das Beste.«

»Ach, damit will man doch auch nur die Frauen kleinhalten«, murrte Ingrid, holte sich dann aber doch eine Coca-Cola aus dem Eisschrank.

»Soll ich euch mal was sagen?«, sagte sie und knallte ihr Glas auf den Tisch. »Ich fühle mich entmündigt, aber wie! Warum nimmt man einer Frau ein Kind weg, wenn sie nicht verheiratet ist? Wieso kann da einfach die Fürsorge kommen und das Kind schnappen, wenn sie die Frau für nicht erziehungsgeeignet oder wie das auch sonst heißen mag hält? Das ist doch so was wie Freiheitsberaubung.«

»So ist das Gesetz«, sagte Elly.

»Und warum wird man bestraft, wenn man das Kind wegmachen lässt?«, fragte Ingrid weiter. »Das ist doch meine Entscheidung.«

»Ich seh das genauso, Ingrid, aber wir können das jetzt nicht ändern.«

»Trotzdem ist es unmöglich«, wetterte Ingrid weiter. »Was geht denn irgendeinen von der Fürsorge an, was mit meinem

Kind ist.« Einige Gäste schauten von ihren Gläsern hoch, aber das interessierte Ingrid nicht.

»Was ist denn? Was guckt ihr denn? Noch nie eine schwangere Frau gesehen?«

»Nö«, sagte der eine und widmete sich wieder seinem Getränk.

Elly seufzte. Sie konnte die Freundin ja verstehen. Und sie fand das alles selbst auch nicht richtig. Als hätten Frauen kein Gehirn. Oder nur wenig davon.

»Ich sag euch was«, sagte Ingrid nun. »Ich werde hier in der Hong-Kong-Bar bei Chong arbeiten und mein Kind bekommen. Ich verstecke es einfach in der Wohnung, und niemand wird es mitbekommen.«

»Ingrid, du weißt selbst, dass das nicht geht«, widersprach Elly. »Du bringst dich ja in Teufels Küche. Wir müssen in Ruhe überlegen, was wir tun.«

»Eine Adoption ist vielleicht nicht das Schlechteste«, meinte Peter und trank einen Schluck Bier. »Denk doch wenigstens mal drüber nach, Ingrid. Du hast ja jetzt noch Zeit. Waltraud, mach uns doch noch 'ne Runde Bier und noch eine Cola, bitte.«

Nun hatte Ingrid Tränen in den Augen. »Aber es ist doch mein Kind«, schluchzte sie und legte ihren Kopf auf die verschränkten Arme. »Meins allein. Ich lass es mir nicht wegnehmen. Ich will es doch behalten, das weiß ich jetzt, ich weiß, dass ich es nicht weggeben will und schon gar nicht wegmachen. Das muss doch gehen, das muss doch möglich sein. Ich will mein Kind behalten.« Wieder weinte sie los. Ihre Nerven schienen einfach blank zu liegen.

»Hör mal, Ingrid.« Elly strich übers Haar der Freundin. »Wir werden eine Lösung finden.«

Ingrid putzte sich die Nase. »Meinst du?«

»Ich bin mir sicher. Wir schaffen alles, wenn wir zusammenhalten.«

»Ach, Elly, ich mache nur Probleme …«

»Ist schon gut, Ingrid, ist schon gut.«

Ein paar Minuten saßen sie da und schwiegen. Elly und Peter dachten nach, kamen aber auf keine zündende Idee. Peter bestellte bei Waltraud noch mal Bier und grübelte dann weiter.

»Jedenfalls arbeite ich erst mal hier, ich brauche ja Geld«, schniefte Ingrid. »Ich freue mich da richtig drauf. Ich hab ja noch nie eigenes Geld verdient.«

Elly strahlte sie an. »Das geht mir genauso. Ich freu mich schon auf Freitag, da wird mir mein erster Lohn ausgezahlt. Dann werde ich Ihnen auch das Zimmer bezahlen, Herr Tin Lam«, rief sie zu Chong, und der nickte.

»Eine Frage hab ich noch, Elly«, sagte Peter.

»Hm?«

»Wollen wir nicht Du sagen? Immerhin kennen wir uns schon ein bisschen«, grinste er.

Elly dachte nach. »Warum nicht? Ich finde das auch viel schöner als das olle Siezen.«

»Oh, dann müsst ihr aber auch Brüderschaft trinken«, sagte Ingrid, und Ellys Wangen verfärbten sich rosig.

Da kam Waltraud mit den neuen Bieren.

Sie hoben die Gläser und stießen an. »Auf die Zukunft«, sagte Peter.

»Auf alles, was kommt«, sagte Elly.

»Ich werde das alles schaffen«, sagte Ingrid dann und lächelte die beiden an.

»Und wir werden dich nicht im Stich lassen«, sagte Peter und klopfte Ingrid auf die Schulter, während Elly mit Nachdruck nickte.

Kapitel 14

Elly und Ingrid gewöhnten sich schnell an ihr neues Leben. Abends wurde besprochen, wer morgens zuerst ins Bad konnte, das war meistens Elly, weil Ingrid bei Chong später anfing. Ingrid hatte einige Lebensmittel eingekauft und bereitete Elly ein, wie sie es nannte, Lunchpaket zu, das Elly mit in den Hochbunker nahm. Dann frühstückten sie gemeinsam unten in der Bar.

Während Elly an diesem Tag auf der Vespa zum Sender fuhr, musste sie an die Eltern denken, vielmehr an ihre Mutter. Sie hatte vermieden, an zuhause zu denken, auch weil sie ein schlechtes Gewissen hatte, dass sie so einfach fortgelaufen war. Andererseits hatte ihr Vater sie ja hinausgeworfen. Trotzdem hätte sie sich mal melden können.

Was ihre Eltern wohl machten? Ob sie sich um sie sorgten? Bereute ihr Vater, dass er sie hinausgeworfen hatte? Und wie ging es wohl der Mutter? Letztendlich hatte es Magdalena ja nur gut gemeint, aber trotzdem alles falsch gemacht.

Elly beschloss, ihre Mutter schnellstmöglich zu besuchen. Sicher war sie in großer Sorge, und das wollte Elly nun auch nicht. Und sie wollte auch Kari nicht im Ungewissen lassen. Sie liebte ihre kleine Schwester. Die machte sich bestimmt auch Sorgen um sie.

Elly wunderte sich ein wenig darüber, dass sie ihr altes Leben so ganz und gar nicht vermisste. Seit zwei Tagen hatte sie das Gefühl, endlich richtig im Leben angekommen zu sein.

Elly war stets vor neun Uhr auf der Arbeit, oder »im Sender« oder »im Funk«, wie hier alle sagten, obwohl sie in einem Hochbunker arbeitete. Glücklicherweise waren neue Gebäude im Stadtteil Lokstedt geplant, aber bis die mal fertig waren, würde es noch mindestens bis Jahresende dauern. Auch wenn es hier auf dem Heiligengeistfeld zu eng, zu warm, zu laut und zu wuselig war, fühlte Elly sich immer wohler und freute sich jeden Tag auf die Arbeit. Bald hätte sie die erste Woche um.

Am Freitag lag im oberen Stockwerk des Senders kein Stein mehr auf dem anderen. Alle waren angespannt bis zum Gehtnichtmehr, und zwischendurch sahen viele panisch auf die Uhr. »Max, hast du an das Besteck gedacht?«

»Mensch, Harry, nun mach mal hin mit der Beleuchtung, das muss eins a sein!«

»Frau Hahn, bitte, jetzt nicht, Sie sehen doch, was hier los ist.«

»Carl, ich muss dich noch mal abtupfen und nachpudern, halt mal still.«

»Herr Winterstein, wenn das so weitergeht, haben Sie morgen meine Kündigung auf dem Tisch, ich bin hier nicht der Depp vom Dienst!«

»Elly, wann fängt die letzte Probe an?«

»Hat jemand die Schürzen von Carl aus der Reinigung geholt? Sind die auch gebügelt?«

»Stupsi, du stehst auf den Kabeln.«

»Oh, wunderbar, frischer Kaffee. Du bist ein Engel!«

»Gerlinde, wo sind denn die Lebensmittel? Vorhin lagen die doch hier.«

»Hat jemand an Gläser gedacht?«

So ging es seit Stunden zu. Hier glich alles heute noch

mehr als sonst einem Bienenstock, alle rannten herum, lachten, schrien, stellten Fragen, riefen sich etwas zu oder meckerten über dies und jenes.

Elly war mitten im Getümmel. Sie hatte für den heutigen Tag alles auf die Minute durchgeplant und hatte ihr Klemmbrett mit den Zetteln stets dabei. Ständig wuselten die Mitarbeiter um sie herum, aber sie wusste auf alle Fragen eine Antwort, sie blieb ruhig und besonnen und verlor nicht die Nerven wie beispielsweise Erika Hahn, die schon eine Beruhigungstablette und ein Schlückchen Frauengold-Tonikum hatte nehmen müssen und sich gerade auf einem herbeigeholten Ohrensessel – Elly fragte sich, wo man den denn jetzt gefunden hatte, aber offenbar schien es hier alles zu geben – mit einem Fächer Luft zuwedelte.

Mittlerweile war es kurz vor Sendebeginn, Clemens Wilmenrod stand gepudert und in seiner gebügelten Schürze parat, und langsam verteilten sich alle Mitarbeiter auf ihre Plätze.

Elly setzte sich auf einen Klappstuhl und ging noch mal konzentriert ihre Aufzeichnungen durch. Ein paar Minuten später nickte sie vor sich hin. Ja, sie hatte an alles gedacht.

Ein gutes Gefühl. Sie atmete kurz durch und war froh, ausnahmsweise mal nicht zu schwitzen, was an ihrer Garderobe lag.

Sie hatte in den letzten beiden Tagen in der Früh schichtweise die Kleidung angelegt, um sie tagsüber nach und nach wieder abzulegen. Die Hong-Kong-Bar verließ sie morgens in Mantel, Schal und dickem Pullover, Fellstiefeln und dicken Socken, ein paar Stunden später trug sie nur noch ihre Steghose und eine kurzärmelige Bluse sowie ein Paar Sommersandalen, die sie in einem Schrank im Büro deponiert hatte. Wenn sie ging, zog sie alles wieder an, denn der Hamburger

Februar war zwar nicht eiskalt, aber mit durchschnittlich fünf Grad auch nicht gerade warm.

Aber im Hochbunker herrschten tropische Zustände, gerade wenn wie jetzt alle Scheinwerfer angeschaltet waren.

»Wenn das nicht siebzig Grad sind«, hatte mal Carsten, einer der Beleuchter, gesagt und sich den Schweiß abgewischt. »Das ist ja menschenunwürdig. Die Ventilatoren sind doch für die Katz!«

Das stimmte, sie brachten nicht wirklich etwas, außerdem machten sie Lärm und mussten während der Sendungen abgeschaltet werden. Die Beleuchter, die auf Hebebühnen teilweise unter der Decke arbeiteten, hatten es am schwersten, denn die Hitze stieg nach oben. Ausnahmslos alle hatten knallrote Köpfe, wenn sie wieder herunterfuhren. Es wurde literweise Wasser herangekarrt und getrunken, man hatte trotzdem immer Durst.

Elly war auf die Idee gekommen, nasse Frotteehandtücher zu verteilen, die man sich um den Hals hängen konnte, so hatte man die Möglichkeit, sich immer übers Gesicht zu wischen, und hatte es im Nacken kühl, was zumindest Linderung verschaffte, wenn die Tücher noch kalt waren.

Stupsi kam und ließ sich in den Stuhl neben Elly fallen.

»Ich mache dreitausend Kreuze, wenn das alles rum ist«, stöhnte sie und zog ihre hohen Schuhe aus. »Ich habe jeden Tag das Gefühl, hunderte Kilometer gelaufen zu sein.«

»Mir geht's nicht anders«, sagte Elly und unterdrückte ein Gähnen. Sie schaute auf die Uhr. Kurz vor acht.

»Hat jemand Cay-Dietrich gesehen?«, fragte einer der Nachrichtenredakteure, der gerade hereingerannt kam. »Himmel, wo ist er denn nur? Er muss in zwei Minuten die Tagesschau sprechen!«

»Ich hab ihn nicht gesehen, du, Elly?« Stupsi sah sich ratlos um.

»Hier war er nicht«, sagte Elly. Keiner von ihnen hatte den Sprecher gesehen.

»Du liebe Zeit!« Der Kollege raufte sich die Haare. »Was machen wir denn jetzt?« Er raste aus dem Raum.

Stupsi schüttelte den Kopf. »Nur Irre hier. Cay wird schon wieder auftauchen.«

»Und wenn nicht?«, fragte Elly.

Stupsi zuckte mit den Schultern. »Das ist nicht unser Problem. Aber Improvisieren haben wir hier doch alle gelernt. Auch du in einer einzigen Woche. Dann sprichst du eben aus dem Off die Tagesschau.«

»Aus dem Off?«

»Ohne sichtbar zu sein. Man hört nur die Stimme.«

Elly lachte kopfschütttelnd. Stupsi hatte recht. Elly hatte sich richtig gut gefühlt, als sie morgens vor Arbeitsanfang bei einer Kollegin von Frau Brunsen ihren ersten Wochenlohn oder besser gesagt den Lohn für drei Tage in einer Papiertüte entgegengenommen hatte.

»Das ist mein erstes selbstverdientes Geld«, hatte sie der ältlichen Dame ungefragt und sehr, sehr stolz gesagt.

»Na, dann seh'n Sie mal zu, dass Sie weiter fleißig sind, damit es nicht Ihr letztes bleibt«, war die lapidare Antwort gewesen.

Um kurz nach zwanzig Uhr kam ein Tagesschau-Mitarbeiter herein. »Hat hier jemand einen Kaffee für mich?«

»Na, Bodo, ist Cay noch aufgetaucht?«, fragte Stupsi.

Bodo nickte. »Zehn Sekunden vor Sendebeginn. Ganz ehrlich, der macht mich fertig. Angeblich ist die Klotür nicht aufgegangen. Wir hatten schon überlegt, dass ich mich hinsetze und aus dem Off spreche, aber ich bin ja überhaupt kein ausgebildeter Sprecher. In Zukunft bestehe ich darauf, dass die Sprecher mindestens zehn Minuten vor der Sendung in der Regie anwesend sind und sich dort melden. Wir riskieren da ja alle Herzinfarkte.«

»Gibt es auch Sprecherinnen für die Tagesschau?«, fragte Elly interessiert.

Bodo lachte auf. »Natürlich nicht. Eine Frau kann ja wohl kaum Weltereignisse seriös rüberbringen, das ist doch gar nicht glaubwürdig.«

»Wie bitte?«, fragte Elly. »Sie klingen ganz schön verächtlich«, stellte sie dann fest, und Stupsi nickte bekräftigend.

Das kümmerte Bodo nicht. »Ich sag es, wie es ist. Also, was ist, krieg ich bei euch einen Kaffee?«

Keine der beiden antwortete ihm, er verdrehte die Augen und verließ den Raum.

Vorn probte Wilmenrod nun zum zehnten Mal den Einstieg, und man war immer noch nicht zufrieden. Alle mokierten sich immer noch über den ersten Satz »Ihr lieben, goldigen Menschen«, aber Wilmenrod und seine Frau ließen in der Beziehung nicht mit sich reden.

Eine Assistentin der Tagesschau kam nun herein. »Hilfe, hier ist es ja genauso heiß wie bei uns«, sagte sie. »Alle sind ganz aufgeregt wegen der ersten Sendung von Don Clemente. Wird es gut?«

»Wenn wir das nur wüssten«, stöhnte Elly. »Vorbereitet ist jedenfalls alles.«

Erika Hahn hatte sich nun genügend Luft zugefächert und kam wie ein aufgescheuchtes Huhn angerannt. »Die Nieren, wo sind denn die Nieren?«

»Na, im Kühlschrank«, sagte Stupsi.

Erika warf ihr einen wütenden Blick zu. »Eben nicht.«

»Dann sind die rausgeholt worden für die Probe«, erklärte Elly.

»Haben wir denn noch mehr Nieren?«, fragte Erika Hahn panisch.

Stupsi stand genervt auf. »Ich habe drei Portionen gekauft«, erklärte sie. »Und in den Kühlschrank gelegt. Da müssen sie sein.«

»Nieren?«, fragte jemand im Vorbeigehen. »Die Stolze hatte doch heute ihren Hund dabei, nicht dass der die gefressen hat.«

Erika Hahn kreischte auf. »Um Gottes willen! Was machen wir denn jetzt ohne die Nieren?«

»Frau Hahn, bitte regen Sie sich nicht auf. Ich schaue ja schon nach den Nieren.« Stupsi ging zum Kühlschrank.

»He, Stupsi, du läufst durchs Bild!«, rief jemand.

»Noch sendet ihr ja nicht, ich muss nur was gucken«, sagte sie mit stoischer Ruhe und kam kurze Zeit später mit einer Plastikdose zurück. »Da sind die Nieren.«

»Aber ich hatte sie doch in der Verpackung vom Schlachter in den Eisschrank gelegt«, klagte Frau Hahn.

»Das kann ja sein, dann hat sie eben jemand umgepackt«, sagte Stupsi und setzte sich wieder, wobei sie die Augen verdrehte.

Die Tagesschau war inzwischen zu Ende, und jetzt spielte im anderen Senderaum das Radio-Tango-Orchester.

»In gut einer Stunde sind wir auf Sendung«, sagte Elly nervös. »Ich denke dauernd, ich habe was vergessen, aber ich habe nichts vergessen. Oder, Stupsi?«

»Was könntest du denn vergessen haben?«

»Oh Gott!« Elly sprang auf. »Ist der Herd angeschlossen?«

160

»Ja, sicher.«

»Ich meine den von Frau Hahn, immerhin muss sie ja das Omelette und die Nieren braten.«

»Scheibenkleister«, sagte der Kollege Max. »Das haben wir glatt vergessen. Wir brauchen zwei Mann für den Herd von Frau Hahn, schnell!«

Erneutes Gewusel begann, und zwei Männer wurden geholt, die an dem Herd herumwerkelten.

»Danke, Elly«, sagte Max. »Menschenskinder, das wär's gewesen, wenn wir auf Sendung gegangen wären, ohne dass der zweite Herd funktioniert.«

Elly war erleichtert. Zum hundertsten Male ging sie den Ablaufplan durch. Zwischendurch trank sie gefühlt literweise Wasser und hatte dennoch ständig Durst.

»Guten Abend zusammen, wir möchten euch nur toi, toi, toi wünschen.«

Ein symphatisches Paar stand da und winkte ihnen zu. Die Dame war in einen weißen, knielangen, mit glitzernden Pailletten übersäten Tülltraum gehüllt, der Rock schwang weit aus, das Oberteil saß eng. Der Herr trug einen schwarzen Anzug.

»Ursula, Herbert! Wie schön, euch zu sehen!« Stupsi stand auf und schüttelte den beiden die Hand.

»Das ist meine neue Kollegin Elly Bode«, sagte sie dann, und Herbert verbeugte sich. »Herbert Heinrici, das ist meine Frau Ursula.«

Elly stand ebenfalls auf und begrüßte die beiden.

»Ach, Sie tanzen ja gleich«, erinnerte sie sich dann. Irgendjemand hatte es ihr erzählt, dass es freitags die Sendung *Wir bitten zum Tanz* gab.

»So ist es«, sagte Ursula Heinrici. »Heute ist die Rumba dran.«

»Wenn du zusehen möchtest, kannst du gern mitgehen«, sagte Stupsi.

»Nein, nein, ich bleibe hier. Ein andermal gern, aber wir haben doch heute Premiere«, erklärte Elly, die nun zunehmend nervöser wurde.

»Das wissen wir, deswegen sind wir doch hier«, lachte Ursula Heinrici. »Also, wir stören auch nicht länger und lassen euch allein. Vielleicht sieht man sich später noch auf ein Glas. Viel Glück euch und gutes Gelingen!«

»Oh Himmel, ich bin so aufgeregt, mir tut schon der Magen weh«, jammerte Elly.

»Ein paar Kolleginnen schwören auf dieses neue Tonikum, Frauengold«, sagte Stupsi. »Es soll beruhigen, Frau Hahn nimmt es auch.«

»Dann scheint es ja nicht wirklich gut zu wirken«, sagte Elly grinsend und schaute zu Erika Hahn hinüber, die schon wieder um ihren Mann herumschwirrte und alle Anwesenden verrückt zu machen schien.

Stupsi stöhnte. »Ich glaube, der ist heute nicht mehr zu helfen.« Sie schaute auf die große Uhr über der Tür.

»Nach dem Tanzen kommt *Sind Sie im Bilde?* Hast du das schon mal gesehen?«

»Wie denn, wir haben doch keinen Fernseher«, lachte Elly. »Und ich gehöre nicht zu den Leuten, die sich mit Hunderten anderen vor eine Schaufensterscheibe stellen.«

»Hätte ja sein können, jedenfalls werden die Ereignisse der letzten zwei Wochen nur durch Zeichnungen gezeigt. Von Mirko Szewczuk, er ist Karikaturist, ein sehr bekannter, eigentlich der beste. Er hat auch Don Clementes Konterfei gemalt, das er auf seiner Schürze trägt. Hast du von ihm gehört?«

»Nein, noch nie«, musste Elly zugeben.

»Seine Zeichnungen sind wirklich brillant. So, jetzt sind die da vorne hoffentlich mal fertig. Man kann auch zu viel proben, finde ich. Der arme Don Clemente muss sich ja zwischendurch auch mal setzen, sonst klappt der uns ja während der Sendung zusammen.«

Sie gingen nach vorn, wo zum dreitausendsten Mal getupft und gepudert und durcheinandergeredet wurde.

Elly sah sich Wilmenrod genauer an. Stupsi schien recht zu haben. Der arme Mann brauchte zehn Minuten Ruhe.

»So. Herr Hahn kommt jetzt mal mit uns mit«, sagte sie mit fester Stimme in die Runde. »Er braucht was zu trinken und muss sich mal ausruhen. Es kann sich doch jemand anders so lange vorne hinstellen und sich drehen und wenden, damit ihr alle Einstellungen richtig vorbereitet.«

Das war den Kollegen gar nicht recht, aber murrend fügten sie sich.

Als Elly sich mit Stupsi umdrehte, kniff ihr jemand in den Po. Wütend drehte sie sich um, aber alle standen abgewandt von ihr. Die Männer feixten.

»Noch einmal, und ihr kriegt alle eine Backpfeife«, sagte Elly laut. Dann fügte sie hinzu: »So etwas Unmännliches habe ich noch nie erlebt. Ihr seid einfach nur peinlich.«

Nun wechselte der Gesichtsausdruck der Männer in Verlegenheit. Elly ging einfach weiter. Wieder kochte sie innerlich vor Wut, aber sie durfte sich das jetzt nicht anmerken lassen. Nicht heute, nicht kurz vor der Sendung.

Mittlerweile hatten die Heinricis fertig getanzt, und man sendete *Sind Sie im Bilde?*

»Das heißt, der Zeichner ist jetzt auch im Haus? Er macht das vor laufender Kamera?«, fragte Elly, die zum ersten Mal den Sendeablauf am Stück mitbekam.

Stupsi nickte. »Klar. Etwas aufzeichnen ist ja viel zu teuer. Alles live, wie das so schön in Amerika heißt. Die Heinricis haben ja auch live getanzt.«

»Und wenn ein Fehler passiert?«

Stupsi zuckte mit den Schultern. »Dann passiert er eben. So ist Fernsehen nun mal, man muss auf alles gefasst sein. Davon abgesehen – so viele Zuschauer haben wir ja noch nicht, also wird die Welt nicht untergehen.«

»Trotzdem«, sagte Elly. »Ich habe ja immer noch die Befürchtung, dass das nachher mit den zwei Herden nicht klappt.«

»Ach, wird es schon. Don Clemente ist immerhin Schauspieler. Dem fällt dann schon was ein.« Sie sah auf ihre Armbanduhr.

»Himmel hilf. Wir haben lange herumgeschwafelt. Herr Hahn, bitte.«

»Meine Güte, ich will gar nicht wissen, wie viel Grad wir haben«, jammerte Stupsi herum.

»Kann ich dir sagen, zweiundfünfzig Grad Celsius«, knurrte ein Beleuchter.

Sie standen alle auf, und Hahn stellte sich hinter seine Arbeitsplatte, und während die zehnminütige Sendung *Merkwürdige Hausgenossen* lief, in der es heute Abend um Schnecken, Eidechsen und Schildkröten ging, wurde er zum letzten Mal abgepudert und die Kameras zentimetergenau eingestellt.

Alles schaute auf die Uhr. Da kam Paul Winterstein, der bis eben bei den anderen Sendungen gewesen war, herein und klopfte jedem auf die Schulter.

164

»Wird schon«, sagte er. »Carl, alles gut?«

Der nickte und schloss kurz die Augen.

»Noch zwei Minuten«, verkündete Christl aus der Regie.

»Vielen Dank für alles, Fräulein Bode und Stupsi. Das ist ein historischer Tag heute. Der erste Fernsehkoch. Ich bin gespannt, was unsere Zuschauer sagen.«

Noch eine Minute. Elly biss sich auf die Lippen. Ihr Herz raste. Hoffentlich verhaspelte sich Hahn nicht.

Noch dreißig Sekunden. Elly bekam Sodbrennen. Musste das jetzt auch noch sein!

Dann fing Christl an, ab zehn Sekunden laut rückwärts zu zählen.

»Drei ... zwei ... eins ... und hoch!«

Wie auf Befehl setzte Wilmenrod ein freundliches Lächeln auf und sagte endlich zum ersten Mal im Fernsehen seinen geliebten Satz »Ihr lieben, goldigen Menschen«, und dann folgte eine Erklärung über diese erste Sendung und wie es dazu kam, und dass man heutzutage ja keine Zeit mehr zum Kochen habe und alles schnell gehen müsse, aber mit ihm, Clemens Wilmenrod, und seinen durchdachten Feinschmeckermenüs sei das zukünftig alles kein Problem mehr.

Er hielt den gekühlten Fruchtsaft in die Kamera, dann fing er an, Eier, Salz, eine Handvoll geriebenen Schweizer Käse sowie gehackten rohen Schinken für das Omelett zusammenzumischen, er zerließ Butter in einer Pfanne, und dann schwenkte die Kamera schon auf die Nieren, die neben ihm lagen, man hörte es zischen, und Erika Hahn, die zeitgleich alles vorbereitet hatte, briet und wendete ihr Omelett, dann lief sie schnell hinüber zu ihrem Mann und tauschte die Pfannen aus. So konnte die Kamera rasch wieder einen Schwenk zur Pfanne machen, und ein wunderbar zart gebratenes Omelett lag da, während Wilmenrod sich schon um die Nieren kümmerte. Er schien ein wenig panisch zu wirken und etwas unkoordiniert, weil plötzlich auf den Nieren eine fette Fliege saß, die vorher noch nicht da gewesen war. Und dann wurde die Butter zu schnell heiß, Erika war noch gar nicht fertig.

Elly und Stupsi standen da und hörten Wilmenrod zu, der herumhantierte und Zeit herausschlug, bis seine Frau endlich die Nieren fertig gebraten hatte und man wieder die Pfannen tauschte. Geistesgegenwärtig schob jemand die anderen Nieren mit dem fetten Brummer zur Seite.

Schlussendlich kochte dann auch das Wasser für den Mokka, was angesichts der Raumtemperatur nicht wirklich ein Wunder war.

Irgendwann sagte jemand: »Das war es. Danke schön«, und Wilmenrod ließ sich in den Sessel fallen, auf dem vorhin noch seine Frau gesessen hatte.

»Allmächtiger«, sagte er dauernd nur, und dann kam der Sendeleiter ins Studio und erbat das Rezept der gebratenen Nieren. Eine Zuschauerin aus Köln habe danach gefragt und gesagt, ihr hätte die Sendung gut gefallen.

Elly war genauso erleichtert wie alle anderen. Die Anspannung löste sich, und fröhlich probierte man Omelett und Nieren, trank Mokka und irgendjemand holte Sekt und die Korken knallten.

Es war geschafft!

Paul Winterstein kam und lachte. »Haben Sie diese Riesenfliege gesehen? Ist die noch vom Krieg übrig geblieben?«, fragte er und beglückwünschte dann Wilmenrod zur ersten Sendung. Alle waren froh und lachten, und die Erleichterung war allen anzumerken.

Sie saßen noch bis Mitternacht zusammen. Zwischen Lobhudeleien und viel Sekt nahm Paul Winterstein Elly kurz zur Seite.

»Das hat ja wie am Schnürchen geklappt. Ich komme gleich zum Punkt. Ich hätte Sie gern fest in der Sendungsbetreuung. Sie läuft voraussichtlich alle zwei Wochen, meistens freitags, aber das wissen Sie ja. Was glauben Sie, sind drei Tage Vorbereitung realistisch?«

Elly war völlig überrascht. Und auch überrumpelt.

»Moment. Es hieß doch, ich solle nur bis Freitag aushelfen.«

»Liebes Fräulein, wir sind hier beim Fernsehen, hier kann sich sekündlich alles ändern. Also, was sagen Sie zur Vorbereitungszeit?«

»Ich habe so was ja noch nie gemacht«, versuchte Elly. »Ich weiß es nicht.«

»Meinen Sie, drei Tage genügen?«

»Das kann man nur versuchen«, sagte Elly.

Er nickte. »Gut. Wofür sind Sie denn sonst eingeteilt?«

»Äh, Zuschauerpost und Telefon und alles, was bei Fräulein Grüneberg sonst noch so anliegt.«

»Hm«, machte Paul Winterstein und winkte Stupsi heran, die sofort kam. Mit knappen Worten setzte er sie ins Bild. »Ich glaube, das könnten wir doch anders lösen, oder was meinen Sie, Stupsi?«

»Elly ist flink und kapiert schnell alles«, stimmte Stupsi ihrem Chef zu. »Zuschauerpost beantworten kann schließlich jedes Kind.«

»Linda Grüneberg wird mir an die Gurgel springen, wenn ich Sie ganz von unten abziehe«, sagte Paul Winterstein. »Aber ich würde Sie gern in der Produktion haben, Fräulein Bode. Ich weiß jetzt schon, dass das zu Gerede führen wird, weil Sie gerade erst bei uns angefangen haben, aber das versuche ich zu regeln. Wenn jemand gute Arbeit macht, dann soll das auch belohnt werden.«

»Sie haben eins vergessen, Chef«, sagte Stupsi amüsiert.

Paul Winterstein drehte sich zu ihr um. »Äh, was denn?«

»Fräulein Bode zu fragen, ob sie das überhaupt will.«

Er schlug sich mit der flachen Hand gegen die Stirn.

»Das ist mir jetzt unangenehm, da haben Sie natürlich recht, Stupsi. Liebes Fräulein Bode, haben Sie Lust, in der Produktion von *Bitte, in zehn Minuten zu Tisch* mitzuwirken? Das heißt allerdings, immer einen klaren Kopf bewahren, Ideen haben, mit ungewöhlichen Situationen umgehen können und so weiter.«

Elly war rot im Gesicht. »Und ob ich Lust habe!«

»Darauf stoßen wir an«, sagte Paul Winterstein. »Ich hole noch eine Flasche Sekt! Morgen spreche ich mit Linda Grüneberg, und Sie kommen dann hoch zu uns.«

»Hoffentlich ist sie nicht böse«, sagte Elly. »Dann sitzt sie da ja wieder alleine.«

»Ach, das krieg ich schon hin«, meinte Paul Winterstein zuversichtlich. »Ich freue mich jedenfalls, dass Sie bei uns sind, Fräulein Bode.«

»Ich mich auch, Herr Winterstein«, sagte Elly ehrlich, und ihr Herz war voll vor Stolz und Glück.

»Peter!«, rief Elly, als sich die Kollegen unten vor der Tür nach und nach verabschiedeten. »Was machst du hier?«

»Na, ich warte auf dich. Glaubst du, ich lasse dich um diese Uhrzeit alleine nach Haus spazieren?« Peter grinste sie an.

»Ach du, ich hab doch Vespa. Und du hättest doch hochkommen können.«

»Der gute alte Aufzug wird doch allerspätestens um siebzehn Uhr abgestellt, und außerdem wollte ich nicht stören. Ich hatte ja keinen Dienst bei Wilmenrod. Sonst wäre es was anderes.«

»So oder so freue ich mich, dass du da bist. Du, es war toll! Ich bin noch ganz durcheinander.« Sie fing an, alles haarklein zu berichten, und Peter hörte interessiert zu.

»Na denn, herzlichen Glückwunsch«, sagte er herzlich, nachdem Elly zu Ende erzählt hatte. Mittlerweile waren sie auf dem Hamburger Berg angekommen. In der Hong-Kong-Bar herrschte noch Hochbetrieb.

»Wie schaut es aus, trinken wir noch ein Bier?«, fragte Peter.

»Lieber nicht. Ich muss morgen wieder früh raus«, meinte Elly.

»Gut, dann geh du ins Bett, ich setz mich noch für einen Moment rein zu Ingrid.«

Sie umarmten sich freundschaftlich, dann lief Elly die Treppen hoch, kleidete sich aus, putzte ihre Zähne und ließ sich dann in ihr Bett fallen. Mit letzter Kraft stellte sie den Wecker, eine halbe Minute später war sie eingeschlafen.

Am nächsten Morgen war Elly pünktlich um kurz vor neun Uhr im Sender. Linda Grüneberg war noch nicht an ihrem Platz, und Elly begann einfach schon mal mit dem Beantworten der Zuschauerpost. Zusätzlich klingelte alle paar Minuten das Telefon. Viele Leute wollten die Rezepte aus Wilmenrods Sendung und gaben ihre Meinung – überwiegend positiv – zum Besten. Elly schrieb sich brav alles auf.

Es gab allerdings auch Nörgler.

»So ein Unfug, Fruchtsaft als Vorspeise. Das ist doch nichts zu essen«, mäkelte einer herum, und »Dosengemüse als Beilage, da ist doch nichts selbst gemacht« oder »So ein Omelett muss doch langsam stocken, das kriegt man doch normalerweise in dieser Zeit gar nicht richtig gut hin, das war doch innen bestimmt noch weich.«

Elly besänftigte die Leute freundlich, schrieb sich alles auf und beschloss, später eine Liste mit Plus- und Minuspunkten anzulegen, die sie fortführen würde.

Da kam Linda. Eigentlich wollte Elly ihr gleich sagen, dass Herr Winterstein sie für andere Aufgaben vorgesehen hatte, aber Linda ließ sie gar nicht zu Wort kommen.

»Hui, es schneit. Ich habe glatt verschlafen. Ich hörte unten beim Pförtner schon, dass es toll gewesen sein muss, und Stupsi hat auch erzählt, wie gut alles geklappt hat.« Während sie ihren Mantel aufhängte, plapperte sie weiter. »Paul Winterstein hat mich gleich zu sich gebeten, ich bin gespannt, was er will, aber das trifft sich ganz gut, ich möchte nämlich auch mit ihm sprechen.« Sie setzte sich und packte die unvermeidliche Packung Zigaretten aus, um sich dann direkt eine anzuzünden.

»Ich möchte fragen, ob ich nicht mit in die Produktion kann, also das machen, was Sie aushilfsweise gemacht haben. Nur diese ganzen Sekretariatsaufgaben sind doch öde. Und ich weiß, dass er jemanden sucht, für den Arbeit und Organisationstalent kein Fremdwort ist. Wie war es denn in dieser Woche?«

»Also ... sehr gut«, sagte Elly recht knapp. Sie war schockiert von Lindas Worten. Die wollte ja dasselbe machen wie sie! Normalerweise würde das auch klappen, wenn sie, Elly, nicht dazwischengefunkt hätte, im wahrsten Sinne des Wortes!

»Ich finde das wahnsinnig spannend«, redete Linda weiter,

holte einen Kosmetikspiegel hervor und zog sich die Lippen nach. Dann drückte sie ihre Zigarette aus und stand auf.

»Wie seh ich aus?«

»Sehr gut.« Ellys Hals war wie zugeschnürt.

»Dann drücken Sie mir mal die Daumen!«

»Das mach ich«, sagte Elly gepresst, und Linda schwirrte davon.

In der nächsten halben Stunde saß Elly wie auf heißen Kohlen. Sie war höflich am Telefon und tippte ansonsten weiter die Zuschauerantworten, aber richtig konzentrieren konnte sie sich nicht. Sie hatte ein entsetzlich schlechtes Gewissen Linda gegenüber und überlegte dauernd, wie sie das erklären könnte.

Dann kam Linda zurück.

Elly sprach gerade mit einer Zuschauerin über die perfekte Zubereitung eines Mokkas und vermied es, die Kollegin anzuschauen, bekam aber sehr wohl mit, dass Linda sich lauter setzte und Unterlagen sortierte, als man es für gewöhnlich tat. Dann legte Elly auf.

Linda legte in derselben Sekunde los.

»Vielen Dank, Fräulein Bode. Das haben Sie ganz hervorragend hinbekommen, sich in dieser kurzen Zeit beim Chef einzuschleimen. Da ist sie noch keine volle Woche da und schon wird sie befördert. Wenn ich das nicht merkwürdig nenne. Ich war schon mal Paul Wintersteins rechte Hand, wir haben im Rundfunk zusammengearbeitet, und nun das! Ich hatte fest damit gerechnet, dass er mir heute eine andere Stellung zuteilt, dass er mich befördert. Warum hab ich Sie auch hochgeschickt, als es oben in der Unterhaltung gebrannt hat! Wär ich doch nur selbst gegangen!«

»Fräulein Grüneberg … bitte hören Sie mir zu, das kam

ganz plötzlich …«, fing Elly an, aber Linda wollte ihr gar kein Gehör schenken und hob abwehrend beide Hände. »Ersparen Sie mir Ihre Lügen, liebes Fräulein Bode. Am besten, Sie packen gleich Ihre Sachen zusammen und ziehen in die Produktion. Ich habe nichts dagegen, wenn es schnell geht.« Wütend entfernte sie die Schutzhaube ihrer Schreibmaschine.

Elly versuchte es anders. »Ich werde mit Herrn Winterstein reden und sagen, dass Sie die älteren Rechte haben«, schlug sie vor. Sie konnte Linda gut verstehen.

»Das kommt nicht infrage«, wurde sie angeblafft. »Ich hab es nicht nötig, dass andere für mich herumbetteln. Nein, danke.« Sie blitzte Elly an. »Hätte ich Sie doch bloß nie gefragt, ob Sie hier anfangen wollen«, sagte sie giftig und würdigte Elly dann keines Blickes mehr. Böse spannte sie mehrere Bögen Papier in die Schreibmaschine ein und begann dann, wie wild auf den Tasten herumzuhämmern.

Elly räumte ihren Schreibtisch auf und packte ihre Sachen zusammen.

Trotz allem freute sie sich wahnsinnig.

Sie nahm den Fahrstuhl und ging direkt in Stupsis Büro. Die saß schon gut gelaunt da und tippte lautstark vor sich hin.

»Guten Morgen! Gestern hat wohl das Telefon noch heiß geklingelt, viele Leute wollen das Rezept von dem italienischen Omelett und den gebratenen Nieren«, sagte sie. »Also hab ich bei Hahns angerufen und es mir geben lassen. Jetzt tipp ich das, und dann jag ich es durch den Matrizendrucker, damit wir es verschicken können. Weißt du übrigens, was mit Linda los ist? Sie hat vorhin fast geheult, als sie hier oben war. Setz dich doch.«

»Ach, Stupsi«, sagte Elly traurig. »Es ist alles meine Schuld.«

Stupsi machte große Augen. »Was denn nur?«

»Paul Winterstein hat mich doch gestern kurz beiseitegenommen und hat mich gefragt, ob ich mir vorstellen könne, ganz in der Produktion zu arbeiten.«

»Ja, das weiß ich doch, und das ist doch eins a!« Stupsi schien sich aufrichtig zu freuen. »Wahrscheinlich würdest du dann im Büro neben mir sitzen, die Zimmer haben eine Verbindungstür, dann können wir hin und wieder einen kleinen Schwatz halten.«

»Das Problem ist, dass Linda auch gern in die Produktion wollte. Und nun sagt sie natürlich, ich hätte ihr diese Chance weggenommen.«

Stupsi stand auf und schloss die Tür. Dann kam sie zu ihrem Schreibtisch zurück und setzte sich.

»Nun hör mir mal zu. Linda hat die Arbeit nicht erfunden, das kannst du mir glauben. Sie ist morgens die Letzte, die kommt, und abends die Erste, die geht. Glaub mal nicht, dass der Chef das nicht mitbekommen hat, auch damals beim Radio schon. Versteh mich nicht falsch, ich mag Linda gern, sie redet zwar ein bisschen viel und sie raucht auch sehr viel, und sie macht das, was man ihr aufträgt, aber nicht mehr. Von ihr kommen keine eigenen Ideen, sie hat überhaupt keine Fantasie und jammert gern. Deswegen hat man ihr eine Aushilfe besorgt, weil sie sonst angeblich umkommt. Linda findet man oft in der Kaffeeküche, und sie macht auch gern mal länger Mittagspause. Ich bin ehrlich, Elly, als ich dich gestern und die Tage davor beobachtet habe, da ist mir klar geworden, dass das genau das Richtige für dich ist. Du bist nicht einmal laut geworden, die Leute haben sich vertrauensvoll an dich gewandt, und du hattest alles im Griff. Alle finden dich wirklich toll und sind froh, wenn du weiter hier arbeitest.«

»Das ist lieb, dass du das sagst. Danke. Dass die Männer

mich toll finden, ist aber nicht immer gut ...« Elly erzählte Stupsi von dem Pokneifer. Die winkte ab.

»Daran gewöhnt man sich. Ich kneife einfach zurück. Einmal hab ich dem Detlef, weißt du, dem Kleinen mit dem Schnauzbart, einfach zwischen die Beine gekniffen, nachdem er mir an den Busen gefasst hat. Und weißt du, was ich dabei gesagt habe?«

»Nein, was?«

»*Ach, da ist ja gar nichts zum Kneifen, gähnende Leere. Armer Detlef.*«

Elly musste losprusten.

»Alle haben gelacht. Und der hat mich dann in Ruhe gelassen. Wir müssen einfach kontern. Die Männerwelt denkt halt, sie kann es sich erlauben. Keine Ahnung, ob das noch Auswirkungen vom Krieg sind oder weil sie denken, weil sie in der Minderheit sind, weil so viele Kameraden gefallen sind, können sie sich das erlauben, nach dem Motto, sei doch froh, Kleine, wenn ein Mann sich für dich interessiert. Man lernt hier viel im Sender, auch sich zur Wehr zu setzen, aber auch sonst sehr viel. Das ist ein chaotischer, liebenswerter Haufen hier. So vieles ist improvisiert, jeder hilft jedem, und wir sind gute Kameraden. Die meisten jedenfalls. Stinkstiefel gibt's ja überall.«

»Hoffentlich ist Linda Grüneberg nicht lange böse auf mich«, sagte Elly.

»Ich sag dir was, der Chef hätte die nie in die Produktion genommen, auch wenn du nicht gekommen wärst«, war Stupsi sicher. »Ah, da kommt er ja. Guten Morgen, Chef.«

»Guten Morgen, Stupsi, kann ich wohl einen Kaffee bekommen, und geizen Sie nicht wieder so mit den Bohnen. Die Zeit von Muckefuck ist doch vorbei, sollte man meinen.

Schwarz wie die Nacht, wie immer. Na, Fräulein Bode, auch schon da? Schön.«

»Ja, Sie sagten ja, dass ich ab heute hochkommen soll.«

»Das ist richtig.« Er lächelte. »Ich muss mich nur kurz sammeln, ich hatte gerade noch ein unschönes Gespräch. Nun, wo bringen wir Sie unter? Das Büro neben unserer Stupsi ist frei, es ist zwar eigentlich kein Büro, sondern ein Bunkerraum, und es ist kleiner, aber Sie sind ja sowieso die meiste Zeit bei den Kollegen, die proben, oder bei den Sendungen dabei. Das heißt übrigens auch, dass Sie in der Produktionswoche später anfangen werden, denn Don Clemente ist kein Frühaufsteher. Und Sie werden anfangs abends bei den Sendungen dabei sein müssen.«

»Das ist kein Problem, Herr Winterstein.« Elly hatte sich schon überlegt, einen Stenografie und Schreibmaschinenkursus zu belegen, da passte das ja mit den Zeiten ganz wunderbar. Gleich nächste Woche würde sie sich erkundigen, ob auch vormittags welche angeboten wurden!

»So. Die nächste Wilmenrod-Sendung findet am 4. März statt, also in zwölf Tagen, wir müssen mal gucken, ob wir ihn nicht grundsätzlich auf einen festen Sendeplatz heben können, das ist ja alles noch ein Durcheinander mit den Sendezeiten, jedenfalls müssen Sie sich mit ihm bitte beratschlagen. Was will er kochen, was braucht er und so weiter. Am anstrengendsten ist ja immer seine Frau, aber die haben Sie ja auch gut im Griff, Fräulein Bode.«

»Ich gebe mir Mühe.« Elly lächelte.

»Nun, dann kommen Sie mal mit.« Er öffnete die Verbindungstür, die aus feuerfestem Stahl bestand und die zu öffnen Mühe bedeutete, dann deutete er in den Raum. »Bitte schön.« Da standen ein Schreibtisch, ein Aktenschrank, ein Drehstuhl aus Holz und ein Gummibaum, der traurig seine Blätter hängen ließ, weil der Raum fensterlos war. In einer kleinen Holzbox befanden sich einige Stifte, und zwei Blöcke lagen herum.

»Dieser Raum wurde bislang von einigen Moderatoren für die Vorbereitung genutzt«, erklärte Paul Winterstein. »Aber dafür müssen wir ein neues Zimmerchen finden. Ich finde es wichtig, Sie in der Nähe zu haben. Sagen Sie, was Sie brauchen, Frau Brunsen unten macht auch die Materialausgabe. Ach, Stupsi wird Ihnen alles erklären, nicht wahr, Stupsi?«

»Klar, Chef«, rief Stupsi aus ihrem Büro. »Ich werde mich schon gut um Fräulein Bode kümmern.«

»Na prima«, freute sich Winterstein. »Dann auf gute Zusammenarbeit.«

Das alles ging so schnell, dass Elly völlig verwirrt war. Vor ein paar Tagen noch hatte sie wie eine Prinzessin zu Hause in Harvestehude in ihrem großen, geräumigen Zimmer gesessen, und ihre größten Probleme waren die Auswahl der Garderobe für die Teestunde gewesen, und nun war sie beim Fernsehen und durfte hier mitwirken. Das war herrlich und eigentlich zu viel auf einmal.

»Ach, eine Sache noch. Sie haben doch einen Aushilfsvertrag?«, fragte Paul Winterstein dann.

Elly nickte.

»Das muss geändert werden in einen Festanstellungsvertrag … äh, jetzt überrumple ich Sie, Fräulein Bode, stimmt's? Und bevor Stupsi mich wieder rügt, frage ich also ganz formvollendet: Möchten Sie eine Festanstellung beim Nordwestdeutschen Rundfunk?«

Elly strahlte ihn an. »Oh ja, Herr Winterstein!«

»Dann macht Stupsi Ihren Vertrag fertig. Sie richten sich

ein, und dann kommen Sie zu mir rüber. Denn natürlich sollen Sie auch in den Wochen beschäftigt werden, in denen Wilmenrod nicht läuft. Ich brauche dringend zündende Ideen für neue Sendungen.«

»Das ist … das ist großartig. Ich freue mich sehr.« Elly verkniff sich zu fragen, was sie denn verdienen würde, weil ihr das zu unverschämt vorkam, aber Stupsi schien ihre Gedanken zu lesen, denn kurz nachdem Paul Winterstein den Raum verlassen hatte, sagte sie: »Natürlich verdienst du mehr als jetzt, du bist ja nun keine Aushilfe mehr. Das ist alles geregelt, die Brunsen weiß Bescheid, die kennt das alles aus dem Effeff. Ich ruf sie mal unten an.«

Das tat sie dann auch, und kurze Zeit später wusste Elly, dass sie um einiges mehr verdienen würde als die zweihundertfünfzig Mark, die ihr als Aushilfe zugestanden hatten. Sie freute sich wahnsinnig!

Und sie musste endlich einkaufen gehen. Fast schämte sie sich.

Sie war neunzehn Jahre alt und wusste noch nicht mal genau, was ein halbes Pfund Butter oder ein Liter Milch kostete, nur so ungefähr, wenn sie Unterhaltungen zwischen ihrer Mutter und der Köchin mitbekommen hatte. Das war doch peinlich. So oder so, sie brauchte unbedingt neue Garderobe und musste sich etwas kaufen. Oder aber sie wagte den Schritt ins Elternhaus, um ihre Sachen abzuholen. Immer häufiger flammte ein schlechtes Gewissen auf. Nicht ihrem Vater gegenüber, aber ihrer Mutter. Die machte sich doch bestimmt riesige Sorgen.

Elly beschloss, nächsten Montag bei ihr vorbeizuschauen, wenn ihr Vater sicher im Kontor war. Da sie ja erst mittags im Sender sein musste, konnte sie das gut einrichten. Dann wollte sie sich noch um den Schreibmaschinen- und Stenografiekurs kümmern. Auch wenn sie nun keine Zuschauerpost mehr beantworten musste, schaden konnte das nicht!

Dann begab sie sich zu Paul Winterstein, der hinter seinem riesigen Schreibtisch saß und Pfeife rauchte.

»Nehmen Sie Platz, Fräulein Bode. Tja, da senden wir erst seit acht Wochen, und schon brauchen wir neue Ideen. Wissen Sie, wir haben viel vom Rundfunk direkt aufs Fernsehen übertragen – ich komme ja vom Radio –, gerade was Musiksendungen betrifft, das kann man wunderbar machen. Die Sendung mit Wilmenrod – alle haben sich übrigens mehr als positiv über Sie geäußert, sogar Erika – scheint gut anzukommen. Nun, wenn man bedenkt, dass es in Deutschland erst knapp zweieinhalbtausend Geräte gibt, ist das wohl nicht wirklich messbar, wir wissen ja nicht, wie diejenigen es gefunden hätten, die gar nicht zugeschaut haben. Sei es drum. Selbst die ganzen hohen Herren, also auch der Programmdirektor und Konsorten, sind begeistert. Mal was anderes, nicht wahr? Jetzt, wo es gut gelaufen ist, fanden natürlich alle im Vorfeld die Idee grandios. Wobei mich die Meinung eines ehemaligen Parteimitglieds von der NSDAP nicht wirklich interessiert. Schlimm, dass man so viele Altnazis zurückholen musste, weil einfach keine Männer da sind. So viele sind in diesem verdammten Krieg geblieben. Also, Fräulein Bode, sagen Sie mal, was würden Sie denn im Fernsehen sehen wollen?«

Diese Frage kam sehr plötzlich.

»Das hat mich noch niemand gefragt«, sagte Elly langsam und überlegte fieberhaft. »Nun, ich mag Musik, aber die kann ich ja auch im Radio hören. Ich finde, wenn man schon die Möglichkeit hat, ein Bild zu sehen, sollte das doch etwas sein, was im Radio nicht so hinüberkommen würde.«

»Verstehe.« Winterstein sog an seiner Pfeife und sah sie mit wachen, klugen Augen an. »Und was genau?«

»Mit Clemens Wilmenrod ist schon ein guter Anfang gemacht«, sagte Elly. Dann fiel ihr spontan etwas ein. »Früher habe ich gern Tiersendungen im Radio gehört und fand es immer schade, dass man die Tiere nicht gesehen hat. Da wurde über Affen und Löwen, über Giraffen und Schlangen gesprochen, und es gab auch die Geräusche dazu, aber man hat eben nichts gesehen. Ich fände es wunderbar, im Fernsehen exotische Tiere zu sehen.«

Paul Winterstein machte sich Notizen. »So, so«, murmelte er. »Sehr gut. Was noch?«

»Wenn die Sendung mit Wilmenrod so gut funktioniert, warum nicht noch eine Sendung für Frauen?«

»Und was würden Sie da senden?«

»Ach, da gibt es viel. Haushaltstipps, was macht man, wenn die Suppe versalzen ist, wie schneidert man sich selbst ein Kleid, was zieht man wozu an, wie unterhält man seine Gäste ...«

Elly musste daran denken, worüber ihre Mutter sich immer Gedanken machte und auch die Köchin. Was war das für ein Drama, wenn eine Suppe versalzen war oder ein Hefeteig nicht aufgegangen oder wenn was angebrannt war! Und die Köchin hatte einige Ratgeber in der Küche, in denen Haushaltstipps standen, beispielsweise eins von Gertrud Oheim ›Das praktische Haushaltsbuch‹, warum also so etwas nicht auch im Fernsehen thematisieren?

Wieder machte Winterstein sich Notizen.

»Gut, gut.« Er sah sie an. »Dann erstellen Sie doch mal ein Konzept für die beiden Sendungen. Einmal für die Tier- und dann für die Haushaltssendung.«

179

»Äh … ja gern«, sagte Elly, die noch nie vorher ein Sendungskonzept erstellt hatte und demzufolge auch überhaupt nicht wusste, wie das funktionieren sollte.

Aber das würde sie Paul Winterstein nicht auf die Nase binden. Sie war sicher, dass er das natürlich auch wusste, vielleicht wollte er sie einfach auf die Probe stellen.

»Gut, das war's dann erst mal. Ich gehe übrigens heute Nachmittag etwas früher nach Hause, meine Tochter feiert Geburtstag, da darf der Papa natürlich nicht fehlen.«

»Natürlich, viel Vergnügen«, wünschte Elly und ging direkt zum Paternoster, um nach unten zu Frau Brunsen zu fahren. Sie brauchte mehrere Blöcke, eine Schreibmaschine, Farbband, Kohlepapier, Stifte, Kugelschreiber und Radiergummi.

Frau Brunsen war schon bestens informiert.

»Tja, der Flurfunk funktioniert immer«, sagte sie gutmütig. »Stupsi hat schon angerufen. Eben waren Sie noch Aushilfe, jetzt die zweite rechte Hand vom Winterstein. Feiner Mann. Guter Chef. Von dem können Sie viel lernen.«

»Ja, den Eindruck hab ich auch«, sagte Elly froh und reichte Frau Brunsen ihre Liste.

»Lass ich Ihnen raufschicken, Fräulein Bode, heute Nachmittag müssten Sie alles haben.«

»Prima, Frau Brunsen, danke schön.«

Beschwingt fuhr Elly wieder nach oben und stellte fest, dass sie überhaupt nicht mehr darüber nachdachte, ob es ihr gelingen würde, in den Paternoster zu steigen. Es war, als hätte sie nie etwas anderes gemacht.

Vielleicht, dachte sie, ist das ein Zeichen. Weil ich einfach hierher gehöre …

Sie lächelte versonnen vor sich hin. Auf einmal hatten ihre Tage einen Sinn. Das war ein gutes, ein sehr gutes Gefühl.

Kapitel 15

Als Elly am Montagmorgen vor der Villa ihrer Eltern stand, flatterte ihr Herz. Wie würde ihre Mutter reagieren? War sie besorgt oder böse? Elly hatte zwar ihren Haustürschlüssel dabei, klingelte aber dennoch. Birte öffnete ihr die Tür.

»Fräulein Bothsen! Das ist ja eine Überraschung!«

»Hallo, Birte, guten Tag, würden Sie meiner Mutter ... ach, da ist sie ja schon! Mama!« Sie ging ihrer Mutter entgegen und freute sich wahnsinnig, sie zu sehen. Elly merkte, dass sie Magdalena vermisst hatte.

»Elly.« Magdalena kam mit wehendem Morgenmantel die große Treppe hinabgerannt. »Ich hörte deine Stimme. Bist du es wirklich, Kind?«

Elly nickte. »Ja, Mama.«

Birte nahm Elly Mantel und Pelzkappe ab und brachte die Sachen in die Garderobe. Dann kam sie zurück und fragte, ob es ein Tee oder Kaffee sein dürfe.

»Ein Kaffee wäre wunderbar, Birte, vielen Dank«, sagte Elly freundlich. »Ich kann ihn mir aber auch selbst aus der Küche holen.«

»Warum solltest du das denn tun? Wir haben immer noch Angestellte«, sagte Magdalena nun schon wieder pikiert und umarmte die verlorene Tochter innig, während Birte in die Küche trabte.

Elly hatte am Wochenende lange überlegt, ob sie zu ihrer Mutter gehen sollte, und hatte auch mit Ingrid beratschlagt.

Die war auch der Meinung, man müsse zumindest der Mutter eine Nachricht zukommen lassen. Ingrid hatte ein paar Zeilen an ihre Mutter geschrieben und mit der Post gesendet, sie wollte nicht in die Fabrik gehen, weil ihr Vater ja auch dort war, und sie konnte nicht sichergehen, dass sie ihre Mutter alleine erwischen würde.

Aber Elly hatte sich dazu entschlossen, ihre Mutter aufzusuchen. Sie konnte ja nichts für all das Drama.

»Ach, Kind, ach, Kind!«, rief Magdalena nun und fing an zu weinen. »Ich habe mir solche Sorgen gemacht! Komm, wir gehen in meinen Salon.«

»Das musst du nicht, Mama, mir geht es gut«, sagte Elly und umarmte die Mutter nun auch. Dann gingen sie hinüber in Magdalenas privaten Salon, der ganz in blau und gold gehalten war. Die Wände waren mit Seidentapeten verkleidet, goldene Lilien prangten darauf. Magdalena hatte für ihren privaten Raum wunderhübsche Palmen besorgen und aufstellen lassen, und eine ebenfalls mit blauer Seide bezogene Sitzgruppe samt Chaiselongue stand in der Mitte des Raumes. Prunkstück war ein riesiger, mit farbigen Prismen behängter Kronleuchter, an dem sich Halterungen für vierzig Kerzen befanden. Waren die angezündet, leuchtete der ganze Raum fast unwirklich und wie in tausendundeiner Nacht.

»Aber das konnte ich ja nicht wissen, dass es dir gut geht. Du bist Hals über Kopf weggelaufen und hast tagelang nichts von dir hören lassen.«

»Ich bin nicht weggelaufen, Mama, Papa hat mich hinausgeworfen«, stellte Elly klar. »Das ist ein Unterschied.«

Sie setzten sich auf die seidenbezogenen Sessel.

»Er hatte dir doch noch eine Woche Zeit gegeben. Aber jetzt bist du ja wieder da!« Magdalena tupfte sich die Augen mit einem Spitzentaschentuch. »Heißt das, du bist einsichtig geworden?«

»Nein.«

»Was heißt denn nein, Elly?«

»Ich wollte dir nur sagen, dass du dir keine Sorgen machen musst, Mama, und ich möchte meine Garderobe holen, also bräuchte ich zwei oder drei Koffer.«

»Kind, du bist nur auf Besuch?« Magdalena schien ganz verwirrt.

»Ja, Mama. Ich werde nicht zu Kreuze kriechen. Papa hat mich vor die Wahl gestellt, und ich habe gewählt.«

Ihre Mutter runzelte die Stirn. »Denkst du vielleicht auch mal an die Leute? Die fragen nämlich schon.«

»Nein, ich denke nicht an die Leute, das sollte Papa tun, er hat ja angefangen.«

Elly war nur froh, dass sie sich momentan in Stadtteilen aufhielt, in denen sie weder ihre Familie noch Bekannte traf. Überhaupt schien ihr der Hochbunker auf dem Heiligengeistfeld wie ein Kokon zu sein, wie ein eigener Stadtteil. Oder ein turbulenter Vogelkäfig aus Beton.

»Aber, Elly, das kannst du doch nicht machen. Komm doch zurück, bitte. Papa macht sich auch Sorgen. Und Vorwürfe macht er sich bestimmt auch.«

»Aha, bestimmt. Also bist du nicht sicher.« Elly verschränkte abwehrend die Arme.

»Ich kenne doch deinen Vater. Ich muss ihn nur anschauen und weiß, was in ihm vorgeht.«

»Aber er hat es nicht gesagt.«

Magdalena seufzte. »Nein, das nicht.«

»Siehst du, er ist bockig.«

»Du bist es doch auch, Kind«, seufzte die Mutter.

183

»Ich will dir was sagen, Mama. Es war gar nicht verkehrt, dass ich das Haus verlassen habe. Mir geht es jetzt viel besser, und ich merke, dass es schön ist, für sich selbst zu sorgen.«

»Aber, Elly, wovon lebst du denn?«, wollte die Mutter wissen.

»Keine Angst, ich tue nichts Unbedachtes. Und ich werde es euch auch erzählen, nur jetzt noch nicht.«

Es klopfte, und Birte brachte den Kaffee. Während sie die Tassen füllte, verschüttete sie etwas. Magdalena verdrehte die Augen. »Schon wieder, Birte, kannst du dich nicht vorsehen. Gestern hast du eine Terrine fallen gelassen, weißt du denn, was das Meissener Porzellan kostet? Und ständig passiert dir mit Kaffee oder Tee ein Malheur. Du musst dich mehr vorsehen.«

»Entschuldigen Sie bitte, gnädige Frau«, sagte Birte leise.

Elly sah das Dienstmädchen aufmerksam an. Birtes Augen glänzten, und sie hatte rote Flecken im Gesicht.

»Geht es dir gut, Birte? Oder kann es sein, dass du krank bist?«

»Oh nein, Fräulein Bothsen, es ist in Ordnung. Frau Karl hat gesagt, krank ist erst, wer am Boden liegt.«

Frau Karl war die Hausdame der Bothsens.

»Das ist doch Unfug, Birte. Du glühst ja. Du gehörst ins Bett.«

Birte riss die Augen auf. »Ich kann doch nicht tagsüber ins Bett«, sagte sie abwehrend. »Dann wirft Frau Karl mich aus dem Haus.«

»Seit wann interessierst du dich denn für die Belange der Dienstboten, Elly?«, fragte Magdalena pikiert.

»Also, Mama, das sieht man doch, dass Birte krank ist.«

Elly stand auf. »Du gehst jetzt auf deine Stube, ziehst dein

Nachthemd an und legst dich ins Bett. Ich bringe dir eine Wärmflasche hinunter.«

»Nun ist es aber genug, Elly. Du bist nicht hier, um dich um die Probleme oder Krankheit einer Dienstbotin zu kümmern«, wehrte Magdalena ab. »Geh wieder an die Arbeit, Birte.«

»Das tut sie nicht«, sagte Elly. »Wie herzlos kann man denn bitte sein!« Sie stand auf. »Tu, was ich gesagt habe, Birte. Ich rede mit Frau Karl.«

Nun stand auch Magdalena auf. »Ich muss doch wirklich sehr bitten.«

Birte stand da und wusste offensichtlich nicht, wem sie nun gehorchen sollte. Hilflos blickte sie von einer Frau zur anderen.

»Ich sagte, geh an deine Arbeit«, wiederholte Magdalena Bothsen, und da drehte Birte sich um und verließ den Salon.

Magdalena wandte sich ihrer Tochter zu. »Hier werden nicht auf einmal neue Saiten aufgezogen«, stellte sie klar. »Birte ist hier angestellt und steht unter der Obhut der Hausdame, und das ist Frau Karl. Wenn Frau Karl sagt, sie kann arbeiten, dann kann sie das auch.«

»Sie hat Fieber. Soll sie euch alle anstecken?«

»Unfug. Nun setz dich. Wo waren wir? Du weißt, dass du nicht arbeiten darfst, wenn Papa es nicht erlaubt.«

»Er weiß es ja nicht«, sagte Elly. »Es sei denn, du petzt.«

»Das ist ja fast Erpressung«, klagte Magdalena und goss nun selbst den Kaffee ein. »Wir müssen doch wissen, was du machst und wo du wohnst.«

»Gib mir doch einfach ein wenig Zeit, Mama. Ich verspreche dir, es ist nichts Ehrenrühriges oder Anstößiges.«

Hm, dachte sie dann. Eine Wohnung mitten auf dem

Kiez … aber ihre Mutter fragte nicht noch mal nach und seufzte nur still und leise vor sich hin.

Elly umarmte sie. »Alles ist gut, Mama. Ich gehe jetzt nach oben und packe ein paar Sachen zusammen.«

Sie stieg die Treppen hoch und traf sogleich auf Maike, ein weiteres Stubenmädchen, das mit einem Stoß frisch gemangelter Wäsche aus dem Keller gekommen war.

»Fräulein Bothsen«, sagte Maike überrascht und knickste. »Sind Sie wieder da?«

»Nur kurz, Maike. Du, sei doch so gut und hole mir vom Dachboden zwei große Koffer …«, fing sie an, dann dachte sie kurz nach. Konnte sie das nicht selbst tun? Diese Zeiten waren doch jetzt vorbei. Sie lächelte Maike an.

»Ach, ich mach das schon, du hast ja zu tun«, nahm sie ihre Bitte zurück, und Maike schaute sie erstaunt an.

»Ist recht, Fräulein Bothsen. Wenn ich sonst noch was tun kann …«

Elly schüttelte den Kopf. »Vielen Dank. Sonst ist nichts. Ach doch. Schau doch mal bitte, wie es Birte geht, und wenn es ihr weiter schlecht geht, steck sie ins Bett.«

»Das wird Frau Karl nicht erlauben. Wir haben ab fünf Uhr in der Früh zu arbeiten und zwar so lang, wie Frau Karl das möchte. Frau Karl sagt, wer auf krank tut, kann seine Papiere abholen.«

Elly traute ihren Ohren nicht. Was waren denn das für Zustände? Wie lange arbeiteten die Angestellten denn dann? Und wenn Besuch zum Essen kam, hatten die armen Hausmädchen oft noch länger zu tun … Wieder einmal wurde ihr klar, welch ein privilegiertes Leben sie geführt hatte. Wie gut sie es hatte. Aber warum hatte sie sich noch nie Gedanken darüber gemacht, wie viel wer hier im Hause arbeitete? Die Angestellten waren eben einfach immer da, sie klagten nie, und wenn man sie nicht brauchte, waren sie nie zu sehen.

Elly dachte, wie müde Birte und die anderen oft sein müssten, und dann standen sie auch noch unter der Fuchtel eines Drachens wie Frau Karl. Elly hatte die Hausdame hin und wieder gesehen, wenn sie etwas mit ihrer Mutter besprochen hatte. Sie mochte Frau Karl nicht besonders. Die hagere Frau wirkte immer streng und schlecht gelaunt. Das müsse sie sein, hatte Magdalena auf Ellys Nachfrage erklärt. Die Bediensteten tanzten sonst angeblich allen auf der Nase herum.

Sie würde mit Frau Karl reden.

Meistens hielt sich die Hausdame im unteren Stockwerk auf, nur um die Arbeit der Hausmädchen zu kontrollieren, kam sie nach oben.

Elly lief rasch über die Treppe ins Untergeschoss und betrat die geräumige Küche, in der die Köchin Hedda vor sich hinarbeitete. Als kleines Mädchen hatte Elly oft bei Hedda gesessen und gehofft, ein wenig Kuchenteig oder Streusel abzubekommen, und sie hatte Heddas Karamellpudding geliebt. Gerne hatte sie der blubbernden gelben Masse im Topf zugeschaut und darin herumgerührt.

Mehrere Kupfertöpfe und eine Pfanne standen auf dem riesigen Gasherd. Gerade putzte Hedda Möhren.

»Fräulein Elly, was verschafft mir die Ehre?«

»Ich suche Frau Karl, Hedda.«

»Die ist nebenan in ihrem kleinen Büro und macht die Abrechnung, glaub ich zumindest.«

»Gut, danke.« Elly klopfte an die Tür zum Kontor der Hausdame. Frau Karl schaute auf, dann erhob sie sich.

»Ich grüße Sie, gnädiges Fräulein, was kann ich für Sie tun?«

»Es geht um Birte«, sagte Elly. »Sie scheint krank zu sein.

Ihre Augen glänzen, und sie hat ein ganz rotes Gesicht. Man sieht einfach, dass es ihr nicht wohl geht. Ich möchte Sie bitten, Birte für ein paar Tage freizustellen.«

Frau Karl schaute Elly an, als hätte sie eine Erscheinung.

»Birte krank? Sie ist ein junges Ding und ist faul, wie so viele junge Dinger. Da geh ich nicht hin und stell sie frei.«

»Sehen Sie nicht, dass sie Fieber hat?«

»Nein, das sehe ich nicht, Fräulein Bothsen. Aber selbstverständlich werde ich mich darum kümmern und die Sache mit Ihrer Frau Mutter besprechen. Hat denn Birte bei Ihnen über mich geklagt?«

»Nein, natürlich nicht. Es war meine Entscheidung, Sie aufzusuchen. Wollen wir dann eben zu meiner Mutter gehen?«, fragte Elly freundlich.

»Das mache ich, sobald meine Arbeitszeit es zulässt«, wurde Elly in ihre Schranken gewiesen. »Danke Ihnen für den Hinweis, gnädiges Fräulein.«

Sie setzte sich wieder, und Elly war entlassen.

Langsam ging die die Treppe hoch, dann noch eine und noch eine. Noch nie war ihr das Haus so riesig vorgekommen.

Plötzlich stand Yorks Frau Elfriede da und starrte sie an.

»Oh, Elly«, sagte sie. »Das nenne ich eine Überraschung.«

Elfriede sah wie immer aus wie das Leiden Christi. »Das war vielleicht eine Aufregung, nachdem du fort warst. York hat gesagt, du hättest dich mit deinem Vater überworfen.«

»Wenn York das sagt.« Elly wollte sich an ihr vorbeidrängen, doch die hielt sie am Arm fest. »Du, Elly, dann kann ich dir ja auch die Neuigkeit mitteilen. Ich bin wieder schwanger. Ist das nicht wundervoll?«

Nun, dachte Elly. Wenn man sein Leben so verbringen will, warum nicht.

»Ach, das ist ja schön«, sagte sie dann freundlich. »Herzlichen Glückwunsch. Ich dachte, nach Maxi und Binchen wolltet ihr keine Kinder mehr.«

»Ich schon …«, sagte Elfriede. »York freut sich aber jetzt auch.« Sie wurde ein wenig rot.

»Dann ist ja alles wunderbar«, sagte Elly. »Ich freue mich sehr für euch.«

»Jaaa …«, sagte Elfriede langgezogen und strich sich über den Bauch. Sie sah so aus, als würde sie am liebsten noch etwas sagen, traute sich aber nicht.

»Ich muss mich beeilen«, sagte Elly und drängte sich an ihrer Schwägerin vorbei. Sollten sie doch alle Kinder kriegen, wie sie wollten. Sie, Elly, würde sich Zeit dafür lassen!

Zum ersten Mal sah Elly ihr Zimmer mit anderen Augen. Mit wachen, klaren. Alles hatte sie für selbstverständlich gehalten. Das große, bequeme Bett mit dem Baldachin, den sie sich so sehr gewünscht hatte, die Frisierkommode mit den schönen Spiegeln. Die Parfumflakons mit kostbarem Inhalt, die Schildpattbürsten. Der weiche, flauschige Teppich. Die seidengefütterten Pantoletten. Die bequeme Chaiselongue. Die Bücher. Der Sekretär aus Kirschbaum. Überhaupt, die Größe des Zimmers. Sie ging zur Balkontür und öffnete sie. Ihren eigenen Balkon hatte sie immer geliebt. Ein großer Bambus stand hier draußen und Rosen in großen Kübeln, die nun für den Winter vom Gärtner zugedeckt worden waren. Der Tisch mit den beiden Stühlen. Wie oft hatte sie hier mit einer Freundin gesessen und übers Leben schwadroniert.

Dann ging sie wieder hinein und in ihr Badezimmer, das rosa gekachelt war. Wer hatte das schon? Ihr Zimmer über der

Hong-Kong-Bar hatte das nicht, da mussten sie über den Flur huschen.

Trotzdem, dachte Elly, war es gut so, wie es nun war. All dies gehörte zu einer anderen Elisabeth. Sie fand ihr Zimmer, den Balkon und das Bad weiterhin schön, und sie war dankbar, dass sie das alles gehabt hatte, aber nun war einfach eine andere Zeit angebrochen.

Schnell lief sie weitere Treppen hoch und holte zwei Koffer vom Boden. In ihrem Zimmer vor dem Kleiderschrank stand sie vor der nächsten Herausforderung. Sie brauchte praktische Sachen und flache Schuhe, wenn sie den ganzen Tag im Sender herumlief. Auf samtbezogenen Bügeln hingen hier die schönsten Kleider und Kostüme für jeden Anlass, aber nicht ein einziges Kleid, das unauffällig und praktisch für die Arbeit war. Sie konnte ja schlecht in einem Cocktailkleid oder einer Samtrobe im Hochbunker herumschwirren und die hysterische Frau Hahn mit Frauengold beruhigen. Also griff sie nach den wenigen Hosen, die sie besaß, zu Pullovern und Blusen. Damit bekam sie gerade mal einen Koffer halb voll und beschloss, für alle Fälle, man wusste ja nie, auch zwei edlere Kleider mitzunehmen. An festen Schuhen besaß sie nur zwei Paar, eins davon trug sie. Egal, dann musste sie eben einkaufen gehen. Nun noch Unterwäsche und Toilettenartikel, Nachtwäsche und einen Hausanzug, einige unauffällige Schmuckstücke, und fertig war sie.

Irgendwo im Haus ertönte eine Stimme. Eine männliche.

Au verflixt. War etwa ihr Vater zurückgekommen? Das konnte doch nicht sein, es war später Vormittag.

Elly hörte, wie jemand polternd die Treppe hochkam, dann wurde die Zimmertür aufgestoßen, die an die Wand knallte. Vor ihr stand ein wutentbrannter York.

»Was höre ich da von unserer Mutter? Du willst allen Ernstes dein Elternhaus für immer verlassen?«

»Herein«, sagte Elly und machte eine kleine Pause. »Ich wüsste nicht, was dich das angeht.« Behutsam legte sie den Schmuck in eine Lederschatulle und verschloss die sorgfältig.

»Weißt du überhaupt, was hier die ganze Woche schon für ein Gerede war?«, blaffte ihr Bruder sie mit zornrotem Kopf an.

»Nein, das weiß ich nicht«, sagte Elly betont lässig und hoffte, dass sie glaubwürdig und besonnen klang.

»Dann will ich dich gern aufklären!«, rief ihr Bruder wütend. »Natürlich hatten Thies' Eltern nichts Besseres zu tun, als sofort herumzuerzählen, dass du seinen Antrag abgelehnt hast. Dass du deinen Vater angebrüllt hast, dass du das Haus verlassen hast! Die ganze Hamburger Gesellschaft weiß Bescheid.«

»Ja, und? Soll sie doch Bescheid wissen. Mir geht es jetzt besser als je zuvor.«

»Aber dem Rest der Familie geht es nicht besser. Du machst unseren Vater zum Gespött der ganzen Leute. Die lachen über ihn. Benedikt Bothsen hat seine Tochter nicht im Griff. Willst du, dass Papa diesen Ruf bekommt?«

»Mich muss man nicht im Griff haben«, konterte Elly und blitzte ihren Bruder an. »Ich bin ein eigenständig denkender Mensch, der sich nicht verschachern lässt, bloß weil es der Familie gerade passt!«

»Hast du dir einen Gönner zugelegt?«, versuchte York nun, Elly zu provozieren. »Lässt du dich aushalten, ja? Was musst du denn dafür tun?« Nun klang er gehässig. Elly kannte das schon von ihrem Bruder, manchmal hatte er richtig gemeine

191

Phasen. Aber sie dachte gar nicht daran, sich von York beleidigen oder einschüchtern zu lassen.

Sie legte die Schmuckschatulle auf ihren Sekretär. »Das lass mal meine Sorge sein. Wobei ich dich ja eventuell um Rat fragen könnte. Du kennst dich mit dem Aushalten ja aus, nicht wahr? Triffst du dich denn noch mit Papas Sekretärin?«

Mit Kari hatte Elly den Bruder in Begleitung der Mitarbeiterin Helene Möller gesehen. Sie wirkten sehr vertraut, als sie aus einem Hutgeschäft gekommen waren. Beide trugen mehrere Tüten, und es war ersichtlich, dass sie gerade einen ausgedehnten Einkaufsbummel machten.

York wurde blass.

»Und sehr merkwürdig, dass Elfriede wieder schwanger ist, wo du doch kaum zu Hause bist.« Elly lächelte ihn an. Sie wusste, dass sie nun böse war, aber sie würde sich von York nicht gängeln lassen!

»Was willst du damit sagen?«, fragte York erschrocken. »Was willst du darüber bitte wissen?«

Elly zuckte mit den Schultern. »Gar nichts. Was gibt's denn da zu wissen? Ich wundere mich nur. Also, lieber Bruder, wenn du fertig bist mit dem Lamentieren, dann könntest du mir vielleicht aus dem Weg gehen.«

Aber York war noch nicht fertig. »Wie gesagt, die Leute lachen über uns. Machen sich lustig über Papa. Der Bothsen schafft es nicht, seine Tochter zu verheiraten. Er lässt sich von ihr vorführen.«

»Meine Güte, du redest wie jemand aus dem letzten Jahrhundert«, sagte Elly. »Ich frage mich, was immer alle mit dem Heiraten haben. Das ist doch nicht das Wichtigste auf der Welt.«

»Was willst du denn stattdessen tun?«

Elly verschränkte die Arme und sah ihn lächelnd an. »Ich arbeite, stell dir vor.«

»Du arbeitest, aha«, sagte York sarkastisch. »Und als was und wo, wenn ich fragen darf?«

»Darfst du nicht«, sagte Elly. »Ich werde es der Familie schon irgendwann erzählen.«

»Wer hat dir denn die Erlaubnis erteilt zu arbeiten?«, fragte York lauernd.

»Mach dir darüber keine Sorgen«, sagte Elly kurz. »War's das?«

»Du bist ja völlig verrückt geworden«, sagte York. »Thies ist die beste Partie, die du dir wünschen kannst. Du schlägst ein Leben in Luxus und Wohlergehen aus, stattdessen willst du lieber arbeiten, als was auch immer. Bist du vielleicht Animierdame auf der Reeperbahn?«

»Oh, eine gute Idee, danke dafür«, sagte Elly. »Bestimmt kannst du mir das eine oder andere Etablissement empfehlen, bei dem ich mich bewerben kann. Menschen sind nun mal unterschiedlich. Sei so gut und grüß Kari von mir, leider ist sie nicht zu Hause.«

»Du machst unsere ganze Familie lächerlich«, fuhr York fort. »Aber bitte, mach, was du denkst. Du kommst eh bald wieder hier angekrochen.«

»Da bin ich aber mal gespannt. Kümmere du dich lieber um deine schwangere Frau. Sie braucht jetzt viel Zuneigung von ihrem liebenden Ehemann.«

Es war in der Tat gemein von ihr, so zu reden, aber Elly wollte York unbedingt eine weitere Giftspritze verpassen, und die saß. Ihr Bruder sagte nichts mehr und presste die Lippen aufeinander. Dann verließ er Ellys Zimmer und trampelte die Treppen hinab.

Elly steckte die Schatulle mit dem Schmuck in ihre Handtasche, nahm die beiden Koffer und trug sie nach unten. Magdalena kam sofort wieder angerannt.

»Du machst wirklich Ernst, Kind? Ach je, ach je … Papa wird so traurig sein.«

»Wohl eher wütend«, sagte Elly und umarmte die Mutter. »Pass auf dich auf, Mama. Ich melde mich bald wieder bei dir.«

»Sag, weißt du, wo Ingrid ist? Die Eltern haben sich gemeldet und …«

»Ingrid und ich sind zusammen, richte das doch bitte Rasmussens aus. Ingrid hat ihren Eltern auch geschrieben.«

»Ach je, ach je«, sagte Magdalena wieder.

Da kam Birte die Treppe aus dem Keller hoch. Man sah, dass sie geweint hatte.

»Hilf meiner Tochter mit den Koffern, Birte«, sagte Magdalena, und Birte wollte nach einem greifen, da sah Elly es. Quer über dem Handrücken befanden sich dünne, blutige Striche.

Frau Karl hatte sie offenbar mit einem Stock geschlagen. Der hing in ihrem Büro an der Wand, etwas kleiner als der Rohrstock von Ellys Vater. Nun sah Elly auch die andere verstriemte Hand. Birte zitterte.

»Es tut mir so leid, Birte, das wollte ich nicht«, sagte Elly, deren Herz vor Mitleid fast zersprang.

»Ist schon gut, Fräulein Bothsen, ist schon gut«, sagte Birte mit dünner Stimme.

Elly bereute es nun, sich eingemischt zu haben. Durch ihre vermeintliche Hilfe hatte sie Birte nicht geholfen, sondern ihr das Leben sogar noch schwerer gemacht.

Jedenfalls wüsste sie, was sie einer Hausdame wie Frau Karl sagen würde, wenn sie etwas zu sagen hätte! Aber sie wollte jetzt nicht noch mehr Unfrieden stiften.

»Also, alle! Adieu zusammen. Bis bald. Und mach dir bitte
keine Sorgen, Mama.«

»Das sagst du so einfach. Meine Tochter allein da draußen
in der Stadt oder sonstwo. Was kann da alles passieren ...«

»Wird es schon nicht.« Elly öffnete die Haustür und griff
nach ihren Koffern, drehte sich noch einmal zu ihrer Mutter
und Birte um, dann ging sie rasch den kleinen Weg entlang,
öffnete die schmiedeeiserne Pforte und machte sich auf den
Weg zur Bahn. Bis zur Hong-Kong-Bar wollte sie mit den beiden Koffern nicht laufen. Dann fiel ihr ein, dass die Vespa ja
immer noch vor dem Hochbunker stand. Die hatte sie glatt
vergessen. Die hätte ihr jetzt gut geholfen. Hoffentlich war sie
nicht geklaut worden!

Kaum war Elly in St. Pauli aus der Bahn gestiegen, fing es wieder an zu schneien. Wäre es doch schon Frühling. Dieser Winter zog sich schmuddelig und lang hin. Nach ein paar Metern
merkte sie schon das Gewicht der Koffer, aber bis zum Hamburger Berg würde sie es ja wohl noch schaffen.

»Na, min Deern, da haste dir aber was aufgehalst«, sagte
ein entgegenkommender Seemann in Uniform, als sie die
Reeperbahn erreicht hatte. »Matthes, Ludwig, kommt mal her
und tragt der Deern die Koffer.«

»Ach, das ist doch nicht nötig«, sagte Elly, der das ein wenig unangenehm war.

»Nix da, eine Dame lässt man nix alleine schleppen«, sagte
der Mann und lächelte sie freundlich an. Ludwig und Matthes waren ein Ausbund an Höflichkeit und trugen ihr die
Koffer tatsächlich bis zur Hong-Kong-Bar.

Elly öffnete ihre Handtasche und wollte ihr Portemonnaie
herausholen, aber die beiden winkten ab. »Nein, danke«, sagte

der eine. »Wir wünschen Ihnen noch einen schönen Tag.« Damit drehten sie sich um und gingen. Wie freundlich sie doch waren!

Einige Männer gingen vorbei und grüßten ebenso nett, und Chong Tin Lam, der gerade aus der Kneipe kam, um ein wenig Luft zu schnappen, freute sich sichtlich, Elly zu sehen.

»Sie ist wieder da«, rief er ins Innere der Bar, und da kam Peter herausgestürzt. Er sah erleichtert aus.

»Himmel«, sagte er. »Wo warst du denn? Ich dachte, sonst was ist passiert.«

»Ich hab vergessen, Ingrid zu sagen, dass ich heute zu meinen Eltern gehe. Es tut mir leid.« Schuldbewusst sah sie Peter an.

»Schon gut«, sagte der und fasste sie an beiden Schultern, und wieder klopfte ihr Herz. Am liebsten hätte sie ihm gesagt, dass er nicht aufhören sollte. Nun deutete sie auf die beiden Koffer. »Ich brauchte dringend meine Sachen. Also war ich in Harvestehude und hab sie geholt.«

»Verstehe«, sagte Peter. »Ich trag die Koffer nach oben.«

»Wo ist Ingrid?«, fragte Elly.

»Die hat sich hingelegt. Chong hat sie hochgeschickt, weil ihr ein bisschen übel war. Ich denke, sie schläft.«

»Dann bin ich leise. Musst du heute nicht arbeiten?«, wollte Elly wissen.

»Doch, aber erst später. Wir sind zusammen eingeteilt. Olav, ein Kollege, ist krank geworden, also hab ich mich gleich angeboten. Ist doch nicht das Schlechteste, mit dir zu arbeiten.«

Nun raste Ellys Herz. »Findest du?«

Peter nickte. »Ich gebe zu, ich bin sehr gern mit dir zusammen. Ich fühl mich einfach wohl bei dir.«

Er trug die Koffer die Treppen hoch und blieb oben stehen, um auf Elly zu warten.

Die blieb ebenfalls stehen und sah von der Treppe zu ihm hoch.

Die beiden sahen sich an. Elly bekam unter seinem Blick eine Gänsehaut. Noch nie hatte ein Mann sie so angesehen. Auf einmal passierte etwas, was noch nie passiert war: Tausende Schmetterlinge flatterten in ihrem Körper herum, umschwirrten ihr Herz, nahmen darauf Platz und flogen dann weiter. Ihr wurde ganz heiß, und sie hielt sich am Geländer fest. Peter kam die Stufen zu ihr hinab und blieb vor ihr stehen.

»Mir ist ganz anders«, sagte er leise.

Elly nickte. »Mir auch. Wunderbar anders.«

»Aber schön anders. Bei dir auch?«

»Oh ja. Sehr. Ich glaube, ich habe mich noch nie so glücklich gefühlt.«

»So geht es mir auch.« Er hob eine Hand und strich eine Haarsträhne aus ihrem Gesicht.

»Elly Bode, ich habe mich in dich verliebt«, sagte er dann. »In dein Lachen, in deinen Eifer, in deine glänzenden Augen, in deine Stimme, in dein Gesicht, in deine Nase, in deine Worte, ach, Elly, ich habe mich in alles verliebt.« Er atmete aus. »So, nun ist es raus. Im Treppenhaus von der Hong-Kong-Bar.«

Elly starrte ihn mit großen Augen an. Hatte er das wirklich gerade alles gesagt? Ihr Hals war trocken, fast wären ihr die Tränen gekommen.

Wie wunderschön war das denn! Eine so herrliche Liebeserklärung.

»Ich ... mich auch in dich. Also ... ich hab mich auch in dich verliebt«, krächzte sie.

Nun kam er noch einen Schritt näher und umarmte sie, was sie zuließ und erwiderte. Dann schob er sie ein Stück von sich weg und beugte sich zu ihr hinunter. Die Schmetterlinge schienen zu explodieren und wirbelten in ihr herum.

Grundgütiger, war das ein Kuss. Sie mochte gar nicht aufhören!

Irgendwann lösten sie sich voneinander, und er nahm sie erneut fest in die Arme.

»Ach, Elly, du bist so echt und ehrlich und so lieb noch dazu. Als du im Sender kurz vor der Sendung warst mit dem Wilmenrod, da hab ich mich hinter einer Tür versteckt, nur, um dich zu beobachten. Du warst so voller Elan und mit Herzblut bei der Sache. Alle sind wie die Verrückten herumgeschwirrt, aber du bist ruhig geblieben und hattest alles im Griff. Ich hab dich so bewundert! Ach, ich bin so froh, dass du genauso fühlst wie ich.« Elly lächelte ihn an. »Das tu ich, Peter. Mir ist gerade ganz anders.« Sie strahlte ihn an.

»Ich freue mich so«, sagte er. »Und ich bewundere, wie du deinen Weg gehst. Du lässt dich nicht beirren.«

»Daran bist auch du beteiligt«, lachte Elly glücklich.

Er nickte. »Ich weiß. Und ich freue mich so sehr, dass ich daran beteiligt war! Du bist klasse, Elly Bode! Das will ich nur mal gesagt haben!«

Elly Bode ... verflixt, er kannte gar nicht ihren richtigen Namen. Andererseits war das auch nicht schlecht. Sie musste sowieso aufpassen, dass sie im Sender niemanden traf, der sie kannte, immerhin wäre das ja möglich, eine Begegnung hatte sie ja schon. Sie beschloss, Peter erst mal nichts von ihrer kleinen Namensänderung zu erzählen. Je weniger es wussten, dass sie Elisabeth Bothsen hieß, desto besser.

»Du bist so lieb, danke«, sagte sie nun und sah ihn an. Wieder küssten sie sich. Länger als zuvor. Dann wollte Peter sich wieder aufrichten, aber das wollte Elly nicht zulassen.

Sie zog ihn wieder zu sich herunter, und sie küssten sich nun viel intensiver als eben. Sie umarmten sich fester, und sie presste sich an ihn, in seine Arme, fuhr ihm durchs Haar und wünschte sich, dass dieser Moment niemals zu Ende gehen würde.

»Wie geht's dir, Ingrid?«, fragte Elly kurze Zeit später fürsorglich. Sie hatte sich leise ins Zimmer geschlichen und die Koffer abgestellt, die würde sie später auspacken.

Ingrid, die gerade aufgewacht war, setzte sich müde auf. »Mir war vorhin so übel und schwindelig, da hat Chong gesagt, ich solle mich hinlegen.« Sie gähnte. »Am liebsten würde ich weiterschlafen.« Sie sah die Freundin an. »Was ist denn mit dir los? Hast du Fieber? Deine Augen glänzen so.«

Elly grinste. »Och, es ist nichts …«

»Nichts?«, fragte Ingrid.

»Na ja, eigentlich ist doch was, also seit gerade eben, also eigentlich schon länger, aber eigentlich auch nicht, na ja, was soll ich sagen, vielleicht doch erst seit vorhin, also gerade …«

Ingrid sah die Freundin an wie ein lebendes Fragezeichen. »Kannst du dich nicht normal ausdrücken? Ist was passiert? Nun sag schon.«

Elly setzte sich auf den Bettrand.

»Ach, Ingrid«, sagte sie. »Die letzten Tage war so ein Tohuwabohu, und wir beide haben bis auf das Treffen in der Milchbar überhaupt keine Zeit gehabt, uns mal ausführlich zu unterhalten.«

»Das stimmt. Und es liegt an mir. Es drehte sich alles um mich.«

»Quatsch«, sagte Elly. »So eine Schwangerschaft und die ganzen Ereignisse drumherum verkraftet man ja nicht mal eben so.«

»Ja, aber ich merke doch, dass dich etwas bewegt. Was ist los?«

»Ja, es ist auch was«, sagte Elly froh. »Meine Entscheidung, Thies nicht zu heiraten, war goldrichtig, das ist mir jetzt klar geworden, denn eins war ich nie, nämlich in Thies verliebt. Seit eben weiß ich, dass ich mich in Peter verliebt habe. Ich könnte die ganze Welt vor lauter Glück umarmen.«

»Vielleicht bin ich nicht die ganze Welt, aber ich bin ich und ich umarme dich gern. Außerdem gönne ich dir das von Herzen! Komm her, liebe verliebte Freundin!« Elly ließ sich in Ingrids Arme sinken und merkte, wie froh sie darüber war, dass sie jemand innig umarmte.

»Ach je«, sagte Ingrid dann.

Elly löste sich aus den Armen der Freundin. »Was denn?«

»Ich habe nur gerade darüber nachgedacht, was deine Eltern wohl zu Peter sagen werden.«

»Da haben wir das nächste Problem, das stimmt. Aber daran mag ich im Moment gar nicht denken, im Moment denke ich nur an Peter.«

Kapitel 16

»Der Aufzug streikt mal wieder!«, rief ein Kollege Elly zu, als die in den obersten Stock fahren wollte, also musste sie die Treppen nehmen. Oben angekommen herrschte das übliche Durcheinander. Peter war schon vor ihr in den Sender gefahren und noch nirgendwo zu sehen.

Ich brauche erst mal eine Tasse Kaffee, dachte Elly und begab sich in die Kaffeeküche, wo wie immer einige Kollegen zusammenstanden. Auch Linda Grüneberg war da. Als Elly den Raum betrat, hörte sie auf zu reden und ignorierte Elly sichtbar.

»Da bist du ja«, sagte Stupsi, die das nicht zu merken schien. »Wir haben gleich Redaktionskonferenz, ich hab total vergessen, dir das zu sagen, und überhaupt brauchst du ja die ganzen Termine mit den Sitzungen und so, mach ich gleich fertig.«

Nie hätte Elly gedacht, dass sie mal an einer Konferenz teilnehmen würde, und dass sie es jetzt gleich tun könnte, erfüllte sie mit einem fast trotzigen Stolz. Sie überlegte, ob ihr Vater eher stolz oder wütend wäre, wenn er das wüsste und sie, seine älteste Tochter, so sehen könnte, mitten in der Arbeitswelt.

»Gib mal einer Elly einen Kaffee«, sagte Stupsi, und Ina füllte einen ein und verbrannte sich dabei.

»Ich kann dieses Monstrum nicht ausstehen«, sagte sie genervt. »Milch, Elly?«

Elly nickte und schaute auf die riesige Kaffeemaschine. Um das Gehäuse herum hatte man mehrere Glasbehälter für den

Kaffee angebracht, der wurde dort offenbar warm gehalten. Das Gerät war ihr bislang gar nicht aufgefallen, obwohl es ein Trümmer war.

»Wer hat denn dieses Riesending hier angeschafft?«, wollte sie wissen.

»Natürlich Herr Winterstein. Seit heute Morgen. Wenn der Chef keinen guten Kaffee bekommt, ist er den ganzen Tag lang übellaunig«, erklärte ihr Stupsi. »Also sag nichts gegen die zierliche, platzsparende Rowenta Doppelfilter. Das gute Stück ist sein ganzer Stolz, und man muss zugeben, der Kaffee schmeckt eins a. Man braucht zwar ein technisches Studium, um sie zu bedienen, aber das nimmt man ja gern in Kauf. Seine Frau wollte das Ding wohl nicht mehr zu Hause haben und brüht den Kaffee lieber wieder per Hand. Also müssen wir uns damit auseinandersetzen.«

Der Kaffee schmeckte wirklich ausgezeichnet. Elly nahm noch einen Schluck, dann ging sie mit der Tasse in der Hand vorsichtig in ihr fensterloses Bunkerbüro. Ein guter Geist hatte ihr schon das angeforderte Büromaterial geliefert, und Elly packte aus. Das mitgelieferte Farbband lag vor ihr, und Elly versuchte, die Handhabung und das Einsetzen zu kapieren. Nach ein paar Sekunden hatte sie schwarze Fingerkuppen. Als sie die Farbe entfernen wollte, verschmierte sie sie über die ganze Hand.

»Elly, die Konferenz fängt an!«, rief Stupsi von nebenan.

»Verfluchtes Ding«, sagte Elly zu sich und nahm ein Blatt Papier zu Hilfe, was aber auch nichts nützte. Schnell stand sie auf und lief zum Waschraum.

»Elly!«, rief Stupsi wieder vom Ende des Ganges, und Elly blieb nichts anderes übrig, als mit schwarzen Händen zur Redaktionssitzung zu rennen.

»... überwiegend positive Rückmeldungen, wurde mir gesagt.«

Paul Winterstein hatte schon angefangen zu reden und schaute gar nicht hoch, als Elly reinkam. Schnell setzte sie sich neben Stupsi.

»Wie siehst du denn aus?«, fragte die entsetzt.

»Verflixt noch mal, das Farbband«, zischte Elly. »Ich hab so was noch nie gemacht.«

»Haha, das merkt man«, wisperte Stupsi zurück. »Du bist sogar im Gesicht schwarz.«

Oh nein, sie hatte sich offenbar auch an die Wangen gegriffen, wie peinlich!

»... offiziell begrüßen. Also, herzlich willkommen, Fräulein Bode!«

Alle drehten sich zu Elly um, einige fingen verhalten an zu kichern. Herr Winterstein war ein wenig irritiert, als er Elly ansah.

»Das war das Farbband«, sagte Elly, die nicht wusste, was sie sonst sagen sollte.

»Wenn sich jetzt bitte alle wieder einkriegen würden«, bat Paul Winterstein amüsiert, »dann kann uns die Kollegin auch über ihre neuen Ideen berichten. Sie wird hierzu noch Konzepte erstellen, aber ich möchte Sie bitten, dass Sie die Ideen, die Sie fürs Programm haben, schon mal kurz erklären.«

Elly versuchte, nicht an die Farbe in ihrem Gesicht zu denken, und schaffte es tatsächlich, aus dem Stegreif zu erzählen, was sie schon Paul Winterstein vorgeschlagen hatte.

»... darauf bin ich gekommen, weil ich mir immer gern Sendungen über exotische Tiere im Radio angehört habe. Ich hatte aber nie das Bild dazu, immer nur die Geräusche und die Beschreibungen der Sprecher. Und ich finde, dass es für die Frauen auch was geben müsste. Tipps, Rezepte und so weiter. Also nicht nur für die Hausfrauen, auch praktische Tipps und Sonderangebote und so etwas für Berufstätige.«

»Aber wir haben doch schon Wilmenrod«, warf ein Redakteur ein.

»Ja, aber der kocht ja nur, erklärt einem ja nicht, was man tun soll, wenn man Rotwein auf eine Damasttischdecke gekippt hat, oder gibt Tipps, wenn die Soße nichts wird.« Das alles hatte Elly zu Hause in der Küche aufgeschnappt, und sie fand diese Idee wirklich sehr gut. »In einer solchen Sendung kann man auch Nähtipps geben oder neue Stoffe zeigen. Im Fernsehen ist ja so vieles mehr möglich als im Radio«, schloss sie ihren kurzen Vortrag und merkte nun, dass sie am Rücken vor Aufregung zu schwitzen begonnen hatte.

»Danke, Fräulein Bode. Kann ich bis Ende der Woche mit Ihren Konzepten rechnen?«, fragte Paul Winterstein freundlich.

»Natürlich«, sagte Elly, die sich vornahm, Stupsi nachher zu fragen, wie man Konzepte erstellte. Sie wollte sich nicht in Grund und Boden blamieren. Schlimm genug, dass sie hier mit schwarzen Flecken im Gesicht in der Sitzung saß.

»Wunderbar«, sagte Paul Winterstein. »Übrigens besteht Erika Hahn darauf, dass wir auch schon diese Woche für die nächste Sendung proben, ich habe in der Produktion schon Bescheid gesagt, Hahns kommen irgendwann mittags.«

»Ah, in Ordnung«, sagte Elly. Also diese Erika Hahn!

Ihr Blick schweifte schnell über die Runde, und sie hatte das Gefühl, dass nicht jeder sie wohlwollend ansah.

Aber natürlich könnte sie sich auch irren.

»Geschafft.« Nach der Konferenz war Elly mit Stupsi gleich in den Waschraum geflitzt. Nun legte Stupsi die Kernseife zur Seite. »Jetzt färbst du wenigstens nicht mehr ab, und dein Gesicht haben wir zum Glück ganz sauber gekriegt. Ist jetzt zwar rot gescheuert, aber besser als schwarz. Jetzt zeig ich dir gleich, wie man ein Farbband richtig einlegt, dann kannst du dich an deine Konzepte setzen, bis Don Clemente mit seiner Diva auftaucht.«

»Ich hab noch nie eins erstellt, Stupsi«, gab Elly zu.

»Glaubst du, ich wusste irgendwas, als ich hier angefangen habe?«, beruhigte Stupsi sie. »Hier im Sender braucht man keine Sekretärinnenschule, sondern Grips. Fang einfach mal nach deinem Gefühl an, dann kannst du es mir zeigen.«

»Du bist ein Engel, Stupsi. Ich danke dir.« Elly war so froh.

Ihre Hände waren nun nur noch ein wenig grau, aber das würde mit der Zeit und gründlichem Händewaschen verschwinden.

Sie gingen zurück in Ellys Büro, und Stupsi erklärte ihr, wie der Farbbandwechsel funktionierte, ohne dass man sich die Finger schmutzig machte.

»Und fertig.« Stupsi ließ das obere Teil der Schreibmaschine hinunter, bis es einrastete.

»Dankeschön. Ich melde mich wirklich gleich morgen zu einem Kurs an«, versprach Elly und spannte drei Bögen Papier mit zwei Durchschlägen ein. Wenigstens das konnte sie. Das hatte Linda Grüneberg ihr gezeigt. Die war bestimmt noch erzürnt. Und hatte in der Kaffeeküche über sie gesprochen. Hatten einige Kollegen nicht auch komisch geschaut? Aber daran wollte Elly jetzt nicht denken. Sie konnte Linda ja sogar verstehen. So abgewiesen zu werden, damit musste man erst mal umgehen. Elly fragte sich, wie sie in einer solchen Situation reagieren würde. Aber sicher reagierte jeder anders.

Sie machte sich auf einem Block erst mal grobe Notizen, dann begann sie, alles nach Wichtigkeit und Punkten zu ordnen.

Und nachher würde sie Peter sehen. Warum war der eigentlich nicht in der Konferenz gewesen?

Elly lächelte, weil ihr alles so gut von der Hand ging. Das Konzept erstellen machte Freude und das bevorstehende Wiedersehen mit Peter auch. Vielleicht ging das mit dem Konzept deswegen so einfach!

Kapitel 17

»Carl, nun zappel doch nicht so!«, rief Frau Hahn erbost. »Man denkt ja, du leidest am Kriegszittern. Was sollen denn die Zuschauer denken?«

»Erika ist echt ein Herzchen«, sagte Ellys Kollegin Silvia kopfschüttelnd. »Vielleicht hat er ja wirklich das Kriegszittern, und wenn nicht, dann wirft man doch mit solchen Begriffen nicht so um sich, das ist ja furchtbar. Schlimm genug, was die armen Männer im Krieg erlebt haben. Manche sind für immer traumatisiert. Mein Vater zum Beispiel hat das Kriegszittern und war morphinabhängig. Heute noch leidet er unter dem Entzug. So oder so, man benutzt nicht einfach solche Ausdrücke!«

»Stimmt«, nickte Elly. Der Erfolg der ersten Sendung war Erika Hahn ganz offenbar zu Kopf gestiegen, beinahe majestätisch war sie ins Studio stolziert und hatte sich sofort darüber beschwert, dass auf »ihrem« Sessel eine Tüte stand. Außerdem war sie beim Friseur gewesen und trug die Haare jetzt so hochtoupiert wie Frau Brunsen, ihr dunkelblaues Kostüm sah auch neu aus. Die goldenen Jackenknöpfe waren wie Löwenköpfe geformt.

»Die Kochsendung war übrigens meine Idee«, erklärte sie jedem ungefragt. »Carl ist ja Schauspieler, wir waren eigentlich wegen eines Engagements hier, da schoss mir diese Idee einfach so in den Kopf, weil wir ...« Viele Kollegen hatten diese Geschichte schon zu oft gehört und nutzten die erstbeste Gelegenheit, um sich aus dem Staub zu machen.

Wenn Erika Hahn nicht herumschwadronierte, scheuchte sie alle Leute wieder und wieder durch die Gegend, bis es Elly an diesem Nachmittag einfach zu bunt wurde.

»Frau Hahn«, sagte sie eindringlich und zog die Frau des Fernsehkochs zur Seite. »So geht das nicht. Sie machen hier alle verrückt. Ich sage es Ihnen deutlich: Es geht hier um Ihren Mann, und der muss sich bei den Proben konzentrieren. Es nützt ihm nichts, wenn Sie ständig alles ändern oder verbessern möchten.«

Frau Hahn sah Elly völlig verwundert an. Offenbar hatte sie noch nie jemand in ihre Schranken gewiesen.

»Bitte, bitte«, kam es beleidigt. »Ich kann auch um den Bunker gehen, bis ich am Herd gebraucht werde. Bitte, bitte.«

Sie wirkte tief verletzt und schaute mit dramatischem Blick gen Studiodecke. »Hervorragend«, sagte Elly freundlich. »Ich schicke dann jemanden runter, der Sie hochholt.«

Frau Hahn kniff die Lippen zusammen. Sie hatte natürlich auf eine andere Antwort gehofft. Beleidigt stapfte sie hinaus, und alle atmeten auf, auch ihr Mann. Elly schaute kurz zu Peter, der auch da war und heute als Assistent arbeitete. Er zwinkerte ihr kurz zu, und Elly lächelte. Schön, ihn in der Nähe zu haben.

»Weiter geht's«, sagte Elly gut gelaunt.

»Ich bestehe auf russische Kümmel-Kukkel!«, rief Wilmenrod zum wiederholten Male.

»Lieber Herr Wilmenrod«, sagte Elly, die Carl Clemens Hahn gefragt hatte, wie er hier im Studio genannt werden wollte, das ewige Hin und Her mit seinen Nachnamen gefiel ihr nicht.

»Hier bin ich der Künstler Wilmenrod, der Mann, der die deutsche Hausfrau das …«, fing Wilmenrod an, und Elly hatte die Hand gehoben. »Gut, Herr Wilmenrod also.«

Der hatte mit waidwundem Blick geschwiegen.

»Ja, was denn, Fräulein Bode. Wollen Sie mir die Kümmel-Kukkel etwa auch verwehren? Das ist eine russische Spezialität. Auch wenn Russland sich von der Welt abgeschlossen hat, kann man doch die russische Küche loben.«

»Das ist ein Gericht mit Hefeteig«, sagte Elly. »Was machen wir, wenn der Ihrer Frau nicht gelingt?«

Das kannte sie noch von zu Hause. Ein Drama, wenn der Kuchenteig nicht aufgegangen war. Die Köchin Hedda hätte sich jedesmal selbst erdolchen können. Wie gut, dass Elly manches Haushaltliche zu Hause aufgeschnappt hatte. Zwar hatte sie nie damit gerechnet, es mal irgendwann brauchen zu können, aber jetzt war sie froh!

»Wir bereiten ihn vor, liebes Fräulein Bode. Wenn Erika einen Hefeteig macht, kann gar nichts passieren.«

»Und wenn doch?«, fragte Elly. »Dann stehen Sie vor der Kamera und können nicht weitermachen. Vergessen Sie bitte nicht, dass Sie Zuschauer haben. Die Sendung ist ja nicht für Sie alleine.«

»Wie könnte ich das vergessen?«, fragte Wilmenrod voller Enthusiasmus. »Nur für die Zuschauer bin ich doch da!«

»Dann soll Frau Hahn eben zehn Teige vorbereiten«, schlug einer der Kameramänner vor, der die Nase offenbar langsam voll hatte und anfangen wollte. »Es wird immer später, mein ganzer Zeitplan kommt durcheinander, nur weil Don Clemente sich wieder durchsetzen will.«

»Das ist auch meine Sendung!«, erwiderte Wilmenrod wie ein König.

»Ruhe, bitte«, sagte Elly. »Wir kommen schon klar. Also, Herr Wilmenrod, dann fangen wir jetzt mit den Proben ohne Lebensmittel an. Einfach mal, um die Zeit ungefähr zu stoppen, dann geht es weiter. Über die Kukkel reden wir noch.«

Der Kameramann schwieg. Elly sah ihn an und konnte förmlich sehen, was er dachte: Hoffentlich blieb das neue Lieblingskind vom Chef nicht lange. Elly war froh, als dieser Tag um war. Zu Hause sank sie nur noch in ihr Bett und war innerhalb von Sekunden eingeschlafen. Sie bemerkte noch nicht mal, dass Ingrid ins Zimmer kam und aus Versehen einen Stuhl umwarf, so tief schlief sie.

Am nächsten Tag ging es weiter.

Kaum waren die ersten Proben vorbei, begann man mit den Kamera- und Lichteinstellungen, und schon bald war es in dem kleinen Bunkerstudio wieder unerträglich heiß. Elly hatte sich aus ihren warmen Sachen geschält und trug nur noch eine Bluse, eine Sommerhose und flache Schuhe. Das war ja sonst nicht zum Aushalten.

Jeder schwitzte.

»Wir können alle drei Kreuze machen, wenn wir endlich in den Neubau nach Lokstedt umziehen können«, war man sich einig.

Auch Elly hatte schon davon gehört. Man war gerade mitten im Bau. Sie war gespannt.

»Im Oktober soll der Umzug sein«, hatte Stupsi in der Kaffeeküche gesagt. »Wenn das mal klappt!«

»Ach, wird schon klappen«, hatte Ina gesagt. »Und wenn nicht, bleiben wir halt in den schönen Bunkern hier!«

»Oh Himmel, bin ich froh, dass diese Proben für heute um sind.« Elly trank ihren halben Liter Milch wie eine Verdurstende. »Wenn das jetzt immer so abläuft, bin ich am Ende der Woche zu nichts mehr zu gebrauchen. Wilmenrod ist so anstrengend. Zum Glück konnten wir seine Frau wenigstens mal ein paar Stunden rauskomplimentieren. Angeblich hat sie jetzt eine Lungenentzündung vom vielen Herumlaufen an der kalten Luft, aber alles andere hätte uns wahnsinnig gemacht.«

»Du machst das klasse«, sagte Peter. »Ich konnte es ja gut beobachten. Bei mir klappt es übrigens auch wie am Schnürchen. Ich bin jetzt kein Kabelträger mehr, sondern Kameraassistent.«

»Das ist ja großartig! Da geht es für uns beide ja voran. Ist das nicht schön?«

Er nickte. »Ja, und es macht auch einfach wahnsinnig Spaß, in diesem Wuselhaufen zu arbeiten und an solch etwas Neuem beteiligt zu sein.«

»So geht's mir auch«, meinte Elly. »Schön, dass wir es beide im Sender so gut finden.« Sie schraubte die leere Flasche zu. »Vielen Dank. Hm, das hat gutgetan.« Sie schaute auf ihre Armbanduhr. Es war nach acht.

»Ach je«, sagte sie. »Ich bin so schrecklich müde, aber ich habe Herrn Winterstein versprochen, dass ich bis Ende der Woche zwei Sendungskonzepte fertig habe.«

»Ui«, machte Peter. »Der scheint dich aber wirklich für sehr talentiert zu halten. Das geht ja alles sehr fix! Kaum warst du da, arbeitest du schon für ihn!« Verliebt schaute er sie an. »Übrigens, in der Konferenz heute warst du großartig.«

»Oh Gott, warst du etwa da? Ich hab dich gar nicht gesehen«, sagte Elly entsetzt.

»Doch. Ich habe hinter der Tür gesessen. Vor mir drei Schränke von Männern. Wie du da gesessen hast mit deinem schwarz verschmierten Gesicht, ich hätte dich einfach umarmen können ...«

»Ach du ...« Elly war verlegen. »Ich kam mit dem blöden Farbband nicht zurecht. Es gibt so vieles, das ich noch nicht weiß.«

»Ach, mach dich nicht verrückt, das kommt alles mit der Zeit. Was hast du denn heute Abend noch vor?«, fragte Peter.

Elly seufzte. »Wie gesagt, die Konzepte. Ich möchte das nicht einfach so hinschreiben, sondern mir wirklich Gedanken machen, weißt du. Einen groben Plan hab ich schon, aber ich muss ihn noch mit Leben füllen.«

Er nickte. »Natürlich. Paul Winterstein soll ja die Kinnlade runterfallen. Ich hab eine Idee.«

»Hm?«

»Wir setzen uns in dein Büro, beratschlagen gemeinsam und denken uns was aus, was hältst du davon?«

»Einfach hierzubleiben?« Elly überlegte kurz. »Meinst du, das geht?«

»Aber sicher. Ein Pförtner ist doch immer da, und viele Redakteure sitzen lange hier und arbeiten, warum sollten wir das nicht auch tun?«

»Aber wenn es Gerede über uns gibt?«, sagte Elly vorsichtig.

»Ach herrje, wir sind hier beim Fernsehen, da muss man doch kreativ sein«, meinte Peter. »Außerdem lassen wir die Tür offen, damit jeder Vorbeikommende sehen kann, dass wir nichts weiter tun als arbeiten.«

»Du willst mir wirklich helfen?«, fragte Elly, deren Herz schon wieder schneller klopfte.

Peter nickte. »Ist ja wohl klar wie Kloßbrühe. Ich weiß zwar nicht, ob ich zu den Frauensachen was sagen kann, aber zu Tieren bestimmt! Lass uns doch damit einfach anfangen.«

Er schien ganz aufgeregt zu sein.

Elly nickte. »Danke, Peter, das machen wir.«

Sie begaben sich wieder in den Bunker und stiegen die vielen Treppen bis nach oben hoch, denn der Aufzug war schon wieder abgestellt.

»Dann zur heutigen Sendung. Fräulein Bode, wie sieht es aus? Sind die Vorbereitungen durch, und wie war die Atmosphäre, wie waren die Proben?«, fragte Paul Winterstein in der Sitzung zwei Wochen später.

»Ab gestern hat alles gut geklappt«, erzählte Elly. »Herr Wilmenrod wird immer sicherer, und seitdem seine Frau nicht mehr so oft dabei ist, kann er sich viel besser konzentrieren. Ich bin so weit zufrieden und denke, die anderen auch.«

Sie schaute sich zu ihren Kollegen um, und die nickten alle zustimmend.

»Prima, hört sich gut an«, sagte Paul Winterstein froh. »Was wird denn heute gekocht?«

»Wir konnten ihn leider nicht davon abbringen, zur Vorspeise diese russischen Kümmel-Kukkel zu machen, das ist ein Gericht aus Hefeteig, Kümmel, Salz und Eigelb. Seine Frau wird nachher einige Teige ansetzen, und wir hoffen sehr, dass das mit der Hefe funktionieren wird.«

Paul Winterstein runzelte die Stirn. »Kann er nicht was kochen, das einfacher geht? Hefeteig im Fernsehen, ich weiß nicht.«

»Ich habe noch keinen Zauberspruch gefunden, der ihn davon abgebracht hätte«, sagte Elly. »Nach diesen Kukkeln gibt es den Hecht Monte Christo.«

Eine Redakteurin meldete sich zu Wort. »Was sind das eigentlich immer für merkwürdige Namen?«, fragte sie.

»Die denkt er sich aus«, bekam sie von Elly erklärt. »Auch bei diesem Gericht hat er sich durchgesetzt, es muss eigentlich dreißig Minuten garen, wir müssen das alles natürlich vorher schon in den Ofen schieben, aber Erika scheint es im Griff zu haben. Ich werde für nächste Woche einen Termin mit Wilmenrod machen und mit ihm über die Menüs sprechen. Wir zittern ja sonst dauernd während der Sendungen. Jedenfalls hat er mit dem Dessert etwas Sicheres gewählt, nämlich schlichte Apfelpfannkuchen. Da haben wir alle aufgeatmet.«

»Ja, ein Termin mit ihm ist sicher hilfreich«, sagte Winterstein. »Nun zu Ihren beiden Konzepten, Fräulein Bode. Sind Sie da denn weitergekommen?«

»Oh ja«, sagte Elly und holte ihre Unterlagen hervor. »Fangen wir an mit der Tiersendung. Wie wäre es denn, wenn wir gemeinsam mit Hagenbecks Tierpark den Zuschauern die Tiere zeigen? Im Zoo. Da könnte man ...«

»Willst du etwa mit einem Ü-Wagen zu Hagenbeck rüber?«, fragte einer der Techniker. Elly, die glücklicherweise mittlerweile wusste, was ein Ü-Wagen war, nämlich ein Übertragungswagen, nickte. »Ja, man kann doch mit der Kamera die schönen Tiere filmen und ...«

»Herr im Himmel, das ist doch viel zu aufwendig. Das haben wir am zweiten Weihnachtsfeiertag letztes Jahr gemacht«, sagte der Kollege. »Einen Tag nachdem wir überhaupt auf Sendung gegangen sind, wurde das DFB-Pokalspiel übertragen. FC St. Pauli gegen Hamborn 07. Ja, da guckt ihr Neuen. Zum ersten Mal wurde in Deutschland ein Fußballspiel direkt im Fernsehen gezeigt, ohne Zeitverzögerung. Für so ein Ereignis macht man das, aber doch nicht für einen Ozelot oder eine Vogelspinne.«

»So was Besonderes war's jetzt auch nicht«, sagte jemand anderes. »Die Kameras musstet ihr nicht weit tragen, das Millerntor-Stadion ist ja direkt nebenan.«

»Hagenbeck doch auch«, sagte eine Redakteurin.

»Trotzdem«, sagte der Fußballfan.

»Und wenn man es aufzeichnet?«, nahm Elly den Faden wieder auf.

»Das ist ja noch teurer«, sagte ein anderer Kollege. »Das geht nicht! So weit sind wir noch nicht.«

Elly war verunsichert.

»Wir können ja noch darüber sprechen, wie wir die Sendung dann gestalten und ausstrahlen«, sagte Winterstein. »Jetzt interessiert mich erst mal der Inhalt. Bitte, Fräulein Bode.«

Und Elly erklärte, dass sie sich vorstellte, wie Tierexperten und auch Tierpfleger zu Wort kämen und von den seltenen Tieren erzählten, während die Kamera sie einfing. Selbstredend auch der Chef, Hagenbeck selbst. Es war doch etwas ganz Besonderes, diese Tiere, die sonst nur auf anderen Kontinenten lebten, im Fernsehen sehen zu können und einiges über sie zu erfahren.

»Ich habe überlegt, dass man vielleicht dreißig Minuten Sendezeit veranschlagen sollte.« Das hatte sie mit Peter überlegt. »Und dann dachte ich erst mal an sechs Sendungen. Hagenbecks sind ja gerade dabei, den Tierpark wieder fertigzustellen, im Krieg wurden ja siebzig Prozent des Parks zerstört. Man könnte doch für jede Sendung einen seltenen Vogel vorstellen, dann ein größeres Tier und dann noch eine Schlange oder eine große Spinne. Dann reden die Leute, die das im Fernsehen gesehen haben, auch darüber, glauben wir. Denn Spinnen sind ja bei Frauen nicht so beliebt.«

»Wer ist denn *wir*?«, fragte Paul Winterstein interessiert.

»Äh, ein Kollege hat mir geholfen.« Verflixt, da hatte sie sich verplappert. Peter hatte ausdrücklich gesagt, dass sie ihn gar nicht erwähnen sollte.

»Das ist dein Auftritt, Elly. Irgendwann hilfst du dann mal mir«, hatte er gemeint. »Außerdem wollen wir doch kein Gerede.«

»Du bist ja lustig. Weißt du, wie viele Kollegen an meinem Büro vorbeigekommen sind, während wir da gesessen haben?«, hatte Elly lachend gefragt.

»Ich bin doch auch nur ein Kollege«, war Peters Meinung gewesen.

»Na gut«, hatte Elly letztendlich gesagt.

Aber nun dachte sie: Herrje, und wenn schon. »Wenn ich ehrlich sein soll, der Kollege Peter Woltherr hat mir mit Rat und Tat zur Seite gestanden«, sagte sie. Vielleicht war es sogar besser, ihn zu nennen, so nahm sie hetzenden Kollegen gleich den Wind aus den Segeln.

»Na, das ist doch prima, dass der Woltherr zu so viel nütze ist«, sagte Paul Winterstein, der wirklich jeden Kollegen hier zu kennen schien. »Ich werde mir das durch den Kopf gehen lassen. Nun zu der angedachten Sendung für die Frauen.«

Gespannt hörten alle – gerade die anwesenden Kolleginnen – zu, was Elly hier vorbrachte. Sie schlug vor, dass die Sendung auch eine halbe Stunde dauern sollte und in Kategorien unterteilt werden könnte. Man könnte anfangen mit Kochtipps, Rezepten und wie man eine Soße rettete, dann könnte es weitergehen mit neuen Schnittmustern, Nähtipps und Stoffen, dann könnte man – das war Peters Idee gewesen – eine Nähmaschine im Fernsehen zeigen und den Produktnamen, denn dann, so sagte Peter, könnte man von der Herstellerfirma Geld nehmen und die Sendung zum Teil damit finanzieren.

»Das wird in Zukunft sicher immer mehr gemacht werden«, hatte er gesagt. »Wenn ein Kaffeehersteller seinen Firmennamen und einen Spruch auf eine Hauswand malen lässt, muss er ja auch dafür bezahlen. Und in den Zeitschriften sowieso.«

»Gut«, hatte Elly genickt und das mit aufgenommen.

Zum Schluss sollte etwas für die Hausfrau persönlich kommen, nämlich Schminktipps, Gesichtsmassage und neue Kosmetikprodukte und Parfums.

»Das sind meine Vorschläge«, schloss Elly und legte die Unterlagen in eine Mappe. »Ich habe auch schon einen Namen für die Sendung. Schlicht und ergreifend *Die moderne Frau.*«

»Vielen Dank, Fräulein Bode«, sagte Paul Winterstein freundlich. Er wirkte beeindruckt. »Ich finde, da sind sehr gute Ideen dabei. Ich bespreche das noch mal mit den hohen Herren, und dann wird eine Entscheidung getroffen. Alleine kann man ja im Haus leider noch nichts entscheiden, sonst würden wir sofort anfangen, alles in die Wege zu leiten. So, das war's für heute.« Er stand auf. »Toi, toi, toi für die Sendung nachher«, sagte er zu Elly und verließ den Raum. Auch die anderen standen auf.

»Du hast wirklich gute Ideen«, sagte eine Kollegin. Aus ihrer Stimme klang ein klein wenig Neid.

»Danke schön«, meinte Elly und freute sich über das Lob.

Stupsi hakte sich bei Elly unter. »Trinken wir noch ein Tässchen Kaffee, oder musst du gleich wieder rüber in den Backofen?«

Elly schaute auf eine der Uhren, die hier überall hingen. »Zehn Minuten hab ich noch, und einen Kaffee trink ich mit dir immer gern«, sagte sie und ging mit Stupsi zur guten Rowenta.

Kapitel 18

»… und bitte«, sagte der Regisseur, und sie gingen auf Sendung. Elly war so fertig mit den Nerven, dass sie allem kaum folgen konnte. Erika Hahn war aus dem Fahrstuhl gestolpert und gestürzt, was zur Folge hatte, dass ihr rechter Arm verstaucht war und sie große Schmerzen hatte, und das hieß, dass sie die Hefeteige nicht zubereiten und sich auch nicht um die Garzeit des Hechtes kümmern konnte.

Hektisch wurde im Haus nach jemandem gesucht, der sowohl einen Hefeteig als auch Fisch zubereiten konnte, und schließlich hatte man Frau Brunsen und eine der Putzfrauen, die gerade mit ihrem Putzwagen zufällig vorbeigekommen war, am Wickel. Erstere war für den Hecht zuständig, zweitere für den Kümmel-Kukkel-Teig, den sie auf Anhieb hinbekam. Elly hätte die gute Frau Melchior für ihren Einsatz vergolden können. Frau Melchior machte gleich mehrere Teige, die sie mit einem Handtuch zugedeckt unter einem angeschalteten Scheinwerfer gehen ließ, und war ganz in ihrem Element.

»Ich koch und back ja schon seit vierzig Jahren«, sagte sie. »Wenn mal Not am Mann ist, helf ich gern wieder!« Dann war sie zurück zu ihrem Putzwagen gegangen und hatte einfach weitergewienert.

Und Frau Brunsen hatte sich in Seelenruhe mit dem Fisch auseinandergesetzt und holte ihn im rechten Moment aus dem Ofen. Wilmenrod wusste, dass er in seiner Moderation darauf hinweisen musste, dass er schon etwas vorbereitet hätte.

Erika Hahn saß in ihrem Sessel und litt still vor sich hin, was von einigen gehauchten »Ah« und »Oh« und »Womit hab ich das nur verdient?« begleitet wurde. Wenigstens mischte sie sich nicht in die Sendung ein, und Elly hielt sie davon ab, Frau Brunsen und Frau Melchior gute Ratschläge zu geben.

Tatsächlich klappte alles, diesmal landete auch keine Fliege auf dem Fisch. Dennoch waren alle sehr angespannt und froh, als die Sendung herum war. Elly war fix und fertig, weil sie eine solche Angst gehabt hatte, dass etwas schiefgehen würde, wenn sie verantwortlich war, aber viele Kollegen lobten sie und waren freundlich und nett. Nur einige Miesepeter sagten gar nichts oder nörgelten leise vor sich hin, vielleicht weil sie neidisch waren.

Und am nächsten Tag hörten sie, dass wieder eine Menge Leute angerufen und sich begeistert gezeigt hätten.

Elly war glücklich. Sie schien alles richtig gemacht zu haben.

»Und was machen wir heute Abend noch?«, war Peters allabendliche Frage, so auch heute. Die beiden hatten die letzten Abende immer zusammen verbracht; erst am Konzept gearbeitet, dann hatten sie sich warm angezogen und waren Richtung Hafen gelaufen. Hier gingen sie Hand in Hand spazieren, erzählten sich von ihrem Leben und ihren Zukunftsplänen, freuten sich über ihr Zusammensein und küssten sich unter einem schönen, klaren, leuchtenden Sternenhimmel.

»Weißt du, was wirklich merkwürdig ist?«, fragte Elly ihn an diesem Freitagabend.

»Hm?«, machte Peter träge. Sie saßen auf einer Bank an den Landungsbrücken und hatten sich eng aneinandergekuschelt. Elly liebte diese Abende, diese Zeit zu zweit nach der

Hektik im Sender. Unter ihnen wurden die Barkassen vertäut, und die Leute riefen sich gegenseitig Befehle zu. In der Steinwerder Industrie AG gegenüber wurde wie immer gearbeitet, und alles war beleuchtet, Stimmenfetzen klangen zu ihnen hinüber, und jemand lachte.

»Dass ich das Gefühl habe, dass mein Leben gerade erst richtig anfängt«, sagte Elly und zog ihren Schal fester um den Hals. »Als sei ich da, wo ich hingehöre. Weißt du, was ich meine?«

»Ja«, sagte Peter. »Das hatte ich auch vor Kurzem, als ich im Sender angefangen habe. Seefahrt mag ja auch spannend sein, aber ich glaube, man muss dafür brennen, und das hab ich nicht getan. Auf ewig in der Milchbar hätte ich auch nicht bleiben wollen. Ich fühle mich erst so richtig wohl, seitdem ich beim NWDR bin. Das liegt natürlich auch daran, dass du da nun arbeitest.« Er küsste ihr Haar.

Elly seufzte auf.

»Du, Peter, mir liegt was auf dem Herzen«, sagte sie dann. »Ich muss dir was sagen.«

»Was denn?« Er klang alarmiert. »Was Schlimmes?«

»Nein, nicht wirklich. Es ist nur so, dass ich … dass ich nicht die bin, die ich bin. Nein, ich meine, ich bin nicht die, für die du mich hältst, sondern eine andere, aber schon ich«, stammelte Elly.

»Du bist jemand, aber nicht du?«, fragte Peter. »Wer bist du denn nun?«

Elly holte Luft. »Ich heiße nicht Elly Bode«, sagte sie. »Mein richtiger Name ist Elisabeth Bothsen.«

»Bothsen? Wohl nicht der Kaffee- und Gewürzhandel Bothsen, oder?« Peter hatte sich aufgesetzt und rückte ein Stück von ihr ab.

Elly nickte mit Nachdruck. »Genau der.«

»Dann ist Benedikt Bothsen dein Vater?«, wollte er wissen.

Wieder nickte Elly. »Genau der. Woher kennst du denn den Namen?« Sie schaute ihm ins Gesicht. Peter wirkte plötzlich so distanziert und ernst.

»Wenn man am Hafen unterwegs ist, kennt man sie irgendwann alle«, sagte er rasch.

»Er hat mich aus dem Haus geworfen, nachdem ich den von ihm ausgewählten Kandidaten nicht heiraten wollte, das hatte ich dir ja schon erzählt, also dass ich mich verloben sollte. Das war alles perfekt arrangiert. Ich wollte es eigentlich gar niemandem sagen, damit nichts herauskommt, aber nun denke ich, du solltest wissen, wie ich wirklich heiße.«

»Oha«, machte Peter. »Danke für dein Vertrauen! Ich weiß das sehr zu schätzen!« Er überlegte kurz und runzelte die Stirn. »Und diesen Thies hast du wirklich nicht geliebt?« Seine Stimme klang ein wenig eifersüchtig.

Elly schüttelte mit Nachdruck den Kopf. »Nein. Vielleicht hab ich es anfangs gedacht, weil es eben alles so passte und sich so gut fügte, aber ich hatte nie diese Gefühle für ihn wie bei dir eben. Dieses Gefühl, als sei man von innen mit Glück angemalt.«

Er lächelte und strich ihr über die Wange. »Danke«, sagte er dann schlicht.

»Und ich hoffe, du bist mir wirklich nicht böse, weil ich dir jetzt erst meinen richtigen Namen sage.«

»Kommt denn noch etwas nach?«, fragte Peter. »Also, ist das wirklich das einzige Geheimnis, das du vor mir hast?«

»Ich schwöre«, sagte Elly und hob zwei Finger. »Ich finde es entsetzlich zu lügen und werde dich nie mehr belügen, Ehrenwort!«

»In Ordnung«, sagte Peter.

»Bitte glaub mir«, bat Elly.

»Aber ja«, sagte Peter etwas abwesend.

»Ist irgendwas?«, fragte Elly.

»Nein, nein.« Peter schüttelte den Kopf. »Es ist alles gut.«

Irgendwie, fand Elly, sah er gar nicht so aus.

a s d f j k l ö, jaffa, kassa, öl, fad, las, fass, öls, das … tippte Elly konzentriert und immer und immer wieder. Ihre Finger lagen nebeneinander auf den Tasten und drückten diese wiederholt nach unten, das musste auch noch mit Schwung geschehen, sonst war der Buchstabe zu schwach sichtbar auf dem Papierbogen. Himmel, warum hatte sie nur diesen Kursen zugestimmt! Nach ein paar Minuten an der Schreibmaschine taten ihr alle Finger weh, kurze Zeit später beide Hände, und sie konnte sich einfach nicht vorstellen, dass sie jemals »blind« würde schreiben können. Die paar Zuschauerbriefe hatte sie mit dem Adler-Such-System getippt, das war irgendwie einfacher gegangen. Seufzend tippte sie weiter.

Aber Stenografie war noch komplizierter. Mit einem Bleistift wurde Ewigkeiten geübt, am Anfang hatten sie alle zur Auflockerung erst mal ihren Namen in Stenoschrift gelernt. Diese ganzen Schwingungen und Verstärkungen bei einigen Vokalen fand Elly ganz furchtbar. Wer hätte vor einigen Wochen gedacht, dass sie das mal lernen würde! Wenn sie es überhaupt lernen würde! Im Augenblick dachte sie, dass sie das nie kapieren könnte.

Die Leiterin des Kurses hieß Fräulein Dulling und war unglaublich streng. Während der Stunde stand sie entweder hinter einem erhöhten Lehrerpult oder vor der Tafel, an die sie neue Übungen schrieb, um dann mit einem langen weißen

Stab gegen die Tafel zu klopfen und die Schülerinnen mitsprechen zu lassen.

»Nun hübsch aufgepasst, meine Damen«, war ihr Lieblingssatz, danach kam immer etwas Neues. Fräulein Dulling erinnerte an eine ausgemergelte Krähe, und sie sprach auch so. Für sie gab es nur die Arbeit, mit Vehemenz brachte sie seit etlichen Jahren den Damen Stenografie und Schreibmaschine schreiben bei.

Viele angehende oder schon arbeitende Sekretärinnen saßen hier und strengten sich an. Natürlich war kein einziger Mann anwesend.

Dreimal wöchentlich von acht Uhr dreißig bis elf Uhr dreißig ging der Kurs. Zum Glück hatte Elly bei der Anmeldung keine Unterschrift eines Ehemanns oder Vaters vorlegen müssen. Außerdem, so hatte ihr Frau Brunsen mitgeteilt, übernahm der NWDR die Hälfte der Kosten, was Elly natürlich freute.

Das mit dem Geld war ja immer noch so eine Sache. Sie musste an die letzte Woche denken, als sie zum ersten Mal für sich selbst Lebensmittel eingekauft hatte. Zunächst einmal war da die Tatsache gewesen, dass sie tatsächlich noch nie in einem Lebensmittelgeschäft gewesen war. Wozu auch? Zu Hause war alles stets vorrätig gewesen. Wollte Elly zwischen den Mahlzeiten etwas essen, brauchte sie nur in die Küche zu gehen und im Kühlschrank oder der Speisekammer nachzuschauen. Wollte sie einen Tee, musste sie nur nach Birte oder einem der anderen Mädchen läuten.

Gemeinsam mit Ingrid hatte sie sich also auf den Weg zu einem Laden gemacht. Zum Glück war die Freundin mit Einkaufen mehr vertraut, sodass Elly nicht gänzlich wie der Ochse vorm Berg dastand.

Sie merkte sich die Preise. Sie kauften Butter, Milch, etwas Wurst und Käse, Obst und Gemüse, das man roh essen konnte, denn kochen konnten sie im Hong-Kong-Hotel nicht, aber wenigstens die Lebensmittel in Chongs Kühlschrank aufbewahren. Der war sein ganzer Stolz, und er wurde nicht müde, jedem immer wieder zu erzählen, was für eine Erleichterung diese Anschaffung bedeutete. Nie mehr Eisstangen, hatte Chong sich geschworen.

Bei Ingrid sah man mittlerweile einen kleinen Bauch, den sie mit Wollschals verhüllte. Ingrid schien aufzublühen. Sie hatte stets gute Laune und hatte unter keiner Schwangerschaftsübelkeit gelitten. Seit dem Auszug von zu Hause war sie irgendwie erwachsener geworden, fand Elly. Von Alexander sprach sie noch einmal, dann nie wieder. »Er weiß ja gar nicht, was ihm entgeht, nämlich sein Kind«, hatte sie gesagt. »Na, und du auch«, war Ellys Meinung.

Die Freundschaft mit Ingrid wurde noch intensiver als während der Schulzeit. Die beiden saßen oft beisammen, Ingrid schmiedete Pläne und wollte nach der Geburt des Kindes versuchen, eine Lehrstelle zu finden. »Wie ich das bewerkstelligen soll, weiß ich zwar noch nicht. Ich gehe jetzt erst mal einen Schritt nach dem anderen.«

Sie arbeitete gern und oft bei Chong und war bei den Gästen beliebt. Keiner machte blöde Bemerkungen über ihre Schwangerschaft, so was juckte auf dem Kiez niemanden.

Elly und Ingrid kauften dort ein, wo die Möglichkeit, dass jemand aus ihren Familien sie sah, unwahrscheinlich war, nämlich in einem Laden mitten auf dem Kiez. Er gehörte der alten Ditta Krause, die fast neunzig Jahre alt war, aber immer noch hinter dem Tresen stand.

»Der Laden hält mich jung«, erklärte sie immer. Die Kinder liebten Ditta, bekamen sie doch immer ein zuckerbestäubtes Himbeerbonbon von ihr. Dafür halfen ihr die Mädchen und Jungen, die schweren Waren einzusortieren. Dittas Laden, den schon ihre Mutter und davor ihre Großmutter geführt hatten, war nie modernisiert worden. In großen Holzregalen standen Pakete mit Waschpulver, Soda, Reis und Graupen, Mehl und Salz, große Emailschilder mit Werbung für Persil oder Maggi-Produkte hingen an den Wänden, und in einem Kühlfach mit Eisstangen lagerten Butter, Milch, Sahne und Dickmilch in Glasbehältnissen. Ditta hatte auch »Exotisches«, wie sie es nannte. Ananas in Dosen beispielsweise, aus »Übersee«. Natürlich verkaufte sie auch Kaffee, die Bohnen befanden sich in einem Sack vor dem Tresen, und Elly war trotz allem stolz, als sie las, dass »Bothsen« den Kaffee geliefert hatte. Ditta führte auch Knöpfe und Bürsten, Körbe und Besen, und jeden Morgen ab sieben hatte sie frischen Fisch im Angebot, der direkt aus den Kuttern von Lars und Dete zu ihr in den Laden gebracht wurde und innerhalb von einer halben Stunde ausverkauft war.

Elly schämte sich fast dafür, wie stolz sie auf ihren ersten Einkauf war. Als sei sie so ein kleines Mädchen, das zum ersten Mal in einem Kaufmannsladen herumgestöbert hatte. Und sie musste sich unbedingt merken, was das alles kostete, und es auch aufschreiben, deswegen hatte Ingrid vorgeschlagen, dass sie für die gemeinsamen Ausgaben ein Haushaltsbuch führten, das Ditta auch zusammen mit Zeitungen und Stiften vorrätig hatte. In ihrem Zimmer angekommen, setzten die beiden sich sofort hin und trugen alles ein.

Und nun musste Elly sich nur noch einige praktische Kleidungsstücke zulegen, und bequeme Schuhe ebenfalls. Außerdem brauchte sie diverse Toilettenartikel.

Also ging sie eines Vormittags alleine los und lief zu Fuß von der Reeperbahn bis in die Stadt, denn die Sonne schien und der Tag war fast frühlingshaft.

Sie schlenderte von Geschäft zu Geschäft und schaute sich die Schaufensterpuppen durch die Fenster an. Du liebe Güte, das waren ja teilweise gepfefferte Preise, und das waren noch nicht mal Modelle!

Da kostete ja ein Kleid fast dreißig Mark. Elly schluckte. Sie wusste, dass manche der Kleider, die der Schneider Rungsted für sie gemacht hatte, zweihundert Mark und mehr gekostet hatten, und Mamas Pelzmäntel und Seidenroben noch viel mehr.

Diese Zeiten waren nun vorbei.

Seufzend drehte Elly sich um und beschloss, zu Hermann Tietz zu gehen. Das Hertie-Kaufhaus, auch als Alsterhaus bekannt, war nicht weit, und sie hoffte, dass dort die Preise moderater waren.

»Elly?«

Sie schaute erschrocken hoch. Vor ihr stand Thies! Das hatte ja irgendwann passieren müssen.

»Guten Tag, Thies«, sagte sie förmlich. Dann: »Wie geht es dir?«

Thies sah sie an wie eine Erscheinung. »Du fragst, wie es mir geht? Dreimal darfst du raten, wie es mir geht«, sagte er. »Wie soll es mir wohl gehen, nachdem du mir auf diese Weise einen Korb gegeben hast, über den die ganze Hamburger Gesellschaft spricht?« Nun war er laut geworden.

»Das tut mir wirklich alles sehr leid, Thies«, versuchte Elly ihn zu beruhigen. »Aber ich musste das tun, denn …«

»Meinst du nicht, wir hätten über alles reden können? Glaubst du nicht, dass ich dir Zeit gegeben hätte? Aber nein, das gnädige Fräulein muss mich ja gleich abservieren. Danke dafür. Ich stehe in der Stadt da wie ein Trottel.«

»Ihr habt mir doch gar keine Möglichkeit gegeben, mich mal zu äußern«, erklärte Elly ihm. »Außerdem weißt du, wie mein Vater reagiert hat.«

»Ja, natürlich. Ich saß ja mit am Tisch an diesem wunderbaren Abend, der einer der schönsten meines Lebens werden sollte«, sagte er sarkastisch.

»Es tut mir wirklich leid, Thies«, sagte Elly.

Er kam näher und stand nun dicht vor ihr. »Du kannst es wiedergutmachen«, sagte er.

»Ach ja, und wie, bitte?« Sie wich zurück.

»Indem du zu deinem Vater gehst und dich entschuldigst. Dann zeigen wir beide uns als Verlobte in der Öffentlichkeit und werden jeden verdammten Ball und jede verdammte andere Festivität besuchen, bis sich das Gerede gelegt hat, und dann feiern wir eine Hochzeit, die Hamburg noch nicht gesehen hat, und wenn ich sechs Giraffen, die unsere Kutsche ziehen, auf einem Schiff aus Afrika herholen muss!«

»Thies, bitte …«, fing Elly an.

Er griff nach ihrem Arm. »Bitte, Elly, lass uns doch von vorne anfangen. Ich verzeihe dir alles und werde nie wieder darüber sprechen, Ehrenwort. Wir beide, wir gehören doch zusammen.« Nun klang er leidend.

»Lass bitte meinen Arm los«, sagte Elly mit fester Stimme. »Thies, die Zeiten, in denen ich mich füge, nur weil die Gesellschaft oder wer auch immer das so erwartet, sind für mich vorbei.«

Thies' Griff wurde fester. »Das ist doch Unfug«, sagte er und senkte beinahe drohend die Stimme. »Ich lass mich nicht weiter lächerlich machen, Elly. Du bist ja verrückt. Komm endlich wieder zur Vernunft. York hat mir erzählt, dass du arbeitest, aber nicht, wo. Was machst du denn, wenn ich fragen darf?«

»Darfst du nicht, und wenn du nicht auf der Stelle meinen Arm loslässt, schreie ich«, zischte Elly. Tatsächlich ließ Thies von ihr ab.

»Nie wieder kommst du mir so nahe«, sagte sie dann und drehte sich um. »Lass mich einfach in Ruhe.«

Mit diesen Worten ging sie davon, ihr Herz raste, sie war zornig und froh zugleich. Was bildete Thies sich eigentlich ein? Dachte er, dass sie einfach so nach seiner Pfeife tanzen würde! Ganz sicher nicht.

Ganz, ganz sicher nicht.

Sie, Elisabeth Bothsen, würde nach überhaupt keiner Männerpfeife mehr tanzen. Das war mal sicher.

Kapitel 19

Einige Wochen später saßen Peter und Elly am Elbstrand und sahen den vorbeifahrenden Pötten zu. Träge und gemächlich durchpflügten sie das Wasser, um zum Ziel zu kommen. Sie hatten sich Fischbrötchen gekauft und mit an den Strand genommen, wo sie eine Decke ausgebreitet hatten. Es war nun fast April, und die Sonne wurde immer wärmer.

Wenn Elly an die letzten Wochen zurückdachte, musste sie den Kopf schütteln. War das wirklich sie? Elly Bothsen, die beim NWDR arbeitete, und das auch noch mit Erfolg! Die von ihrem Chef natürlich auch mal kritisiert, aber doch überwiegend gelobt wurde. Mit ihren Kollegen kam sie gut aus – klar gab es auch hier Differenzen, aber im Großen und Ganzen mochte sie alle und war selbst auch beliebt. Lediglich Linda Grüneberg war immer unfreundlich und kurz angebunden.

Ein paarmal war Gerede darüber aufgekommen, ob da wohl zwischen ihr und dem Chef ein Techtelmechtel in Gang war, aber das legte sich irgendwann wieder, und zwar ab dem Tag, an dem Elly mit Peter Hand in Hand zum Dienst erschien. Fast wirkten die hechelnden Kolleginnen enttäuscht, als sie sahen, dass sie Elly umsonst eine Affäre angehängt hatten.

Davon abgesehen war Paul Winterstein ja gerade zum dritten Mal Vater geworden und erzählte jedem, der es hören wollte, von dem neuen Erdenbürger, seinen beiden anderen Kindern und seiner wunderbaren Frau.

230

»Wie läuft es denn eigentlich mit dem großen Meister Wilmenrod?«, fragte Peter nun. »Du sagst immer nur, dass er anstrengend sei.«

»Och, es geht. Schlimmer ist Erika, die nörgelt an allem herum und will mehr Beachtung. Sie macht alle nervös. Zum Glück hab ich mir gleich am Anfang so eine Ablaufliste erstellt. Und die Punkte gehe ich immer durch. Ich hab ihn mittlerweile gut im Griff, und Erika eigentlich auch. Einmal hatte ich ein längeres Gespräch mit den beiden, nun läuft es ganz gut.«

Auch wegen der Menüs hatte sie mit beiden gesprochen, tatsächlich gab es seitdem recht normale Gerichte, die einfach und sicher zuzubereiten waren.

Nur manchmal brachte Wilmenrod alle an die Grenzen, nämlich dann, wenn er meinte, in einer Sendung die Zuschauer direkt zu fragen, wer vor ihm schon mal eine mit einer Mandel gefüllte Erdbeere gesehen habe, und wenn ja, so möge derjenige jetzt bitte im Studio anrufen, und dann würde er, Wilmenrod, sich während der Sendung ein Messer in die Brust rammen. Als Elly das hörte, hatte sie gedacht, dass sie gleich ohnmächtig würde. Zum Glück hatte Peter, der an diesem Tag Dienst hatte und mit bei der Sendung war, den Hörer des Studiotelefons einfach abgehoben, sodass für eventuelle Anrufer das Besetztzeichen ertönte.

»Herrje«, sagte Wilmenrod, als die Sendung um war und sich alle von ihrem Fastkollaps erholt hatten. »Man wird ja wohl noch einen Scherz machen dürfen. Was regen sich denn alle so auf? Wir sollten doch froh sein, dass der Krieg vorbei ist und andere Zeiten angebrochen sind, da wird man sich ja wohl mal ein Messer an die Brust setzen dürfen. Ihr stellt euch alle an.«

»Carl«, sagte Elly, die sich mit Wilmenrod mittlerweile

duzte. »Das war nicht abgesprochen. Du kannst dich doch hier nicht einfach mit einem Messer hinstellen, was kommt denn als Nächstes? Hast du dann einen Strick um den Hals? Oder jonglierst mit einer Handgranate?«

Wilmenrod war beleidigt abgezogen.

Aber auch das gehörte dazu, wenn man eine Sendung direkt übertrug. Elly merkte, dass sie insgesamt immer sicherer wurde. Und sie merkte, dass ihr Selbstbewusstsein immer stärker wurde. In den Sitzungen gab sie messerscharfes Kontra, wenn ein männlicher Kollege anzügliche Kommentare brachte.

»Erzähl mir doch bitte noch mal die Sache mit Wolfgang«, bat Peter nun. Elly lächelte.

»Du denkst, ich bin eine Furie.«

»Nein, du hast das so großartig gemacht, alle reden davon.«

»Na gut«, sagte Elly. »Mir war ein Kugelschreiber runtergefallen, und ich hab mich gebückt, um ihn aufzuheben. Das war nach der Morgensitzung. Wolfgang hat das gesehen, hat sich breitbeinig vor mich gestellt und seinen Unterleib in Richtung meines Gesichts durchgedrückt. Die Kommentare waren nicht von schlechten Eltern. Tiefer, fester, scharfe Schnitte, sagten sie.«

»Und dann?«

»Ich hab mich aufgerichtet, Wolfgang angeschaut, dann hab ich ausgeholt und ihm nacheinander zwei feste Backpfeifen gegeben. Und hab Wolfgang dabei angelächelt. Du, wenn ich an das Geräusch der Schläge denke, wird mir immer noch ganz anders vor Glück!«

Sie erinnerte sich daran, dass es danach totenstill im Raum gewesen war, Wolfgang hatte laut geatmet, seine Wange gehalten und kein Wort gesagt. Elly hatte sich einen Weg durch die anwesenden Herren gebahnt und den Kopf hoch getragen. Sie hatte jeden einzelnen angeschaut. Und alle hatten die Blicke gesenkt.

»Das ist so großartig. Ich liebe die Geschichte«, sagte Peter. »Ich finde es so gut, dass du dir nichts gefallen lässt.«

»Ich versuche es zumindest«, erklärte Elly. »Und ich würde mir wirklich wünschen, dass meine Kolleginnen auch so wären. Aber die halten sich leider eher zurück und sagen, man kann es ja sowieso nicht ändern.«

Heute hatten sie und Peter frei, es war ein fast warmer Sonntag, und sie genossen es, beisammen zu sein.

»Wie geht es eigentlich Ingrid?«, fragte Peter nun.

»Sehr gut. Die Traurigkeit wegen Alexander ist vorbei, endlich, und sie arbeitet gern unten in der Bar. Chong Tin Lam ist wirklich reizend, er schreinert ihr in seiner wenigen freien Zeit eine Babywiege, ist das nicht lieb?«

»Er ist ein guter Kerl«, sagte Peter und streichelte Ellys Arm.

»Nicht aufhören«, flüsterte sie, und er tat, was sie sagte, und beugte sich dann über sie, um sie zu küssen, und wieder zu küssen und wieder und wieder. Kurze Zeit später war Elly eingeschlafen. Peter saß da und betrachtete sie. Diese wunderbare junge Frau, die versuchte, ihren eigenen Weg zu gehen. Jedes Mal, wenn sie sich sahen, verliebte er sich mehr in sie, und in jeder freien Sekunde umarmten sie sich und genossen es, küssend beieinander zu sein.

Er strich sachte über ihre Wange. Elly lag auf der Seite, ihr braunes Haar trug sie heute offen, und sie hatte sich eine Jeanshose gekauft, die ihr ausgezeichnet stand. Diese Hosen waren gerade sehr modern.

Peter legte sich ebenfalls lang hin und betrachtete sie einfach nur. Sein Herz war voller Zuneigung und Liebe. Aber er wusste genau, dass er und Elly Bothsen nie eine Zukunft haben würden. Es sei denn, sie würde sich ganz und gar von ihren Eltern lossagen.

Das aber war ein sehr großer Schritt, und den zu gehen würde nicht einfach sein. Das glaubte er zumindest.

Peter drehte sich auf den Rücken und schaute in den Himmel. Aber er wollte und durfte Elly nicht verlieren. Er und sie, sie waren füreinander gemacht, füreinander geschaffen. Verflixt und zugenäht, was musste sie auch Bothsen heißen! Wenn Benedikt Bothsen wüsste, dass sie beide ein Paar wären, Himmelherrgott, er würde toben! Peter seufzte. Es war zum Verzweifeln.

Sollte er es Elly sagen? Oder wäre das ein Fehler?

Ach – was würde wohl die Zukunft für sie beide bringen?

Eine Stunde später wachte Elly auf.

»Oh Peter, es tut mir leid, dass ich eingeschlafen bin«, sagte sie schuldbewusst. »Wir wollten doch den Tag zusammen verbringen, und das heißt ja nicht, dass ich schlafe.« Sie setzte sich auf. »Was hast du in der Zeit gemacht?«

»Dich einfach angeschaut«, sagte Peter. »Um festzustellen, dass ich nicht mehr verliebt in dich bin.«

Elly sah ihn entsetzt an. »Was sagst du da? Habe ich im Schlaf so schlimm ausgesehen?«

»Noch viel schlimmer«, sagte er ernst und zog sie an sich. »Ich bin nicht mehr verliebt, sondern ich liebe dich, Elly. Über alles.« Und Elly schaute ihn nur an. Ihr Blick war Antwort genug.

Zum ersten Mal nahm Peter Elly mit zu sich nach Hause. Er lebte in einer kleinen Wohnung in Altona, einer spartanisch eingerichteten Junggesellenbude. Eine kleine Küchenzeile mit einem Zwei-Platten-Herd, ein Waschbecken für die Katzenwäsche, ein Bad und eine Toilette gab es im Flur, Regale voll mit Büchern, ein Schreibtisch, auf dem ein geordnetes Chaos herrschte, ein bequem aussehendes Sofa mit einem Tisch davor, ein Radioapparat; das Bett hinter einem wunderschönen, mit Jugendstilmotiven bemalten Paravent.

»Wo hast du den denn her?«, wollte Elly wissen. »Der ist ja wunderhübsch!«

»Er stand hier auf dem Dachboden und ist ein guter Raumteiler, findest du nicht? Wenn ich mal nicht das Bett gemacht habe und Damenbesuch kommt, ist er immer hilfreich.«

Er sah Elly verschmitzt an. »Und ich bekomme ja häufig Damenbesuch.«

Sie boxte ihm in die Seite. »Ach du«, sagte sie und lachte ihn an.

»Darf ich dir einen Kaffee anbieten oder ein Glas Wein? Ich habe mir nämlich einen eigenen Kühlschrank gebastelt. Man kann die Bretter unter dem Fenster herausnehmen, und in diesem Zwischenraum kühle ich dann meine Butter oder eben Wein.«

Elly, die fast nie Alkohol trank – von den Abenden nach den Wilmenrod-Sendungen mal abgesehen, da konnte sie es kaum erwarten, endlich einen kühlen Sekt zu trinken –, kam sich fast verwegen vor, als sie dem Wein zustimmte, und Peter entkorkte die Flasche und holte zwei Gläser.

»Weingläser hab ich noch nicht«, entschuldigte er sich und stellte die Wassergläser auf den Couchtisch, während Elly in der Wohnung herumging und vor Peters Bücherregalen stehen blieb.

»Oha«, sagte sie. »Du bist ja belesen. Goethe, Mann, Kant, Kafka ...«

»Ach, ich lese gern«, sagte Peter. »Aber wirklich nicht nur die Klassiker. Ich mag auch Krimis. Oder Johannes Mario Simmel. Kennst du den?«

»Nein«, musste Elly zugeben. »Weißt du, ich wurde immer gezwungen, das zu lesen, was sich so gehört für eine Tochter meines Standes, ja, lach nicht, und da war ich froh, wenn ich sonst nicht lesen musste. Obwohl ich es eigentlich mochte.«

»Das verstehe ich nur zu gut«, sagte Peter, goss ihnen Wein ein und setzte sich dann hin. Elly tat das ebenfalls und nahm das Glas, das er ihr hinhielt.

»Danke.«

»Lass uns anstoßen, Elly. Auf unser Kennenlernen, auf den Sender, auf uns. Eine wunderbare Fügung, dass ich dich getroffen habe. Gäbe es Ingrid und die Milchbar nicht, wären wir uns womöglich nie begegnet.«

Sie stießen an und tranken. Elly nickte. »Nein, wo hätten wir uns treffen sollen? In Harvestehude oder auf irgendwelchen öden Modenschauen bist du wohl nie.«

»Das stimmt. Umso froher bin ich!« Er stellte sein Glas auf den Tisch, lehnte sich zurück und verschränkte die Hände hinterm Kopf.

»Sag mal, Elly, was machst du eigentlich, wenn dein Vater sich bei dir entschuldigt?«, fragte er ganz unvermittelt.

Elly prustete los. »Ich bin fast zwanzig Jahre alt, Peter«, sagte sie dann. »In dieser ja nicht gerade kurzen Zeit hat mein Vater sich noch nicht mal bei mir entschuldigt, nachdem er mir aus Versehen heiße Suppe übers Kleid gekippt hat und ich zwei Blasen hatte. Da kann man bei meinem Vater lange warten. Bis in alle Ewigkeit nämlich. Er hingegen verlangt immer Entschuldigungen. Die kurioseste Geschichte ist die, als ich auf die Welt gekommen bin.«

»Aha.« Peter sah sie auffordernd und neugierig an.

»Mein Vater hatte sich nach meinem Bruder York natürlich einen weiteren Sohn gewünscht. Als er mich sah und seine Laune in den Keller sank, hat meine Mutter tatsächlich gesagt, dass es ihr schrecklich leidtue, und sich für das Mädchen, also mich, bei ihm entschuldigt.«

»Wirklich?«

»So hat man es mir zumindest erzählt«, erklärte Elly. »Nachdem dann Kari, meine jüngere Schwester, geboren war, hat mein Vater die Familienplanung abgeschlossen, sagte, das würde wohl nichts mehr werden, und hat seine ganze Energie auf meinen Bruder gelenkt. Denn womöglich wären nach Kari auch nur noch Mädchen nachgekommen, das hätte ihm wohl nicht gepasst.« Sie dachte kurz nach. »Mein Vater ist kein schlechter Mensch, aber er ist eben sehr prinzipientreu und wurde von seinem Vater und Großvater so erzogen, dass die Belange der Firma über alles gehen. Erst die Firma, dann die Familie, denn die Familie kann nicht gut leben, wenn die Firma krankt.«

»Trotzdem, sich nicht über eine Tochter zu freuen …« Peter stand auf. »Ich mach mal Musik an, oder hast du was dagegen?«

»Nö, gar nicht. Gern was Flottes.«

Peter schaltete den großen Radioapparat ein und drehte am magischen Auge, bis er Perry Como erwischte, der *Don't Let The Stars Get In Your Eyes* sang. Elly nahm noch einen Schluck

Wein. »Ha!«, sagte sie. »Dieses Lied lief auch in der Milchbar, an dem Tag, an dem wir uns kennenlernten.«

»Wirklich?«, fragte Peter.

»Ja.« Elly nickte. »Ich weiß es deswegen so genau, weil meine Mutter Vico Torriani liebt, und der trällerte davor irgendein Lied.«

»Nun, den ganzen Tag musste ich mir da die Jukebox-Musik anhören, tut mir leid, wenn ich einzelne Stücke vergesse. Ich weiß nur, dass ich Vico Torriani erwürge, sollte ich ihn mal persönlich treffen … ich kann ihn nicht mehr hören.«

Elly lachte. »Es ist herrlich, an einem Sonntag einfach so in den Tag reinzuleben«, sagte sie nun schwärmerisch und lehnte sich zurück. »Ach, Peter, ich fühl mich so gut und so frei, so herrlich mitten im Leben. Und weißt du was, ich will gar nicht woanders wohnen als in unserem Zimmerchen über der Bar. Chong Tin Lam ist so reizend zu Ingrid, und sie arbeitet so gerne da, und ich gehe auch so gern nach der Arbeit noch mal in die Bar, um eine Cola zu trinken.«

Peter grinste. »Weiß ich doch, ich bin doch oft genug mit dir dort.«

»Es ist immer herrlich, wenn wir zusammen Dienst haben«, erklärte Elly. »Und du mich danach nach Hause bringst.«

Nun sang Teresa Brewer *Till I Waltz Again With you.*

Peter stand nun auf und streckte den Arm nach ihr aus. »Darf ich bitten?«

Elly stand auf und lächelte ihn an. »Nur zu gern.« Peter legte seine Arme um ihren Körper, zog sie nah zu sich heran, und sie begannen zu dem schönen Stück zu tanzen. Elly legte ihren Kopf auf seine Schulter, atmete seinen Geruch ein, diesen Geruch, den nur Peter hatte, so würzig und ganz er selbst. Sie wurde weich in seinen Armen, hob den Kopf, ließ sich küssen, küsste zurück. Ganz langsam wurde es draußen dunkel, und die Gaslaternen gingen an und verbreiteten ihr tröstliches Licht. Teresa Brewer wurde von anderen Sängern abgelöst, und Elly hörte gar nicht mehr richtig hin. Sie schmiegte sich eng an Peter und wünschte sich, es könne für immer so weitergehen. Er roch wirklich so gut, einerseits männlich herb, aber auch nach Seife und einem aromatischen Eau de Cologne oder einem After Shave. Sie hatte einen Arm um seine breiten Schultern gelegt und genoss seine Nähe. Es geschah wie von selbst, dass sie sich in die Augen schauten und dann erneut küssten.

Kurz musste Elly an Thies denken. Daran, wie er sie auch einige Male geküsst hatte. Aber das war nicht so weich und wunderbar gewesen wie nun mit Peter, sondern eher abgehackt und fordernd. Keins der paar Male hatte es Elly gefallen, sie hatte Thies' Küsse stets vermieden, wenn sie konnte.

Das hier war etwas ganz anderes. Es war süßbitterschön, sie spürte in ihrem ganzen Körper, wie sie kribbelte und bebte, und ihr wurde erst kalt und dann warm, und während sie sich küssten, tanzten sie hinter den Paravent und sanken aufs Bett.

Hier küssten sie sich weiter und weiter, immer weiter.

»Ich will dich zu nichts drängen«, sagte Peter heiser. »Ich will nur tun, was du auch willst.«

Elly dachte überhaupt nicht mehr nach.

»Ich will's«, sagte sie und ließ es zu, dass Peter ihre Bluse aufknöpfte und sie überall streichelte.

Sie wollte es wie nichts vorher, und sie wollte, dass Peter der Erste war!

Kapitel 20

»Das ist ganz wunderbar, Herr Hagenbeck«, sagte Elly ins Telefon. »Vielen Dank, es freut mich, dass Sie die Idee gut finden und unterstützen möchten. Ich weiß ja, dass Sie momentan noch viel mit dem Aufbau zu tun haben, und ich freue mich jetzt schon auf das neue Elefanten-Freigehege. Ja, sicher weiß ich noch, dass die Elefanten nach dem Krieg geholfen haben, die Trümmer zu beseitigen, ich war zwar noch recht klein, aber so was sieht man ja nicht alle Tage ... genau, ja, da haben Sie recht. Ich freue mich wirklich sehr, wollen wir einen Termin ausmachen? Wunderbar, ich warte ... ja, das passt sehr gut. Herzlichen Dank. Ich hole Sie dann beim Pförtner ab und entschuldige mich jetzt schon für eventuelle Unannehmlichkeiten, falls der Fahrstuhl streikt ... ja sicher. Nein, nein, so viele Stufen sind es nun auch nicht, haha. Also, Ihnen auch einen wundervollen Tag, Herr Hagenbeck. Auf Wiederhören!«

Elly legte den Hörer auf die Gabel. Was für ein reizender Mann Herr Hagenbeck war. Er fand die Idee mit der Sendung wunderbar, und sie würden sich bald treffen. Herrlich, das klappte ja alles wie am Schnürchen. Hoffentlich würde der Fahrstuhl funktionieren. Elly wäre es unangenehm, mit ihrem Gast die Treppenstufen hochzuhecheln.

Fröhlich arbeitete sie weiter. Sie hatte das Gefühl, dass ihr seit dem gewissen Sonntag alles noch leichter von der Hand ging.

Es war unbeschreiblich gewesen mit Peter. Es war alles wie von selbst passiert, so, als sei es vorherbestimmt gewesen. Peter war erstaunt darüber gewesen, dass sie irgendwann aus ihrer Jeans eine Packung mit einem Kondom zog.

»Wusstest du etwa, dass es heute passiert?«, hatte er gefragt, aber Elly hatte den Kopf geschüttelt.

»Ingrid hat es mir gestern Abend gegeben, als ich erzählte, dass wir den Sonntag zusammen verbringen«, erklärte sie. »Sie hat gesagt, dass es mir nicht so ergehen soll wie ihr. Erst wollte ich es gar nicht mitnehmen, aber dann dachte ich, dass sie eigentlich recht hat, und hab es eingesteckt. Ingrid ist extra zu einem Kondomautomaten gegangen.«

»Wie weise sie ist«, hatte Peter gelacht und sie wieder geküsst. »Ach, Elly, du bist wunderbar.«

Wenn Elly Worte für ihr erstes Mal finden sollte, so war das schwierig, obwohl sie oft darüber nachdachte. *Berauschend* kam ihr zu überdreht vor, *wundervoll* zu schwach. Schließlich einigte sie sich mit sich selbst auf *wundertoll* und lobte sich für ihre Wortschöpfung.

Peter war unglaublich vorsichtig gewesen, sodass sie ihn irgendwann darum bat, sich nicht dauernd zu entschuldigen, denn er tat ihr nicht weh. Sie konnte zwar nicht mit Sicherheit sagen, ob sie einen Höhepunkt erreicht hatte, weil die Gefühle die ganze Zeit über sehr intensiv gewesen waren. Als Peter so weit war, legte sie beide Arme um seinen Rücken und zog ihn noch enger an sich. Sie wollte diesen besonderen Moment ganz intensiv mit ihm erleben.

Danach hatten sie noch lange beieinandergelegen und nicht gesprochen, sich einfach nur gespürt. Ein Frühlingsregen hatte eingesetzt, Peter hatte irgendwann das Fenster geöffnet, und über das Rauschen der Tropfen waren sie dann eingeschlafen. Später hatte Peter Eintopf erwärmt und sich bei Elly dafür entschuldigt, dass er aus der Dose kam, aber er hätte Elly auch gebackene Wespen vorsetzen können, sie hätte alles gegessen. Sie hörten Musik und tranken noch weiter Wein, genossen ihr Zusammensein.

»Du, Elly«, sagte Peter dann. »Es gibt da was, das ich dir unbedingt noch sagen muss.«

Elly setzte sich auf. »Bist du verheiratet?«, fragte sie belustigt.

»Nein, natürlich nicht. Es ist etwas anderes. Es betrifft meinen Vater.«

»Was ist mit ihm?«

»Der Traum meines Vaters war es immer, zur Marine zu fahren, aber es hat nie geklappt. Deswegen hat er mir kurz vor seinem Tod das Versprechen abgenommen, dass ich mich bei der Marine melde und mich verpflichte. Das sei sein letzter Wunsch, dass sein einziger Sohn so etwas, wie er sagte, Wundervolles tut.«

»Und du hast dich verpflichtet?«, fragte Elly atemlos und voller Angst.

Peter nickte. »Ja. Noch ist nichts passiert, ich habe nie etwas gehört, aber das kann täglich passieren, und dann muss ich rasch weg.«

»Aber kannst du die Verpflichtung nicht rückgängig machen?«, fragte Elly entsetzt.

»Nein, das geht nicht – davon abgesehen habe ich es meinem Vater doch versprochen.«

»Aber, Peter«, sagte Elly aufgeregt. »Das heißt ja, dass du mitten aus der Ausbildung gerissen werden kannst und dass das auch bei der Marine gefährlich sein kann.«

»Das weiß ich wohl«, sagte Peter niedergeschlagen und

stützte den Kopf in beide Hände. »Ich kann nur hoffen, dass da nichts kommt.«

»Oh Peter …«

»Ich weiß, Elly. Ich weiß. Aber es ist so, wie es ist, und ich muss einfach täglich mit einer Einberufung rechnen. Bitte, bitte sei mir nicht böse.«

»Ich bin dir doch nicht böse, Peter. Ich kann gut verstehen, dass du den letzten Willen deines Vaters erfüllen willst, das würde ich genauso tun.« Sie strich ihm übers Haar. »Jetzt denken wir nicht daran, was passieren könnte, sondern warten ab. Vielleicht bekommst du ja niemals einen Bescheid.«

Er nickte hoffnungsfroh. »Danke, Elly. Danke.«

Erst gegen Mitternacht brachte Peter Elly nach Hause ins Hotel über der Hong-Kong-Bar.

Ingrid schlief bereits, als Elly leise das Zimmer betrat, und das war ihr nur recht. Sie zog sich schnell aus, putzte fast lautlos ihre Zähne und legte sich ins Bett, um den Tag noch einmal Revue passieren zu lassen. Es würde schon alles werden. Es musste alles werden! Dabei schlief sie mit einem Lächeln auf den Lippen ein.

An einem der Tage, an denen die Kochsendung ausgestrahlt wurde, lernte Elly, während sie Wilmenrod in der Maske Gesellschaft leistete und einiges besprach, eine der Ansagerinnen kennen, Irene Koss. Die war schon fertig geschminkt und unterhielt sich mit einer der Maskenbildnerinnen.

Irene war schlank und dunkelhaarig und hatte die liebsten und schönsten braunen Augen, die Elly je gesehen hatte.

Irene setzte sich zu ihr.

»Von dir hat man ja schon viel gehört«, sagte sie freundlich. Dann: »Ups, hab ich dich einfach geduzt.«

»Das ist schon in Ordnung«, lachte Elly, während Wilmenrod schon wieder beleidigt war, weil sie sich nun nicht mehr um ihn kümmerte.

»Also dann, ich bin Irene«, sagte Irene Koss. »Und du bist Elisabeth, wirst aber Elly genannt. Wie gefällt es dir bei uns in diesem Chaos?«

»Ach, es ist herrlich«, versicherte Elly. »Ich möchte gar nichts anderes mehr machen. Mit den meisten komme ich prima aus, und ich durfte auch eigene Ideen einbringen.«

Irene nickte. »Ja, davon hörte ich auch. Da hat Paul Winterstein ja das richtige Händchen gehabt.«

»Bist du eigentlich nervös vor deinen Ansagen?«, fragte Elly nun, die wahnsinnig neugierig war. Sie hatte ein paarmal in der Regie gesessen, als Irene auf Sendung ging, und konnte sich nicht vorstellen, das jemals so souverän zu schaffen. Wenn die Kamera anging, lächelte Irene Koss einfach und redete los.

»Doch, ja, natürlich«, nickte Irene. »Immer noch. So ein bisschen Lampenfieber ist aber gar nicht schlecht. Mich nervt nur die Auswendiglernerei, das fand ich schon in der Schule gruselig. Manchmal muss ich sogar zwei Ansagen auswendig lernen. Wir sagen hier ›memorieren‹ dazu«, erklärte ihr die fünfundzwanzigjährige Kollegin. »Je nachdem, was gesendet wird, das steht manchmal bis kurz vor der Sendung noch nicht fest. Manchmal warten wir noch auf einen Reporter, der was Dringendes bringt und im Stau steht, oder etwas ganz Aktuelles kommt dazwischen. Dann muss ich zwei Texte memorieren.«

»Fällt dir das leicht?«, fragte Elly, die Auswendiglernen stets gehasst hatte.

»Mittlerweile schon«, meinte Irene fröhlich. »Das ist alles Übungssache.«

»Du hast auch wirklich eine famose Aussprache«, wurde sie von Elly gelobt. »Mir fällt da nur ein Wort ein, nämlich glasklar.«

Irene lachte. »Oh, vielen Dank. Ich bin ja auch Schauspielerin und habe Sprechunterricht genommen. Bei Jürgen Kolb, das ist einer der ganz Großen. Er hat mich getriezt, aber mit Erfolg. Und was hat dich hierher verschlagen? Erzähl doch mal.«

Elly erzählte, was sie immer erzählte, ohne ihren richtigen Namen zu verraten. Wie stets blieb sie dicht an der Wahrheit und erfand nichts dazu, weil sie Lügen eigentlich hasste. Aber in diesem Fall hatte sie keine andere Wahl.

Später sah Elly von der Regie aus zu, wie unaufgeregt Irene da saß und auf ihren Einsatz wartete. Sie sortierte noch einige Sekunden vor Ansagestart Blätter, eine Kollegin in der Regie sagte noch: »Irene, bitte sitz gerade«, und sie antwortete »Ich bemühe mich«, und nachdem jemand aus der Regie »drei ... zwei ... eins ... und hoch!« gerufen hatte und einer der Regler auf dem Regiepult hochgeschoben wurde, setzte Irene ein verbindliches und sympathisches Lächeln auf und sprach ihren auswendig memorierten Ansagetext.

»Na, liebes Fräulein, wäre das nichts für Sie?«, fragte der in der Regie anwesende Leiter vom Dienst freundlich.

»I wo«, sagte Elly. »Ich bin nur neugierig und bewundere das Können vom Fräulein Koss. Mir selbst würde ich das kaum zutrauen, ich bin auch nicht gut im Auswendiglernen.«

»Das kann ich verstehen. Aber warten wir einfach mal ab, was noch kommt«, sagte er. »Das Aussehen dafür haben Sie jedenfalls. Bis dahin bleiben Sie einfach bei der Sache.«

»Lieben Dank, aber ich fühle mich hinter der Kamera

wohler, ich wusele lieber im Hintergrund herum«, lachte Elly. »Aber es ist ein schönes Kompliment.«

Eins stand für sie fest: Bei der Sache bleiben, das würde sie wirklich. Ein Albtraum, wenn sie hier nicht mehr arbeiten könnte. Sie konnte nur hoffen, dass die Sache mit der gefälschten Unterschrift niemals aufflog!

Kapitel 21

An einem schönen Vormittag im April schlenderte Elly über die Reeperbahn. Heute hatte sie keinen Schreibmaschinenkurs, sondern einen freien Vormittag. Sie hatte es sich angewöhnt, morgens trotzdem früh aufzustehen und die Gegend zu erkunden. Sie kannte sich weder auf der Reeperbahn noch in den umliegenden Stadtteilen aus und hatte vor, das zu ändern. Mittlerweile kannte sie viele auf dem Kiez und nickte allen freundlich zu, blieb auch mal stehen und hielt einen Schnack, wie man hier sagte. Manche Damen des horizontalen Gewerbes kannte sie sogar mit Namen, und sie blieb oft stehen, um sich mit den Frauen zu unterhalten, wünschte gutes Wetter, damit sie nicht im Regen standen, und ebenso gute Geschäfte. All das, was sie über diese Damen gehört oder vermutet hatte, war falsch. Das war kein Gesindel und auch kein schlechter Umgang, das hier waren Frauen, die aus welchen Gründen auch immer mit der Prostitution ihr Geld verdienten. Sie waren alle freundlich und nett, Elly hatte noch kein böses Wort von ihnen gehört.

Viele riefen »Hallo, Elly!«, wenn sie vorbeikam, das freute sie, gehörte sie doch langsam dazu. Himmel, wenn ihre Eltern sie so sehen könnten! Wie es Mama, Papa, Kari und York wohl ging? Jedenfalls musste sich Mama keine Sorgen mehr machen, und Ingrids Eltern auch nicht. Elly zögerte, ihr Elternhaus noch einmal zu besuchen, lieber hielt sie sich von allem fern. Sie hatte nun diesen Weg eingeschlagen und wollte ihn weitergehen. Natürlich würde sie, wenn sich die Lage etwas beruhigt hatte, wieder in den Harvestehuder Weg gehen, aber momentan stand ihr schlicht nicht der Sinn danach. Sie führte jetzt ein eigenes, anderes Leben.

Elly mochte es, wie die Menschen hier auf dem Kiez miteinander umgingen. Sehr oft herrschte ein rauer Ton, aber auch daran gewöhnte man sich schnell. Im Ernstfall war jeder für den anderen da. Hier wurden keine Unterschiede gemacht. Ob jemand Bierkutscher war oder ein leichtes Mädchen, Bordellbesitzer, Krankenschwester oder Straßenkehrer, alle gingen gut und aufrichtig miteinander um. Und wenn sich ein paar mal nicht verstanden und es Senge gab, reichte man sich im Anschluss dennoch die Hand und der Zwist war vergessen. Zur Polizei musste man deswegen nicht gehen, und das tat auch niemand.

Der Frühling war nun endgültig eingezogen in Hamburg. Die dicken Jacken und Mäntel konnte man wegpacken, die Menschen zog es wieder nach draußen, und man saß in Straßencafés oder flanierte über die Straßen und hielt das Gesicht in die Sonne.

Mit Peter traf sich Elly, sooft sie konnte. Die beiden machten keinen Hehl mehr aus ihrer Beziehung und nahmen Tuschlern damit den Wind aus den Segeln. Sie waren ganz offiziell ein Paar, achteten aber darauf, dass keiner mitbekam, dass Elly teilweise ganze Wochenenden mit Peter in dessen Wohnung verbrachte.

Heute hatte er wieder Dienst mit ihr, sie freute sich darauf, ihn später zu sehen.

Gerade wollte sie Isabella, einem der gewerbetreibenden Mädchen, zuwinken und einen schönen Tag mit gutem Geschäft wünschen, da sah sie, dass ein potenzieller Kunde auf die hübsche Blonde zuging, also ließ sie die Hand sinken. Sie wollte Isabella nicht das Geschäft verderben.

Isabella lachte glockenhell und begann ein Gespräch, und Elly vernahm aus Wortfetzen, dass die beiden wohl ins Geschäft kommen würden. Eine Sekunde später hakte sich Isabella bei dem Freier unter und ging in Richtung des kleinen Stundenhotels, in dem sie ein Zimmer angemietet hatte.

Elly stockte der Atem, als sie sah, wer der Mann war.

Es war ihr Vater. Benedikt Bothsen ging gerade mit einer Hure aufs Zimmer!

Sie wusste später nicht mehr, wie sie in die Bar zurückgekommen war. Sie wusste nur, dass sie bei Chong saß und eine Cola trank.

»Hast du ein Gespenst gesehen, Mädchen?«, fragte der Wirt. In dem Moment kam Ingrid, um ihren Dienst anzutreten.

Elly saß da und starrte vor sich hin.

»Elly? Hallo?« Nun stand Ingrid vor ihr und winkte ihr vorm Gesicht herum.

»Es ist nichts.« Elly wollte jetzt nicht darüber sprechen. Sie musste sich irgendwie sammeln und später zum Sender gehen.

»Elly, willst du mir nicht sagen, was los ist?«, fragte Ingrid, die offenbar nicht lockerlassen wollte.

Sie setzte sich zu ihrer Freundin und schaute sie erwartungsvoll an.

»Also gut«, sagte Elly und erzählte ihr knapp, was sie gesehen hatte.

»Das fass ich ja nicht!« Ingrid war genauso fassungslos wie Elly vorhin. »Dein Vater, der einem immer erzählt, wie wichtig Treue und Zusammenhalt sei und dass die Familie über alles geht! Ha! Nicht, dass er der Einzige ist, der hier mit zweierlei Maß misst, ich finde es dennoch beachtlich, dass er so an seinen Grundsätzen festhält und immer so tut, als sei seine Familie perfekt.«

»Aber das geht doch nicht, doch nicht mein Vater.« Am liebsten hätte Elly einen von Chongs Mexikanern bestellt, aber sie musste ja noch arbeiten.

»Ach, Elly, was glaubst du, wo da überall was im Argen liegt. Gerade die, für die eine weiße Weste so immens wichtig ist, machen das.«

»Woher weißt du das?«

»Nun, ich hab oft genug gehört, dass meine Mutter meinem Vater Vorwürfe gemacht hat, wenn er morgens um fünf Uhr vom Kiez nach Haus kam und durchs Haus stolperte.«

Elly schaute sie an. »Dein Vater auch?«

Sie nickte. »Ja. Er hatte sogar lange Jahre eine Freundin.«

»Das wusste ich nicht, das hast du nie erzählt.«

»Weil ich es auch erst seit Kurzem weiß«, erklärte Ingrid ihr. »Meine Mutter hat es mir irgendwann erzählt, es ist noch nicht so lange her. Kurz bevor ich in die Schweiz gegangen bin. Er hat – und jetzt kommt's – sogar ein uneheliches Kind mit einer Dame aus St. Georg.«

»Das glaube ich nicht!«, rief Elly.

»Wenn ich es dir doch sage. Ich habe es ihm sogar vorgeworfen, kurz bevor er mich rausgeworfen hatte.«

»Und was hat er gesagt?«

»Na, dass ich lüge, natürlich. Knallrot ist er geworden. Meine Mutter hat nur geweint. ›Hast du deinem Fräulein Tochter so etwas erzählt?‹, hat er sie angebrüllt. Ja, sicher hat sie, wer denn sonst. Ach, Elly, es ist überall Lug und Trug.«

Elly stützte den Kopf in beide Hände.

Ingrid ging kurz zum Tresen, um zwei Bier zu zapfen, die sie den Männern brachte, die lautstark danach verlangt hatten, dann kam sie zurück zu Elly.

»Aber weißt du was?«

»Was?«

»Du hast jetzt alle Karten in der Hand.« Sie lächelte fast schelmisch.

Elly war immer noch durcheinander. »Welche Karten denn?«

»Och, mir sind gerade ein paar nicht sehr feine Gedanken durch den Kopf gegangen. Die Sache ist die: Du könntest doch dein Wissen sozusagen im Gegenzug tauschen.«

»Ich verstehe gar nichts«, sagte Elly matt.

Ingrid beugte sich zu ihr vor und setzte eine verschwörerische Miene auf. »Du könntest mit deinem Vater ein Abkommen schließen: Dein Wissen gegen seine Arbeitserlaubnis. Was sagst du dazu?«

Elly stand immer noch auf dem Schlauch. »Hä?«

»Es ist doch ganz einfach. Es besteht ja nach wie vor die Möglichkeit, dass deine gefälschte Unterschrift und dein falscher Name auffliegen, richtig?«

»Ja, schon ...«

»Aber wenn der große Herr Bothsen erfährt, dass du weißt, was er während seiner Arbeitszeit so macht, könntet ihr euch doch einigen: Er unterschreibt dir eine Einverständniserklärung, und du versicherst ihm auf Ehre, dass du das mit der schönen Isabella nicht herumerzählst.«

Elly überlegte kurz. »Das ist aber ganz schön durchtrieben.«

»Herrje, so schlimm ist es nun auch nicht. Außerdem sind

251

wir auf dem Kiez, noch dazu auf dem Hamburger Berg. Ohne Durchtriebenheit wird man hier nichts.«

»Du hast dich wirklich ganz schön schnell hier eingelebt«, lachte Elly nun. »Aber deine Idee ist gut. Ich frage mich nur eins.«

»Was?«

»Wie werde ich denn das im Sender sagen? Also, dass ich nicht Bode heiße, sondern Bothsen. Und dann die gefälschte Unterschrift, das wirft nicht gerade ein gutes Licht auf mich.«

»Ehrlich währt am längsten«, fand Ingrid. »Du kommst doch mit deinem Chef gut aus. Sag ihm doch einfach die Wahrheit. Wissen denn viele, dass du nicht Bode heißt? Oder warte mal, vielleicht könntest du das mit diesem Paul Winterstein ganz anders klären. Er kennt die Wahrheit, aber ihr beschließt, dass du weiterhin Bode heißt, weil deine Familie ein schlechtes Gefühl damit hat, dass du arbeitest.«

»Meinst du, das geht?« Elly hatte Zweifel.

»Ich würde sagen, einen Schritt nach dem anderen. Besuch deine Eltern und nimm deinen Vater zur Seite. Oder noch besser – geh zu ihm ins Kontor. Es ist immerhin ein Geschäft, das ihr machen wollt.«

»Ingrid, Ingrid, woher hast du denn plötzlich diese Ideen?«

»Tja.« Ingrid warf die Haare zurück. »Ich bin eben ein Kiezkind, so wie du.«

Da mussten beide lachen.

Paul Winterstein hatte Elly damit beauftragt, jeweils eine komplette Sendung mit Hausfrauenthemen und eine mit den exotischen Tieren vorzubereiten und ihm dann vorzulegen. Er wollte Studiogäste. Frauen, die Kniffe beim Nähen zeigten und Stoff vor laufender Kamera zuschnitten, er wollte Tipps und Tricks für Küchenunfälle, und er wollte, dass alles mit der Kamera eingefangen wurde.

»Zuschauerbindung ist wichtig«, sagte er oft, und Elly nickte. Sie telefonierte mit Schneidereien und Hotels, um Studiogäste zu akquirieren, sie erstellte Sendeablaufpläne und freute sich, dass heute Herr Hagenbeck in den Sender kommen würde. Hoffentlich war er gut zu Fuß und hatte Kondition, denn wie immer, wenn etwas Wichtiges anstand, funktionierte der blöde Aufzug natürlich nicht. Sie hatte es ja geahnt.

Elly saß vor ihrer Schreibmaschine und versuchte, halbwegs »blind« zu tippen, jedenfalls war es eine gute Übung. Sie besuchte ihren Stenografie und Schreibmaschinenkurs nach wie vor. Es machte ihr nicht wirklich Spaß, aber sie hatte sich vorgenommen, das durchzustehen. Schaden würde es nicht.

Mit einem Mal spürte sie, dass sich jemand hinter ihr befand. Sie versteifte sich, weil ein heißer Atem ihren Nacken streifte. Würde einer der Kollegen sich trauen, ihr in ihrem eigenen Büro zu nahe zu kommen, während sie an der Schreibmaschine saß? Das durfte ja wohl nicht wahr sein! Was maßten sich manche an. Innerlich feixte sie, denn gleich, gleich würde sie sich umdrehen und dem Kollegen ihr volles Wasserglas ins Gesicht schütten. Der hatte nicht mit ihr gerechnet, wer immer es auch war.

Auf einmal vernahm Elly ein lautes Brüllen, sie wusste überhaupt nicht mehr, wie ihr geschah. Ihre Ohren drohten zu platzen. Sie drehte sich mit ihrem Drehstuhl um und sah keinem Kollegen, sondern einem ausgewachsenen Löwen in die Augen. Der riesige Kopf war zur Seite geneigt, das Maul wieder zum Brüllen geöffnet.

Elly saß stocksteif da und konnte weder etwas sagen noch tun. Sie starrte nur den Löwen an. Was ging hier vor sich?

Nun schob das Tier seinen riesigen Kopf unter ihren Arm und bewegte ihn hin und her. Wollte er etwa gestreichelt werden? Mechanisch fing Elly an, ihm den Wuschelkopf zu kraulen, und dann versuchte das Riesentier tatsächlich, auf ihren Schoß zu springen, was zur Folge hatte, dass Elly fast vom Stuhl gezogen wurde.

Nun hatte der Riese Interesse an ihrem Butterbrot, das mit Schinken belegt war, und verschlang es in einem Happs.

»H-h-h-aallooo«, krächzte Elly verzweifelt. Sie traute sich nicht, laut zu rufen, aus Angst, dass der Löwe dann unwirsch reagieren könnte. Keine Antwort. Stupsi schien nicht in ihrem Büro zu sein. Natürlich nicht. Elly kraulte verzweifelt und mit Herzrasen weiter, und der Riese gab genussvolle Laute von sich. Dann tippte er mit seinen Pranken auf der Schreibmaschine herum und verhunzte den angefangenen Sendungsablauf, sprang daraufhin wieder an Ellys Beinen hoch und schleckte ihr übers ganze Gesicht, um dann wieder zu brüllen.

»Stupsi«, flüsterte Elly heiser. »Herr Winterstein, hallo. Ist da jemand?« Niemand antwortete.

Während sie dem Löwen weiter die eingeforderten Streicheleinheiten gab, überlegte sie, was sie tun konnte, um den Riesen loszuwerden. Ihr fiel nichts ein. Das war ja entsetzlich. Wie um alles in der Welt kam ein ausgewachsener Löwe hierher?

»Egon!«, rief da ein Mann. »Egon! Wo steckst du denn?«

Endlich kam jemand durch die halb offene Tür.

»H-h-h-allo«, machte Elly wieder. »H-h-h-iiilfe, bitte, Hilfe.«

254

»Meine Güte, Egon, du Dummerchen«, sagte der Mann. »Kommst du her. Kommst du von der Dame weg. Egon, herkommen sollst du.« Er kam näher. »Ach, Egon wird so gern gestreichelt. Er ist herzensgut. Aber nun komm, lass die Dame. Sagen Sie, vielleicht können Sie mir helfen? Ich suche Elisabeth Bode.«

»Jaha, das bin i-hi-hich«, krächzte Elly, während Egons Pranken durch ihre Haare fuhren und er dabei spielerisch an ihrem Hals knabberte. Hoffentlich roch ihr Hals nicht gut, sonst hätte sie möglicherweise gleich keinen mehr.

»Er ist so neugierig«, sagte der Mann belustigt. »Mein Name ist Hagenbeck«, sagte er dann. »Ich habe einen Termin mit Ihnen. Heute. Jetzt. Und ich fand Ihre Idee so schön, da dachte ich, dass ich Egon und Bubi gleich mal mitbringe. Jetzt fragen Sie sich sicher, ob ich noch alle Tassen im Schrank habe. Ich versichere Ihnen, dass dem so ist. Es ist nur so, dass ich gestern mit Grzimek in Frankfurt telefoniert habe, und der ...«

»Grzimek?«, fragte Elly, die immer noch den Löwen kraulte.

»Ach so, das ist der Direktor vom Frankfurter Zoo, jedenfalls hat er das auch vor. Also, eine Sendung im Fernsehen, mit Tieren. Er will einen Gepard zähmen, hat er mir gesagt. Da bin ich mit unsrem Egon schon weiter. Egon, gib Pfötchen.«

»Wie schön«, sagte Elly, während Egon ihr seine riesigen Zähne zeigte und eine seiner Pranken in Hagenbecks Hand donnerte. »Aber wenn Egon jetzt von mir ablassen könnte, wäre ich Ihnen sehr dankbar, wirklich.«

»Egon! Nun ist Schluss«, sagte Herr Hagenbeck und griff nach dem Halsband des Löwen, das Elly noch gar nicht aufgefallen war. »Sie hätten ihn ruhig beherzt wegschieben können, das macht Egon nichts aus. Er will halt immer spielen oder gekrault werden. Und sucht selbstredend immer nach was zu fressen.«

Egon gefiel nicht, was Herr Hagenbeck machte, er wollte bei Elly bleiben.

»Streicheln Sie ihn ruhig weiter, dann macht er kein Gezeter«, schlug Herr Hagenbeck vor. »Kann ich mir denn einen Stuhl holen und mich zu Ihnen setzen?«

»Äh, ja«, machte Elly und kraulte Egon wieder, der nun vor Freude schnurrte wie eine Hauskatze.

»Im Nachbarzimmer bei meiner Kollegin ist ein Stuhl«, hörte sich Elly sagen. Sie traute sich nicht, mit dem Kraulen aufzuhören. Grundgütiger, hatte dieser Löwe große Zähne.

Hagenbeck ging in Stupsis Büro.

»Ach, da haben wir ja auch Bubi«, sagte er. »Du Schlingel«, hörte Elly und dann Stupsis leise Stimme: »Ich habe Angst. Er hat sich mit den Händen in meinen Haaren verfangen.«

Was denkt sich dieser Herr Hagenbeck nur?, dachte Elly.

»Bubi, kommst du her.« Herr Hagenbeck hatte nun eine strenge Stimme.

»Das geht ja nicht, er hängt in meinen Haaren fest«, klagte Stupsi verzweifelt. Elly hörte das Rollen eines Drehstuhls, dann sah sie Stupsi, die auf dem Stuhl sitzend in ihr Büro geschoben wurde.

»Sonst kommen wir nicht weiter«, erklärte Herr Hagenbeck.

Auf Stupsis Schoß saß ein Affe, genaugenommen ein Schimpanse, das vermutete Elly zumindest. Sie hatte mal in einem Magazin Fotos von diesem Tier gesehen.

Stupsi starrte Elly und den Löwen mit schreckgeweiteten Augen an und sagte gar nichts mehr.

»Der Aufzug war kaputt, und die beiden Racker waren unruhig, da hab ich sie schon mal vorlaufen lassen«, bekamen sie von Herrn Hagenbeck erklärt. Er fing an, Bubis Finger aus Stupsis Haaren zu ziehen, was nicht ganz einfach war, denn Bubi wehrte sich vehement und fing dann an, Stupsi immer und immer wieder auf die Wange zu küssen.

»Lieber Herr Hagenbeck«, sagte Elly bemüht gefasst. »Wir hatten doch gar nicht ausgemacht, dass Sie heute Tiere mitbringen.«

»Ja, das stimmt, aber wirklich schlimm ist es doch auch nicht. Sehen Sie doch mal, wie wohl sich Egon fühlt.«

»Trotzdem, das ist doch gefährlich. Angenommen, jemand wäre vor Egon weggerannt, und dann hätte der gemerkt, dass er noch kein Mittagessen hatte, oder der Kollege hätte ausgesehen wie eine Gazelle oder … was anderes, und dann …«

»Liebes Fräulein Bode«, sagte Herr Hagenbeck. »Wir wollen doch nicht den Teufel an die Wand malen. Egon ist bei mir, seitdem er auf der Welt ist. Ich bin wie ein Vater für ihn. Außerdem hat er noch nie auch nur einer Fliege was zuleide getan.« Hagenbeck lächelte Elly an. »Ausgenommen den zwei Tierpflegern. Dem einen hat er die Hand abgebissen, dem anderen den Kopf … hallo, Fräulein! Das war ein Scherz. Sie werden ja kreidebleich.«

Das stimmte. Ellys Herz hatte kurz ausgesetzt. Herr Hagenbeck war ja drollig.

Glücklicherweise lag Egon einfach nur halb auf ihrem Schoß und ließ sich kraulen, was er hingebungsvoll zu genießen schien.

Einige Kolleginnen und Kollegen kamen herein, weil sie irgendwas wollten, und gingen allesamt rückwärts wieder hinaus. Schließlich hatte es sich wie ein Lauffeuer herumgesprochen, dass sich in Ellys Büro ein Löwe und ein Affe befanden, und keiner wagte sich mehr hinein.

Nur Paul Winterstein traute sich zumindest halb ins Bunkerzimmer.

»Hallo, Herr Winterstein«, sagte Elly kraulend. »Darf ich Ihnen Herrn Hagenbeck, Bubi und den kleinen Egon vorstellen. Wir unterhalten uns gerade so nett. Setzen Sie sich doch zu uns.«

Ihr Chef war fassungslos. »Das glaub ich jetzt nicht. Ich dachte, die Kollegen machen Scherze. Also, mit Ihnen hab ich wirklich einen Fang gemacht.«

Er verließ schnell wieder den Raum und schloss die Tür. Wie nett. Offenbar wollte er, dass niemand mitbekam, wenn Egon jemanden auffraß.

Und dann klopfte es leicht, und Peter steckte den Kopf durch die Tür.

»Ich dachte, ich höre nicht richtig«, sagte er und war bleich im Gesicht. »Ist alles in Ordnung?«

»Och, was halt in Ordnung sein kann. Sagen wir mal so: Wir leben noch«, erklärte Elly und lächelte.

»Soll ich irgendwas tun?«, fragte Peter.

»Ja«, antwortete Herr Hagenbeck. »Wenn Sie einen Eimer mit Wasser bringen könnten. Egon hat immer so rasch Durst, und wenn er dann nichts zu trinken kriegt, wird er fuchtig.«

Abends lag Elly in Peters Wohnung völlig aufgewühlt auf dem Sofa in dessen Armen und erzählte ihm ausführlich von Egon, Bubi und Herrn Hagenbeck.

»So was kann auch nur beim Fernsehen passieren«, sagte Peter.

»Oder im Zoo oder im Zirkus«, ergänzte Elly.

»Ist das nicht ein und dasselbe?« Sie lachten. Elly drehte sich zu Peter um und küsste ihn.

»Jedenfalls lebe ich noch, und Stupsi auch, das ist ja die Hauptsache. Aber du – so eine Löwenpranke ist riesig. Und dann dieser Bubi. Der hing die ganze Zeit an Stupsi wie ein Baby, und Stupsi war richtig traurig, als Herr Hagenbeck schließlich gehen musste. Bubi wollte gar nicht fort.«

»Du machst Sachen«, sagte Peter. »Außerdem hat dieser Hagenbeck wohl einen Knall. Der kann doch nicht einfach gefährliche Wildtiere mit in den Sender bringen.«

»Na ja, Bubi war ja nicht wirklich gefährlich. Du, der hat sogar einen Stift genommen und gemalt. Und Egon wollte nur gestreichelt und gekrault werden. Ach so, und mein Mittagsbrot hat er gefressen.«

»Vielleicht solltest du zum Zirkus wechseln«, schlug Peter vor. »Was ist denn letztendlich bei eurem Treffen rausgekommen?«

»Herr Hagenbeck findet unsere Idee ganz wunderbar. Wir sind übereingekommen, dass wir zunächst einmal zwei Sendungen vorbereiten. Ich habe den groben Ablauf schon mit ihm besprochen und morgen Vormittag gleich einen Termin beim Chef, der will natürlich auch alles wissen, er musste nur früher weg heute. Hat er zumindest gesagt, ich nehme an, er wollte aus diesem Irrenhaus flüchten. Ach, ist das nicht aufregend!«

Peter nickte. »Das ist es wirklich. Hättest du selbst von dir gedacht, dass dir mal solche Ideen kommen?«

»Nein, nie!«, sagte Elly voller Inbrunst. »Aber jetzt ist es so, und ich finde es einfach herrlich ... du, ich muss dir aber noch was anderes erzählen und brauche deinen Rat.«

»Nur zu. Wollen wir ein Glas Wein dazu trinken?«

»Oh ja, unbedingt.« Elly streckte sich lang aus und gähnte. Was für ein ereignisreicher Tag das heute gewesen war.

Da kam Peter mit dem Wein, und Elly beschloss, zunächst etwas anderes zu tun …

Kapitel 22

»Ich traue meinen Augen nicht.« Mit diesen Worten empfing Benedikt Bothsen seine Tochter in seinem Kontor in der Speicherstadt. Er residierte in einem der großen Backsteingebäude im Dachgeschoss und hatte von hier aus einen herrlichen Ausblick, auch wenn er den nicht allzu oft nutzte. Benedikt Bothsen war ein Arbeitstier und hatte das oberste Stockwerk nur deswegen gewählt, weil er von hier auf alles herabschauen konnte. Manchmal, zwischen zwei Terminen, stand er hier und schaute hinunter auf das Treiben in der Speicherstadt. Benedikt liebte den Geruch, der hier herumwaberte. Es roch nach Kaffee, exotischen Gewürzen, und nach Undefinierbarem, was es eben nur hier gab.

Nun stand Benedikt auf und trat hinter seinem wuchtigen Schreibtisch hervor. Er stellte sich vor seine Tochter und zog die Augenbrauen hoch. »Hat mein Fräulein Tochter mir vielleicht etwas zu sagen?«

»Hat es«, sagte Elly freundlich. »Ich darf mich doch bestimmt setzen, Papa.«

»Aber ja, bitte.« Benedikt begab sich zur Sitzgruppe und schob Elly einen mit grünem Leder bezogenen Sessel zurecht. Dann holte er eine Zigarre vom Schreibtisch und setzte sich ihr gegenüber. Erwartungsvoll sah er sie an, während er die Spitze der Zigarre abknipste und sie dann anzündete.

»Ich freue mich, dass du gekommen bist«, sagte er und lächelte. »Wusste ich es doch – meine Tochter wird vernünftig und sieht ein, dass sie einen großen Fehler gemacht hat. Aber keine Sorge, noch ist das Kind nicht in den Brunnen gefallen. Mit Thies wird man reden können, mit seinen Eltern sowieso.«

»Es muss mit gar niemandem geredet werden, Papa«, sagte Elly ruhig.

»Ach ja?« Mit hochgezogenen Augenbrauen sah der Vater die Tochter an.

»Wie war es denn mit Isabella?«, fragte Elly nun.

Benedikt Bothsen schaute irritiert. »Welche Isabella?«

»Die hübsche braunhaarige Isabella, die immer an der Ecke Hein-Hoyer-Straße steht, Papa. Die meine ich. Du hast sie erst kürzlich wieder dort aufgesucht, und dann seid ihr gemeinsam in ihr Zimmer gegangen. In die Talstraße.«

Benedikt Bothsen wurde kreidebleich. »Was soll denn das, bitte?«

»Du weißt genau, was ich meine, Papa. Ich bin hier, weil ich dir etwas vorschlagen möchte.«

»Du mir?« Nervös zog Benedikt Bothsen an seiner Zigarre. Abwartend blickte er seine Tochter an.

»Ja. Ich werde niemandem von deinen Besuchen bei Isabella erzählen, und im Gegenzug wirst du nicht dagegen sein, dass ich arbeite.«

Benedikt beugte sich vor und sah sie eindringlich an. »Was maßt du dir eigentlich an, Elisabeth? Willst du mich etwa erpressen?«

»Natürlich nicht. Ich schlage dir einfach ein – nenn es ein Geschäft vor.«

»Und wenn ich nicht einwillige, was dann?«

Es widerstrebte Elly, so mit ihrem Vater zu reden, aber ihr blieb keine andere Wahl. Sonst behielte er die Oberhand.

»Das weiß ich noch nicht«, sagte sie, weil sie nicht zu harsch sein wollte. »Jedenfalls wird es nicht besonders schön sein. Aber du bist ja ein vernünftiger Mann.«

»Und dein Vater.«

»Ja, sicher, mein Vater. Das bleibst du auch.«

Benedikt lehnte sich zurück. »Aha.«

»Natürlich. Papa, ich mache das nicht, um dir zu schaden, ich möchte nur meine eigenen Entscheidungen treffen können. Was würdest du denn sagen, wenn ich dir mitteile, dass ich eine gute Arbeitsstelle gefunden habe und zufrieden mit dem bin, was ich habe?«

»Deine Mutter arbeitet auch nicht. Keine Frau in unseren Kreisen arbeitet. Schon eine Diskussion darüber ist Mumpitz. Kind, ich bitte dich, nimm doch endlich Vernunft an.«

»Ich möchte Thies nicht heiraten, sondern arbeiten, mein eigenes Geld verdienen und unabhängig sein, Papa. Das ist alles.«

Benedikt schnaubte auf. »Das ist alles, aha! Unsere Familie ist seit deinem Auftritt im Februar zum Gespött der Leute geworden. Du führst uns alle vor.«

»Die Zeiten ändern sich, Papa. Irgendwann wird es wohl hoffentlich ganz normal sein, dass eine Frau arbeitet. Ohne dass sie ihren Mann oder Vormund fragen muss. Das ist unwürdig.«

»Unwürdig ist dein Verhalten, Kind!« Benedikt stand auf und ging paffend zum Fenster. »Woher weißt du überhaupt das mit ... der Dame?«

»Nun, ich habe euch gesehen. Ich kenne Isabella schon länger.«

Benedikt wurde blass. »Was redest du? Arbeitest du etwa ...?«

263

»Nein, Papa. Sei unbesorgt. Ich habe eine sehr seriöse Arbeit. Ich wohne nur auf dem Kiez. Zusammen mit Ingrid.«

Bleicher konnte Benedikt nicht werden. »Auf dem Kiez? Du wohnst da? Warum denn dort?«

»Kein Hotel der Stadt wollte Ingrid und mich aufnehmen. Zwei Frauen alleine, das kann offenbar nur Ärger bedeuten. Also sind wir in einem schicken Hotel in der Nähe der Reeperbahn untergekommen.«

»Aha. Einem schicken Hotel.« Benedikt kommentierte das nicht weiter. »Also, du willst mir sozusagen ein Gegengeschäft vorschlagen.«

»Wenn du es so nennen willst, Papa. Mir bleibt ja nichts anderes übrig.«

»Das sieht so aus, dass du Stillschweigen bewahrst und ich dir im Gegenzug erlaube zu arbeiten.«

»So ist es, Papa. Das ist alles.«

»Aha«, sagte Benedikt wieder.

»Ich hab hier etwas vorbereitet«, sagte Elly, zog einen Briefumschlag aus ihrer Tasche, öffnete ihn und reichte ihrem Vater einen Bogen Papier.

Der nahm ihn und las: »... *erkläre ich mich vollumfänglich damit einverstanden, dass meine Tochter Elisabeth Valerie Bothsen ... Unterschrift.*«

Er ging zurück zu seinem Schreibtisch, setzte sich, nahm einen Füllfederhalter und schraubte ihn auf.

»So kenne ich dich nicht, Elisabeth«, sagte er resigniert und fast traurig. »Gibst du mir dein Wort, dass von der Sache mit der Dame niemand erfährt, weder deine Mutter noch sonst wer? Kein Mensch?«

»Ich gebe dir mein Wort, Papa. Und verzeih die Maßnahme, ich möchte einfach sichergehen, dass ich meinen Weg weitergehen kann.« Elly schluckte. Noch niemals hatte sie sich ihrem Vater gegenüber auch nur ansatzweise so verhalten.

»Gut.« Benedikt unterschrieb das Dokument und schob es Elly zu. Die nahm es und stand auf. »Danke, Papa.«

Benedikt antwortete nicht. Er stand ebenfalls auf und begab sich wieder ans Fenster.

»Nun hinaus«, war alles, was er noch zu seiner Tochter sagte.

Elly verließ das Kontor ihres Vaters und nickte der Sekretärin im Vorbeigehen zu.

Langsam ging sie die vielen Stufen nach unten.

Sie fühlte sich schäbig. Sie hatte ihren eigenen Vater erpresst.

»Was er getan hat, ist auch nicht besser. Dich hat er auch erpresst, wenn du mich fragst. Entweder solltest du heiraten oder das Haus verlassen«, sagte Ingrid, nachdem Elly am Boden zerstört in der Hong-Kong-Bar angekommen war.

»Aber dass ich mich so schlecht dabei fühle«, sagte Elly matt.

»Weil du so etwas noch nie gemacht hast und noch nie machen musstest«, sagte Ingrid. »Glaub mir, wärst du ein Mann wie dein Vater, würdest du über das, was du getan hast, nur müde lächeln. Was denkst du, wie mein Vater die armen Fischer behandelt! Der presst noch den letzten Pfennig als Rabatt bei denen raus. Ich habe das ein paarmal mitbekommen und sage dir, ich hatte ein schlechtes Gewissen den Männern gegenüber, die diese Knochenarbeit machen bei Wind und Wetter auf dem Meer, obwohl ich gar nichts damit zu tun hatte. Aber da sind die Geschäftsleute knallhart. Wenn du mich fragst, du hast alles richtig gemacht.«

»Meinst du wirklich?« Elly war noch unsicher.

»Aber unbedingt«, sagte Ingrid mit fester Stimme, während sie Gläser in die Spülbürsten drückte und drehte. »Du bist nicht mehr das kleine Mädchen, das sich gängeln lässt – und ich auch nicht. Wir sind erwachsen und setzen uns zur Wehr, so ist das richtig.«

Sie nahm die nassen Gläser und fing an, eins nach dem anderen trocken zu wischen.

Elly saß da und sah ihr zu.

Auch wenn es vielleicht richtig gewesen war, ihren Vater zu der Unterschrift zu zwingen, gut fühlte sie sich trotzdem nicht dabei. Aber das konnte man jetzt nicht mehr ändern.

Die Tür ging auf, und ein junger blonder Mann betrat die Bar.

»Oh, hallo, Helge«, sagte Ingrid und wurde rot.

»Hallo, Stupsi«, sagte Elly kurze Zeit später, nachdem sie in den Sender gekommen war. »Ist der Chef da?«

»Ja, er diskutiert gerade mit Herrn Hagenbeck über die erste Sendung.«

In Elly stellten sich Stacheln hoch, weil sie sich ausgeschlossen fühlte. »Wie bitte? Ohne mich?«

»Äh, ja. Du warst ja vorhin nicht da, als er kam.«

»Hatte er denn einen Termin?«, fragte Elly erzürnt weiter.

»Nein, er kam einfach so vorbei«, sagte Stupsi nun aufgebracht. »Ich bin ja wirklich hart im Nehmen, aber was genug ist, ist genug.«

»Warum?«

»Erst zerzaust mir ein Schimpanse meine Haare und klaut, so ganz nebenbei gesagt, auch noch meine beste Haarspange, und heute konnte ich Aurora kennenlernen.«

Elly sah aus wie ein Fragezeichen. »Wer ist das?«

»Eine Würgeschlange. Angeblich ganz brav.«

Alarmiert schaute Elly sich um. »Wo ist sie?«

»Zum Glück in einem tragbaren Terrarium. Ich bin froh, dass Herr Hagenbeck sie mir nicht einfach um den Hals gelegt hat, nachdem er mir ein Gott zum Gruße zugerufen hat.«

Elly musste lachen. »Ach je, Stupsi, tut mir leid, was machst du bloß mit, seitdem ich hier bin.«

»Da sagst du was.« Stupsi musste jetzt auch lachen. »Wenn Herr Hagenbeck wenigstens mal einen Papagei oder so mitbringen könnte, irgendwas Harmloses. Aber nein, es müssen ein Löwe, ein Schimpanse und eine Würgeschlange sein. Wobei Bubi ja wirklich süß war.«

»Meinst du, ich kann einfach reingehen?«, fragte Elly. Stupsi nickte.

»Na klar, es geht doch um die Sendung, die du betreuen sollst. Aber warte, ich melde dich höflichkeitshalber an.«

»Da haben Sie aber ein ganz wunderbares Konzept erstellt, liebes Fräulein Bode«, freute sich Lorenz Hagenbeck, während die riesig wirkende Aurora zusammengerollt in ihrem Terrarium lag und zu schlafen schien.

»Das finde ich allerdings auch«, meinte Paul Winterstein lächelnd. »Ich habe auch gute Nachrichten von ›oben‹. Wir haben uns auf drei Probesendungen geeinigt und warten mal die Zuschauerreaktionen ab, dann sehen wir weiter. Übrigens, Fräulein Bode, auch die Hausfrauensendung kam gut an, aber darüber reden wir später. Nun müssen wir erst mal mit Herrn Hagenbeck überlegen, welche Tiere wir wann vorstellen.«

»Genau.« Herr Hagenbeck nickte. »Also ich habe mir das so vorgestellt …«

Elly lehnte sich zurück und hörte zu.

»Herr Winterstein, haben Sie noch einen Augenblick Zeit für mich?«, fragte Elly, nachdem sich Herr Hagenbeck voller Vorfreude verabschiedet und mit Aurora das Büro verlassen hatte.

Ihr Chef blickte auf. »Aber ja, Fräulein Bode. Worum geht es?«

»Genau darum. Um meinen Namen, also um mich.«

Winterstein runzelte die Stirn. »Helfen Sie mir auf die Sprünge?«

Elly atmete tief durch. »Ich komme gleich zur Sache. Es ist Folgendes: Ich heiße nicht Bode. Und ich habe die Einverständniserklärung von meinem Vater ... ich hab sie gefälscht.«

Paul Winterstein saß hinter seinem Schreibtisch und sah sie aufmerksam an. »Können Sie mir das näher erklären?«

Elly nickte. »Natürlich ...« Sie erklärte ihm in kurzen Sätzen, was sie dazu veranlasst hatte, das zu tun, was sie getan hatte.

Nachdem sie fertig war, lehnte er sich zurück.

»Nun, Fräulein Bothsen, ich danke Ihnen für Ihre Ehrlichkeit. Natürlich kann ich es nicht gutheißen, dass Sie mit einer Lüge bei uns im NWDR angefangen haben zu arbeiten, ich verstehe aber auch, dass Sie eigentlich keine andere Wahl hatten. Die Gesetze sind ja leider nicht gerade positiv für Frauen, Sie müssten mal meine Gattin hören. Die ist aktiv in der Frauenbewegung. Sagen Sie, Fräulein Bothsen, das ist jetzt aber die echte Unterschrift, ja?«

»Ja, Herr Winterstein.« Elly war so froh, ihrem Chef die Wahrheit gesagt zu haben. Sie spürte, wie eine Last von ihr abfiel. Das hatte ihr wohl mehr zu schaffen gemacht, als sie gemerkt hatte.

»Und sagen Sie, wer alles kennt Ihren falschen Nachnamen, also Bode?«

»Nicht viele. Frau Brunsen in der Personalabteilung und Stupsi. Sonst bin ich eigentlich überall nur mit Elly vorgestellt worden.«

»Mit denen rede ich«, sagte Paul Winterstein. »Die werden dichthalten, dafür werde ich sorgen. Dann ist das nun unser kleines Geheimnis, Fräulein Bothsen. Ich hoffe aber, dass nicht noch mehr Geständnisse kommen …«

»Um Himmels willen, nein«, sagte Elly schnell. »Auf gar keinen Fall. Im Grunde genommen bin ich ein sehr ehrlicher Mensch.«

»Den Eindruck habe ich auch. Ich bin auch sehr froh, dass Sie hier bei uns sind. Man hört nur Gutes, obwohl ich hier und da ein wenig Neid spüre. Aber das ist überall im Berufsleben so. Wer weiterkommt oder gut arbeitet, wird genau beobachtet. Lassen Sie sich dadurch nicht irritieren.«

»Danke, Herr Winterstein.«

»Gut.« Er stand auf. »Eins noch. Wie haben Sie Ihren Vater denn nun davon überzeugen können, die Unterschrift zu leisten?«

Elly wurde rot.

»Hm«, machte Winterstein dann. »Vielleicht muss ich das auch gar nicht wissen.«

Kapitel 23

»Man darf mir glauben, dass ich mich täglich mit der Küche und ihren Rezepten auseinandersetze«, schwadronierte Wilmenrod an einem Freitag in der Sendung. »Ich gehe in mich, überlege, sinniere und hoffe, dass die Muse mich küsst. In dieser Woche ist es mir gelungen, etwas so Einzigartiges zu kreieren, etwas derart Außergewöhnliches, noch nie Dagewesenes, dass ich mich selbst ungläubig im Spiegel angeschaut habe.«

Elly schaute auf die Uhr. Es war ein Kreuz mit Don Clemente. Er redete mal wieder ohne Punkt und Komma und hielt sich an keine der Abmachungen, die vorher getroffen worden waren. Elly stand auf und gab Wilmenrod ein Zeichen, mit dem sie ausgemacht hatten, dass er aufhörte zu reden. Wenigstens kam er jetzt zum Punkt.

»Ich sage Ihnen nun, verehrte Feinschmeckergemeinde, was es ist. Es ist … der Toast Hawaii!«

»Das ist das erste Mal, dass er selbst was macht«, flüsterte Stupsi kaum hörbar neben Elly.

Die legte den Finger auf dem Mund. Die Tonmischer drehten durch, wenn man sich unterhielt. Dann beobachteten sie, wie Wilmenrod eine Weißbrotscheibe mit Schinken, Ananas, Käse und einer kleinen Kirsche belegte, um dann alles in den vorgeheizten Backofen zu schieben. Dabei erzählte er die ganze Zeit davon, dass man sich beim Genuss dieses Toasts fühlen würde, als sei man in Polynesien und würde am Pazifik mit einer Blumengirlande tanzen.

Dann fing er an, den Nachtisch zuzubereiten, der heute aus pürierter Banane mit Vanilleeis und Schokoladensoße bestand, und dann war der Toast auch schon fertig, und kurz darauf die Sendung.

Wie immer saßen sie danach zusammen, und Don Clemente ließ es sich nicht nehmen, noch für alle Toasts zuzubereiten.

»Es schmeckt wirklich richtig gut«, musste Elly zugeben, die sich nicht hatte vorstellen können, dass Schinken, Käse und Ananas zusammen mit der klebrig-süßen Kirsche funktionierten. Aber es war in der Tat lecker.

Jemand entkorkte mal wieder Sektflaschen, und sie stießen wie so oft an. Eine Kollegin kam herein und erzählte, wie viele Leute gerade anrufen würden, und Agathe unten am Zuschauertelefon sei schon heiser.

»Gut so«, sagte Elly und stieß mit Wilmenrod an. »Auf dich und die Sendung, mein Lieber! Wir sagen doch jetzt du.«

»Oh nein, auf dich, verehrte Elly, ohne dich würde hier doch gar nichts funktionieren.« Er hob sein Glas. »Auf dein Wohl, auf dein Wohl, Wohlsein für alle!«, rief er dann, und alle riefen zurück.

Elly fühlte sich so pudelwohl hier im Sender. Wenn eine Sendung gut geklappt hatte, war das auch mit ihr Verdienst, denn sie war ja mit den Vorbereitungen betraut gewesen.

Sie stieß mit Stupsi an, sie leerten die Gläser. Es war so schön, dass sie Paul Winterstein die Wahrheit gesagt hatte. Mit Stupsi hatten sie und ihr Vorgesetzter zusammen gesprochen, Stupsi hatte ganz großartig reagiert und vollstes Verständnis gehabt. Frau Brunsen würde schweigen.

»Am besten, wir thematisieren Ihren Nachnamen überhaupt nicht mehr«, sagte Paul Winterstein. »Sie sind ja sowieso für alle Elly, und ich bemühe mich, Ihren Nachnamen einfach nicht zu nennen, sondern sage einfach Elly und Sie zu Ihnen. Das mache ich bei Stupsi ja auch, und da mache ich auch nichts falsch.«

Elly war ihm so dankbar, und sie war so froh, dass sich alles so gefügt hatte. Es könnte nicht besser sein!

Am Sonntag kam die Vespa, die immer noch auf dem Sendergelände stand, endlich mal wieder zum Einsatz, und sie fuhr mit Peter bei strahlendem Sonnenschein ins Blaue. Er fuhr, und es war herrlich, hinter ihm zu sitzen und sich an ihn zu schmiegen und ihn mit den Armen zu umschlingen. Peter war ein sicherer Fahrer, umsichtig und zurückhaltend, und er ließ sich nicht provozieren.

»Man darf ja nicht vergessen, dass wir in keinem Auto sitzen«, sagte er, als Elly ihn darauf ansprach. »Wenn wir stürzen, haben wir nichts um uns herum. Außerdem habe ich dir gegenüber ja auch eine Verantwortung.«

Elli lachte. »Das ist aber schön, dass du dich um mich sorgst. Das gefällt mir.« Wenig später bogen sie von der Landstraße auf einen Schotterweg ab.

»Wo fahren wir hin?«, fragte Elly.

»Lass dich überraschen«, sagte Peter. Kurze Zeit später hielt er an einem wunderschönen, verwunschen aussehenden See, parkte die Vespa und deutete auf ein kleines Reetdachhaus. Im angrenzenden Garten standen weiße Holztische und -bänke, Sonnenschirme waren aufgestellt, viele Leute saßen darunter und tranken Kaffee. Neben dem Haus befand sich eine Koppel, auf der drei Pferde grasten, es war ein Bild der Harmonie und der puren Idylle.

»Ist das schön hier«, sagte Elly.

»Das Landhaus Cornelsen gibt's schon seit drei oder vier Generationen. Meine Eltern haben sich hier kennengelernt. Damals gab es abends noch Tanz hier, man ist mit Kutschen hergefahren und hat sich unter Lampions den ersten Kuss gegeben. Hat mein Vater zumindest erzählt.«

»Ach, wie romantisch«, sagte Elly.

»Die Torten hier sind ein Gedicht. Komm, wir suchen uns einen freien Platz. Da vorn unter dem Sonnenschirm wird gerade was frei.«

Hand in Hand gingen sie zu dem frei werdenden Tisch und setzten sich.

»Ach, ist das ein schöner Tag, Peter.«

»Finde ich auch. Ich bin wahrlich gern mit dir zusammen, Elly. Mit dir wird es nie langweilig.«

»Das geht mir genauso. Du – ich muss dir was erzählen, es geht um Ingrid.«

In diesem Moment kam die Bedienung in einer frisch gestärkten weißen Schürze und hatte eine Schiefertafel dabei, auf der die Tortenträume, wie sie hier genannt wurden, standen.

Elly konnte sich kaum entscheiden, alles klang so unendlich lecker.

»Oh Himmel, Peter, ich habe keine Ahnung. Baumkuchentrüffel, Vanillesahne, und dann die ganzen Schokoladentorten. Hm. Ich glaube, ich möchte Baumkuchentrüffel.«

»Eine gute Wahl«, lachte Peter, bestellte für sich ein Stück Marzipan-Orangen-Mohn-Torte und für Elly ein Stück vom »Trüffelglück«.

»Eine gute Wahl.« Die Bedienung lächelte.

»Und dann natürlich Kaffee«, orderte Peter, und sie nickte.

»Ach, Peter, das ist so eine schöne Idee gewesen, hierherzukommen, ich liebe Ausflüge mit Einkehren.«

»Ich mag das auch«, nickte Peter. »Aber es ist mir ganz egal, was wir unternehmen oder ob wir gar nichts unternehmen. Mit dir macht mir einfach alles Spaß.«

»Und ich danke dir, dass du die Sache mit meinem Namen so grandios aufgenommen hast.«

»Natürlich. Was blieb mir denn anderes übrig.« Er griff über den Tisch, nahm ihre Hand und führte sie an seine Lippen.

Da kam die Bedienung mit den beiden Kännchen Kaffee. Er duftete wunderbar.

Elly schenkte ihnen ein.

»Also, was wolltest du mir von Ingrid erzählen?«, fragte Peter, nachdem er den ersten Schluck getrunken hatte.

»Ich freue mich so«, sagte Elly und strahlte Peter an. »Ingrid ist verliebt.«

»Ach!«, rief Peter. »In wen?«

»Er heißt Helge Gröning, ist dreiundzwanzig Jahre alt und arbeitet bei der Steinwerder Industrie AG als Werftarbeiter. Er hat in der Bar ein Bier getrunken, und die beiden kamen ins Gespräch.«

»Das ist ja nett«, freute sich Peter. »Weiß er, dass Ingrid ein Kind bekommt?«

Elly nickte. »Ja, und das ist gar kein Problem für ihn. Ich habe die beiden letztens zusammen gesehen, es ist wirklich goldig, wie sie miteinander umgehen.«

»Hoffentlich ist's was auf Dauer«, sagte Peter. »Aber ich freue mich sehr für sie. Ingrid ist ein lieber Mensch. Ich mag sie sehr. Und irgendwie passt sie so gut auf den Kiez. Genau wie du. Ihr seid weder überheblich, noch ist euch irgendwas zu schmutzig oder zu ordinär.«

»Ich fühle mich auf dem Kiez wohler als in Harvestehude«, gab Elly zu, während die nette Bedienung die Teller mit den überdimensionalen Tortenstücken vor sie stellte. »Es fühlt sich ehrlicher und freier an.«

»Da hast du recht, ich mag es dort auch, wobei ich meine Ecke auch liebe.«

»Deine Wohnung ist ja auch in der Nähe vom Kiez.« Elly probierte die Torte. »Himmlisch, einfach himmlisch! Diese Schokolade, das ist ja ein Traum.«

»Siehst du, ich wusste, dass es dir schmecken würde. Probier meine mal.« Er reichte ihr seine Gabel, und Elly probierte. Das Marzipan mit dem Mohn und den Orangen schmeckte ebenfalls ausgezeichnet.

Sie saßen sich gegenüber, aßen, tranken Kaffee, fütterten sich gegenseitig, hielten sich an den Händen, genossen es einfach, beieinander zu sein.

Als sie aufgegessen hatten, bezahlte Peter, und Arm in Arm gingen sie langsam an den vollbesetzten Tischen vorbei Richtung See. Da hörte Elly eine vertraute Stimme: »Elly?« Sie schaute nach links und bekam einen Schreck. An einem großen Tisch saßen ihre Eltern, Elfriede und York sowie ihre Schwester Kari, die sie auch angesprochen hatte, neben ihr ein junger Mann, den Elly nicht kannte.

In dem Moment kamen Maxi und Binchen, die Kinder von York und Elfriede, angerannt und freuten sich, Elly zu sehen.

»Tante Elly ist wieder da, sie ist wieder da!« Elly strich den beiden übers Haar und freute sich, sie wiederzusehen. Dann schaute sie in die Runde. Gewiss, sie hätte ihrer Familie einfach zunicken und weitergehen können, aber das wollte sie nicht. Sie musste sich nicht verstecken und wollte es auch nicht. Aber irgendwas schien mit ihrem Vater nicht zu stimmen. Stocksteif saß er da und taxierte Peter.

»Mama, Papa, wie schön, euch zu sehen.« Sie trat neben ihre Mutter und gab ihr einen Kuss auf die Wange. Magdalena ließ die Perlen ihrer langen Kette durch ihre Finger gleiten. Einerseits schien sie sich zu freuen, dass sie ihre Tochter sah, andererseits schaute sie immer wieder fast ängstlich zu ihrem Mann hinüber, dessen Miene man nichts entnehmen konnte.

»Guten Tag, Elisabeth«, sagte er nun höflich und sehr reserviert zu seiner Tochter. Wie immer sah Benedikt Bothsen tadellos aus. Gekleidet in einen hellen Leinenanzug, natürlich dennoch Krawatte und Einstecktuch sowie mit Hut. Elfriede nickte ihr leidend zu, und York und Kari standen auf, um die Schwester zu begrüßen, York tat dies mit Handschütteln, Kari flog Elly in die Arme. »Ich muss unbedingt mit dir sprechen. Allein«, wisperte sie ihr ins Ohr. Elly nickte fast unmerklich.

»Wie geht es dir, Elfriede, was macht die Schwangerschaft?«, fragte Elly freundlich.

Ihre Schwägerin seufzte wie das Leiden Christi. »Mir ist ständig übel«, klagte sie. »Tag und Nacht. Eigentlich gehöre ich ins Bett, aber mein lieber Schwiegervater hat ja beschlossen, dass die ganze Familie mitkommen muss auf den Ausflug.« Sie streifte Benedikt mit einem leidenden Blick, aber der reagierte gar nicht und starrte Peter nach wie vor an.

»Darf ich euch allen …«, fing Elly an, wurde aber unterbrochen.

Der junge Mann, der neben Kari saß, stand ebenfalls auf und verbeugte sich formvollendet. »Ich nehme an, Fräulein Elisabeth Bothsen. Wir kennen uns, aber es ist eine Weile her. Jan Bergmann mein Name. Der Sohn vom Alten Fritz, wie man meinen Herrn Vater nennt.«

»Ach ja, sicher, guten Tag, Herr Bergmann«, sagte Elly, die es unmöglich fand, einfach so unterbrochen worden zu sein.

Am liebsten hätte sie diesem Jan Bergmann das Passende gesagt, aber sie wollte die Situation nicht noch verschärfen.

»Doch, doch, ich erinnere mich, Sie waren früher öfter mal mit Ihren Eltern bei uns zu Gast.«

»Ja, ich darf mich sehr glücklich schätzen, denn es gibt wunderbare Neuigkeiten, die ich selbstverständlich heute Abend sofort meinen Eltern erzählen werde«, sagte Jan Bergmann gestelzt und sah hoheitsvoll auf Elly herab. »Denn Ihr Fräulein Schwester und ich werden bald unsere Verlobung verkünden.«

Elly sah Kari an. Die war blass und sah nicht gerade glücklich aus, nachdem Jan diese Neuigkeit mitgeteilt hatte. Ihr weißes Baumwollkleid unterstrich die Blässe noch.

Keiner außer Kari schien Peter wahrzunehmen, aber Kari streckte ihm nun die Hand hin. »Ich bin Katharina Bothsen.«

Peter lächelte ihr zu. »Peter Woltherr.« Er nahm ihre Hand. Kari lächelte ebenfalls.

»Ach, wir sagen du, ich bin Katharina«, sagte sie. Magdalena und Elfriede runzelten die Stirn. Elly wusste genau, was sie dachten: Es schickte sich wohl kaum, sich direkt mit dem Vornamen anzusprechen. Neue Sitten waren das!

»Elly, möchtest du dich mit dem Herrn Woltherr nicht zu uns setzen?«, fragte Magdalena höflich.

Benedikt Bothsen schaute seine Frau an, als ob sie etwas absolut Unpassendes von sich gegeben hätte, dann nickte er kurz. »Bitte.«

Elly sah Peter an. Der schien keine große Lust zu haben, und wieso guckte ihr Vater ihn dauernd so an? Peter wiederum vermied es, Benedikt anzusehen.

»Sehr gern«, sagte Peter nun hölzern, und sie nahmen Platz. Einige Momente lang sagte niemand ein Wort, dann fragte

Kari unbedarft: »Nun erzähl doch mal, Elly, ist Peter dein Freund?«

Sie schien froh zu sein, dass Elly und Peter mit am Tisch saßen, und sie war wie immer neugierig. Außerdem schien Jan Bergmann ein echter Langweiler zu sein.

»Ja, ist er.« Elly lächelte ihre Schwester an und zwinkerte ihr zu.

»Ach, wie nett«, sagte Magdalena und nippte an ihrem Fruchtsaft. »Oder, Benedikt, nun sag doch mal. Es ist doch reizend, dass wir Ellys Freund kennenlernen.«

Benedikt sagte gar nichts, sondern rührte in seinem Kaffee herum.

Kari lachte auf. »Ach, Mama, du glaubst doch nicht wirklich, dass Papa sich darüber freut, Ellys neuen Freund kennenzulernen. Aber ich, ich freue mich wirklich, Peter.«

»Möchtet ihr etwas trinken?«, fragte Magdalena, die zunehmend nervöser wirkte.

»Danke, Mama, wir hatten gerade Kaffee.« Elly lächelte ihre Mutter an. »Alles gut. Oder möchtest du etwas, Peter?«

»Nein, danke.«

York hatte sich wieder gesetzt. »Peter also.«

»Ja«, sagte Peter höflich und sah York mit offenem Blick an.

»Ich bin Ellys Bruder. York Bothsen. Das ist ja interessant, dass Elly einen … Freund hat. Wobei sie ja schon einen hatte, wenn nicht sogar noch hat … nun, sagen Sie, was machen Sie denn beruflich?«

»Ich bin zur See gefahren, und nun absolviere ich eine Ausbildung beim NWDR.«

»Ah, zur See«, sagte York. »Und nun eine Ausbildung. Da verdienen Sie wohl nicht so viel.«

»Ich habe einiges gespart, das kommt mir jetzt zugute«, erklärte Peter. Elly bewunderte ihn dafür, dass er sich von Yorks Arroganz nicht provozieren ließ.

York sah zu Elly hinüber und lachte kurz und von oben herab auf. »Gespart hat er, Elly! Das ist eine gute Partie, die darfst du dir nicht entgehen lassen.« Er nahm einen Schluck aus seinem Humpen. Aha. Bier. Kein Wunder, dachte Elly. York hatte Alkohol noch nie gut vertragen. Er wurde grundsätzlich aggressiv, wenn er zu tief ins Glas geschaut hatte.

»Ich weiß schon, was ich tue, lieber Bruder«, sagte Elly nun mit kalter Stimme. »Da hast du dich nicht einzumischen.«

»Mein liebes Fräulein! Wie redest du denn mit mir?«, fragte York und knallte den Humpen auf den Holztisch.

»York«, sagte die Mutter. »Nun hör auf und benimm dich.«

»Ich lass mir von euch Frauen nicht den Mund verbieten, das wäre ja noch schöner«, giftete York und hob den Humpen erneut. »Noch ein Bier!«, rief er dem Kellner ein wenig lallend zu, der nickte und davoneilte.

»Ich denke, wir sollten gehen.« Elly war im Begriff aufzustehen, doch York griff nach ihrem Arm.

»Hiergeblieben, Schwesterchen. Erzähl uns doch mal von deinem neuen Leben. Wie es sich so wohnt auf dem Kiez, wovon lebst du denn, und wie ist es so mit einem Versager zum Freund? Sie hatte nämlich einen sehr guten Mann an ihrer Seite«, sagte er zu Peter. »Das ist Thies doch, oder? Ein sehr guter Mann. Da hättest du nicht arbeiten müssen, und mal schon gar nicht als Dirne, denn ... AH!«

Elly war sekundenschnell aufgestanden, hatte ausgeholt und York mit voller Wucht ins Gesicht geschlagen. Nun ließ sie die Hand sinken und war erschrocken über sich selbst. York hatte ihren Arm losgelassen und hielt sich japsend die Wange. Er stand auf und blitzte seine Schwester aus zusammengekniffenen Augen an. Zu aller Verwunderung saß Benedikt einfach weiter da und sah Peter an. Sein Gesicht wurde langsam rot.

»Aber, Elly«, sagte Magdalena und stand auch auf. »Was tust du denn? Was sollen denn die Leute denken?«

Jan Bergmann sah entsetzt aus, Elfriede wirkte wie kurz vor einer Ohnmacht; nur Kari sah so aus, als würde sie am liebsten losprusten. Peter hatte Elly an die Hand genommen und ein Stück von York weggezogen.

»Bitte beruhige dich«, sagte er.

»Ich denke gar nicht daran!«, rief Elly, während von den anderen Tischen zu ihnen herübergeschaut wurde.

»Es ist mir egal, was die Leute denken«, sagte sie wütend.

»Das machst du nicht noch mal«, sagte York wütend. »Noch einmal, und ich schlage zurück.«

»Nun ist Schluss!«, polterte Benedikt nun los. »Ruhe kehrt hier jetzt ein. Alle setzen sich hin und benehmen sich. Wird's bald?«

Aber niemand setzte sich. York sah aus, als würde er am liebsten den Tisch umwerfen. Er war dunkelrot vor Zorn.

»Dann macht euch bitte noch einen schönen Nachmittag«, sagte Elly. »Wir gehen jetzt besser. Komm, Peter.«

Und sie verließen das Gartencafé.

»Nun beruhige dich doch«, bat Peter sie, während sie zur Vespa gingen. Elly schimpfte wie ein Rohrspatz. Er selbst war ganz ruhig und wirkte nachdenklich.

»Wie bitte soll ich mich denn nicht aufregen?«, fragte sie zornig. »Mein Bruder nennt mich in der Öffentlichkeit eine Dirne, und keiner sagt was.«

»Ich hätte ja was gesagt und dein Vater vielleicht auch, aber du hast schneller zugeschlagen, als man gucken konnte.«

»Mein Vater, ha, dass ich nicht lache, der sagt gar nichts.

Der sagt nur, was ihm passt. Dem ist doch ganz egal, was ich mache. Wieso hat er dich eigentlich die ganze Zeit angestarrt wie die Schlange das Kaninchen? Es wirkte so, als ob er dich kennen würde.«

»Ach wo«, sagte Peter. »He, nun hör mal auf. Du kannst ja keifen wie ein Straßenweib.« Er musste lachen, und Elly fiel ein.

»So schlimm bin ich doch gar nicht. Ich mag bloß nicht mehr bevormundet werden.«

»Das kann ich gut verstehen«, meinte Peter. »Trotzdem hätten wir doch nicht gleich gehen müssen.« Trotzdem wirkte er erleichtert, nicht mehr im Café sein zu müssen.

»Du kannst mir glauben, York hätte sich nicht plötzlich gut benommen, dazu kenne ich meinen Bruder zu gut«, sagte Elly. »Mir tut es nur wegen Kari und meiner Mutter leid. Ich weiß, dass Mama das alles ganz schrecklich findet, aber sie kann sich eben gegen meinen Vater nicht durchsetzen.«

»Dann besuch deine Mutter doch einfach, wenn du weißt, dass dein Vater nicht zu Hause ist, das hast du doch schon mal gemacht«, schlug Peter vor. »Und erkläre ihr noch mal alles.«

Elly dachte kurz nach. »Das mache ich, da hast du recht.«

»Du, Elly, ich muss dir was sagen. Aber nicht hier. Lass uns nach Hause zu mir fahren.«

Elly erschrak. »Ist es was Schlimmes?«

»Nein ... ja, wie man's nimmt«, sagte Peter und seufzte. »Eigentlich ist es nicht schlimm, aber ich möchte es dir einfach sagen.«

»Nun sag schon und spann mich nicht auf die Folter.«

Sie nahm seine Hand, und sie liefen ein Stück einen Feldweg entlang.

Dann blieb Peter stehen. »Dein Vater und ich, wir kennen uns.«

»Was?«

»Ich fange am besten von vorne an. Bevor ich zur See gefahren bin, hab ich nach der Volksschule eine Kaufmannslehre gemacht. Bei einer Reederei namens Lühsen. Ich kam mit dem alten Lühsen gut zurecht und wurde recht schnell so was wie sein persönlicher Laufbursche, aber auch seine rechte Hand. Er hatte zwar zwei Söhne, aber auf die konnte man nicht zählen. Einer trank schon morgens, der andere verbrachte seine Zeit am liebsten in diversen Lokalitäten auf der Reeperbahn. Ich bekam ziemlich viel Einblick in die geschäftlichen Vorgänge, Lühsen zeigte mir alles. Er handelte überwiegend mit Stoffen, aber auch mit exotischen Früchten und mit Diamanten. Ich lernte schnell und bekam immer mehr mit. Auch, dass er hin und wieder mit deinem Vater Geschäfte machte. Sie teilten sich zum Beispiel die Kosten für die Frachter und überlegten sogar, ein gemeinsames Geschäft aufzubauen.

Dann wurde Lühsen krank, es wurden vorläufige Geschäftsführer bestellt, die mich ins Boot holten, weil ich mich am besten mit den täglichen Abläufen auskannte, also habe ich die Männer so gut es eben ging unterstützt. Da fielen mir diese Merkwürdigkeiten auf.«

»Welche?«, wollte Elly wissen.

»Ich sollte vorab eine Aufstellung aller Kosten machen, die dann von der Geschäftsführung überprüft werden sollte. Und da fielen mir Unregelmäßigkeiten auf. Dein Vater hatte völlig überhöhte Rechnungen an Lühsen gestellt, und das nicht nur einmal, sondern in schönster Regelmäßigkeit. Er hat das ganz geschickt gemacht, sodass man das erst nach mehrmaliger Überprüfung merkte. Zuerst dachte ich, das könne nicht sein, aber nachdem ich es wieder und wieder überprüft hatte, war die Sache klar.«

Elly schüttelte den Kopf. »Das kann ich mir bei Papa gar nicht vorstellen«, sagte sie.

»Ich hatte deinen Vater auch als guten Freund von Adalbert Lühsen kennengelernt, er machte immer einen ehrlichen Eindruck, aber man kann sich eben auch in Menschen täuschen.«

»Ja, das stimmt wohl«, musste Elly erschüttert zugeben. Ihr war ganz anders geworden. Sie hatte ihren Vater bis vor Kurzem noch für einen rechtschaffenen, ehrlichen und bewundernswerten Menschen, Vater und Chef gehalten, aber was nun nach und nach ans Tageslicht trat, das war entsetzlich.

»Was hast du dann gemacht?«, wollte sie wissen und fragte sich, ob sie die ganze Wahrheit überhaupt hören wollte.

»Erst mal eine Nacht drüber geschlafen. Ich war ein Jungspund und hatte keine Ahnung, wie ich nun vorgehen sollte. Aber ich hatte auch einen sehr großen Gerechtigkeitssinn mit meinen sechzehn Jahren. Also bin ich am nächsten Morgen nicht etwa zu einem meiner Vorgesetzten gegangen, sondern direkt ins Kontor deines Vaters.«

»Und dann?«

»Ich wurde angemeldet, irgendwann konnte ich zu ihm rein, und er war überschwänglich nett. Peter, min Jung, und so weiter. Komm, setz dich, willst du was trinken, Kaffee oder was Stärkeres. Ich bin stehen geblieben und hab gesagt, Herr Bothsen, ich sag's gleich, ich hab da in den Abrechnungen und Abläufen was gefunden. Was ich denn gefunden hätte, wollte er wissen, und ich hab es ihm erzählt. Mitgenommen zu ihm hab ich nichts, weil ich nicht wollte, dass er es in die Hände kriegt und zerreißt. Dann hab ich ihm gesagt, dass er falsche Abrechnungen zu seinem Vorteil erstellt, und das in nicht geringer Höhe. Und ich wusste das ja nur von einigen Vorgängen. Bestimmt wär da noch mehr ans Tageslicht gekommen.

Und dann …«, Peter machte eine kurze Pause, »… hat dein Vater sich von einer Sekunde auf die andere verändert. Seine Augen waren ganz schmal, und er ist um seinen Schreibtisch herumgekommen. Dann blieb er ganz dicht vor mir stehen. ›Hör mir gut zu‹, hat er gesagt. ›Du lässt das schön alles, wie es ist, ich entlohn dich gut dafür. Du rennst zu keinem hin und packst aus, sonst kommst du in Teufels Küche, da kannst du dich drauf verlassen.‹ Es war schrecklich, ihn so zu sehen, mich hat's richtig gegruselt.« Peter schwieg.

»Nun red doch weiter!«, rief Elly.

»Ich hab gesagt, dass ich Herrn Lühsen nicht hintergehen kann und dass er sich sein Geld an den Hut stecken sollte. Daraufhin hab ich mich umgedreht und wollte gehen, aber dein Vater hielt mich an der Schulter fest und sagte: ›Überleg dir gut, was du tust, wenn das jetzt auffliegt, sorg ich dafür, dass du nie mehr irgendwo einen Fuß in die Tür bekommst, so wahr ich Benedikt Bothsen heiße.‹«

»Das hat mein Vater gesagt?« Elly war fassungslos. »Das ist ja Erpressung.«

Peter nickte. »Ja. Ich bin zurück ins Lühsen-Kontor und hab den beiden Geschäftsführern alles erzählt. Und jetzt kommt's: Dein Vater hatte schon bei ihnen angeläutet und ihnen gesagt, dass ich ihm ein Gemauschel vorgeschlagen hätte. Ich sei ein Betrüger und hätte die Unterlagen gefälscht. Ich weiß nicht, was er ihnen sonst noch erzählt hat. Jedenfalls wäre ich bei ihm gewesen und so weiter. Wem glaubt man wohl mehr? Dem sechzehnjährigen Stift oder den gestandenen Geschäftsführern? Ich konnte gar nicht so schnell gucken, wie ich rausgeflogen bin. Vermutlich hatten die was mit deinem Vater am Laufen gehabt, und ich hatte es aufgedeckt.«

»Und der alte Lühsen?«

»Ist gestorben, an einer Lungenentzündung im Krankenhaus. Seine Söhne konnten das Geschäft nicht übernehmen,
weil sie beide zu unfähig waren. Dein Vater hat billig Anteile
gekauft, weil schneller Handlungsbedarf wohl vonnöten war.
Und ich – hab mich überall beworben, um meine Ausbildung
zu beenden, aber die Türen waren zu.«

»Dank Papa …«, sagte Elly fassungslos.

Peter nickte. »Ich wüsste nicht, warum sonst. Einmal bin
ich ihm noch begegnet, da hat er gesagt, ich soll ihm nie wieder unter die Augen kommen. Ich solle Hamburg am besten
verlassen, weil hier keiner auf mich wartet. Ja, so war das. Ich
hab mich zur See gemeldet und war erst mal fort. Den Rest
kennst du ja.«

»Oje, Peter, wie leid mir das tut.« Elly streichelte seinen Arm.
Sie war völlig fertig mit den Nerven. Was für eine schreckliche
Geschichte! Und wie schrecklich von Papa! Nie, nie, nie hätte
sie das gedacht. Auch wenn er manchmal ruppig war, hätte
sie ihm so etwas niemals zugetraut. Und Peter tat ihr entsetzlich leid.

»Das muss ja schrecklich gewesen sein, wenn man so ehrlich war und dann mit Füßen getreten wird.«

»Ja, war es auch. Glaub mal nicht, dass ich das einfach so
weggesteckt habe. Mir ging es eine Zeit lang richtig dreckig.
Aber ich konnte ja nicht liegen bleiben, ich musste aufstehen
und weitermachen.«

»Das finde ich sehr stark.« Elly sah ihn liebevoll an. »Und
du bist trotzdem deinen Weg gegangen.«

Er nickte. »Ja, und mittlerweile habe ich vor deinem Vater
auch keine Angst mehr.«

»Es ist ja so lange her«, sagte sie. »Und es ist ungerecht. Wie
gesagt, diese Seite an meinem Vater habe ich vielleicht manch-

mal erahnt, aber ich kannte sie nicht. Ich habe gerade das Gefühl, ich kenne ihn überhaupt nicht.« Sie schluckte. »Er ist also schuld, dass du deine Lehre nicht beenden konntest. Meine Güte, Peter, das tut mir so schrecklich leid.« Fast hätte sie sich stellvertretend für ihren Vater entschuldigt. Wenn er Peter gegenüber so gehandelt hatte, wie behandelte er wohl grundsätzlich die Menschen? Elly hatte ja von seinem Arbeitsleben so gut wie nichts mitbekommen.

»Die Ausbildung hätte ich wirklich gern zu Ende gemacht. Zumal ich wirklich gut war, glaube ich. Und es hätte gerade noch ein halbes Jahr gefehlt. Na ja, so ist das nun, und auf See hab ich auch viel gelernt.«

»Du wirkst gar nicht verbittert.«

»Och, weißt du, was nützt es denn. Ich bin jetzt im NWDR, mir geht es da gut. Schön war es nicht, deinem Vater zu begegnen, aber auch das hab ich hingekriegt. Ich bin nur gespannt, ob er jetzt von dir verlangt, mich zu verlassen.«

»Ach, glaubst du, das würde ich mir sagen lassen?«, fragte Elly wütend. »Ganz sicher nicht, da kannst du Gift drauf nehmen.«

»Lieber nicht«, sagte Peter. »Ich würde gern noch etwas leben. Komm in meinen Arm.«

Das ließ Elly sich nicht zweimal sagen.

Kapitel 24

»Wir haben die Zustimmung von den oberen Herren«, sagte Paul Winterstein ein paar Tage später. »Das heißt für Sie, liebes Fräulein Bothsen, ran an den Speck.«

Elly war kurzzeitig überfordert. »Das ging aber schnell.«

»Jaja, manchmal sind wir hier auch von der schnellen Truppe. Eigentlich sogar immer.« Dann schloss er die Tür. »Sagen Sie, Fräulein Bothsen, gab es mit Ihrem Nachnamen noch irgendein Problem?«

Elly schüttelte den Kopf. »Nein, gar nicht. Wie gesagt, ich bin ja zum Großteil unter meinem Vornamen vorgestellt worden, und Bode und Bothsen hätte man ja auch mal verwechseln können. Linda Grüneberg hat meinen Nachnamen zunächst falsch verstanden, so kam es ja zu Bode. Das weiß sie sicher nicht mehr.«

»Gut, gut«, sagte der Chef. »Dann machen wir mal weiter.«

Elly stand auf. »Ich gehe wieder rüber in mein Büro.«

Er sah sie freundlich und wohlwollend an. »Ich bin wirklich froh, dass Sie hier angefangen haben, Fräulein Bothsen. Das will ich Ihnen nur mal gesagt haben.«

Elly wurde vor Freude rot. »Danke, Herr Winterstein. Ich finde es auch toll. Und danke auch für die Chancen, die Sie mir geben!«

Nun saß Elly da und hatte die ersten beiden Sendungen fertig geplant und dazu noch die Sendungen mit Don Clemente, der angesäuert war, weil sie nicht mehr alleine für ihn zuständig war.

»Hach«, hatte er beleidigt ausgerufen. »Ich bin wohl nicht mehr wichtig! Unsere Elisabeth wendet sich Neuem zu, nun ja, soll sie, soll sie. Ich hoffe nur, dass ich einen guten Ersatz erhalte. Sich auf Dauer an zwei verantwortliche Redakteure gewöhnen zu müssen, das halten meine Nerven nicht aus. Allein die Namen! Dauernd neue Namen.«

Ja, Wilmenrod befand sich auf einem Höhenflug. *Bitte, in zehn Minuten zu Tisch* schlug weiter ein wie eine Bombe. Nach jeder Sendung liefen die Telefone heiß, und die Zuschauerpost stapelte sich bei Linda Grüneberg auf dem Tisch, die sie dann zu Stupsi hochbrachte.

Manchmal trafen sich Elly und Linda, dann tat Linda so, als würde sie Elly nicht kennen, und ging mit hoch erhobenem Kopf und spöttischem Gesichtsausdruck an ihr vorbei.

Elly war allerdings immer nett und freundlich, sagte Guten Tag und lächelte Linda an.

Stupsi bekam das natürlich mit. »Ach, lass sie doch, die Olle«, sagte sie. »Die ist nur neidisch, weil sie selbst nicht weiterkommt. Weißt du, Elly, das sind dann die, die blöde Gerüchte verbreiten, um von ihrer eigenen Unfähigkeit abzulenken.«

»Verbreitet sie denn Gerüchte über mich?«, wollte Elly wissen.

»Ach, es ist harmlos. Sie versucht ständig, dir was mit dem Chef anzuhängen, oder mit Jürgen Roland, unserem Star-Reporter, weißt du, der schnieke Typ …«

»Ich kenn ihn, der hat mir schon in den schrecklichen Fahrstuhl geholfen und ist sehr freundlich gewesen. Ich dachte ehrlich gesagt, es hätte sich herumgesprochen, dass ich meine Zeit mit Peter Woltherr verbringe.«

Stupsi nickte. »Tja, genau darum geht es. Auf den guten Peter hast nicht nur du ein Auge geworfen. Viele finden ihn durchaus attraktiv. Dazu kommt noch, dass sie diesen großen Traum hat, eines Tages Fernsehansagerin zu werden. Aber da beißt sie beim Chef auf Granit. Sie ist ihm einfach zu unzuverlässig und ... ja, was ist denn, Chef?«

Paul Winterstein kam ins Büro gestürmt. »Verflixt und zugenäht!«, rief er aufgebracht. »Irene Koss ist auf dem Weg hierher angefahren worden und musste ins Krankenhaus gebracht werden. Irgendwas ist mit dem Bein, hat die Krankenschwester, die angerufen hat, gesagt. Wir brauchen unbedingt einen Ersatz für heute und wahrscheinlich auch morgen. Stupsi, rufen Sie Frau Feldmann an.«

»Tut mir leid, Chef«, sagte Stupsi, »die ist bis nächste Woche in Italien.«

»So ein Mist. Dann den Roland, den Jürgen Roland.«

»Der ist auf einer Dienstreise.«

»Das gibt es doch gar nicht. Wen haben wir denn noch?«

»Wir haben Udo Langhoff, aber der ist krank.«

»Nein.« Winterstein raufte sich die dunklen Haare. »Wer soll denn dann die Ansagen machen? Wir haben niemanden.«

»Doch, Chef, ich könnte Hugo anrufen.«

Paul Winterstein stand plötzlich kerzengerade da. »Den *Murero*?«

Stupsi nickte zögerlich. »Genau den.«

Winterstein deutete mit dem Finger auf seine Sekretärin. »Nur über meine Leiche wird der angerufen, dass das mal klar ist. Nur über meine Leiche.«

»Warum denn?«, traute sich Elly zögerlich zu fragen.

Stupsi sah sie an. »Murero war Hauptsturmführer bei der SS.«

Während Paul Winterstein sich eine Pfeife stopfte und fieberhaft nachdachte, erzählte Stupsi weiter.

»Hugo hat zwar einen Persilschein, und er hat auch sehr viel für den Sport getan, aber leider löscht das seine braune Vergangenheit nicht aus.«

»Gut zusammengefasst, Stupsi. Ich war nicht dabei und weiß nicht, was der von 1938 bis 1945 wirklich so gemacht hat, mir reicht's aber, dass er bei der SS war. Wie alle dort hatte er nur Befehle ausgeführt und natürlich von nichts gewusst.« Er zündete seine Pfeife an. »Stupsi, nun sagen Sie mal, wen können wir denn herkomplimentieren?«

»Wir haben sonst niemanden, und, Chef, wenn Sie jetzt auf die Idee kommen, mich vor die Kamera zu setzen, das können Sie sich ganz schnell aus dem Kopf schlagen, mich kriegen keine zehn Pferde vor solch ein Ding.«

Elly fiel etwas ein. »Linda Grüneberg könnten wir doch versuchen«, sagte sie. »Vielleicht wäre sie ein Ersatz für heute. Stupsi, du hast doch vorhin gesagt, dass es Lindas Traum wäre, Ansagerin zu werden.« Sie hoffte, dass Paul Winterstein fröhlich nicken und Hurra rufen würde, dann könnte sie zu Linda gehen und ihr die frohe Botschaft überbringen, und Linda wäre dann vielleicht, ja, ganz sicher sogar, nicht mehr böse auf sie.

Aber Paul Winterstein schüttelte vehement den Kopf.

»Wir haben mit Fräulein Grüneberg schon vor einiger Zeit Probeaufnahmen gemacht, da waren Sie noch nicht da, Fräulein Bothsen«, erklärte er. »Sie hatte weder den Text auswendig gelernt, noch konnte sie etwas ruhig in die Kamera sagen. Sie war unruhig und zappelte herum wie ein Kleinkind. Wir brauchen jemanden, der freundlich, ruhig und gewissenhaft sowie souverän vor der Kamera agiert. Das Sprechen kam noch dazu, Fräulein Grüneberg konnte nicht richtig betonen, und sie hat eine viel zu schrille Stimme, ach, was red ich, sie kommt nicht infrage.«

Er und Stupsi dachten weiter nach, dann zuckte Stupsi mit den Schultern. »Mir fällt niemand sonst ein, Chef. Und Ihnen?«

»Nein, verflucht. Und in einer halben Stunde geht's los. Ich sag es ja immer, wir brauchen mehr Leute, es geht doch nicht, dass jemand nur vom Fahrrad fallen muss und schon liegt der Sendebetrieb flach.«

»Chef«, sagte Stupsi. »Und wenn Sie selber ansagen? Immerhin waren Sie ja beim Radio.«

»Ich bin aber kein Sprecher. Wenn das egal wäre, könnte man ja Hinz und Kunz vors Mikrofon setzen. Ich bin ratlos, komplett. Ilse Obrig ist schon für die *Kinderstunde* da, die Kinder auch, wer soll denn jetzt das Programm ansagen?«

Stupsi blickte plötzlich auf und sah Elly prüfend an. Dann erhob sie sich, ging um den Tisch herum und griff Elly bei den Schultern, um sie in Richtung Chef zu schieben.

»Elly«, sagte sie nur.

Ellys Herz setzte fast aus, dann polterte es los, als sei der Leibhaftige hinter ihr her. Sie blieb stehen und ließ es nicht zu, dass Stupsi sie weiter vorwärtsdrückte.

»Auf gar keinen Fall«, sagte sie heiser. »Das kann ich nicht. Ich bin auch keine Sprecherin.«

Paul Winterstein drehte sich um, sah Elly an und sog nachdenklich an seiner Pfeife.

Er sah Elly an, dann Stupsi, dann wieder Elly. Plötzlich stand Ilse Obrig im Raum, die Moderatorin der *Kinderstunde*, die um sechzehn Uhr beginnen sollte.

»Paul«, sagte sie. »Oben drehen alle durch. Irene hatte einen Unfall? Nichts Ernstes, hoffe ich?«

»Sie ist angefahren worden und liegt jetzt für ein paar Tage im Krankenhaus, wir hoffen natürlich alle, dass es nicht schlimm ist.«

»Ja, das hoffe ich natürlich auch. Aber wer macht denn nun die Ansage? Für heute Abend haben wir auch niemanden. Das ist eine Katastrophe.«

»Fräulein Bothsen«, sagte Paul Winterstein und nahm ein Blatt Papier von Stupsis Schreibtisch. »Lesen Sie mir das mal vor.«

»Nein«, versuchte Elly es noch mal. Sie hatte das Gefühl, gleich ohnmächtig zu werden.

»Ich bitte Sie, Fräulein Bothsen«, sagte Winterstein, dessen Haare mittlerweile wirr zu Berge standen, und Elly begann vorzulesen, weil er sie ansah, als würde die Welt untergehen, wenn sie nicht sofort täte, was er sagte.

»… hoffen wir doch sehr, dass es machbar ist, den Verantwortlichen im Haus mitzuteilen, dass ein Arbeiten ohne Fahrstuhl ab siebzehn Uhr die Abläufe sehr durcheinanderbringt. Deswegen möchte ich Sie herzlich bitten, jemanden …«

»Genug, das reicht«, sagte Herr Winterstein, und Elly ließ erleichtert das Blatt Papier sinken. Noch mal Glück gehabt. Sie hatte gleich gewusst, dass sie dafür nicht taugte.

»Gehen Sie rasch zu Trude in die Maske«, sagte er. »Warten Sie, ich bring Sie hin. Ist Trude da?«, fragte er Ilse Obrig, und die nickte. »Noch«, sagte sie.

»Dann los.«

»Toi, toi, toi!«, rief Stupsi ihnen nach, während Paul Winterstein Elly vor sich herschob.

Wie in Trance lief Elly neben Paul Winterstein her. Das

durfte doch nicht wahr sein. Sie konnte doch nicht einfach das Fernsehprogramm ansagen – im Fernsehen sein! Das war doch unmöglich!

»Ich zähl jetzt auf Sie, Fräulein Bothsen«, sagte Paul ernst. »Bitte kriegen Sie das hin. Ich weiß, dass Sie das können.«

Seine Hand lag auf ihrer Schulter, Elly spürte die Wärme.

»Ich drück ganz fest die Daumen«, sagte Ilse Obrig mütterlich. »Ich bin mir sicher, dass Sie das schaffen.«

»Äh, Fräulein Obrig, warum machen Sie es denn nicht? Sie sind doch schon viel länger hier als ich und …«

»Nein, ich bin gut für die *Kinderstunde*, aber was anderes hab ich nie gewollt. Sie kriegen das hin. Es ist noch kein Meister vom Himmel gefallen. Glauben Sie an sich, Fräulein Elly.«

Vor den Studios angekommen, warteten schon die Fernsehkinder auf Ilse, und sie nahm sie mit ins zweite Studio.

Paul brachte Elly zur Maske, einem kleinen, fensterlosen Raum am Ende des Ganges.

»Trude«, begrüßte er die ältere Dame, die mit hochtoupiertem schwarzen Haar und in einem weißen Kittel dastand und huldvoll zum Gruße nickte.

»Ein neues Gesicht?«, fragte sie freundlich.

»Nur aushilfsweise«, sagte Paul Winterstein hektisch. »Trude, das ist Elly Bothsen. Sie muss gleich die Ansage machen.«

»Ach je, Irene fällt ja aus, ein Drama. Wird das Kind einfach angefahren«, sagte Trude und deutet auf einen Drehstuhl. »Da, bitte.«

Elly setzte sich und sah in einen riesigen Spiegel. Vor ihr lagen unzählige Tiegel und Töpfchen und Paletten mit bunten Farben, da lagen Augenbrauen- und Kajalstifte, dort Kämme und Bürsten, in großen Behältnissen befand sich offenbar Puder, daneben stand ein Glas mit Quasten.

Trude schaute auf die Uhr. »Oha, noch eine Viertelstunde. Na, dann wollen wir mal.«

»Ich warte drüben im Studio«, sagte Paul.

»Kann ich … gibt es … also gibt es so was wie einen Text?«, fragte Elly panisch.

»Den schreibt Irene sich meistens selbst«, sagte Trude.

Paul Winterstein sauste aus dem Raum, im Gehen rief er: »Ich besorge etwas.« Dann war er verschwunden.

»Na, Kindchen, Sie sehen ja aus, als ob Sie mir gleich vom Stuhl kippen. Nun lehnen Sie sich mal zurück und entspannen ein bisschen. Ist doch nur Fernsehen.«

»Oh Himmel«, sagte Elly. »Nur Fernsehen? Ich sterbe gleich. Ich bin eigentlich in der Redaktion von …«

»Hier weiß jeder, wer Sie sind«, sagte Trude und zwinkerte ihr zu. »Keine Sorge, der Flurfunk funktioniert hier sehr gut. Man hört nur Gutes über Sie. Na ja, fast. Böse Zungen gibt's ja überall.«

»Aha«, sagte Elly, deren Herz nicht aufhörte zu rasen.

Trude band ihr ein breites Band um den Haaransatz und begann dann, eine Flüssigkeit in ihr Gesicht einzuklopfen, dann folgte ein Schwall Puder.

»Augen zu«, bat sie. Elly tat einfach, was Trude sagte.

Paul Winterstein kam zurück.

»Es gibt natürlich keine Moderationsunterlagen«, erklärte er fast panisch. »Aber ich habe die Stichpunkte aufgeschrieben. Ilse hat mir gesagt, was sie heute mit den Fernsehkindern macht. Hier, Fräulein Bothsen, lesen Sie sich das mal durch und formulieren Sie Sätze.«

»Das geht nicht, Fräulein Elly muss die Augen geschlossen halten«, mischte sich Trude ein. »Ich muss da jetzt einen Lidstrich auftragen.«

»Wir haben nur noch ein paar Minuten«, jammerte Paul. »Lass sie doch bitte kurz die Stichpunkte lesen, dann kann sie im Kopf was formulieren und die Augen wieder zumachen.«

»Himmel. Ja, dann lesen Sie bitte, aber schnell. Wenn die Maske nicht gut ist, sieht man das auf den Bildschirmen, und dann krieg ich die Schelte«, regte Trude sich auf.

»Ich schwöre bei Gott, Trude, ich werde dafür sorgen, dass niemand mit dir schimpft. Haben Sie gelesen, Fräulein Bothsen?«

»Äh …«

»Gut, dann kann Trude ja weitermachen. Ich warte im Studio.«

Einige Minuten später war Trude endlich fertig, und Elly betrachtete sich im Spiegel. Sie war entsetzt. So hatte sie ja noch nie in ihrem ganzen Leben ausgesehen.

»Der Lidschatten ist viel zu grell«, befand sie. »Und das Rouge ist zu dick aufgetragen. Ich sehe aus wie eine … ach, ich weiß auch nicht.«

»Glauben Sie mir, Kindchen, ich weiß, was ich tue«, meinte Trude gelassen. »Die Kamera ist erbarmungslos. Wundern Sie sich auch nicht, wenn Sie drauf angesprochen werden, dass Sie zugenommen haben. Vor der Kamera sieht man zehn Pfund dicker aus! Das Irenchen ist spindeldürr, wirkt aber vor der Kamera nicht dünn, sondern ganz normal. Jaja, wirklich, die Kamera ist grausam, glauben Sie mir nur. Wenn ich Sie ungeschminkt vor eine setze, sehen Sie aus wie ein Geist. Käseweiß im Gesicht und zum Fürchten. Dem Don Clemente packe ich auch ordentlich Schminke ins Gesicht, und es sieht vor der Kamera aus, als sei das sein normaler Teint.«

»Aber er hat nie so rote Balken auf den Wangen.«

»Das stimmt, er ist ja auch ein Mann. Und nun stillhalten.«
Endlich war Trude fertig. Elly stand zitternd auf. Wieso
hatte sie sich nur darauf eingelassen? Warum hatte sie sich
nicht umgedreht und war einfach aus Stupsis Büro gerannt,
um irgendwas für die neue Sendung vorzubereiten? Aber nein,
sie hatte sich völlig überrumpeln lassen.

»Nun gucken Sie nicht wie 'ne Kuh, wenn's donnert.«
Trude fummelte noch ein wenig an ihrem aufgetürmten Haar
herum. Dann ging sie ein paar Schritte zurück. »Stehen Sie
mal auf.« Elly tat, was ihr gesagt wurde.

»Und nun dreh'n Sie sich mal einmal um sich selbst. Hm,
hm. Bestens. Das Make-up passt zur Bluse, hervorragend. Ist
zwar nur schwarzweiß, aber trotzdem! Das ist mir wichtig. So,
nu ist gut, jetzt aber rasch rüber mit Ihnen, viel Zeit ist nicht
mehr.« Sie klatschte in die Hände, und Elly sputete sich. Wo war
nur das zweite Studio? Ach, hier links ... Im Laufen überflog sie
noch mal die Stichpunkte, die Paul Winterstein ihr aufgeschrieben hatte. Spiel und Spaß mit selbst gebastelten Kasperlepup-
pen aus Filz, mit Wachsmalstiften Paradiesvögel malen ... das
alles wurde in der *Kinderstunde* gezeigt. Frau Dr. Obrig und die
Fernsehkinder schienen schon zu proben, offenbar wurde gleich
auch gesungen. »Wenn ich ein Vöglein wär und auch zwei Flü-
gel hätt, flög ich zu dir ...«, hörte Elly und musste lächeln. Früher hatte sie oft auf Papas Knien gesessen, und er hatte ihr das
Lied vorgesungen. Sie hatte das immer geliebt und hätte ihm
stundenlang zuhören können. Verflixt, mussten ihr denn ausgerechnet jetzt Tränen in die Augen schießen? Frau Trude würde
sie teeren und federn, wenn sie das Make-up ruinierte.

Elly versuchte sich zusammenzureißen, und betrat den
Bunkerraum, in dem ein Pult und ein Stuhl für die Ansagerin
standen. Dahinter an der Wand befand sich ein dunkler Vor-

hang, den man gerade zurückzog, und eine Wand mit Märchenfiguren erschien.

Davor stand ein Tisch mit einem Stuhl. Auf dem Tisch ein kleiner Tiger aus Stoff.

»Den legen wir in die Schublade«, sagte eine Assistentin. »Das ist Irenes Talisman.«

Einige Scheinwerfer waren schon angeschaltet, es war jetzt bereits unerträglich heiß im Studio. Elly hoffte, nicht zu sehr zu schwitzen, denn dann würde Trudes kunstvolles Make-up möglicherweise verlaufen und sie würde aussehen wie die Hexe aus *Hänsel und Gretel*.

Da kam Trude auch schon angelaufen und tupfte sie mit einem Kosmetiktuch ab.

»So, nun setzen Sie sich bitte mal«, sagte der Mann hinter der Kamera. Elly bekam einen Schrecken. Neben dem Mann stand – ungläubig und völlig überrascht schauend – Peter. Sie hatte überhaupt nicht daran gedacht, dass er ja Dienst hatte.

Peter sagte nichts, schüttelte nur kurz den Kopf und lächelte sie an.

Elly setzte sich und las die hingekritzelten Stichpunkte von Paul Winterstein, der immer noch nervös dastand. Hinter einer Glasscheibe befand sich die Regie. Zwei Damen saßen vor einer großen Schalttafel, auf der sich viele Regler befanden, dahinter, hinter einer anderen Glasscheibe, saß ein Mann, der die Musik abspielte.

Elly versuchte, sich alles zu merken, was sie las, und da kam noch mal Trude und tupfte und zupfte. Aus den Augenwinkeln sah sie Stupsi in der Regie stehen. Sie hielt einen Daumen hoch und schien mitzufiebern.

»Elly«, kam es über Lautsprecher aus der Regie. »Bitte setzen Sie sich gerade hin.«

»Ja«, sagte Elly, drückte den Rücken durch und nahm sich vor, keinen Buckel zu machen. Die Zeit verrann unbarmherzig.

»So, noch eine Minute«, sagte eine der Damen. Sechzig Sekunden, und sie hatte immer noch nichts auswendig gelernt. Sie würde sich im ganzen Funk blamieren, man würde mit dem Finger auf sie zeigen und ...

»Noch fünfzehn Sekunden ... noch zehn Sekunden. Was ist mit der Musik? Reicht die?«

»Die reicht«, kam es von dem Herrn.

»Auf Ende?«

»Ja.«

»Drei Sekunden. Und ... hoch!«

Kapitel 25

An der Kamera blinkte ein rotes Licht auf, der Kameramann machte ein Handzeichen, und Elly dachte nur: Jetzt sehen mich ganz viele Leute.

Plötzlich wurde sie ganz ruhig. Als würde sich ein schwerer, samtener Vorhang über sie legen und sie beruhigen. Ihr Herzschlag normalisierte sich, und sie wusste genau, was sie zu tun hatte.

»Einen schönen guten Nachmittag, meine Damen und Herren, liebe Mädchen und Jungen«, sprach sie in die Kamera und lächelte leicht. »Ich freue ... ja, schön, dass ich euch heute wieder zu einer neuen Ausgabe der *Kinderstunde* begrüßen kann. Ilse ... äh ... Obrig freut sich schon darauf, mit euch zu basteln und zu singen. Und auch das erwartet euch gleich ...«

Sie redete weiter und weiter und verhaspelte sich ein paarmal, woraufhin sie bestimmt zu schnell redete, bis der Kameramann ihr ein Zeichen machte. Sie sollte zum Schluss der Ansage kommen, damit Ilse übernehmen konnte. Dafür wurde das Bild für eine Sekunde ausgeschaltet, damit die Kamera drei Meter weiter schwenken konnte; dort wartete schon Ilse mit den Fernsehkindern, einem Jungen und einem Mädchen von ungefähr sieben Jahren.

Nachdem die Kamera sich von ihr abgewandt hatte, sank Elly in sich zusammen. Für einen kurzen Moment hatte sie das Gefühl, einen Kreislaufkollaps zu erleiden, aber da war auch schon Peter bei ihr und reichte ihr ein Glas Wasser, das sie dankbar entgegennahm.

Nun, da die Anspannung nachließ, meldete sich ein stechender Kopfschmerz, und sie massierte mit geschlossenen Augen ihre Schläfen.

Verflixt noch mal, sie war keine Sprecherin, keine Ansagerin. Zum ersten Mal in ihrem Leben hatte sie Lampenfieber gehabt. Was für ein grauenhaftes Gefühl das gewesen war. Warum hatte sie sich bloß auf diese Ansagerei eingelassen? Das hatte ja nicht gutgehen können.

»Fräulein Bothsen. Hallo! Fräulein Bothsen.« Da stand Paul Winterstein vor ihr, und Elly öffnete die Augen. Ihrem Chef standen immer noch die Haare zu Berge.

»Nun kommen Sie mal wieder zurück auf die Erde. Es ist noch kein Meister vom Himmel gefallen.«

»Ich war schlecht«, fasste Elly kurz zusammen. Er tätschelte ihr die Schulter.

»Ich sag es mal so, Irene und Angelika machen es besser, aber die machen das ja auch schon lange. Man kann nicht alles können.«

»Dieses schreckliche Gefühl im Magen …«, sagte Elly. »Oh Gott, war das furchtbar.«

»Das ist immer so«, sagte Winterstein und klatschte in die Hände. Dann drehte er sich zu den Kollegen um. »Sagt ihr doch auch mal was Nettes.«

Die Kollegen Heinz, Ulf und Reinhard standen da und zuckten mit den Schultern.

»Na ja, ging so«, sagte Ulf. Die anderen sagten nichts. Fast hatte Elly das Gefühl, dass es ihnen gut in den Kram passte, dass sie so versagt hatte.

»Vielleicht sollten Sie einfach ein paar Stunden Sprechunterricht bei Jürgen Kolb nehmen, dann haben wir mit Ihnen einen guten Ersatz, wenn mal wieder so was ist. Und ein bisschen Atemtechnik, das wirkt Wunder. Kolb ist ein Genie.«

Sprechunterricht bei Kolb? Elly kam nicht mit. Das war doch hier eine einmalige Angelegenheit. Sie sah hinüber zu Peter, der ihr wieder zulächelte.

»Kommen Sie nur her, Herr Woltherr«, sagte Paul Winterstein. »Sie können stolz auf Ihre Freundin sein. Sie ist ja quasi ins kalte Wasser geworfen worden.«

Peter folgte der Aufforderung. »Das bin ich auch«, sagte er und kam ein paar Schritte näher. »Und wie«, fügte er dann noch hinzu.

»Vielen Dank, Herr Winterstein.« Elly stand auf und drückte ihren Rücken durch. »Ich hab wirklich gern ausgeholfen, aber das machen meine Nerven nicht mit auf Dauer. Das mache ich nicht noch mal.«

»Ach, papperlapapp«, meinte Winterstein mit einer entsprechenden Handbewegung. »Auf solche Worte höre ich doch gar nicht erst. Auf diesem Ohr bin ich taub, Fräulein Bothsen.«

»Macht sie denn auch den Abend?«, wollte Trude neugierig wissen.

»Natürlich«, sagte Winterstein. »Was haben wir heute noch? Einen Spielfilm, oder?«

Stupsi nickte. »*Der lustige Witwerball* nach der Tagesschau, und um kurz vor zweiundzwanzig Uhr noch Johannes Brahms mit einem Klavierkonzert. Also noch zwei Ansagen.«

Winterstein klopfte Elly auf die Schulter. »Das schaffen Sie mit links, Fräulein Bothsen, die Ansagen lernen Sie auswendig, genug Zeit haben wir noch. Alles Weitere besprechen wir dann morgen. Stupsi, gucken Sie mal, wann ich

Termine frei habe, und dann bestellen Sie mir das Fräulein Bothsen zu einem Kaffee. Für mich wie immer schwarz wie die Nacht.«

»Wird gemacht, Chef.«

Winterstein verließ fröhlich pfeifend den Raum.

Aber Elly schüttelte den Kopf. »Die beiden Ansagen noch, weil ich es versprochen habe, aber das war es dann. Das mache ich nicht, und das will ich auch gar nicht«, sagte sie mit fester Stimme. Sie musste auch mal Nein sagen. Das ging ja holterdipolter hier.

»Ich verstehe dich«, sagte Peter. »Das ist sicher furchtbar, dieses Gefühl, dass da jetzt viele zugucken.«

Trotz allem musste Elly lächeln. Meine Güte, was für ein Tag. Sie sah in die Runde und hatte auf einmal wieder dieses Gefühl, etwas ganz Wunderbarem beizuwohnen. Fernsehen machen im alten Hochbunker. Wer konnte das schon? Auch wenn sie die Ansage verpatzt hatte. Sie musste ja nicht alles können.

Was sie nicht sah, war Linda Grünebergs Gesichtsausdruck. Die war hochgekommen, um Ellys Niederlage mitzuerleben, denn dass die ansagen würde, hatte sich im Funk verbreitet wie ein Lauffeuer. Dass Elly nun aber so leicht über die Patzer hinwegsah und von allen gelobt wurde, das passte Linda nicht.

Gar nicht.

»Du bist ja ein richtiger Tausendsassa im Funk geworden«, sagte Peter kurze Zeit später, als er und Elly den Bunker verließen, um ein wenig frische Luft zu schnappen. »Und das in so kurzer Zeit. Da kann man wirklich den Hut ziehen.« Er sagte das ohne Neid, aber voller Bewunderung.

»Ganz ehrlich, Peter, ich wollte das gar nicht. Herr Winterstein hat mich sozusagen vor vollendete Tatsachen gestellt. Und man sieht ja, was dabei rausgekommen ist.«

»Ach komm, du hattest ja kaum Zeit, dich vorzubereiten, und hast noch nie vor einer Kamera gestanden oder gesessen. Ich bin gespannt, ob du darauf angesprochen wirst, nachdem du heute Abend auch die Ansagen gemacht hast. Da schauen ja mehr Leute zu als vor der *Kinderstunde*.«

Daran hatte Elly noch gar nicht gedacht. Sie war allerdings heilfroh, dass sie Winterstein die Wahrheit gesagt hatte, was ihren Namen betraf. Es wäre ja peinlich gewesen, wenn Leute gesagt hätten, das sei ja Elly Bothsen, aber sie wäre im Funk als Bode bekannt.

Elly hielt ihr Gesicht in die langsam verschwindende Nachmittagssonne.

Peter stand auf. »Nun komm, ich muss wieder hoch. Das Schöne ist, dass wir uns gleich wiedersehen, ich hab ja die Abendschicht.«

»Ach, Peter«, sagte Elly. »Das ist alles so aufregend, findest du nicht? Wie sich alles doch so schnell ändern kann ...«

Peter nickte. »Da hast du recht. Aber ist es nicht auch sehr schön? Es ändert sich ja zum Guten.«

»Ja«, sagte Elly und hakte sich bei ihm ein. »Und nun muss ich die Tiersendung fertig vorbereiten und dann, wie man hier ja so schön sagt, die Ansagetexte memorieren. Hoffentlich kriege ich den Chef dazu, mich danach nie wieder dafür einzusetzen. Diese schreckliche Angst, wenn die Kamera rot leuchtet, die wünscht man wirklich niemandem. Ich hatte auch Panik, auf die Toilette zu müssen oder einen Schluckauf zu bekommen.«

»Nun warte doch mal den heutigen Abend mit den beiden

Ansagen noch ab, dann kannst du immer noch weitersehen«, sagte Peter, während sie die Treppen hochkletterten, weil der Aufzug natürlich mittlerweile wieder abgeschaltet war.

»Nein«, sagte Elly mit fester Stimme. »Das möchte ich nicht. Ich will nicht einfach nur Texte auswendig lernen oder ablesen, ich möchte eigene Ideen einbringen und die dann verwirklichen. Das möchte ich.«

»Na gut«, sagte Peter. »So oder so bist du mein Mädchen!« Er drückte ihr einen Kuss auf die Wange und ging pfeifend davon.

Elly trat in ihr Büro und wunderte sich etwas, denn auf ihrem Stuhl saß ein Mann, der völlig außer Puste war.

»Herr Alexander?«, rief da Stupsi. »Der Redakteur ist jetzt da.«

Der Mann stand auf, also musste es Herr Alexander sein.

»Bitte entschuldigen Sie, dass ich Ihr Büro so vereinnahmt habe«, sagte er mit leichtem Wiener Akzent. »Aber ich war so derart außer Puste, dass ich mich kurz setzen musste.«

»Das ist kein Problem«, sagte Elly höflich.

»Danke für den Stuhl«, antwortete er höflich zurück, und da rief jemand »Peter, Peter!«

»Das ist meine Frau Hilde«, sagte er. »Ich wünsche Ihnen einen schönen Abend, gnädiges Fräulein, ich muss mit einem Kollegen von Ihnen einen Besuch vorbesprechen.«

»Oh wie schön«, sagte Elly. »Viel Vergnügen.«

Hilde stand im Raum. »Da bist du ja. Komm«, sagte sie und nickte Elly kurz zu.

Elly blickte den beiden nach. Peter Alexander hatte sehr nett ausgesehen.

Den Rest des Nachmittages und frühen Abends verbrachte Elly damit, sich Fragen für die Tiersendung auszudenken. Herr Hagenbeck wollte einen kleinen Eisbären mit ins Studio bringen, außerdem einige Schlangen. Welche, stand noch nicht fest, aber gleich morgen würde sie die Informationen von Herrn Hagenbecks Sekretärin bekommen, und dann konnte sie sich auch hierzu Fragen ausdenken. Paul Winterstein hatte von zu Hause sämtliche Bände von *Brehms Tierleben* mitgebracht und sie Elly zur Verfügung gestellt. Die las sich nun gerade über Eisbären ein und machte sich Notizen.

Es machte einen solch höllischen Spaß, zu recherchieren und sich zu bilden. Wann sonst hätte sie wohl was über Eisbären und Schlangen gelesen? Eben nie. Dass männliche Eisbären bis zu 3,40 m groß werden konnten und ausschließlich in der Arktis lebten. Elly war so in die Informationen über die Raubtiere vertieft, dass sie die Zeit vergaß, und sie sah erst wieder auf, als Stupsi sich verabschiedete.

»Toi, toi, toi für nachher«, sagte sie und legte sich ihre Jacke um die Schultern. »Du wirst das großartig machen!«

Oje, es war ja schon nach achtzehn Uhr. Schnell klappte Elly das Buch zu und widmete sich dem Memorieren.

Das war ja auch so lange her, dass sie was auswendig gelernt hatte. Und verflixt noch mal, dauernd blieb sie an einer Stelle hängen und konnte sich einfach nichts richtig merken. Sie war komplett aus der Übung. Die Zeit schien zu rasen, das war ja furchtbar!

Es klopfte an ihre Tür, und Linda Grüneberg stand plötzlich im Raum.

»Guten Tag«, sagte sie betont freundlich und legte mehrere Bögen Papier auf Ellys Schreibtisch.

»Hallo«, sagte Elly, die nun aus dem Konzept war.

»Ich bringe nur die Zuschauerreaktionen auf Ihre erste Programmansage heute Nachmittag«, sagte Linda zuckersüß. »Es ist wirklich zu schade, aber die meisten Anrufer sagten, dass Sie an Irene Koss und Angelika Feldmann nicht ranreichen. Es fielen auch die Worte ordinär und sehr gewöhnlich. Aber das können Sie ja dann alles selbst nachlesen. Paul Winterstein wird selbstredend auch informiert. Einen schönen Abend und viel Erfolg nachher bei den anderen Ansagen.«

Sie drehte sich um und verließ den Raum.

Elly saß da und starrte auf die Tür. Wie schrecklich, dass die Zuschauer sie ordinär gefunden hatten. Mit allem hatte sie gerechnet, aber nicht mit ordinär. Sie nahm die Papierbögen und fing an zu lesen.

Anruf von einem Karl Richter: »Diese neue Ansagerin ist eine bodenlose Unverschämtheit. Kaum zu verstehen und eine unmögliche Bluse. Die Haare ordinär aufgetürmt wie ein halb nacktes Revuegirl. Pfui Teufel. Schämen sollt ihr euch. So was darf nicht vor die Kamera.«

Oh Gott, dachte Elly. Wenn der Chef das sieht.

Eine Helga Witten hatte angerufen: »Die neue Dame gefällt mir überhaupt nicht. Sie scheint völlig unvorbereitet gewesen zu sein, und sie hat genuschelt und gar nie in die Kamera geschaut. Ein unsympathisches Mädel. Die sollte man nicht beschäftigen.«

Und so ging es weiter. Hin und wieder vereinzelte Anruferinnen und Anrufer, die etwas Nettes sagten, aber es war nicht so, dass man sich wirklich darüber freuen konnte. Elly merkte, wie ihr die Tränen kamen.

Egal, ob sie dieses Ansagerei gewollt hatte oder nicht, sie hatte sich überwunden. Natürlich war sie nicht so vorbereitet gewesen wie Frau Koss, aber sie hatte sich bemüht und wollte helfen. Und nun das.

Diese verflixte Linda Grüneberg. Wie schadenfroh sie gewirkt hatte. Als ob es ihr wirklich Freude bereitete, ihr die schlechten Nachrichten zu überbringen. Und ausgerechnet vor den beiden anderen Ansagen!

Da fiel Elly ein Satz ein, den ihr Vater seinen Kindern immer gesagt hatte, wenn sich Schwierigkeiten auftaten: »Lasst euch nicht beirren, Neider gibt's überall, geht euren Weg weiter und dreht euch erst zu den anderen um, wenn ihr am Ziel seid, dann seht ihr, wer mit euch gegangen ist.«

Da hob Elly den Kopf, putzte sich die Nase und räusperte sich. Sie fegte die Papierbögen zur Seite und widmete sich wieder ihren Ansagetexten. Wenn es beim ersten Mal nicht gut geklappt hatte, konnte es beim nächsten Mal ja nur besser werden!

Bestimmt saß Linda Grüneberg nachher vor irgendeinem Fernseher oder schaute möglicherweie auch hier im Funk der Sendung zu.

Den Triumph, sie mit verheultem Gesicht zu sehen, den wollte Elly ihr nicht gönnen.

Kapitel 26

Elly stand vor dem Bunker und wartete. Es war kurz nach zweiundzwanzig Uhr, und sie hatte sich nur noch einmal verhaspelt, also nicht mehr so schlimm wie am Nachmittag. Das war einerseits natürlich gut, weil ihre Vorgesetzten halbwegs zufrieden waren, aber andererseits war es auch schlecht, weil das heißen konnte, dass Elly weiter ansagen musste, wenn Irene Koss eine Zeit lang ausfiel. Herr Verres, der Leiter vom Dienst, hatte jedenfalls gemeint, sie hätte eine hübsche Präsenz auf dem Bildschirm, und über einen anderen Ersatz wurde gar nicht gesprochen. Herr Verres hatte gesagt, er sei sehr froh gewesen, sie einsetzen zu können, und das sei ja alles ganz wunderbar. Der Rest würde schon kommen, Jürgen Kolb würde das richten. Elly hatte wieder gesagt, dass das eine einmalige Sache sei, aber Verres war gar nicht darauf eingegangen!

Elly ärgerte sich über sich selbst. Hätte sie nicht ein paar Patzer machen können? Aber sie hatte dauernd an Linda Grüneberg und ihren hämischen Gesichtsausdruck denken müssen, und deswegen hatte sie sich doppelt und dreifach angestrengt.

Nun schaute sie sich um. Peter kam und kam nicht. Wo war er nur?

Da kam jemand auf sie zugerannt. Elly traute ihren Augen nicht, als sie erkannte, wer es war.

»Elly«, sagte ihre Schwester Kari atemlos. »Ach, Elly.« Sie war in Tränen aufgelöst.

»Kari, um Himmels willen, was ist denn passiert? Was

machst du hier?«, fragte Elly, die ihre Schwester noch nie so gesehen hatte.

»Ich … ich war bei Bergmanns zum Abendessen eingeladen«, sagte Kari, die unglaublich verzweifelt wirkte.

»Dann war ich mit Jan alleine, wir saßen vor dem Fernsehgerät, und da sah ich dich plötzlich. Ich wusste doch die ganze Zeit nicht, wo du warst! Und auf einmal fing Jan an, mich zu bedrängen und zu betatschen, es war so eklig, Elly, er hat mir sogar die Bluse zerrissen, schau mal, und dann hat er mich aufs Sofa runtergedrückt und gesagt, dass er nicht bis zur Hochzeit warten könne, und das sei schon in Ordnung. Ich hab ihn getreten und weggestoßen, und dann bin ich einfach losgelaufen, nach Hause.«

»Das hast du richtig gemacht«, sagte Elly tröstend. »Hast du es Papa und Mama erzählt?«

»Ja. Die waren ganz aufgelöst, als ich heulend vor ihnen stand. Ich erzählte dann alles, und Mama hat sich entsetzlich aufgeregt. Sie sagte, sie habe bei Jan sowieso kein gutes Gefühl, und man solle mit der Hochzeit nichts überstürzen, dann hat Papa gesagt, sie solle ihren Mund halten und aufhören, mich gegen meinen zukünftigen Mann aufzubringen, das sei ja lächerlich, und womöglich hätte ich Jan sogar mit meiner Art provoziert, man wisse ja, wie ich sei. Flatterhaft und unstet und hätte immer das letzte Wort. Kein Wunder, dass ein Mann da wütend wird.«

»Das darf ja wohl nicht wahr sein«, sagte Elly entsetzt und nahm ihre Schwester in den Arm. Kari war völlig aufgelöst und zitterte.

»Dann hat Papa gesagt, ich solle mich bei Jan für meine Entgleisung entschuldigen.«

»Deine Entgleisung?«

»Ja, weil ich weggelaufen bin. Papa sagt, die Verbindung mit dem alten Fritz sei wichtig, das ließe er sich nicht kaputt machen, du hättest schon genug dafür gesorgt, dass er, also Papa, zum Gespött der Gesellschaft wurde. Das ist alles, was ihn interessiert. Dass seine Geschäfte gut laufen. Er verschachert mich ja richtig. Ach, was bin ich froh, dass ich dich gefunden habe! Ich bin gleich losgerannt. Was soll ich denn bloß tun, Elly?«

Elly streichelte Karis Rücken. »Mich wollte er auch an Thies verschachern, Kari. Ich hab es nicht mit mir machen lassen, und dasselbe rate ich dir.«

»Und dann? Wirft er mich dann auch hinaus? Was soll ich denn machen? Ach, Elly, ich war so überrascht und auch so froh, dich im Fernsehen zu sehen. Wieso hast du das denn nicht erzählt? Das ist doch nichts, wofür man sich schämen muss. Und du, York wird die Kinnlade runterklappen, er redet immer so schlecht von dir und vermutet das Schlimmste, und dann auch noch dein Peter. Erst dachte ich, das gibt's doch gar nicht, aber ich kannte dich und die Bluse und die Ohrringe, auch wenn im Fernseher ja alles grau war. Mama und Papa haben es natürlich nicht gesehen, weil wir keinen Fernsehapparat haben, aber bestimmt Bekannte von der Hautevolee, die werden sich wieder die Mäuler zerreißen wie immer, aber ich finde es wunderbar, dass du jetzt beim Fernsehen bist. Du musst mir alles erzählen, hörst du? Ich bin entsetzlich neugierig.« Mit großen Augen sah die Schwester Elly bewundernd an.

»Ich erzähle dir schon alles, keine Sorge«, sagte Elly nun. »Ich wundere mich nur, wo Peter bleibt. Er wollte mich eigentlich abholen.«

Kari hakte sich bei ihrer Schwester unter.

»Bist du denn glücklich mit deinem Peter? Ist er der Richtige?«, fragte sie, und Elly nickte.

»Ja«, sagte sie schlicht. »Wir verstehen uns so gut und können alles zusammen machen. Wir interessieren uns füreinander und hören uns zu. Es stimmt einfach alles.«

»Alles?«, fragte Kari zaghaft. »Hast du ... habt ihr?«

»Meinst du, das binde ich dir auf die Nase, Schwesterchen?«, fragte Elly und lachte. »Du kannst doch nichts für dich behalten.«

»Aha, also habt ihr!«, schlussfolgerte Kari und wurde tatsächlich etwas rot, fragte aber nicht weiter.

Elly sah sich um. Wo blieb Peter nur? Er hatte sie noch nie warten lassen. Komisch.

»Du, Elly, kann ich heute bei dir übernachten?«, fragte Kari. »Ich mag nicht nach Hause und mir Papas Vorwürfe anhören. Er ist so schrecklich altmodisch, was Ehe und so betrifft.«

»Na klar«, sagte Elly sofort. »Wir fragen Chong Tin Lam, ob wir noch ein Bett in unser Zimmer schieben können.«

»Chong Tin wer?«

»Unser Vermieter und Besitzer der Hong-Kong-Bar auf dem Kiez«, lachte Elly. »Komm.« Sie zog Kari mit sich.

»Auf dem Kiez? Also auf der Reeperbahn?«, fragte Kari atemlos. Elly nickte. »Ja, auf der dunklen, blutigen, sündigen Meile von Hamburg. Auf den Straßen wird öffentlich geköpft, und überall stehen Männer mit frisch geschliffenen Messern, die nur darauf warten, uns die Kehle durchzuschneiden, und ...«

»Hör auf«, sagte Kari und schüttelte den Kopf. »Du bist unmöglich.« Sie klang bewundernd.

Eingehakt gingen sie die Reeperbahn hinunter. Obwohl es ein normaler Wochentag war, herrschte wie fast immer Trubel. Koberer standen vor den Bordellen und Strip-Clubs und priesen die Vorzüge der leicht bekleideten Damen an, viele hoben die Hand und grüßten gut gelaunt mit »Moin, Elly«, als die Schwestern vorbeikamen. Kari war baff.

»Kennst du die etwa?«, fragte sie ungläubig.

»Kennen ist übertrieben, aber ich sehe die Jungs fast täglich, da grüßt man sich oder bleibt auch schon mal stehen und unterhält sich.«

»Oh«, machte Kari und schaute sich um. Überall blinkten die Leuchtreklamen, lachten die Leute, man flanierte allein, in großer Runde oder auch zu zweit über die Reeperbahn und ihre Seitenstraßen.

»Es ist ja gar nicht gruselig, sondern eher wie auf einem Volksfest«, sagte Kari dann. »Die Eltern haben schrecklich übertrieben. Schlimm ist hier ja gar nichts. Hier liegt gar nichts, und es wird auch nicht geschossen.«

»Manchmal streiten sich Betrunkene und es gibt auch mal Prügeleien, aber wirklich Schlimmes hab ich auch noch nicht erlebt«, erklärte Elly.

»Aber wie normal du hier entlangläufst«, stellte Kari bewundernd fest. »Als wärst du schon immer hiergewesen.«

»Nun übertreib nicht. Ich hab mich einfach daran gewöhnt. Man kennt sich mit der Zeit hier und begreift, dass der Kiez eine Welt für sich ist, aber keine schlechte. Es gibt natürlich immer Leute, die abfällig darüber reden, womit die Menschen hier ihr Geld verdienen, das sind aber meistens solche, die sich noch nie über Geldverdienen Gedanken machen mussten.«

»Du meinst Leute wie wir?«, fragte Kari, und Elly nickte.

»Reiche Leute eben, die noch nie Probleme hatten, jedenfalls keine finanziellen. Und glaub mir, es gibt mehr Männer aus unseren Kreisen, die hier verkehren, als du glaubst.«

Kari blieb stehen. »Wirklich? Wer denn?«

Kurz überlegte Elly, ihrer Schwester die Wahrheit zu sagen,

entschied sich dann aber dagegen. Wem nützte es, wenn sie es wüsste? Erstens hatte sie dem Vater ihr Wort gegeben, und das würde sie nicht brechen. Außerdem: Sie würde nur Öl in ein gerade hinuntergebranntes Feuer gießen, denn mit großer Wahrscheinlichkeit würde dann ja auch ihre Mutter von den Kiez-Besuchen ihres Mannes erfahren. Elly wollte niemanden unnötig verletzen. Schlimm genug, dass der Vater überhaupt so etwas tat. Nein, sie würde ihn trotzdem nicht verraten. Sie hatte es versprochen.

Sie gingen an einem alteingesessenen Bordell vorbei, dem Café Lausen, und Elly winkte dem Türsteher zu. »Moin, Hauke.«

»Na, Elly, biste immer noch nicht bei uns! Ich sach dir, hier kannste mehr Geld verdienen als beim Fernsehen im Bunker«, sagte Hauke und grinste.

»Wenn es gar nicht mehr läuft, komm ich auf dich zurück«, konterte Elly. »Aber noch bin ich zufrieden.«

»Dann vielleicht deine Freundin?«, lachte Hauke. »Für schöne Mädchen haben wir hier immer einen guten Platz.«

»Lass nur meine Schwester in Ruhe«, sagte Elly.

Kari blieb stehen. »Was will er?«, fragte sie.

»Er fragt, ob du nicht im Lausen arbeiten möchtest. Komm jetzt.«

»Das ist vielleicht besser, als Jan zu heiraten ...«

»Untersteh dich. Und nun komm weiter. Tschüss, Hauke!«

»Tschö, Deerns. Passt auf euch auf!«

Kurze Zeit später kamen sie am Hamburger Berg an.

»Hier wohnst du also«, stellte Kari fest, nachdem sie vor der Hong-Kong-Bar stehen geblieben waren.«

»Ganz genau. Zusammen mit Ingrid«, erklärte ihr Elly.

»Ach. Die auch?«

»Hast du das nicht mitbekommen? Ingrid bekommt ein Kind, und ihr Vater hat sie aus dem Haus geworfen, weil sie die Sache, wie er es genannt hat, klären und das Kind wegmachen sollte.«

»Das wusste ich nicht«, sagte Kari. »Die arme Ingrid.«

»Unfug. Es geht ihr ganz wunderbar. Sie ist sehr froh hier zu sein, und arbeitet auch in der Bar, außerdem hat sie einen Freund, er heißt Helge. Ein sehr netter junger Mann.«

Kari schüttelte den Kopf. »Ich kann das alles gar nicht glauben, Elly. So viel hat sich in deinem Leben verändert. In so kurzer Zeit …«

»So ist es manchmal«, sagte Elly und lächelte die Schwester an. »Nun komm. Lass uns was trinken. Und du hast doch sicher Hunger?«

»Och nö. Ich hab ja bei Bergmanns was gegessen, aber ein Glas Milch wäre fein.«

»Milch? Wir beide trinken jetzt ein Bier, und dann probierst du den Mexikaner mit mir. Den macht Chong Tin Lam selbst. Ein Höllengebräu, aber genau richtig für ein Schwesterngespräch.«

Die Tür zur Bar stand offen, damit etwas frische Luft in das verräucherte Etablissment dringen konnte.

»Komm, rein mit dir«, sagte Elly und schob die Schwester vor sich her.

Ingrid, die hinter der Theke arbeitete, machte große Augen, als sie Kari sah.

»Du hier? Wie kommt das?«, wollte sie neugierig wissen.

»Zapf uns doch mal zwei Bier«, bat Elly die Freundin. »Kari hat ein paar Probleme daheim und mit ihrem wunderbaren Verlobten und braucht ein wenig Unterstützung.«

Ingrid nickte. »Verstehe«, sagte sie und nahm zwei Gläser.
Kari sah sich mit großen Augen um. »Hier arbeitest du?«,
sagte sie bewundernd zu Ingrid. »Und bekommst ein Kind.«
Ingrid lachte. »Ja, so ist das. Ich fühle mich sehr wohl hier,
falls du jetzt gleich fragst, warum ich hier arbeite.«

»Hm«, machte Kari, während Ingrid das Bier zapfte, und
sah sich weiter um. Einige Werftarbeiter tranken nach der
Spätschicht hier ihr Bier und unterhielten sich.

»Die Pfeffersäcke, die hocken auf ihrem Geld«, meinte einer mit pockennarbigem Gesicht und roter Nase. »Bevor die
uns was davon abgeben, fressen sie's lieber.«

»Recht haste, Kai. Wir schuften uns um und dumm, und
die hocken in ihren schicken Häusern in Harvestehude und
Eppendorf und wollen nüscht mit dem Mob zu tun haben.«

»Tja, nicht jeder mag uns«, sagte Elly und zwinkerte Kari
zu. »Aber komm du jetzt bitte nicht auf die Idee, mit den beiden Männern eine Diskussion anzufangen. Damit wirst du
nicht weit kommen.«

Elly kannte ihre Schwester gut und wusste, dass sie ein gro-
ßes Gerechtigkeitsempfinden hatte und mit ihrer Meinung
ungern hinterm Berg hielt.

»Aber sie können uns doch nicht alle über einen Kamm
scheren«, regte Kari sich auch schon auf. »Bloß weil wir
in Harvestehude wohnen, heißt das doch nicht, dass wir
schlechte Menschen sind.«

»Kari, bitte. Ich möchte nicht, dass es zu einem Streit
kommt«, bat Elly die jüngere Schwester. »Lass uns lieber überlegen, was wir mit deinem wunderbaren zukünftigen Ehemann machen. Aber erst stoßen wir mal an. Prost, kleine
Schwester.«

Sie hob das Glas. Kari tat es ihr nach.

»Prost hab ich noch nie gesagt.« Sie lachte. »Immer nur
›zum Wohl‹.«

»Wir sind hier auf dem Hamburger Berg, hier heißt das so«,
sagte Elly und nahm einen großen Schluck von dem kühlen
Bier. War das herrlich! Kari tat es ihr nach.

»Und, schmeckt's dir?«, fragte Elly. Kari nickte und wischte
sich den Schaum vom Mund. »Herrlich. Das ist was anderes
als Milch. Heute Abend bei Bergmanns hat es ein Gläschen
Champagner vor dem Essen gegeben, und der alte Fritz hat
lang und breit darüber sinniert, wie viele Kinder ich wohl
kriege und ob gleich der Stammhalter gezeugt wird. Himmel,
war mir das unangenehm. Frau Bergmann hat dauernd davon
gesprochen, wie sehr sie sich drauf freut, endlich Großmutter
zu werden, und dann hat sie gesagt, sie wolle mit mir Anti-
quitäten für das Haus, das Jan und ich beziehen werden, aus-
suchen, und so weiter. Mir war das alles viel zu viel. Ach, Elly,
wie schrecklich das schon immer war, sonntags auf dem Jungfernstieg herumzuflanieren und nach den passenden Männern
Ausschau zu halten. Ich kam mir vor wie ein Gegenstand, der
möglichst teuer versteigert werden sollte. Papa hat doch immer davon geschwafelt, dass wir reich heiraten und für die Erben sorgen müssten, das sei alles, was wir machen müssten, du
und ich.« Sie trank ihr Bier in einem Zug leer und sagte »Bitte,
mach mir noch eins« zu Ingrid, bevor sie weiter lamentierte.

»Jedenfalls hat Jan heute Abend viel zu viel getrunken,
denn nach dem Champagner gab es für die Herren Rotwein.
Frau Bergmann und ich haben Tee serviert bekommen, und
nach dem Essen gab es für den alten Fritz und Jan Whisky
und Zigarillo. Ich hasse dieses Männergehabe. Und dann hat
Frau Bergmann gesagt, dass wir doch sicher ein wenig allein
sein wollen, und Fritz hat genickt und gesagt, wir könnten ru-

hig nach nebenan gehen, er und seine Frau würden sich jetzt zurückziehen. Wir sind dann ins Wohnzimmer gegangen, und den Rest kennst du ja.«

»Was denn für einen Rest?«, fragte Ingrid, die natürlich neugierig war. Elly brachte sie schnell auf den Stand der Dinge.

»Er hat dir die Bluse zerrissen? Hoffentlich hast du ihm eine geklebt«, sagte Ingrid böse.

»Nein, hab ich nicht, aber ich bin weggerannt«, sagte Kari.

»Ich geh mal eben zum Chef und frage, ob wir noch ein Bett in unser Kämmerchen schieben können.« Elly machte sich auf die Suche. Sie fand Chong Tin Lam bei einigen Chinesen, die hier saßen und ihr Bier tranken.

»Natürlich«, sagte er auf ihre Bitte hin. »Deine Schwester kann auch ein eigenes Zimmer bekommen, wir sind nicht ausgebucht.«

»Das ist lieb von dir, aber ich vermute, sie möchte lieber bei mir sein«, sagte Elly froh und ging zum Tresen zurück, wo Kari wartete.

»Es klappt«, sagte sie, und Kari strahlte. »Danke, Elly.«

»Na sicher. Ich lass dich nicht im Stich. Die Frage ist nur jetzt, was du willst, also was Jan betrifft.«

Kari sah sie mit festem Blick an. »Ich bin jetzt ganz ehrlich. Ich fand ihn nie … interessant oder hab mich anderweitig zu ihm hingezogen gefühlt. Das alles hat Papa arrangiert. Es passt ihm und dem alten Fritz wohl ganz hervorragend, dass wir beide uns zusammentun und den, wie Papa es nennt, Fortbestand der Familie sichern. Manchmal habe ich das Gefühl, Papa lebt noch im neunzehnten Jahrhundert. Er hat sich überhaupt nicht vorwärtsbewegt. Ich liebe Papa, wirklich, Elly, das weißt du, aber seine Ansichten machen mich verrückt. Wie so ein alter, schrulliger Mann. Verstehst du mich wenigstens?«

»Natürlich verstehe ich dich, Kari. Weißt du was? Wir gehen morgen zusammen zu Mama und reden mit ihr.«

Kari schien skeptisch. »Meinst du, das bringt uns weiter? Letztendlich wird doch das gemacht, was Papa will.«

»Schon, aber ich glaube nicht, dass er es in Kauf nehmen wird, wenn er dich auch noch verliert.«

Kari dachte kurz nach. »Ich liebe Jan nicht. Ich bin auch nicht verliebt in ihn. Alles mit Jan ist einfach nur schrecklich langweilig. Er redet immer nur von sich oder der Firma. Was er alles erreichen will, wenn sein Vater ihn endlich lässt, wie er das Haus einrichten will, in dem wir wohnen, wo das Haus sein soll, natürlich am Feenteich auf der Uhlenhorst. Mit großem Garten und Wasserzugang. Darauf kommt's doch gar nicht an.«

Jetzt musste Elly lachen. »Nun übertreibst du. Dir ist Luxus sehr wohl wichtig. Oder würdest du gerne in einem zugigen Dachkämmerchen auf St. Pauli wohnen?«

»Natürlich nicht«, musste Kari zugeben. »Aber ganz ehrlich, Elly, wenn ich jemanden wirklich liebe, dann ist es wurscht, wo ich mit ihm wohne.«

»Das sagt sich leicht, wenn man ein solches Wohnen nicht kennt. Außerdem ist in der ersten Liebe doch vieles anders«, mischte sich nun Ingrid ein, und Elly nickte. »Man achtet nicht darauf, ob in einer Wohnung zerschlissene Gardinen hängen oder es nach Kohl stinkt, man sieht nur den anderen, und alles andere ist egal. Das wirst du auch noch entdecken, Kari.« Sie begann, Gläser abzutrocknen. »Ich finde es jedenfalls beachtlich, dass du dich gewehrt hast, und ich finde die Reaktion eures Vaters unmöglich, geradezu fahrlässig. Mein Vater ist aber auch nicht besser«, fügte sie dann noch hinzu und strich über ihren Bauch. »Wenn ich mir vorstelle, ich

hätte das kleine Würmchen hier wegmachen lassen, mir hätte
es das Herz gebrochen«, fügte sie dann leise hinzu.

Elly lächelte sie an. »Wir freuen uns alle auf das Kleine«,
sagte sie. »Und werden es gemeinsam schaffen.«

»Danke, Elly«, sagte Ingrid.

»Da ist noch was …«, sagte Kari leise. In dem Moment
kam Peter zur Tür herein und wurde lautstark von den Anwesenden begrüßt. Kari biss sich auf die Lippen, und Elly hatte
den Eindruck, dass ihre Schwester versuchte, die Tränen zu-
rückzuhalten.

»Peter«, sagte Elly, als der Freund vor ihr stand. »Da bist du
ja endlich. Ich hab vor dem Sender auf dich gewartet. Was ist
passiert?«

Peters Haare waren zerzaust, er wirkte abwesend. »Ich
musste ein paar dringende Dinge erledigen«, sagte er. »Entschuldige bitte, ich hätte dich nicht in der Dunkelheit stehen
lassen dürfen. Aber es war wirklich wichtig. Erzähl mal, wie
hat es mit den Abendansagen geklappt?«

»Ach, es war ganz gut, auch wenn die liebe Kollegin Linda
mir eine Liste mit Beschwerdeanrufen gebracht hat. Natürlich
kurz vor Ansagebeginn, das hat sie richtig gut gemacht«, erzählte Elly, die sich wieder aufregte, wenn sie an Linda dachte.
Dieses Miststück.

»Unglaublich«, sagte Peter. Dann wandte er sich an Kari.
»Wie nett, dich wiederzusehen, Katharina! Aber was machst
du hier?«

»Kari ist vor ihrem Freund geflüchtet.« Elly erklärte ihm
in knappen Sätzen, was Sache war. »Sie möchte nicht wieder
zurück und heute auch nicht nach Hause, also schieben wir
gleich noch ein Bett in unser Zimmer. Aber nun erzähl doch
du mal, was musstest du denn …«

»Machst du mir ein Bier, Ingrid? Danke«, sagte Peter. Elly merkte, dass er nicht darüber sprechen wollte, also ließ sie ihn in Ruhe.

Merkwürdig, so war er noch nie zu ihr gewesen. Was war nur passiert? Nun, sie würde es schon erfahren. Heute Abend würde sie sich um ihre Schwester kümmern und morgen mit ihr zur Mutter nach Harvestehude gehen.

Kapitel 27

»Birte, was ist denn los? Was hast du denn?«

Elly und Kari standen in der großen Empfangshalle im Harvestehuder Weg und hatten gerade die Haustür geschlossen. Birte, das Hausmädchen, war ganz aufgelöst. »Die Herrschaften haben sich entsetzlich gestritten«, flüsterte sie Elly zu. »Bis in die Früh heut Morgen ging das. Wir haben kein Auge zugetan, man konnte es im ganzen Hause hören. Die gnädige Frau hat Ihrem Herrn Vater die schlimmsten Vorwürfe gemacht. Er sei ein Egoist, er könne den Hals nicht voll genug kriegen, er würde seine Töchter eher opfern als die Firma und so weiter.«

»Aha«, sagte Elly, während ihre Mutter nun die Treppen hinabeilte. In der Halle standen bereits drei Koffer, die voll bepackt aussahen und fast zu platzen schienen. Ein weiterer wurde dazugestellt. Magdalena drehte sich um und war schon wieder auf dem Weg nach oben.

Kari lief ihrer Mutter hinterher. »Warte doch, Mama, erzähl doch mal, was ist.«

»Ich verlasse dieses Haus und werde es nie wieder betreten!«, schrie Magdalena. »Und scheiden lassen werde ich mich! Die ganze Stadt soll's erfahren. Ich verlasse meinen Mann! Jawohl!«

»Du willst Papa verlassen? Aber wieso denn?«, fragte Kari und folgte ihr weiter. Dann fluchte Magdalena über etwas, das Elly und Kari nicht verstanden.

321

»Unsere Mutter will ausziehen?«, fragte Elly.

Birte nickte verzweifelt. »Ihr Herr Vater hat Ihre Mutter ganz übel beschimpft. Sie sei eine verwöhnte Kaufmannsfrau und könne nicht bis drei zählen, sie sei nicht belastbar und sei ihm keine Stütze. Miststück hat er sie auch genannt«, sagte sie und schüttelte den Kopf. »Elendiges Miststück. Dann hat Ihre Mutter gesagt, dass sie gehen würde. Keinen Tag würde sie mehr in diesem Haus bleiben, er solle doch sehen, wie er zurechtkäme. Er könne sich ja eine Geliebte zulegen, wenn er sie nicht schon hätte. Ach, Fräulein Elly, ich dürfte Ihnen das gar nicht sagen, aber es war so schlimm.«

Elly strich Birte über den Arm. »Ist schon gut, Birte. Behalt es nur für dich, und sag auch den anderen Angestellten, dass da nichts nach draußen dringen darf.« Birte nickte heftig, aber Elly war klar, dass sie das alles weitertratschen würden. Die Dienstboten, die tatsächlich Stillschweigen über den Alltag in den Familien, für die sie arbeiteten, bewahrten, müsste man erst noch erfinden. Aber das konnte sie jetzt nicht ändern.

Da kam Elfriede in einem fliederfarbenen, flatternden Negligé die Treppe hinunter. »Elly, wie gut, dass wenigstens ein vernünftiger Mensch hier ist. Du kannst dir nicht vorstellen, was für ein Lärm hier seit gestern Abend herrscht. Das schadet bestimmt meinem ungeborenen Kind. Dein Vater ist völlig durchgedreht. Die Kinder und ich, wir hatten schreckliche Angst. York war nicht daheim, er ist … ach, da ist er ja.«

York stand im Türrahmen und war sichtlich erstaunt, seine Schwestern, die Koffer und die fast heulende Birte zu sehen. »Was geht hier vor sich?«

»Oh York, wie gut, dass du da bist, hier geht alles drunter und drüber.« Elfriede kam die Treppe herunter und warf sich in seine Arme. York klopfte ihr die Schulter.

»Kann mich mal einer aufklären?«

»Ich mache es kurz«, sagte Elly. »Gestern Abend wollte Jan unserer Schwester zu nahe kommen, sie rannte nach Hause und wurde von Papa deswegen gerügt. Und dann ist Kari zu mir gekommen, und Mama zieht gerade aus, nachdem sie sich mit Papa wohl bis in den Morgen gestritten hat.«

»Mama zieht aus? Das geht doch nicht«, war alles, was York dazu zu sagen hatte. »Hat das was damit zu tun, dass man dich gestern im Fernsehen sehen konnte?«

»So ein Quatsch, natürlich nicht. Ich arbeite da, und das hat nichts mit Mama und Papa zu tun.«

»Meine Schwester ist Ansagerin beim Fernsehen und meine Mutter zieht aus, während meine andere Schwester sich ihre Zukunft verbaut. Schönen Dank auch«, polterte York los. Kari sah den Bruder entsetzt an.

»Aber York, du kannst es doch nicht gut finden, dass Jan mir … also dass er übergriffig wurde.«

»Ach, was heißt denn übergriffig«, wurde Kari von ihrem Bruder angegangen. »Ihr Weiber stellt euch doch alle an. Geht das bei euch jetzt auch los mit der Gleichberechtigung und dass ihr so genannt werdet und jeden Klaps auf den Hintern als Belästigung empfindet? Meine Güte!«

Elly sah ihren Bruder kalt an. »Pass auf, dass ich mich nicht noch mal vergesse«, sagte sie. »Was du da von dir gibst, ist an Verachtung und Beleidigung nicht zu überbieten. Was sind denn Frauen in deinen Augen? Nichts oder noch weniger?«

»Mir wird ganz blümerant«, klagte Elfriede. »Ich muss mich wieder hinlegen. Diese Übelkeit und dieser Aufruhr hier im Haus, das halten ich und das Kindlein schlecht aus.« Schützend legte sie eine Hand auf ihren Bauch.

»Ja, Elfriede, geh ins Bett«, sagte Kari. »Das ist sicher besser. Und auf dich hör ich doch gar nicht, York. Wo kommst du überhaupt her? Vom Fräulein Helene?«

Elfriede reagierte gar nicht auf Karis Worte, sie schwebte lila flatternd wieder nach oben und war kurz darauf verschwunden.

York wurde knallrot. »Kein Wort mehr, Kari. Und du«, er drehte sich zu Elly um. »Du bist schuld an allem. Du bringst unsere ganze Familie auseinander. Lässt Thies ziehen, wendest dich von uns ab, um dein eigenes Süppchen zu kochen. Du bringst alles in Misskredit, und ich und Papa können sehen, wie wir es ausbaden. Man zerreißt sich das Maul über uns, das kannst du mir glauben. Was denkst du, sagt die Gesellschaft dazu, dass Elisabeth Bothsen jetzt arbeitet? Beim Nordwestdeutschen Rundfunk dämliche Sendungen und Filme ansagt.«

»Ich verdiene mein eigenes Geld, und das ist ein wunderbares Gefühl«, konterte Elly wütend. »Nicht mehr von Papa abhängig zu sein ebenfalls. Und ich sage nicht nur dämliche Filme an, ich entwickle neue Sendungen. Das Fernsehen wird immer mehr an Bedeutung gewinnen, das werdet ihr schon noch merken, du und Papa! Ihr habt doch überhaupt keine Ahnung. Von nichts außer vom Geschäft! Das ist so armselig!«

York sah so aus, als würde er am liebsten auf die Schwester losgehen, und Birte heulte nun wirklich los.

»Kein Grund zu weinen, Birte«, sagte Elly. »Die Männer dieser Familie sollte man alle in einen Sack stecken und draufhauen.« Sie wunderte sich selbst über ihre Wortwahl, fand aber, dass sie passte.

Da kam Magdalena mit zwei weiteren Koffern die Treppe herabgeeilt.

»So, das war's«, sagte sie mit harter Stimme. »Guten Morgen, York. Ich hoffe, du hattest eine angenehme Nacht«, fügte sie dann sarkastisch hinzu.

»Mama«, sagte York. »Wo willst du denn hin?«

»Fort, einfach fort«, sagte die Mutter überzeugt. »Ich werde vorerst bei Smolkas in ihrem Hotel wohnen, ich habe schon mit Gustav telefoniert, die haben was frei, und dann sehe ich weiter. Ich werde mich nicht weiter als alte Gans bezeichnen lassen und dass ich Geld koste und zu nichts nutze bin, und ich dulde auch keinen Mann, der die Hand gegen mich erhebt! Das ist vorbei! Keine einzige Frau sollte sich das gefallen lassen! Das ist ja wie zu Zeiten der Sklavenhaltung!«

»Aber Mama«, sagte York, während Magdalena zur Garderobe ging und ihren Mantel holte.

»Nichts da. Ihr seid alle erwachsen, und ich mag nicht mehr. Dieser Tyrann nimmt mir jegliche Lebensfreude und setzt bewusst die Zukunft unserer Töchter aufs Spiel. Ich mache das nicht mehr mit. Punktum. Ah, da kommt das Taxi.« Sie drehte sich zu ihren Töchtern um. »Ihr könnt mich jederzeit bei Smolkas besuchen«, sagte sie liebevoll. »Dann bereden wir alles. Das gilt nicht für deinen Vater«, sagte sie zu ihrem Sohn, der mit zusammengepressten Lippen dastand und versuchte, Herr der Lage zu bleiben.

»Du machst es richtig, Mama«, sagte Elly und umarmte die Mutter. »Ich bin stolz auf dich.«

Kari nickte bekräftigend, dann war Magdalena fort.

»Und nun?«, fragte Kari.

»Das weiß ich auch nicht. Mit Mama reden müssen wir ja jetzt nicht mehr«, sagte Elly.

»Ich will aber auch nicht hierbleiben«, sagte Kari. »Wenn Papa heimkommt, bricht ein Donnerwetter los, das weiß ich jetzt schon. Ich gehe auch zu Smolkas.«

York schüttelte den Kopf. »Alles bricht auseinander«, murmelte er.

»So scheint es«, sagte Elly. »Aber wir sind nicht schuld daran.«

»Ich packe eben einige Sachen«, sagte Kari. York stand einfach mit hängenden Schultern da und sagte nichts mehr.

»Wenn du Papa siehst, kannst du ihm sagen, dass ich Jan nicht heiraten werde«, ließ Kari ihn noch wissen und entschwand ins Obergeschoss.

Kapitel 28

»Fertig«, sagte Elly einige Tage später und nickte Stupsi zu. Die gute Seele hatte ihr bei den letzten Vorbereitungen zur Sendung *Im Fernsehzoo – was weiß man schon von Tieren* geholfen. Paul Winterstein hatte noch einen alten Freund für die Sendung verpflichtet. Peter Kuhlemann drehte bereits Tierfilme und war wie gemacht als Moderator für diese Sendung. Er drehte oft bei Hagenbeck, und nun sollte er auch im Fernsehstudio auftreten, den manchmal anwesenden Direktor mit Fragen zu den Tieren löchern und gute Unterhaltung bieten. Er war kürzlich im Sender gewesen und hatte sich Elly vorgestellt, die beiden waren sich gleich sympathisch gewesen. Der Vierzigjährige hatte eine Menge Erfahrung, was die Tierwelt anging, er freute sich auf die neue Aufgabe. Hin und wieder würde Herr Hagenbeck auch anwesend sein, aber in jedem Fall kämen die Tiere vom Tierpark. Beginnen würden sie mit der australischen Trichternetzspinne, die tödlich giftig war, und einem kleinen Tiger.

Elly hatte einen Fragenkatalog erarbeitet und war diesen dann mit Stupsi noch mal durchgegangen, sie hatten die Zeit gestoppt und hatten dreimal hintereinander die Moderationen durchgeübt. Nun mussten Herr Hagenbeck und Peter Kuhlemann sich noch einlesen und, was ganz wichtig war, sie mussten auf die Handzeichen und die Zeit achten, die die Regie und die Assistenz ihnen gab und sagte, denn die Sendung musste sekundengenau beendet werden.

327

»Übermorgen ist es so weit«, sagte Elly und streckte sich. »Ich hoffe so sehr, dass alles klappt.«

»Wird es. Du hast das so professionell vorbereitet«, meinte Stupsi. »Eigentlich ein Wunder, wenn man überlegt, dass du bis vor Kurzem noch absolut gar nichts mit dem Fernsehen zu tun hattest.«

Elly lächelte froh. »Du meinst, dass ich mit nichts irgendwas zu tun hatte ... Ich wundere mich auch. Aber ich freue mich noch mehr.«

Bis Irene Koss wieder auf dem Damm war, hatte sie sich noch zwei Tage überreden lassen und noch ein paarmal angesagt, aber immer mehr gemerkt, dass das stupide Vortragen nichts für sie war. Aber tatsächlich war sie zweimal auf der Straße angesprochen worden. Viele Menschen standen eben gern vor den Schaufenstern oder saßen in Kneipen und sahen sich die Sendungen an.

Bei ihrer Mutter und Kari war Elly auch gewesen. Die beiden hatten zwei hübsche Zimmer im Hotel Smolka, und Magdalena wurde nicht müde, Elly zu loben und ihr zu sagen, wie stolz sie auf die Tochter sei. Natürlich war ihr Auszug aus dem Haus in Harvestehude von der Gesellschaft durchgehechelt worden, das hatte Kari gehört. Die hatte übrigens vor, nach ihrem achtzehnten Geburtstag für einige Zeit nach Berlin zu gehen und zu arbeiten, bis sie sich für eine Ausbildung entschieden hatte. Das hatte sie Benedikt Bothsen auch mitgeteilt, und der war wie gewöhnlich explodiert, kriegte sich aber schnell wieder ein, nachdem er merkte, dass seine Brüllerei nichts nützte. Kari würde sich durchsetzen.

»Wie macht ihr das denn finanziell?«, fragte Elly, als sie im Smolka frühstückten.

»Dein Vater wird es nicht wagen, mir den Geldhahn zuzudrehen«, sagte ihre Mutter und bestrich ein Brötchen mit Butter. »Dann gehe ich nämlich los und erfinde irgendwelche Geschichten, und dann kann man ja sehen, wer wem glaubt.«

»So kenn ich dich gar nicht, Mama«, sagte Elly.

»Dann lernst du mich eben kennen«, antwortete Magdalena, und Kari kicherte.

»Mama wird noch zu einer Suffragette, passt auf!«

»Ich wollte dir nur sagen, Mama, falls ich euch helfen kann, unterstütze ich euch gern.«

»Das ist sehr lieb von dir, mein Kind, wird aber hoffentlich nicht nötig sein«, sagte Magdalena. »Und jetzt möchte ich nette Sachen hören. Was macht die Arbeit, Elly, erzähl mal vom Fernsehen, das muss doch sehr aufregend sein!«

Das ließ Elly sich nicht zweimal sagen. Lang und breit begann sie über den NWDR zu reden, über den Besuch von Bubi und Egon, ihren netten Chef, und die tollen Kollegen.

»Und was ist mit deinem Peter?«, fragte Magdalena neugierig.

»Ich bin sehr, sehr gern mit ihm zusammen«, sagte Elly froh. »Er ist ein feiner Kerl, und ich mag ihn wirklich wahnsinnig gern.«

»Das ist doch schön, Kind.« Magdalena legte ihre Hand auf Ellys und lächelte die Tochter an.

»So«, sagte Elly. »Fertig.« Die Ansagen waren ja gut und schön, aber das hier war noch viel schöner, weil man selbst etwas kreierte und nicht nur etwas Vorgegebenes auswendig lernen musste. Sie war froh, dass Irene Koss wieder da war und übernahm.

Einmal hatten die beiden Frauen kurz darüber gesprochen.

»Ich danke dir wirklich sehr dafür, dass du eingesprungen

bist«, hatte Irene freundlich und nett gesagt. »Aber ich bin nun einmal auf diese Stellung angewiesen. Und bin froh, dass du nicht querschießt. Angelika Feldmann und ich sind sehr zufrieden hier, und das soll auch so bleiben.«

»Bitte mach dir keine Sorgen, Irene«, hatte Elly gesagt. »Ich möchte dir bestimmt nichts wegnehmen, das musst du mir glauben. Ich glaube, meine Stärken liegen auch gar nicht in der Ansage. Ich wurschtele lieber hinter der Kamera herum, wie bei Clemens Wilmenrod oder jetzt für die Tiersendung mit Kuhlemann und Hagenbeck.«

»Dann freu ich mich«, hatte Irene gesagt. »Danke schön.«

Sie war ein feiner Mensch, fand Elly. Aufrecht und gerade. Sie mochte Irene Koss. Angelika Feldmann hatte sie nur ein paarmal im Vorbeigehen gesehen und konnte sich keinen Eindruck verschaffen. Aber nett wirkte sie auch.

Da kam Peter und holte sie zur Mittagspause ab. Elly wusste immer noch nicht genau, was er kürzlich so dringend hatte erledigen müssen, er war ihr stets ausgewichen und hatte gemeint, es sei irgendwas mit dem Nachlass seiner verstorbenen Eltern gewesen, darum hätte er sich kümmern müssen.

»Aha«, hatte Elly gesagt und nicht weiter gebohrt. Sie spürte, dass da noch etwas anderes war, aber sie wollte ihn nicht in die Ecke drängen. Er musste es ihr von selbst erzählen wollen.

»Du, Elly«, sagte er, nachdem sie aus dem Bunker raus waren. »Wollen wir uns auf die Bank da setzen?«

Elly war gespannt. Was bedeutete das?

»Also, die Sache ist die … ich habe Post bekommen.«

»Nein«, sagte Elly. »Nein.«

»Doch«, sagte Peter. Elly schloss kurz die Augen. Die Marine hatte sich gemeldet! »Wann?«, fragte sie. »Wann und wie lange?«

Peter holte tief Luft »Anfang Juli für ein Jahr.«

Elly wurde eiskalt. Ein Jahr!

»Aber das ist ja schon bald«, sagte sie entsetzt.

»Ja«, antwortete Peter verzweifelt. »Aber ich muss. Ich muss es tun.«

»Es muss doch irgendeine Möglichkeit geben, das zu umgehen«, sagte Elly verzweifelt. »Ein Jahr, Peter, das ist so lang!«

»Vielleicht könnten wir dieses Jahr als Prüfung für uns sehen?«, sagte er.

»Welche Prüfung denn? Ich brauche keine Prüfung, du etwa? Ich weiß, dass ich mit dir zusammenbleiben möchte.«

Elly konnte nicht anders, sie fing an zu weinen.

»Ich weiß es ja auch. Bitte nicht weinen«, bat Peter die Freundin. »Das finde ich ganz schrecklich.«

»Und ich finde es schrecklich, dass du fortmusst.«

»Aber wir schaffen das doch, Elly, wir schaffen das.«

Sie sah ihn an. »Ein Jahr.«

Wie sollte sie das überstehen?

»Ich habe mehrfach versucht, alles rückgängig zu machen, aber ohne Erfolg, deswegen wollte ich dir die ganze Zeit nichts sagen. An dem Abend, an dem ich dich vom Sender abholen wollte, war ich sogar bei einem der Vorgesetzten zu Hause, um ihm die Lage zu schildern, aber auch er konnte nichts machen. Dann habe ich es weiter versucht, und heute habe ich die Meldung bekommen, dass da nichts zu machen ist und dass ich Anfang Juli fort muss.«

»Oh Gott, warum auch noch so früh …«

Elly stellte sich ihre Tage, Wochen und Monate ohne Peter vor. Es war eine entsetzliche Vorstellung. Sie fühlte sich, als habe man ihr den Boden unter den Füßen weggezogen, und trotz der schon sommerlichen Temperaturen war ihr eiskalt.

»Bitte, Elly, wir müssen das hinkriegen«, bat Peter sie eindringlich. »Wir müssen einfach.«

Da hob sie den Kopf und schüttelte die Traurigkeit ab. Das würden sie auch noch schaffen. Sie lächelte ihren Freund an.

»Ja«, sagte sie. Ihr Herz war schwer, aber das sagte sie Peter nicht. Er war schon bedrückt genug. Sie musste jetzt für sie beide stark sein.

Kapitel 29

»Du lieber Himmel«, sagte Lorenz Hagenbeck entnervt. »Ist dieses Mistding schon wieder ausgestellt worden?«

»Es tut mir so leid«, sagte Elly, die den kleinen Tiger, der vor Aufregung dauernd pischerte, auf dem Arm trug. Wenn er nicht pischerte, suchte er an Ellys Körper nach etwas zu fressen und hatte schon das Gummi ihres Zopfes gelöst und zerkaut, wodurch Ellys Haare wie ein Krähennest aussahen. Hagenbeck trug die Trichternetzspinne in einem Glaskasten und schnaufte, als sei der Leibhaftige hinter ihm her. Sie waren fast oben, da kamen ihnen Leute entgegen.

»Oh«, sagte Lorenz Hagenbeck. »Wenn das nicht Maria Schell und O.W. Fischer sind. Sind Sie es?« Er blieb stehen. Nun erkannte auch Elly die beiden Schauspieler und erinnerte sich daran, dass sie wegen ihres Films *Der träumende Mund*, der im August herauskommen würde, zur Interviewaufzeichnung bei Jürgen Roland gewesen waren.

Die beiden blieben stehen und schauten irritiert auf den kleinen Tiger auf Ellys Armen.

»Ali Baba ist wegen einer Sendung hier«, stellte Elly klar, während der Tiger merkwürdige Geräusche von sich gab und wieder pischerte.

»Aha … Äh. Ja, wir sind es«, sagte O.W. Fischer freundlich, und Hagenbeck stellte den Kasten mit der tödlich giftigen Spinne ab.

333

»Das ist ja eine Freude«, sagte er. »Ob ich wohl um je ein Autogramm bitten dürfte?«

»Aber natürlich.« Maria Schell öffnete ihre Handtasche und nahm eine Karte heraus.

»Bitte *Für Lorenz mit tausend Küssen*«, bat Hagenbeck. Maria Schell lachte auf. »Aber sicher.«

Auch O.W. Fischer nestelte eine Karte hervor und schrieb etwas für Lorenz drauf. Der freute sich so, dass er vor Aufregung gegen den Spinnenkasten stieß, der daraufhin zwei Stufen nach unten purzelte und sich öffnete.

»Um Himmels willen!«, schrie Elly auf, die genügend über diese Spinne recherchiert hatte. Die Sydney-Trichternetzspinne war die giftigste Spinne Australiens, und gerade die Männchen sehr gefährlich, wenn sie sich während der Paarungszeit in die Enge gedrängt fühlten. Es gab kein Gegengift, wenn man von ihr gebissen wurde.

Lorenz Hagenbeck aber war die Ruhe selbst. »Gudrun ist eine ruhige Vertreterin ihrer Art«, beschwichtigte er. »Man sollte sie bloß nicht provozieren. Davon abgesehen ist sie ja ein Weibchen und längst nicht so giftig wie ihre männlichen Artgenossen, da wirkt das Gift fünfmal stärker. Trotzdem ist es natürlich kein Spaß, wenn Gudrun zubeißt.«

Seelenruhig nahm er den Kasten wieder an sich und verschloss das Türchen. Gudrun krabbelte vor bis zur Scheibe und schien die Anwesenden böse anzuglotzen. Elly krallte sich an dem kleinen Tiger fest, der unleidlich wurde und anfing, sie zu kratzen. Außerdem wurde er langsam schwer auf ihren Armen. So ein kleiner Tiger wog doch schon einiges.

Davon abgesehen wartete Peter Kuhlemann oben auf Elly, Hagenbeck und die Tiere.

»Es war mir wirklich eine Freude, Sie kennenzulernen«, sagte Lorenz Hagenbeck zu O.W. Fischer und Maria Schell. »Ich wünsche Ihnen einen angenehmen Abend.«

»Vielen Dank.« Ali Baba schnappte kurz nach Maria Schell, die versuchte, sich ihre Furcht nicht anmerken zu lassen. Dann eilten die beiden die Treppen hinab.

Endlich waren sie oben angelangt.

»Dass ich O.W. Fischer und die Schell mal persönlich treffen würde, also so was!«, freute sich Hagenbeck. Da kam auch Kuhlemann, und die beiden begrüßten sich freundlich.

»Was hast du da, stimmt das wirklich, was das Fräulein Bothsen gesagt hat? Eine Sydney-Trichternetzspinne?«

Hagenbeck nickte. »Ha, da staunt ihr alle. Gudrun ist mein ganzer Stolz. Sie braucht nur ausreichend Nahrung, und sie hat es gern warm und feucht. Gudrun, komm mal raus aus deinem Baumstämmchen, komm mal zu Papa, kommst du wohl, zeig dich mal, meine Schöne. Ich habe ihr vorhin noch eine Eidechse gegeben«, erklärte er. »Hunger kann sie also nicht haben. Wenn sie satt ist, wird unsere Gudrun träge. Mach mal hopp, Gudrun.«

Die Spinne reagierte nicht, daher setzte Elly den kleinen und doch schweren Ali Baba ab, der sofort anfing, an ihrem Rock zu kauen. Wenn das so weiterging, hätte sie zerfetzte, vollgenässte Kleidung und eine Frisur, die für sich sprach.

Außerdem hatte der Kleine kurz vorher erneut gepischert. Ellys Bluse war durchnässt und roch sehr seltsam und streng. So konnte sie keinesfalls in der Sendung assistieren. Zum Glück hatte sie immer Notfallkleidung parat, denn auch bei den Proben von Wilmenrod waren schon einige Malheurs passiert, unter anderem hatte Don Clemente eine mit Vanillepudding gefüllte Plastikschüssel nach dem Regisseur geworfen, weil der gesagt hatte, er würde schon wieder zu viel reden. Die Schüssel hatte Elly getroffen, die danach aussah, als hätte sie in Eierlikör gebadet.

»Ich muss mich schnell umziehen«, sagte sie. »Herr Hagenbeck, würden Sie bitte auf Ali Baba achten. Ich weiß nicht, wie tierlieb die eingeteilten Kollegen sind, und mit einem Tiger hat man es ja nicht alle Tage zu tun.«

»Schon gut. Ali Baba, kommst du her, kommst du wohl«, sagte Hagenbeck und unterhielt sich angeregt weiter mit Kuhlemann.

Schnell lief Elly in ihr kleines Büro und zog die Bluse aus. Sogar ihr Büstenhalter war nass, verflixt. Einen zweiten hatte sie nicht dabei, deswegen musste das jetzt so gehen. Sie würde einfach eine Strickjacke über die Ersatzbluse ziehen, auch wenn sie dann wahrscheinlich im Studio vor Hitze eingehen würde wie eine Primel. Aber es ging nicht anders.

»Ach, Elly, auch noch da?«

Wie aus dem Boden gestampft stand Wolfgang Hagen vor ihr, der Kollege, der gern mal übergriffig wurde und ein seltsames Frauenbild hatte.

Er schloss die Tür und sah sie grinsend an. Schnell bedeckte Elly ihre Brüste mit der Strickjacke.

»Gehen Sie sofort raus, Wolfgang.«

»Nö«, sagte Wolfgang. »Ich bin doch gerade erst reingekommen. Soll ich dir beim Anziehen helfen?«

Elly wurde rot. »Nein, danke. Gehen Sie jetzt endlich.«

Er kam noch näher und griff ruckartig nach Ellys Strickjacke, um sie ihr wegzureißen. Dann starrte er auf ihre nackten Brüste und grinste schmierig und süffisant.

»Da wollen wir doch mal schauen, wie sich die kühle Elly anfühlt«, sagte er, und Schweißtropfen bildeten sich auf seiner

Stirn. Er kam noch zwei Schritte näher, umfasste Elly, die sich rasch wegdrehte, von hinten und hielt ihr den Mund zu.

Im nächsten Moment ertönte ein lauter Schrei, Wolfgang Hagen ließ von Elly ab und ging zu Boden. Elly stolperte nach vorn und riss ihre schmutzige Bluse vom Stuhl, um sie vor sich zu halten.

»Schweinehund«, sagte Paul Winterstein, der beide Hände zu Fäusten geballt hatte. »Hab ich dich endlich erwischt, du widerlicher Mistkerl. Du bist fristlos entlassen. Raus mit dir. RAUS!«

Wolfgang Hagen stand auf. »He, Chef, nun machen Sie doch mal langsam«, sagte er und hob beide Hände. »Das war alles ganz anders. Die hat gefragt, ob ich sie nicht mal ein bisschen massieren könnte wegen der Verspannung und so.«

»Ich sag es zum letzten Mal: Raus, Wolfgang. Ich rufe sonst unten an und lasse die Polizei verständigen.«

»Du kannst mich doch wegen so 'ner Lappalie nicht rausschmeißen.« Hagen wirkte fassungslos. »Ist doch letztendlich gar nichts passiert. Sag doch mal, Elly, ist was passiert? Nö, oder? Massieren sollte ich sie. Dann fing sie an zu stöhnen, das Luder.«

Elly sagte gar nichts. Sie stand da und bedeckte immer noch ihre Blöße, nur dass sie jetzt noch zitterte. Paul Winterstein nahm die auf dem Boden liegende Strickjacke und legte sie ihr um die Schultern. Wolfgang Hagen sah wohl ein, dass er hier kein Land mehr gewinnen konnte, und wollte das Büro verlassen.

»Du entfernst dich sofort aus dem Gebäude. Deine Papiere werden dir nachgeschickt«, sagte Winterstein kalt. »Ich will dich hier nie wieder sehen, hast du mich verstanden?«

Wolfgang Hagen nickte und ging.

»Fräulein Bothsen, ich kann Ihnen gar nicht sagen, wie leid mir das tut«, sagte Paul Winterstein, der sich schnell umgedreht hatte und mit dem Rücken zu Elly stand. »Bitte ziehen Sie sich in aller Ruhe an, ich warte draußen. Möchten Sie vielleicht lieber nach Hause gehen? Ich kann versuchen, den Kollegen Woltherr zu erreichen.«

»Nein«, sagte Elly und zog die Strickjacke über die Brust. »Das ist nicht nötig. Ich möchte bei der Sendung dabei sein, immerhin hab ich sie ja vorbereitet.«

»Und sozusagen erfunden«, sagte Winterstein. »Geht es wirklich wieder? Brauchen Sie etwas? Kaffee, Wasser? Einen Cognac?«

»Nein, danke.«

Winterstein verließ das Büro. Elly zog sich an und trat kurze Zeit später auf den Flur. Winterstein wartete dort auf sie.

»Es ist alles wieder in Ordnung. Ich danke Ihnen für Ihre Hilfe, Herr Winterstein.«

»Ich bin froh, dass ich gerade den Flur entlanggekommen bin und gesehen habe, wie Hagen hier reingegangen ist. Da dachte ich schon, dass irgendwas ist. Denn was sollte der denn in Ihrem Büro? Dieser Dreckskerl. Endlich hab ich ihn auf frischer Tat ertappt, auch wenn Sie die Leidtragende sind.«

»Zum Glück ist ja nichts Schlimmeres passiert.« Elly dachte an die nassen, kalten Hände von Wolfgang Hagen und schauderte bei der Vorstellung, dass er noch weiter hätte gehen können.

Paul Winterstein brachte sie zum Studio, wo alle vor lauter Verzückung um den süßen Ali Baba herumscharwenzelten, allen voran Linda Grüneberg, die auch bei der ersten Sendung zuschauen wollte und sich bei Stupsi angemeldet hatte. Ali

Baba war in seinem Element, ließ sich streicheln und kraulen und zerkaute dabei einen Bleistift.

Kuhlemann und Hagenbeck waren von Gudrun fasziniert. »Eine australische Spinne habe ich noch nie gesehen«, sagte Kuhlemann ehrfürchtig. »Ist es nicht faszinierend, wie sie sich fortbewegt, die Gudrun? Ganz sachte und gemächlich, und dann plötzlich springt sie. Wunderbare Bewegungen, wunderbare.«

Lorenz Hagenbeck nickte. »Du müsstest ihre Netze sehen. Das ist regelrechte Kunst. Du musst mal zu mir kommen, dann zeig ich dir das. Und es ist unglaublich zu sehen, wie sie eine Eidechse oder auch größere Insekten verspeist. Man will gar nicht mehr weggucken. Gudrun, ja komm doch mal.«

Kuhlemann stand auf und streckte sich. Dann beugte er sich zu Hagenbeck vor und hielt die Hand vor den Mund. Na so was, dachte Elly, jetzt fangen sie an zu tuscheln. Was sollen die anderen denn nicht mitkriegen? Sie bemühte sich, etwas zu verstehen, aber die beiden waren zu leise. Kuhlemann sagte offenbar etwas Lustiges, woraufhin die beiden wie zwei Buben schelmisch kicherten. Dann ging er zu den anderen, die um Ali Baba herumstanden, und öffnete plötzlich vor einer Kollegin aus der Technik in Schulterhöhe die Hand. »Hu!«, machte er. »Die Spinne ist auf Ihre Schulter gesprungen. Gudrun, beiß!«

Friedel kreischte Zeter und Mordio und stob mit den anderen Damen davon, was Ali Baba nicht passte, er brüllte kurz auf.

Elly, die das mitbekommen hatte, schüttelte den Kopf. Ein Irrenhaus war das hier.

Aber ein gutes! Von dem Vorfall gerade eben mal abgesehen.

»Hier haben wir also Gudrun, ein sehr hübsches Exemplar der Gattung *Atrax robustus*. Sie kommt aus der Familie der *Atracidae*«, erzählte Hagenbeck kurze Zeit später freudig den Zuschauern zu Hause und vor den Schaufenstern. »Eine Sydney-Trichternetzspinne. Wie der Name schon sagt, legt diese Spinne Trichternetze zum Beutefang aus.« Er hob ein Foto in die Höhe. »Allerdings kann sie ihre Beute auch freilaufend erlegen. Die meisten Bisse sind übrigens von den Männchen zu erwarten, weil die in der Paarungszeit auf der Suche nach Weibchen oft in Häuser oder Poolanlagen kommen. Es hat schon vermehrt Todesfälle gegeben, weil die Trichternetzspinne auch gern in Hosen oder Pullover krabbelt.«

»Danke für die Erklärung, Lorenz. Das ist wirklich beeindruckend«, sagte Kuhlemann. »Nur wenige Menschen kommen ja mal nach Australien, um solche Tiere in echt zu sehen, deswegen sind wir froh, dass wir hier einige schöne und seltene Exemplare zeigen können. Wir wagen nun ein Experiment, nicht wahr, Lorenz?«

»Ja, Peter«, sagte Lorenz Hagenbeck. »Ich werde nun langsam den Glaskasten öffnen und die kleine Gudrun mal ein wenig herumlaufen lassen.«

Elly hielt den Atem an und schnappte dann nach Luft. Das war nicht abgesprochen! Die beiden konnten doch hier nicht einfach ihr eigenes Süppchen kochen! Aber Hagenbeck öffnete die Tür des Glaskastens, und die beiden starrten auf Gudrun, während der Kameramann immer näher heranfuhr.

Zwei Fotografen von Tageszeitungen machten wie besessen Fotos, die ebenfalls anwesenden Reporter stenografierten eifrig mit.

Elly sprang vor den beiden für die Kamera nicht sichtbar

und möglichst leise herum und machte abwehrende Handbewegungen, aber das interessierte niemanden. Paul Winterstein stand neben ihr und war blass im Gesicht. Alle im Studio schienen die Luft anzuhalten. Und da kam Gudrun in aller Seelenruhe aus ihrem Kasten gekrabbelt und lief auf dem Tisch herum. Elly wurde schwarz vor Augen. Wenn Gudrun jetzt jemanden biss, was wäre dann? Auch wenn ein Weibchen fünfmal weniger Gift verteilte als ein Männchen, war es doch der Biss einer Trichternetzspinne, und der war sehr, sehr gefährlich, weil es ja verflixt noch mal kein Gegengift gab, und selbst wenn es ein Gegengift geben würde, hätten sie keins hier. Hagenbeck und Kuhlemann mussten übergeschnappt sein. Die konnten doch nicht alle Anwesenden dieser Gefahr aussetzen!

Mit einem Mal bereute Elly, diese Sendung erfunden zu haben. Oder hätte sie nicht Ferkel und kleine Katzen als Studiogäste einladen können? Die taten wenigstens keinem was.

In diesem Moment sprang Ali Baba auf den Tisch und begann, Gudrun zu verfolgen, die sofort in eine aggressive Abwehrhaltung ging und sich aufbäumte, was den kleinen Tiger allerdings nicht interessierte. Er schob Gudrun mit der Pfote vor sich her und schaffte es immer wieder, ihr auszuweichen. Irgendwann wurde es ihm zu langweilig und er sprang vom Tisch herunter und begann, zwischen den Kameraleuten, Kabelträgern und Assistenten herumzulaufen, schnupperte an Hosen, spielte mit den Kabeln und schien das alles wunderbar zu finden.

Endlich nahm Hagenbeck Gudrun und setzte sie zurück in den Kasten, und Elly machte drei Kreuze, weil niemand von der Spinne gebissen worden war. Ein Albtraum, wenn sie sich vorstellte, dass Gudrun irgendwo in der Menge verschwunden wäre und sie den ganzen Tag auf der Suche nach ihr gewesen wären, von möglichen Bissen ganz zu schweigen.

Mittlerweile lachten alle vor laufender Kamera über Ali Baba, ein Kameramann verfolgte den kleinen Tiger mit der Kamera und hielt so fest, wie er wie ein Irrwisch zwischen allen Leuten herumsauste und zwischendurch pischerte.

Irgendwann kam Kuhlemann und schnappte sich Ali Baba, der gerade Gefallen an dem Wurstbrot eines Kollegen gefunden hatte.

»So, nun aber«, sagte er und setzte sich mit Ali Baba hin. »Dann wollen wir uns doch mal mit diesem hübschen Tier beschäftigen. Über diese kleinen Tiger gibt's bestimmt viel zu erzählen, Lorenz?«

Hagenbeck holte tief Luft und legte los.

»Himmelhergottnochmal«, sagte Stupsi, als die Sendung vorbei war und Gudrun sicher verwahrt von ihrem Besitzer in den Zoo verfrachtet wurde. »Ich dachte wirklich, die Spinne sticht oder beißt oder was weiß ich, was Spinnen so machen. Jedenfalls dürfen wir Gott danken, dass nichts passiert ist. Und stellt euch bitte mal vor, der kleine Tiger hätte das Kamerakabel durchgebissen. Hat daran jemand von euch gedacht? Ojemine, ojemine.«

Auch Paul Winterstein war erleichtert. »Ich wette, unten läutet das Zuschauertelefon Sturm. Was wir uns denn dabei gedacht haben und so weiter. Ich glaub, ich geh gleich mal runter und frage.«

»Hoffentlich wird es nicht zu schlimm«, sagte Elly zerknirscht. »Tut mir leid, Herr Winterstein, das mit Gudrun und Ali Baba war so nicht abgesprochen mit den beiden Herren.«

»Ach wo, Fräulein Bothsen, alles gut. Das ist eben Fernsehen. Ich bin nur gespannt, was morgen in den Zeitungen steht. Aber die Reporter haben gegrinst. Ich glaube, die sind froh, dass sie mal über was anderes schreiben dürfen als über die Tagung vom Kaninchenzuchtverband oder eine Goldene Hochzeit. So viele große Ereignisse haben wir ja momentan nicht, wenn man davon absieht, dass Prinzessin Elisabeth von England im Juni in London zur Königin gekrönt wird. Das wird ein Spektakel geben. Was schleppt Hagenbeck denn nächstes Mal an? Vielleicht ein Krokodil und einen ausgewachsenen schwarzen Panther?«

»Nein, er wollte eine Königskobra und ein Bassin mit Piranhas mitbringen, aber ich überlege, ob ich das wirklich will.«

Winterstein lachte auf. »Nur zu, Fräulein Bothsen. Die Leute werden einschalten wie verrückt. Ist der Biss der Königskobra nicht auch tödlich? Na wunderbar«, sagte er gut gelaunt und ein wenig sarkastisch. »Damit kommen wir sicher wieder in die Zeitung.«

Kapitel 30

Der Mai zeigte sich von seiner schönsten Seite, und wären da nicht die Schatten in Ellys Leben gewesen, sie hätte ihn mit ihrer Liebe und ihrem Beruf in vollen Zügen genießen können. Aber sie musste dauernd an Peters Abreise im Juli denken und wie wenig Zeit sie noch miteinander hatten, und sie dachte an ihre Mutter und Kari, den Streit der Eltern.

Mit Peter traf sie sich in jeder freien Sekunde, ob im Sender, draußen an Elbe, Alster und in der Hong-Kong-Bar oder bei ihm zu Hause.

Wolfgang Hagen war tatsächlich nie wieder im Sender erschienen, und Paul Winterstein hatte in der nächsten morgendlichen Sitzungen mit harter Stimme und ernstem Gesichtsausdruck klargestellt, dass er Belästigungen an Kolleginnen hier im Sender unter keinen Umständen dulden würde.

»Wolfgang Hagen wurde fristlos gekündigt, weil er übergriffig wurde, was nicht tragbar ist. Wir alle hier wissen, dass er in der Vergangenheit schon kein Kind von Traurigkeit war, was seinen Umgang mit den Kolleginnen anging, aber dann ist er einen Schritt zu weit gegangen. Eigentlich wäre das, was er sich bislang geleistet hatte, schon Grund genug gewesen, ihn zu entlassen, aber leider konnte man da nichts beweisen. Ich möchte jetzt etwas sagen und bitte die anwesenden Kolleginnen und Kollegen, wirklich zuzuhören. Selbst ein anzüglicher Blick ist für uns hier ab sofort nicht tragbar. Ich will eine saubere Redaktion und ich will ein gutes, ehrliches Miteinander. Wir sind alle in kreative Prozesse eingebunden, und vieles läuft anders als an anderen Arbeitsplätzen, man sieht vieles locker, manchmal sogar zu locker. Also, liebe Kollegen, ich stelle hier nun Grenzen auf. Wer sie überschreitet, kann seine Papiere nehmen und gehen. Das meine ich ganz im Ernst. Den Kolleginnen möchte ich sagen, dass sie bei der kleinsten Kleinigkeit zu mir kommen und mir alles berichten sollen. Falsche Scham ist fehl am Platz. Hat das jeder verstanden?«

Nicken, wenn auch hier und da zaghaft. Es war das erste Mal, dass jemand wegen »so was« vor die Tür gesetzt wurde. Und Paul Winterstein sah so aus, als meinte er es ernst.

»Ich will nicht, dass du wegfährst«, sagte Elly an einem warmen Abend, während Peter und sie an der Alster entlangspazierten. »Wirklich, Peter, du brichst mir das Herz. Ich weiß, ich sollte vernünftig sein, aber wie kann ich das? Ich vermisse dich ja jetzt schon, obwohl du noch gar nicht weg bist.«

Sie merkte jeden Tag, wie sehr sie Peter liebte, schätzte und brauchte. Er war ihr ein guter Zuhörer, wusste auf viele Probleme im Sender eine Antwort, und Elly war einfach froh, ihn in ihrem Leben zu haben. Und im Juli schon sollte er für ein Jahr einfach nicht mehr da sein! Ein Jahr war so lang, endlos! Und was konnte ihm nicht alles zustoßen in der Zeit!

Peter legte den Arm um sie. »Ach, Elly, ich wünschte, ich könnte alles rückgängig machen. Aber wir haben doch schon so oft darüber gesprochen.«

Elly seufzte. »Ich verstehe es ja, trotzdem bin ich so traurig.«

»Ich schreibe dir jeden Tag«, sagte Peter. »Und überall da, wo wir an Land sind, werfe ich den Packen Briefe dann ein.«

»Wahrscheinlich bist du dann schneller wieder hier als die Briefe«, mutmaßte Elly, und Peter nahm sie in den Arm.

»Ach, kann nicht einfach alles gut sein?«, sagte Elly.

»Ist es doch. Es geht nur um ein Jahr«, meinte Peter. »Wir schaffen das, Elly, wir schaffen das.«

»Nun, ich hab wenigstens genug zu tun. Im Sender und zu Hause«, sagte Elly seufzend.

»Wie war es denn bei deiner Mutter, du wolltest doch noch einmal zu Smolkas und sie besuchen?«, fragte Peter.

»Meine Mutter ist nach wie vor fest davon überzeugt, dass eine Scheidung der einzige Weg für sie ist«, erzählte Elly. »Die beiden haben heftigst gestritten, und mein Vater ist wohl auch handgreiflich geworden. So, wie sie jetzt auftritt, kenne ich meine Mutter nämlich gar nicht. Aber sie scheint langsam so etwas wie ein Selbstbewusstsein zu entwickeln.«

Elly hatte Magdalena und Kari wieder im Hotel besucht, und man hatte gemeinsam gefrühstückt.

»Euer Vater hat den Bogen überspannt«, sagte die Mutter bei diesem Treffen. »Ich lasse mich nicht faules Stück und dämliche Pute nennen, ich lasse mir auch nicht vorwerfen, dass ich den ganzen Tag lang meine Zeitschriften lese. Ich liebe nun mal die Geschichten vom europäischen Adel, was ist denn daran schlimm, das ist meine Art zu entspannen, das müsste mittlerweile auch er verstanden haben. Wie gesagt, da kann er sich jemand anders suchen.« Sie goss Kaffee nach. »Ich bin auch dafür, dass die Firma ein wichtiger Teil unseres Lebens ist, aber nicht der wichtigste. Meine Töchter sollen nicht vor die Hunde gehen und solche Pantoffeltierchen wie Elfriede werden, die beim kleinsten Windhauch umfällt und dauernd nur Ruhe braucht. Nein, meine Töchter sollen mit erhobenem Kopf durchs Leben gehen und ihre Meinung sagen.« Sie machte eine kurze Pause und sah Elly und Katharina an. »Ihr habt es beide richtig gemacht, auch wenn ich erst dagegen war. Aber ihr habt Mumm gezeigt. Damit kann euer Vater wohl nicht so gut umgehen, aber wir sind keine Arbeiter, die er herumkommandieren kann. Außerdem ist das alles, was er noch kann. Kommandieren. Charlotte von Rehren war auch schon hier. Ich nehme an, dass ihr Mann sie geschickt hat, um mich wieder zur Vernunft zu bringen. Alles muss seine Ordnung haben, und außerdem denkt man ja immer noch, dass Thies und du, Elly, zusammenfinden. Aber das Thema habe ich ein für alle Mal klargestellt.« Magdalena köpfte mit dem Messer fester als nötig ihr Frühstücksei und streute Salz drauf.

»Aha«, sagte Elly.

»Ich werde mir über kurz oder lang eine Wohnung nehmen«, sprach die Mutter mit fester Stimme weiter. »Und endlich so leben, wie ich will. Mir kommt es fast so vor, als hätten dieser Abend und diese Beleidigungen eures Vaters mir die Augen geöffnet. Wahrscheinlich sollte ich dankbar sein. Momentan bin ich allerdings immer noch wütend. Und was habe ich euch gesagt: Er dreht mir den Geldhahn nicht zu, weil er nämlich nicht will, dass ich losplaudere. Ihr könnt euch denken, dass Charlotte von Rehren ganz wild darauf ist, Einzelheiten zu erfahren. So, und nun erzähl du mal, was es Neues vom Fernsehen gibt, Elly. Also, Brambergs haben dich gesehen und Friedrichsens auch. Dorothea hat gesagt, du hättest gut ausgesehen, aber du hättest zugenommen, was ich nun gar nicht finde. Lilian meinte, das liegt an der Kamera, die macht wohl fünf Kilo fülliger. Ich will alles erzählt bekommen, und heute mal alles ab dem Abend, an dem du weg bist! Und, Kind, sag mal, im Juni wird doch die englische Prinzessin zur Königin Elisabeth und ich las, dass das im Fernsehen direkt übertragen wird. Wie wundervoll. Ach, wenn du nach London fahren würdest, könntest du mir diese herrliche Clotted Cream und Shortbread mitbringen und vielleicht auch die Königin sehen. Das wäre so herrlich!«

»Ich fahre aber nicht nach London, wir haben da unsere Reporter«, sagte Elly lachend. »Aber ich werde sie fragen, wie die Königin dann in echt aussieht.«

»Na gut.« Damit war Magdalena einverstanden. »Nun erzähl weiter vom Fernsehen.«

Und Elly hatte erzählt und erzählt, und zwischendurch hatte Magdalena ihre Hand genommen und gestreichelt. Als sie fertig war, strich sie der Tochter übers Haar.

»Und dein Peter scheint ein Guter zu sein. Bodenständig und kein Fatzke. Das hab ich an dem Nachmittag im Landhaus Cornelsen gleich gesehen.«

Auch Kari freute sich für ihre Schwester. Aber sie wirkte etwas abwesend und fahrig und war blass um die Nase.

Nun, das konnte man auch verstehen, dachte Elly. Es war ja nicht gerade wenig passiert.

Sie beschloss allerdings, die Schwester bald mal unter vier Augen darauf anzusprechen.

»Und nun muss ich euch noch etwas sagen, über das eigentlich Stillschweigen gewahrt werden sollte«, sagte Magdalena.

»Was denn?«, fragten Kari und Elly gleichzeitig.

»Es geht um Elfriede und ihre Schwangerschaft«, sagte Magdalena leise. »York ist nicht der Vater.«

»Das haben wir uns schon gedacht«, sagte Elly.

»Ja, aber du weißt nicht, wer der Vater ist«, flüsterte die Mutter.

»Nämlich wer?«

»Thies von Rehren«, sagte Magdalena.

»Fräulein Bothsen, kommen Sie doch mal kurz zu mir rein«, bat Paul Winterstein Elly, als die zum Dienst erschien. Heute hatte sie eine doppelte Verantwortung zu tragen, erst wurde die Tiersendung gedreht und direkt im Anschluss daran Don Clemente mit *Bitte, in zehn Minuten zu Tisch.*

»Ich habe hier eine Liste mit Anrufen der Zuschauer.« Winterstein redete nicht lang um den heißen Brei herum. »Etwas ist merkwürdig, darüber wollte ich mit Ihnen sprechen. Setzen Sie sich doch.«

Elly nahm außer Atem Platz. Der Aufzug streikte mal wieder, und heute war es sehr warm, auch hier im Büro, selbst ohne Schweinwerfer.

»Sehen Sie mal«, sagte Winterstein. »Das sind die beiden letzten Sendungen, die Sie betreut haben. Einmal Wilmenrod, einmal Hagenbeck. Zu achtzig Prozent beschweren sich die Anrufer über diese Sendungen. Die Sendungen seien überflüssig, man solle lieber etwas zeigen, das die Leute auch wirklich sehen wollen. Das kommt mir irgendwie spanisch vor. Alle, mit denen ich in meinem Bekanntenkreis gesprochen habe, waren ganz begeistert von den Sendungen. Auch die Zeitungen haben durchaus positiv berichtet.«

Elly schwieg ängstlich. Sie hatte so ein gutes Gefühl bei den Sendungen gehabt. Konnte es wirklich sein, dass die Zuschauer sie nicht mochten und lieber etwas anderes sehen wollten?

»Die Sache ist die, dass ich die Protokolle mit den Zuschaueranrufen nach oben an die Programmdirektion weitergeben muss«, fuhr Winterstein fort. »Denn für die Zuschauer machen wir unser Programm. Wir nehmen jeden einzelnen Anrufer ernst. Ich muss darüber nachdenken, Fräulein Bothsen, ob wir am Konzept etwas ändern müssen. Danke.«

Elly stand auf und hatte plötzlich eine diffuse Angst. So, als würde ihr jemand ihre Arbeit wegnehmen und sie konnte nichts dagegen tun.

»Was wird denn heute gekocht?«, fragte Winterstein zum Abschied.

»Spaghetti Bolognese und danach Pflaumen mit Schokoladenschaum, davor eine schnelle pürierte Erbsensuppe«, sagte Elly.

»Spaghetti Bolognese? Was ist das?«

»Eine Hackfleischsoße. Das Gericht kommt aus Italien.«

»Ah, da bin ich aber gespannt«, sagte Paul Winterstein.

»Und davor Lorenz Hagenbeck, nein, sagen Sie mir nicht, welche Tiere Hagenbeck mitbringt, sonst falle ich irgendwann tot um, ohne dass mich eine Spinne gebissen oder ein Löwe gefressen hat.«

»Was ist denn mit dir los?«, fragte Stupsi irritiert, als Elly an ihr vorbeischlich. »Du siehst ja aus wie sieben Tage Regenwetter. Ist etwas passiert?«

Elly konnte auf einmal kaum noch die Tränen zurückhalten. Sie war wegen Magdalenas Geständnis sowieso etwas dünnhäutig. Da hatte Thies Elfriede ein Kind gemacht, und trotzdem sollte sie Thies heiraten! Das durfte doch alles nicht wahr sein. Wie verlogen das alles war!

»Es ist wegen der Zuschauerreaktionen. Fräulein Grüneberg hat Anruflisten erstellt, und offenbar mag keiner meine Sendungen«, sagte Elly nun.

»Das ist doch Unfug«, sagte Stupsi. »Immer, wenn deine

Sendungen gezeigt werden, stehen die Leute vor den Schaufenstern, das haben mir meine Freundinnen erzählt, und auch meine Vermieterin, die seit Kurzem einen Zauberspiegel von Grundig hat, ist hellauf begeistert. Die Damen hocken immer zusammen bei einem Weinchen und schauen Don Clemente zu, danach wird alles bekakelt. Wie kommt die Grüneberg denn auf solch einen Quatsch?«

»Na ja, sie nimmt ja die Anrufe der Zuschauer entgegen.« Stupsi runzelte die Stirn. »Ist es nicht merkwürdig, dass das Gleiche auch war, als du für Irene als Ansagerin eingesprungen bist?«, fragte sie, und Elly nickte.

»Stehst du auf dem Schlauch?«, fragte Stupsi. »Egal, geh du jetzt deine Schlangen betüdeln, Hagenbeck kommt sicher gleich, ah, da ist er ja schon! Was ist das denn, Herr Hagenbeck? Wie süß sind die denn, was ist das?«

»Koalabären«, sagte Lorenz Hagenbeck stolz. »Hier, nehmen Sie Eukalyptusblätter und reichen Sie sie ihnen, da freuen sie sich.«

»Ob ich mal einen auf den Arm nehmen kann?«, fragte Stupsi und hatte Elly schon vergessen. Die drehte sich um und stolperte über den kleinen Elefanten, der sie interessiert mit seinem Rüssel stupste.

Die Sendung mit den Koalabären und dem kleinen Elefanten klappte heute wie am Schnürchen. Hagenbeck und Kuhlemann hielten sich diesmal an Ellys Vorgaben. Hagenbeck stand nur ein paar Mal auf, um mit den Bärchen herumzugehen und sie streicheln zu lassen, ein Kameramann ging wie immer mit. Die kleinen Pelztierchen waren zum Fressen süß. Aber auch das Elefantenkalb Ottokar hatte seinen Auftritt. Interessiert fuhr sein Rüssel über alles, was ihm so im Weg stand, und so geschah es, dass er das Tischmikrofon nahm und damit davonspazieren wollte. Hagenbeck, der versuchte, das Mikrofon zurückzuholen, wurde zu einem kleinen Wettlauf herausgefordert, der erst dann endete, als die Mikrofonschnur zu Ende war.

Elly freute sich. So was mussten die Zuschauer doch gut finden. Sie lernten nicht nur etwas über die Tiere, sondern konnten ihnen auch noch dabei zusehen, wie sie Unfug machten. Es war zu herrlich! Wenn heute die Reaktionen der Zuschauer negativ ausfielen, dann wüsste sie auch nicht, woran das lag.

Direkt im Anschluss ging es weiter mit *Bitte, in zehn Minuten zu Tisch*. Don Clemente schien heute den ganzen Tag über schon schlechte Laune zu haben.

»Er hat sich mit Erika gestritten«, hieß es unter den Kollegen. »Wenn was mit Erika im Argen liegt, ist mit unserem Sonnenschein nicht gut Kirschen essen.«

Das hieß aber im Klartext, dass Wilmenrod keine Anstalten machte, die Sendung zu überziehen, und auch keine sonstigen Überraschungen parat hatte wie die Idee, sich einen Dolch ins Herz zu stechen.

Es funktionierte alles, wie es funktionieren sollte, und dann saß man bei Spaghetti Bolognese zusammen, natürlich holte wieder jemand kalten Sekt, und man stieß auf die Sendung an.

Elly konnte sich trotzdem nicht richtig freuen. Sie hatte Angst vor dem nächsten Tag, wenn Linda Grüneberg mit den Zuschauerreaktionen um die Ecke käme.

Sie wollte um alles in der Welt diese Stellung hier behalten!

Die Vorstellung, dass Peter und auch ihre Arbeit fort wären, war unerträglich.

Kapitel 31

An diesem Abend lag Elly mit Peter in dessen Bett und schmiegte sich an ihn. Wie gut er roch, wie gern sie seinen eigenen Duft einatmete. So bald schon musste er fort. Sie würde ihn bitten, ihr eine seiner Jacken zu geben, bevor er auf dieses schreckliche Schiff stieg. So hatte sie wenigstens noch seinen Geruch, auch wenn er selbst fort war!

Der Abend war recht warm für Mai, sie waren noch lange spazieren gegangen, und Elly hatte von ihren Sorgen erzählt.

»Ich kann's auch nicht verstehen«, hatte Peter gesagt. »Es sind doch interessante Sendungen.«

»Und bald startet auch noch *Die moderne Frau*«, sagte Elly, die völlig verunsichert war. »Die *Kinderstunde* mit Ilse Obrig ist doch auch ein voller Erfolg. Die Anrufer kriegen sich gar nicht mehr ein, so begeistert sind sie.«

»Hm«, hatte Peter gemacht und sie in den Arm genommen. Sehr merkwürdig war das alles.

Am nächsten Mittag gegen zwölf Uhr kam Stupsi in Ellys kleinen Bunker und knallte einen Stapel Zettel auf ihren Tisch.

»Wo warst du den ganzen Vormittag?«, fragte Elly und sah verwirrt auf den Stapel. »Was ist das?«

»Es ist gut, dass du sitzt, Elly. Ich hatte vom Chef die Erlaubnis, mich mal ums Zuschauertelefon zu kümmern.«

»Was?«

»Ja, Peter war heute Morgen schon hier, als du in der Sit-

353

zung warst, und hat mir erzählt, was Sache ist, und der Chef hatte auch schon so eine Vermutung. Also bin ich runter zu Linda und habe selbst die Anrufe der Zuschauer entgegengenommen.«

Sie war rot im Gesicht und völlig außer Atem.

»Ich habe auch die anderen Protokolle. Auf einigen stehen Rückrufnummern, leider nicht auf allzu vielen, weil nicht alle einen Telefonanschluss haben. Aber ich habe herausbekommen, was ich herausbekommen wollte.«

»Nämlich?« Elly verstand nur noch Bahnhof.

Mit der flachen Hand klatschte Stupsi auf die Papierbögen.

»Alles erstunken und erlogen. Also fast alles, ein paar Meckerfritzen gibt's immer. Davon mal abgesehen hat die feine Linda auch Post nicht weitergegeben. Viele Zuschauer schreiben uns ja, und da kamen doch angeblich auch fast nur Beschwerden über dich. Linda ist eine Ratte. Eine ganz miese, wenn man mich fragt.«

Sie stand auf und sammelte alles wieder ein.

»Das kann ich gar nicht glauben!« Elly stand die Erleichterung ins Gesicht geschrieben. »Aber was hat denn Peter damit zu tun?«, fragte sie.

»Der war heute Morgen da und hat mir erzählt, was du ihm erzählt hast. Man musste nur eins und eins zusammenzählen. Hättest du auch von selbst drauf kommen können, unter uns gesagt.«

»Ich … ich traue so was niemandem zu«, sagte Elly verwirrt.

»Das musst du noch lernen, Kind«, erklärte Stupsi ihr mit ernster Stimme und hochgezogenen Augenbrauen. »Unsere Arbeit hier ist wirklich wunderbar, und man denkt, alle haben sich lieb, aber sei immer auf der Hut. Das hat meine Oma mir eingetrichtert.«

»Da hast du aber eine kluge Oma.«

»Ja, hatte ich«, sagte Stupsi. »Leider lebt sie schon lange nicht mehr.«

»Oh, das tut mir leid.« Elly lächelte Stupsi zaghaft an. »Jedenfalls danke ich dir sehr! Mir fällt ein riesiger Stein vom Herzen. Du hast mir so sehr geholfen!«

»Nicht zu vergessen dein lieber Freund, der mir übrigens auch erzählt hat, dass er ab Juli auf hoher See ist.«

»Ja, es ist schrecklich. Er hat es seinem Vater versprochen.«

»Wenn ich dir einen guten Rat geben darf: Mach es ihm mit Traurigkeit nicht noch schwerer. Es fällt Peter nicht leicht. Er scheint dich wirklich sehr zu lieben.«

»Ach, du.« Elly war das unangenehm.

»Doch, wenn ich es dir sage. Wie er dich anschaut, wenn du es nicht merkst, ich sehe das doch oft während der Sitzungen und Sendungen, wenn er auch Dienst hat. Er ist so verschossen in dich, dass das jeder Blinde mit Krückstock sieht.«

»Nun, ich bin ja auch verliebt.« Elly lächelte Stupsi an. »Du hast recht, ich muss es ihm nicht noch schwerer machen. Danke für den Rat. Ach, eigentlich danke für alles.«

»Aber gerne doch. So«, Stupsi nahm den Papierstapel an sich. »Jetzt geh ich rüber zum Chef.«

Eine Viertelstunde später brach die Hölle in Paul Wintersteins Büro los. Er hatte unten angerufen und Linda Grüneberg lautstark zu sich hoch komplimentiert, und dann nahm er auf nichts mehr Rücksicht. Elly, die gerade einen Text für eine Zeitungsannonce formulierte, in der eine Moderatorin für die Sendung *Die moderne Frau* gesucht wurde, bekam es fast mit der Angst zu tun. Schnell ging sie rüber zu Stupsi, und dann klebten die beiden an der Tür zu Paul Wintersteins Büro.

»Jemanden nicht zu mögen ist das Eine, Fräulein Grüneberg, aber jemanden hier in Misskredit zu bringen, weil man selbst nichts auf die Reihe bringt, das ist das Andere. Ich weiß, dass Sie mit einer Stellung hier in der Redaktion geliebäugelt haben und neidisch auf Fräulein Bothsen sind. Aber dass Sie deswegen die Anrufprotokolle gefälscht haben und die lobenden Zuschauerreaktionen unter den Tisch fallen ließen, ist die Höhe! Das ist unehrenhaft, und da sag ich, pfui, Fräulein Grüneberg! Sie haben versucht, Fräulein Bothsen schlecht dastehen zu lassen, aus Neid und Missgunst und was weiß ich noch. Ab sofort sind Sie von Ihren Pflichten bei uns in der Redaktion entbunden. Wo Sie unterkommen, wird Ihnen noch mitgeteilt. Von allem aber mal abgesehen finde ich, dass eine Entschuldigung bei Fräulein Bothsen angebracht wäre, wobei ich nicht glaube, dass Sie das aufrichtig hinkriegen würden. Ihr Verhalten ist verachtenswert, Fräulein Grüneberg. Einfach nur verachtenswert!«

Dann wurde Paul Wintersteins Stimme so leise, dass Elly und Stupsi nichts mehr verstehen konnten. Sie hörten aber, dass Linda Grüneberg anfing zu heulen.

»So war das doch nicht gemeint, Herr Winterstein. Wirklich nicht. Es war nur so ... also, dass sie, also seitdem sie hier im Sender ist, da fliegt ihr alles zu, und alles macht sie, als hätte sie's schon immer gemacht, da haben ja andere gar keine Chance mehr. Das kann doch nicht mit rechten Dingen zugehen, dass da einfach eine ohne Ausbildung herkommt und uns die Arbeit wegnimmt ...«

»Fräulein Bothsen nimmt die Arbeit eben ernst, Fräulein Grüneberg. Sie bringt eigene Ideen ein und sitzt nicht nur genervt herum und raucht. Nicht nur Sie sollten sich da mal eine Scheibe abschneiden!«

Nun heulte Linda lauter.

»Oh Gott, sie wird mich von nun an noch mehr hassen«, wisperte Elly und lauschte weiter. »Sie wird …«

»Psst«, machte Stupsi, und sie pressten ihre Ohren an die Tür zu Paul Wintersteins Büro.

»Trotzdem ist es doch merkwürdig, dass sie alles sofort gut macht und Sie sie immer weiterkommen lassen, während wir anderen überhaupt keine Möglichkeit haben, einen Schritt nach vorn zu tun. Sehr merkwürdig ist das. Das finde übrigens nicht nur ich.«

Linda schnäuzte sich lautstark, und dann hörte man etwas, das sich anhörte wie eine Faust, die krachend auf einen Tisch donnerte. Dann brüllte Winterstein so laut los, dass selbst Stupsi und Elly ein Stück von der Tür zurückwichen.

»Nun ist es genug! Ich verbitte mir solche Unterstellungen! Wollen Sie jetzt so anfangen? Ja? Wollen Sie das? Mir und Fräulein Bothsen etwas unterstellen? Ich warne Sie, Fräulein Grüneberg! Überspannen Sie den Bogen nicht! Er ist sowieso schon kurz vorm Zerreißen!«

Linda heulte nun nur noch.

»Das hat er gut gemacht«, flüsterte Stupsi. »Genau richtig. Die Grüneberg macht es sich wirklich einfach. Da ist eine besser, und schon hat sie angeblich eine Liebschaft mit dem Chef. So was Albernes. Wo doch jeder hier weiß, dass du und Peter ein Paar seid.«

»Aber sie hat doch gerade gesagt, dass nicht nur sie das so sieht.«

»Was soll sie denn auch sonst sagen? Gut, es kann natürlich sein, dass anfangs ein paar Kollegen irgendwas gedacht haben, aber das hat sich dann aber genauso schnell erledigt, wie es aufgekommen ist. Mach dir keine Sorgen, Elly. Die meisten hier mögen dich und schätzen deine Ideen und deine Arbeit. Neider gibt's doch überall.«

Trotzdem fand Elly die Vorstellung, dass über sie und Paul Winterstein geredet werden könnte, nicht gerade gut. Aber, so dachte sie, vielleicht musste sie das einfach auch lernen, dass ein Berufsleben eben kein Kaffeekränzchen war.

Weder Elly noch Stupsi ließen sich vor Herrn Winterstein irgendetwas anmerken. Elly arbeitete weiter an ihrem Sendungskonzept *Die moderne Frau* und schaltete Anzeigen in zwei Tageszeitungen. Unglaublich viele Damen bewarben sich, aber der Chef hatte Vorgaben gemacht. Es musste eine ältere, lebenserfahrene Frau sein, der man abnahm, dass sie sich mit zerkochtem Gemüse oder Kakaoflecken auf Damasttischtüchern auskannte.

Eines Nachmittags saßen Elly und Stupsi beisammen und begutachteten die Bewerbungen.

»Die Dame hier gefällt mir«, sagte Stupsi und hielt einen Brief hoch. »Sie sieht sympathisch aus, müsste ungefähr vierzig Jahre alt sein und ist Hausfrau. Das ist doch ideal.«

»Ja, das stimmt«, sagte Elly. »Die Dame hier ist aber auch passend. Sie kann unglaublich gut nähen. Hm.« Sie überlegte kurz. »Ich würde sagen, wir laden die beiden zum Gespräch ein.«

Paul Winterstein würde bei den Vorstellungsrunden zwar dabei sein, überließ seinen Mitarbeiterinnen aber die komplette Vorarbeit.

»Sie sind da ja viel näher dran als ich«, hatte er freundlich gemeint. »Ich weiß, dass Sie beide das gut machen werden.«

Die Abreise von Peter rückte derweil immer näher. Elly zwang sich, tagsüber nicht daran zu denken, dass er bald fort sein würde. Sie brachte sogar ihren Stenografie und Schreibmaschinenkurs zu einem guten Ende, und seitdem tippte sie stolz ihre Konzepte, ohne auf die Tasten zu schauen, und in Redaktionskonferenzen waren ihre Stenografiekenntnisse von Vorteil.

»Von dir sollte man sich eine Scheibe abschneiden«, sagte Stupsi. »Jetzt kann sie auch noch Steno. Was kannst du eigentlich nicht?« Aber sie sagte das nie neidisch, sondern immer mit einem Augenzwinkern.

An einem Donnerstagvormittag sollte die erste der Damen zu einem Gespräch kommen. Elly und Stupsi hatten alles vorbereitet. Elly saß in ihrem fensterlosen Büro und sortierte Unterlagen.

»Guten Morgen, Elisabeth«, sagte da ein Mann. Elly drehte sich um.

»Papa.« Sie stand auf und ging auf ihren Vater zu. »Was machst du denn hier?«

Benedikt Bothsen sah gar nicht gut aus. »Ich muss mit dir sprechen.«

»Papa, das ist jetzt wirklich ungünstig. Wir haben hier gleich Vorstellungstermine. Worum geht's denn?«

Ihr Vater hatte sichtbar abgenommen und wirkte fahrig und unkonzentriert.

»Das kannst du dir bestimmt denken«, sagte er.

Das konnte Elly sehr wohl. »Jetzt geht es nicht, Papa. Können wir uns abends irgendwo treffen?«

»Wann bist du hier fertig? Ich hole dich ab«, sagte Benedikt knapp.

»Das weiß ich noch nicht. Am besten, ich komme ins Kontor. So gegen zwanzig Uhr?«

»Gut, ich werde dort auf dich warten.«

»... und dann habe ich gedacht, dass das genau das Richtige für mich ist«, plapperte Sophie Werner, die ohne Punkt und Komma redete. »Mir sind nämlich auch schon mal Kartoffeln angebrannt, das war ein Malheur, weil es ja doch recht heftig riecht, und den Geruch kriegt man ja nicht aus der Wohnung, es sei denn, man stoßlüftet den ganzen Tag, aber das geht im Winter ja auch nicht, dann nehmen die Heizkosten überhand, und was ich auch kann, ist sticken, also ich besticke Servietten und Handtücher mit Monogrammen, und manchmal verschenke ich die auch, meine Mutter kann noch viel besser sticken, ich kann nur Kreuzstich, meine Mutter aber auch noch Stiel- und Platt- und Knötchenstich, das ist mir zu kompliziert und dann ...«

»Wie wunderbar, Frau Werner, und wie schön, dass Sie so vielseitig begabt sind, denn wir ...«, fing Paul Winterstein an, wurde aber sofort wieder unterbrochen.

»Das bin ich wirklich, das sag ich nicht nur so. Die Blusen und die Hemden von meinem Mann, die plätte ich so glatt, so glatt plättet niemand, auch meine Mutter nicht. Ich plätte viel, auch Geschirrtücher. Ich finde ja, dass eine Hausfrau alles plätten sollte, das ist das Aushängeschild eines jeden Hausstands. Also wenn ich in manche Schränke gucke, zum Beispiel bei meiner Freundin Agnes, alles Kraut und Rüben, und ...«

»Frau Werner«, sagte Elly nun, als sie sah, dass ihr Chef etwas überfordert von dem Redefluss der Neunundreißigjährigen war, aber auch nicht unhöflich unterbrechen wollte. »Wir

360

danken Ihnen herzlich, dass Sie hergekommen sind, und werden uns bei Ihnen melden.«

»Ach, sind wir schon fertig?«, fragte Frau Werner. Alle nickten heftig.

Leicht beleidigt zog die Dame ab, und sie hatten einige Minuten Zeit, um zu verschnaufen.

»Uff«, machte Stupsi. »Also, ich weiß nicht. Ich fand Frau Werner, hm … jetzt nicht so …hmmm … klug.«

»Ich auch nicht. Sie redet und redet, das ist ja grausam«, sagte Paul Winterstein. »Wenn das so weitergeht, bin ich heute Abend reif für eine Kur. Wer kommt als Nächstes?«

»Eine Frau Dr. Marianne Stradal«, entnahm Elly ihren Unterlagen. »Das ist die Dame, die sehr gut nähen und stricken und was weiß ich kann.«

»Das konnte Frau Werner aber auch«, sagte Stupsi.

»Ja, aber die hier sieht mir so aus, als ob sie richtig was von ihrem Handwerk versteht. Jedenfalls beschreibt sie sich selbst als sehr professionell im Umgang mit Nadel und Faden. Vielleicht sollten wir darüber nachdenken, mehrere Moderatorinnen für die Sendung zu beschäftigen, um verschiedene Themen zu bedienen. Schauen wir uns die Frau Doktor doch mal an.«

Oh, dachte Elly, als die Dame Wintersteins Büro betrat. Genau so stellte man sich jemanden vor, zu dem man Vertrauen fasste. Frau Stradal war nicht besonders groß, hatte rötliche Haare und ein rundes, liebes Gesicht. Sie hatte allerlei Handarbeitszeug mitgebracht und begrüßte alle Anwesenden höflich. Elly schätzte sie auf Ende vierzig und fand sie sofort sympathisch.

Auch Paul Winterstein und Stupsi sahen so aus, als wären sie der Meinung, dass hier nicht Hopfen und Malz verloren sei.

Frau Stradal setzte sich, lächelte alle an und erzählte von ihren langjährigen Erfahrungen in der Handarbeit.

»Ich habe schon immer gern gestrickt und gehäkelt«, sagte sie. »Auch schon in der Schule, mein erster gehäkelter Topflappen ist heute noch mein Talisman.«

»Sehr schön«, sagte Elly.

»Ich nähe auch alles selbst. Meine Gardinen und Überdecken, Kissenbezüge und die ganze Bettwäsche. Mein Mann sagt, dass ich damit eigentlich Geld verdienen müsste.« Sie schmunzelte.

»Na, vielleicht tun Sie das ja bald«, sagte Elly froh.

»Sie ist unsere erste Wahl«, waren Elly, Stupsi und Herr Winterstein sicher, nachdem Frau Stradal sich verabschiedet und gegangen war. Elly war froh, dass auch hier alles zu klappen schien. Jedenfalls mit der Handarbeit.

Zur Feier des Tages lud Paul Winterstein Stupsi und Elly zu einem frühen Abendessen ein.

»Ich bin später noch mit meinem Vater verabredet«, warnte Elly vor.

»Keine Angst, allzu lange will ich meine kleine Familie auch nicht warten lassen, ich hab nur das Bedürfnis, uns dreien jetzt mal etwas Gutes zu tun«, sagte Winterstein, und sie fuhren mit seinem Mercedes zu *Hummer Pedersen* in der Großen Elbstraße, um noch mal den Ablauf der geplanten Sendungen zu besprechen.

»Ich muss eben alles nach oben weitergeben«, sagte er. »Wir sind ja im Sender immer noch in der Experimentierphase und müssen uns klarmachen, dass nicht jede Sendung, die wir erfinden und auch machen, auf Dauer halten wird. Es wird auch Enttäuschungen geben, Fräulein Bothsen.«

Elly nickte, während der Ober ihnen einen kühlen Weißwein einschenkte.

»Heute haben wir ganz wunderbare Austern im Angebot«, sagte der Ober dienstbeflissen. »Sie befinden sich sozusagen noch im Meer, so frisch sind sie.«

»Oh, das ist eine wunderbare Idee. Mögen Sie Austern?«, fragte Paul Winterstein seine Mitarbeiterinnen. Stupsi schüttelte den Kopf, aber Elly nickte. Sie liebte Austern mit Zitrone und weißem Pfeffer, manchmal auch mit ein wenig Worcestersoße.

»Ich nehme dann zur Vorspeise eine Fischsuppe«, sagte Stupsi.

»Die Hauptspeise steht aber schon fest«, sagte Winterstein. »Bei Pedersen muss man Hummer essen. Also dreimal den halben kanadischen Hummer, bitte, mit Baguette und der vorzüglichen Mayonnaise, von der ich zu gern immer noch das Rezept hätte, es aber leider nicht bekomme.«

»Tja, das ist unser Geheimnis«, sagte der freundliche Ober, der alles notiert hatte. »Wohlsein.«

»Danke.« Winterstein hob das Glas. »Auf den Sender«, sagte er feierlich. »Und auf dass wir noch viele schöne Ideen haben. Und vor allen Dingen hoffen wir, dass das Fernsehen sich durchsetzen wird. Nicht jeder glaubt daran, viele schütteln über uns Irre den Kopf, die wir in einem Hochbunker hausen und vor uns hinwurschteln. Aber ich denke, wir sind auf einem guten Weg.«

»Hört, hört«, sagte Elly, und sie stießen an.

»Ich glaube schon, dass wir uns durchsetzen werden«, meinte Stupsi. »Wenn ich die Leute immer vor den Schaufenstern stehen sehe ...«

»Ich denke es ja auch«, sagte Winterstein.

»Was ist denn, Fräulein Bothsen, Sie sind so schweigsam«, fragte er kurze Zeit später.

»Ach, mir geht so viel durch den Kopf«, sagte Elly. »Ob wir das alles richtig machen, ob es richtig ist, ob ich die Richtige bin. Eigentlich habe ich ja von nichts eine Ahnung.«

Winterstein lachte. »Sie verfügen allerdings über eine rasche Auffassungsgabe und lernen schnell. Was Sie einmal gesagt bekommen, sitzt. Stellen Sie Ihr Licht mal nicht unter den Scheffel. Ich, und nicht nur ich, bin froh, Sie bei uns im Sender zu haben.«

»Danke, Herr Winterstein, ich bin auch froh. Wobei mir das mit Linda Grüneberg irgendwie doch leidtut.«

Stupsi verdrehte die Augen. »Fräulein Bothsen merkt nicht, dass Fräulein Grüneberg die größte Schlange in der Schlangengrube ist, Chef.«

»Machen Sie sich mal darüber keine Sorgen, Fräulein Bothsen. Das wird sich alles finden. Ich habe sie ja nicht rausgeworfen wie Herrn Hagen. Wobei ich kurz davor war, muss ich sagen. Ah, da kommen ja die Austern!«

Pünktlich um zwanzig Uhr und ein wenig angetüdelt trudelte Elly bei ihrem Vater ein. Im Kontorhaus herrschte eine fast gespenstische Stille, alle Angestellten waren schon gegangen, selbst York schien nicht mehr da zu sein, worüber Elly nicht traurig war. Sie traf ihren Vater auf dem Weg zur Treppe, die er gerade herabkam.

»Ich dachte, wir vertreten uns ein wenig die Beine«, sagte Benedikt, der noch blasser wirkte als am Vormittag.

»Gut«, sagte Elly. Sie liefen langsam durch die Speicherstadt, die mit ihren vielen roten Backsteingebäuden sehr imposant war. Überall flossen kleine Kanäle, und überall wurde gearbeitet. In allen erdenklichen Sprachen schrie man sich etwas zu, orientalische Teppiche mit wunderbaren Mustern hingen aus den Fenstern, es roch nach Kaffee, Gewürzen und Tang, nach Geräuchertem und nach diesem undefinierbaren Geruch, den es eben nur hier gab und den Elly seit ihrer frühesten Kindheit erfolglos versuchte einzuordnen.

»Das ist der Geruch dieses Viertels«, hatte ihr viel zu früh verstorbener Großvater früher erzählt. »So riecht's nur dort.«

Auch jetzt atmete Elly diesen Geruch wieder ein und musste wieder daran denken, wie sie als Kind ab und an hier gewesen war und auch mit am Hafen hatte sein dürfen, wenn die großen Schiffe mit den ausländischen Namen ihre Ladung löschten und Bothsen und den anderen Händlern die Waren aus Afrika und Brasilien brachten. Hier hatte Elly auch ihre erste Banane geschenkt bekommen und zum ersten Mal auf einem der großen Schiffe mit den exotischen Namen und den schönen Galionsfiguren am Bug heiße Schokolade mit Sahne getrunken, was sie niemals vergessen hatte. Das cremige Getränk duftete nach Exotik und Ferne, nach Süße und Freude, die Sahne obendrauf war das pure Glück. Ihr Vater hatte gelacht, als er ihr verklärtes Gesicht gesehen hatte, und ihr den Schokoladenmund mit seinem frisch gestärkten, mit Monogramm versehenen Leinentaschentuch abgewischt.

Plötzlich überflutete Elly eine starke, innige und tiefe Liebe zu ihrem Vater, und sie stellte mit einem Mal alles infrage.

War es wirklich alles richtig gewesen, was sie getan hatte? Sie hakte sich bei ihm ein. Benedikt ließ es zu und tätschelte ihre Hand. Vor einem der Kanäle blieb er stehen und löste sich von seiner Tochter.

»Deine Mutter will die Scheidung, Elisabeth.«

Obwohl Elly das von ihrer Mutter schon wusste, klang der Satz wie ein Hieb.

Natürlich, sicher. Sie war erwachsen und auf ihre Eltern nicht mehr angewiesen. Aber es waren doch ihre Eltern. Mutter und Vater, die es immer gegeben hatte. Die einfach zusammen gewesen waren, ohne Wenn und Aber. Eine Einheit, die niemals auseinandergehen konnte. Und nun das. Nie hätte Elly gedacht, dass sie einen solchen Satz aus dem Mund ihres Vaters hören würde.

Ihre Mutter hatte es zwar auch schon gesagt, aber nicht so. Nicht so ernst, nicht so bitter. Nicht so verzweifelt.

»Ach, Papa.« Ellys Herz schmolz vor lauter Mitleid für den gebrochenen Mann, der da vor ihr stand. Sie umarmte ihn und streichelte seinen Rücken, aber Benedikt machte keine Anstalten, es ihr gleichzutun. Im Gegenteil, er versteifte sich und räusperte sich dann.

»Hör mir gut zu, Elisabeth. Ich weiß zwar immer noch nicht, was in dich gefahren ist, dass du die Hochzeit mit Thies von Rehren nicht willst, ich weiß auch nicht, warum du dich in diesem NWDR herumtreibst und was du da außer stumpfsinnigen Ankündigungen sonst noch tust, ich weiß auch nicht, was du mit einem Dahergelaufenen wie diesem ... Peter anfangen kannst. Ich habe mir Besseres für dich gewünscht. Aber gut. Du kamst zu mir und hast mich erpresst, kurze Zeit später fängt deine Schwester mit denselben Sperenzchen an, sie würde sich von Jan Bergmann bedrängt fühlen und was weiß ich.«

»Papa, er hat versucht, Kari zu ...«

»Schweig. Nun rede ich.« Benedikt hob die rechte Hand. »Über so etwas spricht man nicht. Tatsache ist, dass meine Familie auseinanderbricht. Elfriede hat mitbekommen, dass

366

York eine Geliebte hat, Katharina hat es ihr aufs Butterbrot geschmiert. Und dann hat Elfriede merkwürdige Andeutungen gemacht. Nun fragt sich York, wer wohl der Vater von Elfriedes Kind ist. Um es kurz zu machen, alles geht den Bach hinunter. Unsere Familie ist nicht mehr dieselbe. Das, verehrte Tochter, hat alles damit angefangen, dass du dich plötzlich selbst verwirklichen wolltest, oder wie immer man das nennt.«

»Papa, ich …«

»Ich rede, Elisabeth!«, fuhr Benedikt seine Tochter an. »Nun könnte ich beschließen, mich nicht mehr an unsere Verabredung zu halten, nicht wahr? Und dir die Arbeit dort verbieten! Aber ich tue es nicht. Du kannst machen, was du willst, Elisabeth, doch ich informiere dich hier und heute darüber, dass du mit einem Erbe meinerseits nicht zu rechnen hast. Dir wird nichts zukommen, rein gar nichts. Du wirst auch dein Elternhaus nicht mehr betreten. Deine persönlichen Dinge werde ich dir in diese Anstalt schicken oder sonstwohin. Wenn deine Schwester nicht einsichtig wird, werde ich mit ihr genauso verfahren.« Er räusperte sich, während Elly eiskalt wurde.

»Das war es, was ich dir sagen wollte, Elisabeth. Und nun geh. Geh weg. Ich möchte allein sein.«

Elly blieb mit hängenden Armen stehen und war auf einen Schlag absolut nüchtern. Hatte ihr Vater das alles gerade wirklich zu ihr gesagt?

»Papa«, sagte sie. »Weißt du eigentlich, dass Thies von Rehren der Vater von Elfriedes Kind ist?«

Benedikt drehte sich zu ihr um. »Natürlich weiß ich das. Aber das tut nichts zur Sache. Darüber spricht man nicht. Und nun geh. Ich sagte, geh«, wiederholte er. Als sie immer noch stehen blieb, drehte er sich um und ging mit festen Schritten davon. Etwas in Ellys Innerem zerbrach.

Wie in Trance lief Elly nach Hause in die Hong-Kong-Bar. Zum Glück hatte Ingrid Dienst, und Peter musste etwas wegen seiner Abreise klären. Im Sender hatte er schon Bescheid gesagt, und man hatte ihm versprochen, dass er seine Ausbildung beginnen könne, wenn er zurück war. Elly war froh, dass sie alleine war. Sie zog sich aus, putzte ihre Zähne und verzichtete sogar auf eine Katzenwäsche. Sie ließ sich in ihr Bett fallen und weinte und weinte und weinte.

Kapitel 32

»Hoppla, schönes Fräulein, nehmen Sie mich mit?« Der Reporter Jürgen Roland strahlte Elly freundlich an.

»Oh, sicher. Wir haben uns ja lange nicht gesehen«, sagte Elly. Sie fühlte sich wie gerädert, war in der Nacht erst gegen ein Uhr eingeschlafen und ständig aufgewacht. War sie wirklich Schuld am Verfall ihrer Familie?

»Ich war auf Reisen«, erklärte Jürgen Roland und zog den Reißverschluss seiner schwarzen Lederjacke auf. »Und heute kommt hoher Besuch ins Studio. Hildegard Knef und Hans Albers. Die haben den deutschen Fernsehpreis gewonnen, also der Film *Nachts auf den Straßen*. Ich führe ein Interview mit den beiden. Möchten Sie ein Autogramm, holde Maid?«

Elly lächelte. »Nein, danke. Ich bin keine Autogrammjägerin. Aber wenn Sie für meine Freundin eines erbitten könnten, wäre das wunderbar. Sie heißt Ingrid.«

»Geht klar«, sagte Roland. »Für die liebe Ingrid vom blauäugigen Hans.«

»So oder so ähnlich«, sagte Elly. »Danke schön.«

»Na gern. Wollen wir nur hoffen, dass die beiden auch wirklich um sechzehn Uhr hier sind, ab siebzehn Uhr … na, Sie kennen ja das Malheur mit unserem Aufzug. Aber Sie haben gar keine Angst mehr vor dem Höllengerät?«

»Nein, ich komme gut klar, vielen Dank«, lachte Elly, und da waren sie auch schon oben angelangt.

»Übrigens scheinen Sie ja ein richtiger Tausendsassa zu

sein«, redete Jürgen Roland weiter, während sie Richtung Redaktion und Studios gingen. »Überall, wo's brennt, springt Elly ein. Es gab sogar schon Tränen, wie ich hörte.«

»Ach, das war nur aushilfsweise bei den Ansagen, weil Frau Koss einen Unfall hatte«, sagte Elly. »Was die Tränen angeht, dazu sag ich besser nichts, ich will nichts schüren, glaube aber, dass die Rüge, die dazu geführt hat, gerechtfertigt war.«

»Das haben Sie schön gesagt.« Jürgen Roland pfiff vor sich hin. »Da sind wir schon. Ich wünsche Ihnen einen wunderbaren Tag.«

»Danke, Ihnen auch, und danke noch mal für das Autogramm.«

»Nur zu gern. Ich lege es in Ihr Fach bei Stupsi. Empfehle mich.« Er wirbelte davon. Elly sah ihm hinterher. Ein komischer Kauz, aber nett. Ein Hansdampf in allen Gassen eben.

»Ach, ist Jürgen wieder aus Berlin da?«, fragte Stupsi, die gerade um die Ecke kam. Elly nickte.

»Der ist immer mal hier und mal dort und macht dies und das und hat immer neue Ideen. ›Was ist los in Hamburg?‹ ist seine neueste. Er will die Prominenten, die gerade bei uns in der Stadt sind, spontan interviewen. Ich find's ja witzig, denn Jürgen stellt gute Fragen, die sich keiner traut zu fragen, also er wird auch schon mal persönlicher.«

»Oh«, sagte Elly und schaute Jürgen Roland nach, obwohl der schon lange um eine Ecke gebogen war. »Das ist ja interessant.« Sie war schon immer neugierig gewesen, und plötzlich schoss ihr eine Idee durch den Kopf. Mit prominenten Persönlichkeiten sprechen, ihnen interessante Fragen stellen … das wäre doch was … den ganzen Tag dachte sie darüber nach.

In der Sitzung war unter anderem *Die moderne Frau* ein Thema.
»Wie schön, dass wir nun bald mit den ersten drei Sendungen loslegen können«, sagte Paul Winterstein und nickte zufrieden.

»Das geht ja alles immer recht schnell«, sagte einer der Redakteure der Politik. »Also sehr schnell.«

Betretenes Schweigen durchzog den Raum.

»Was meinen Sie damit, Bert?«, wollte Winterstein wissen.

»Na ja, man fragt sich halt, wie das alles zusammenpasst. Also, das fragen sich hier einige, aber die trauen sich das nicht wirklich zu sagen. Da kommt eine junge Dame und wird durch Zufall beim Zuschauertelefon von Linda eingestellt, und eine Sekunde später ist sie dann hier oben, betreut die Sendung vom Hahn, dann fällt Irene aus und sie darf ansagen, und dann schleppt sie Affen, Löwen und Schlangen in den Sender, weil sie sich eine Tiersendung ausgedacht hat. Jetzt also noch eine Sendung für die Frauen, und da hat sie auch die Idee gehabt. Wir anderen kommen auch mit Ideen, da heißt es immer, macht ein Konzept, dann schau ich mir das an und ...«

»Oh, entschuldigen Sie bitte, Bert, wenn ich Sie kurz, ganz kurz nur, unterbreche«, Winterstein hatte die Hand gehoben. »Bleiben wir doch mal beim Thema Konzept, ja? Ich erinnere mich gut daran, dass Sie auch mal die eine oder andere Idee hatten, beispielsweise eine Sendung über Autos und Motorräder, auch da habe ich Sie um ein Konzept gebeten, das ich leider nie bekommen habe, auch auf Nachfrage nicht. Und bevor Sie für Bert in die Bresche springen, Ferdinand, bei Ihnen war es das Gleiche mit den Gartentipps. Ein Konzept erstellen? Nö. Einfach so Ideen in den Raum werfen ohne Hand und Fuß kann wirklich jeder – und soll auch.

Aber dann muss das Ganze auch ausgearbeitet werden, und das wurde hier getan.«

Bert und Ferdinand pressten die Lippen aufeinander und sagten gar nichts mehr. Elly war das entsetzlich unangenehm.

Aber wenn es stimmte, was der Chef sagte, dann hatte er recht. Ohne Konzept, das wusste sie mittlerweile, kam man im Sender nicht weiter. Die Oberen mussten was zum Lesen haben, um sich die Umsetzung ungefähr vorstellen zu können.

»Sind alle Unklarheiten jetzt aus dem Weg geräumt?«, fragte Paul Winterstein.

Bert und Ferdinand nickten etwas zu süffisant, und Ernst sagte »Ja, ja, Chef. Wir sagen gar nichts mehr.«

Und dann sahen sie Elly von oben bis unten an. Elly wusste genau, was die beiden dachten. Noch nie hatte sie wirklich Kontra gegeben, aber nun hatte sie genug von den Unterstellungen.

»Ich habe nicht nur Ideen, ich versuche auch, sie gut umzusetzen«, sagte sie mit fester Stimme. »Und beileibe nicht alles funktioniert gut, wenn man an meine Vertretung für Irene Koss denkt. Das möchte ich auch nicht mehr machen. Aber ich merke, dass es mir gut gefällt, mir Sachen auszudenken und mitzudenken und mitzumachen, und dazu gehören natürlich auch Konzepte, was manchmal ganz schön lange dauert, weil ich ja auch alle Verantwortlichen überzeugen muss. Auch die Sendung mit Wilmenrod, so einfach, wie das immer aussieht, ist nicht immer ein Zuckerschlecken, da haben wir auch schon einiges erlebt. Aber sie läuft wunderbar, die Zuschauerinnen und Zuschauer sind begeistert.«

»Wenigstens mal eine Sendung, die Sie sich nicht ausgedacht haben«, meinte nun Olaf, ein Kameraassistent.

»Das stimmt. Aber ich habe versucht, Ordnung reinzubringen«, konterte Elly. »Das war alles für mich ein Sprung ins kalte Wasser, ich habe versucht, nicht unterzugehen. So. Das musste mal gesagt werden.«

Alle schwiegen, einige schauten auf ihre Schuhspitzen.

»Dann wäre dazu wohl alles gesagt, und wie bisher gilt: Wer gute Ideen hat, soll sie mir gern vortragen, ich höre mir jede einzelne an, solange sie ausgereift ist und etwas Schriftliches dazu vorliegt«, beendete Paul Winterstein die Diskussion.

»Wir haben im Übrigen sehr positive Rückmeldungen von der Zuschauerseite. Offenbar gefällt es den Menschen, wenn nicht alles nach Plan läuft. Anrufe und Zuschriften besagen, dass sie es ganz reizend fanden, als der kleine Tiger herumspaziert ist, und auch die Trichternetzspinne erreichte eine große Aufmerksamkeit. In der Presse wurde auch gelobt. Natürlich gibt's auch Kritikpunkte, viele fanden die Sendung zu kurz, sie hätten gern noch mehr über die Tiere erfahren, außerdem würde Herr Hagenbeck undeutlich sprechen. Aber daran arbeiten wir.«

»Ja«, sagte ein Kameramann, »wir schrauben das Mikro höher, das wird schon.«

»Gut«, nickte Winterstein. »Dann können wir uns ja jetzt endlich der Sendung *Die moderne Frau* widmen. Fräulein Bothsen, wie wird denn die erste Sendung aussehen?«

Kapitel 33

Während der ersten Sendung *Die moderne Frau* stand Elly bei Peter, der assistierte.

»Ich kann jetzt schon alleine die Kamera bedienen und darf es sogar«, sagte er. »Ulf sagt, ich mach das richtig gut und hätte ein gutes Auge.«

»Das freut mich.« Elly umarmte ihn schnell.

Marianne Stradal war für die Pilotsendung verpflichtet worden, sie hatte einige Proben vor der Kamera absolviert, und Elly musste feststellen, dass die sympathische Dame ein wahres Naturtalent war. Sie kam gut vor der Kamera ›rüber‹, wie man sagte, hatte eine durchgängig sympathische Ausstrahlung, das, was sie sagte, hatte Hand und Fuß, sie sprach nie zu schnell und wiederholte auch mal Handgriffe, die sie vor der Kamera zeigte. Marianne war ein Ass mit Nadel und Faden. Man hatte entschieden, *Die moderne Frau* thematisch zu senden: Mal würde es um Stricken, Nähen, Häkeln oder Sticken gehen, mal um Mode oder Haushaltstipps. Es wurde darauf geachtet, dass Don Clemente keine Konkurrenz bekam.

»Nicht dass er sich doch noch einen Dolch in die Brust bohrt, das wollen wir bitte vermeiden«, hatte Paul Winterstein gebeten.

In den *Die moderne Frau*-Sendungen ging es darum, hartnäckige Flecken loszuwerden, Silber zu putzen oder Weinflaschen richtig zu öffnen. Man konnte auch Erfindungen einreichen, die vor laufender Kamera erprobt wurden. In der

Rubrik *Für Sie entdeckt* probierte die jeweilige Moderatorin die Neuheit dann aus. In der ersten Sendung sollte ein drehbarer Milchausgießer vorgestellt werden, damit man keine Schere mehr brauchte, um die dreieckigen Milchtüten aufzuschneiden.

»Ich bin sehr froh, dass Frau Dr. Stradal das so gut macht«, sagte Elly leise zu Peter, während Marianne Stradal einen Fliegenpilz aus rotem Filz mit weißen Perlen benähte und dabei erzählte, wie hübsch das als Herbstdekoration aussehen würde. »Fangen Sie nur frühzeitig mit dem Basteln an«, sagte sie in ihrer ruhigen, besonnenen Art. »Denn der Herbst ist schneller da, als man denkt.«

»Übrigens habe ich dir einen Vorschlag zu machen«, flüsterte Peter. »Was hältst du davon, wenn du während meiner Abwesenheit in meine Wohnung nach Altona ziehst?«

»Pssssssssst«, machte Stupsi und schaute die beiden böse an.

»Reden wir nachher drüber«, wisperte Elly, die die Idee allerdings sehr gut fand.

Es war zwar schön im Hong-Kong-Hotel, daran gab es keinen Zweifel, und sie verstand sich wunderbar mit Ingrid, aber wenn das Baby erst mal da wäre – es wurde im Juli erwartet –, wollten Ingrid und Helge eine der Wohnungen in den zwölf Hochhäusern in dem Neubaugebiet Grindelberg beziehen und demnächst schon heiraten.

»Du, Elly, da ist ganz viel Grün drumherum«, hatte Ingrid begeistert erzählt. »Und es gibt in den Erdgeschossen Geschäfte und sogar Müllschlucker in jedem Stockwerk. Das ist so modern.«

Helge und Ingrid waren wirklich füreinander gemacht. In jeder freien Minute kam Helge in die Bar und nahm Ingrid alles Schwere ab.

»Ich kann froh sein, dass ich noch selbstständig atmen darf«, sagte die immer lachend und schüttelte den Kopf.

»Was sagst du zu meinem Vorschlag mit der Wohnung?«, fragte Peter später, als sie in der Bar saßen und ein Bier tranken.

»Ich finde ihn gut«, sagte Elly. »Aber ich habe auch ein bisschen Respekt davor.«

»Respekt?«

»Nun ja, ich habe noch nie alleine gewohnt«, sagte sie. »Ich war immer zu Hause und dann hier mit Ingrid oder bei dir. Es ist bestimmt seltsam.«

»Das kriegst du hin, ich bin ganz sicher«, sagte Peter und nahm sie in den Arm.

Am liebsten hätte Elly schon wieder gesagt, dass sie nicht wollte, dass er fortging, aber warum sollte sie es ihnen beiden so schwer machen? Es war ja sowieso schon schwer genug.

»Also gut«, sagte sie. Ewig konnte sie ja nicht in dem Zimmerchen bleiben, und die Vorstellung, in einer richtigen Wohnung zu wohnen und auch mal seine Ruhe zu haben, wenn man das wollte, war gar nicht schlecht. Sie mussten einfach das Beste aus der Situation machen.

Dann erzählte Elly Peter von dem Treffen mit ihrem Vater.

»Auweia«, sagte Peter, als sie fertig war. »Das war sicher ein Schlag ins Gesicht für dich.«

»Und wie«, sagte Elly, die plötzlich merkte, wie die Traurigkeit in ihr hochstieg. »Weißt du, mir tat plötzlich alles so leid. Auch für Papa. Sein ganzes Weltbild ist ja auseinandergebrochen, von heute auf morgen. Natürlich gebe ich mir auch die Schuld. Ich hab ja angefangen mit den Querelen, indem ich Thies nicht heiraten wollte.«

»Aber, Elly. Du hast mir doch erzählt, wie überrumpelt

du warst, man hat dich ja gar nicht gehört oder gesehen. Du warst doch wie eine Ware, die möglichst gewinnbringend an den Mann gebracht werden sollte.«

»Schon«, sagte Elly und begann zu weinen. »Aber ich hab doch nicht damit gerechnet, dass Papa mir alle Türen vor der Nase zuschlägt. Ich dachte, er will sich mit mir versöhnen. Aber er wollte genau das Gegenteil. Er fand es ja noch nicht mal schlimm, dass Thies und Elfriede zusammen …«

»Ach, mein Herz«, sagte Peter. »Meine Mutter hat immer gesagt: Das wird nicht die einzige Enttäuschung sein, die du meistern wirst. Und sie hatte recht. Du wirst damit zurechtkommen und daran wachsen. Glaub's mir, ich spreche aus Erfahrung. Aber wir beide, wir sind zusammen, und wir werden …«

Nun brach alles aus Elly heraus. »Aber du wi-hi-hirst bald weit weg sein, und ich wei-hei-heiß doch gar nicht, ob das gefährlich ist und ob dir wa-ha-has passiert«, schluchzte sie zum Gotterbarmen, sodass einige Männer in der Bar schon aufstanden, weil sie dachten, sie bräuchte Hilfe vor ihrem brutalen Freund. Aber als sie sahen, dass Peter sie in den Arm nahm, beruhigten sie sich wieder.

»Sch-sch«, machte Peter und streichelte ihren Rücken, aber Elly konnte nicht aufhören zu weinen. Alles kam zusammen. Die Gemeinheit von Linda Grüneberg, der Übergriff von Wolfgang Hagen, diese verflixte verpatzte Ansagerei, die neuen Sendungen, Papa, der sie brüskiert hatte, und Peter, der fortmusste und sie alleine lassen würde in dieser kalten Welt. Nichts erschien Elly mehr schön, sie weinte und weinte und weinte, und Peter war einfach da, hielt sie fest und tröstete sie mit seiner wohlriechenden Wärme.

Kapitel 34

Zu *Die moderne Frau* kamen ebenfalls viele Zuschriften mit Lob, aber auch Kritik. Mehr Abwechslung forderten die Zuschauerinnen und mehr Inhalt.

Und *Bitte, in zehn Minuten zu Tisch* wurde zu einem wahren Renner. Clemens Wilmenrod hatte so lange herumgemeckert, bis man Elly wieder komplett an die Sendung »zurückgab«. Erst dann war er zufrieden. Elly hatte zugestimmt, weil sie trotzdem noch genügend Zeit für die anderen Sendungen hatte. Erika führte sich weiterhin auf wie eine Diva. Je mehr positive Resonanz von den Zuschauern kam, desto wichtiger fühlte sie sich, womit sie ziemlich vielen Mitarbeitern auf die Nerven ging. Aber niemand sagte was, man brauchte eine gut gelaunte Erika Hahn, damit ihr Mann vor der Kamera brillierte. Seit Neuestem stand ein Schnellbräter im Studio, der *Heinzelkoch* hieß und von Wilmenrod geliebt wurde, genauso wie der Schnellschneider *Schneidboy* oder der Müllentsorger *Schluckspecht*.

»Sagt mal«, wunderte sich Elly. »Wo hat er denn diesen Kram plötzlich her? Das Schneiden ging doch sonst immer mit dem Messer ganz hervorragend? Zumal er nie allein geschnitten hat.«

»Tja«, machte einer der Assistenten und rollte mit den Augen. »Auf dem Ohr ist unser Don Clemente leider taub. Angeblich geht nichts mehr ohne diese Neuerungen.«

Elly ging zu Wilmenrod, um mit ihm darüber zu sprechen,

weil es ihr irgendwie komisch vorkam, dass er in den Sendungen ständig die Namen der Geräte kundtat.

»Werden Sie dafür bezahlt, Herr Hahn?«, fragte sie ihn dann direkt, denn sie hatte kürzlich in einem Rundfunkbeitrag gehört, dass die bezahlte Werbung auf dem Vormarsch sei. Viele Hersteller boten sich an, ihre Produkte zur Verfügung zu stellen, wenn sie dann im Fernsehen gezeigt oder im Rundfunk genannt wurden, und natürlich boten sie auch Geld dafür.

»Als ob ich das nötig hätte«, sagte Wilmenrod pikiert. »Davon mal abgesehen ist der Heinzelkoch zu einem unentbehrlichen Helfer in meiner Küche geworden. Ich weiß nicht, wie ich ohne ihn weiterleben soll.«

Elly schüttelte den Kopf und ging. Wenn Wilmenrod stur war, dann war er stur, und beweisen konnte sie ihm nichts.

»Ist denn für die Übertragung der Krönungsfeierlichkeiten alles so weit vorbereitet?«, fragte Paul Winterstein in einer Sitzung Ende Mai. Der verantwortliche Redakteur nickte.

»Wer kommentiert?«, fragte Winterstein.

»Udo Langhoff, Werner Baecker, Hermann Rockmann«, erklärte Stupsi.

»Nur Männer?«, fragte Elly spontan. Alle hoben die Köpfe und schauten sie an.

Sie wurde rot. »Ich meine ja nur«, sagte sie dann. »Ich kann mir vorstellen, dass viele Frauen die Übertragung der Krönung schauen werden. Wäre es nicht passender, auch eine Frau einzusetzen?«

»Willst du das vielleicht auch noch machen?«, fragte ein Kollege süffisant, und alle anderen Männer murmelten irgendwas in ihren Bart.

379

»Natürlich nicht«, widersprach Elly. »Ich dachte, vielleicht könnten Irene Koss oder Frau Feldmann ...«

»Ach, damit du dann wieder die Ansagen machst? Ganz schön gewieft«, sagte Ferdinand, der sowieso schlechte Laune hatte, weil sein Gartenkonzept vom Chef abgelehnt worden war.

»Ruhe bitte und hört alle auf mit irgendwelchen Unterstellungen. Fräulein Bothsen, Sie haben natürlich recht, eigentlich müsste eine Frau sogar vor Ort sein. Von dort kommentieren, aus der Westminster Abbey. Von ihren Eindrücken berichten, die Kleider beschreiben, die Juwelen. Aber da sind mir momentan die Hände gebunden, denn wir haben niemanden, den wir dorthin schicken könnten, dazu kommen die Kosten. So eine Flugreise ist nicht billig, und dann das Hotel.«

Das verstand Elly natürlich. »Schade, aber ich wollte es zumindest angesprochen haben«, sagte sie beinahe enttäuscht. Mussten denn überall Männer moderieren?

»Stupsi«, sagte sie nach der Sitzung. »Hast du kurz Zeit für mich?«

»Für dich doch immer«, sagte Stupsi. »Komm, wir gehen zur ollen Rowenta und gucken, ob sie uns einen Kaffee warmgehalten hat.«

Kurze Zeit später saßen sie mit ihren Kaffeetassen am Ende des Ganges in einem kleinen Raum, in dem Kabel und anderes Sendungsequipment gelagert wurde. Hier konnte sie wenigstens niemand stören, Stupsi hatte den Raum mal zufällig aufgetan, als sie einen Kollegen suchte.

»... und das würde ich dem Chef gern vorschlagen. Was sagst du dazu?«

»Also erst mal bin ich baff«, meinte Stupsi und stellte

ihre Tasse auf den Betonfußboden.»Dann denke ich nach, warte …«, sie runzelte die Stirn.»… dann sage ich Ja. Das machst du.«

»Aber du kommst mit!«, bat Elly.

»Ich? Seit wann kannst du nicht alleine zum Chef?«

»Doch nicht zu Winterstein! Nach London! Ach, dein Gesicht ist Gold wert!«

»Nein, Fräulein Bothsen, nein«, sagte Paul Winterstein und lehnte sich zurück.»Ich werde Ihnen was sagen. Erstens würden wir damit noch mehr Öl ins Feuer gießen. Sie wissen, wie einige aus der Belegschaft zu Ihnen stehen. Dann komme ich um die Ecke und sage, das Fräulein Bothsen fliegt mit nach London. Die drehen mir doch den Hals um.«

»Aber, Herr Winterstein«, sagte Elly.»Sie sagen doch selbst, dass man Erfahrungen sammeln muss, wenn man weiterkommen soll. Bitte, bitte, lassen Sie mich doch wenigstens bei den Herren mitsprechen. Meine Mutter hat immer alles über das englische Königshaus gelesen und auch über die anderen Adelshäuser, bei ihr könnte ich mir Rat holen …«

Das war ihr nämlich zum Glück noch eingefallen: Magdalena und ihre Liebe zu Königinnen und Juwelen. Sie war eine begeisterte Leserin von *Das Ufer* und konnte sich stundenlang in Reportagen über den schillernden Adel vertiefen.

»Ja, am besten kommt Ihre Mutter dann noch mit nach London«, sagte Paul Winterstein.»Ich bleibe bei Nein. Und Sie, Fräulein Bothsen, sollten das jetzt mal akzeptieren und mich ernst nehmen. Sie haben doch selbst gesagt, dass Ihnen diese Aufregung vor Sendungen arg zusetzt.«

Es klopfte, und ein Herr betrat den Raum.

»Grüß dich, Hermann, nimm schon mal Platz«, bat Winterstein den Kollegen Hermann Rockmann, Chefreporter des Hörfunks und Leiter der Reportageabteilung, und der setzte sich und nickte Stupsi und Elly freundlich zu. Man kannte sich vom Sehen.

»Ja, die Ansagen, die haben mir zugesetzt«, sprach Elly einfach weiter. »Aber wenn ich darüber nachdenke, in London zu sein, sozusagen an der Quelle der Ereignisse, mit den Leuten zu sprechen, die da sein werden, und im Vorfeld vor der Krönung schon die Stimmung einzufangen, das wäre doch was. Das würde mir solchen Spaß machen, da könnte ich mal zeigen und sagen, was die Zuschauerinnen wirklich sehen und hören wollen!«

»Aber …«, fing Paul wieder an, wurde aber von Hermann Rockmann unterbrochen.

»Worum geht es denn?«, fragte er interessiert und zündete sich eine Zigarette an.

»Unser Fräulein Bothsen hat Blut geleckt«, lächelte Winterstein.

»Haben Sie nicht Irene vertreten?«, fragte Hermann. Elly nickte.

»Es war ein Albtraum«, sagte sie.

»Ach, jeder fängt klein an. Nun werden Sie in London kommentieren?«

»Sie möchte in London kommentieren, also am liebsten«, verbesserte Winterstein und trommelte mit den Fingerspitzen auf der Tischplatte herum.

»Ja, das möchte ich, und ich weiß, ich bin blutige Anfängerin und muss noch viel lernen, aber ich habe auch gezeigt, dass ich schnell lerne und meine Arbeit gut mache«, verteidigte Elly sich, die sich nicht mehr so schnell ins Bockshorn jagen lassen wollte.

»Wie genau stellen Sie sich das denn vor?«, fragte Rockmann neugierig.

Und Elly erzählte von ihrer Mutter, die ihr bei den Vorbereitungen helfen könnte, sie erzählte davon, dass sie Leute auf der Straße fragen könne, wie sie sich fühlten, sie wollte eben das große Ganze.

»… weil ich glaube, dass mehr Frauen als Männer zuschauen werden, halte ich es für wichtig, dass auch eine Frau dabei ist«, schloss sie. »Außerdem spreche ich sehr gut Englisch. Mein Vater wollte unbedingt, dass wir Kinder mindestens eine Fremdsprache beherrschen.«

»So. Nun genug«, sagte Winterstein und sah auf die Uhr.

»Eine schöne Stimme hat sie«, sagte Rockmann. »Fernsehtauglich ist sie auch, ich hab sie ja bei den Ansagen gesehen. Und falls ich mich recht erinnere, lobst du, Paul, das Fräulein Bothsen über den grünen Klee, seitdem sie da ist.«

»Das stimmt, aber das geht mir alles zu schnell. Das ist ja auch schon nächste Woche!«, entgegnete Winterstein.

»Ach was, nächste Woche, nächste Woche. So viel Zeit haben wir sonst nie. Wie viel haben wir uns denn hier schon aus dem Ärmel geschüttelt, Paul, oder? Denk mal an deine Radiozeit, da musste manches innerhalb von fünf Minuten entschieden werden. Ich sag dir was, lass doch das Fräulein Bothsen raus in die Wildnis, raus aus dem Bunker, lass sie nach London, lass sie Erfahrungen sammeln. Wenn sie mal fällt, steht sie wieder auf. Du musst es wagen, Paul. Wag es einfach. Also ich bin dafür«, sagte Rockmann. Ellys Herz hämmerte, während sie Winterstein anschaute.

»Ich muss darüber nachdenken«, sagte der kurz angebunden.

»Dafür, mein lieber Paul, ist keine Zeit mehr. Die Bande

fliegt am Sonntag nach London, und am Dienstag ist die Zeremonie. Nun gib deinem Herzen einen Stoß und einer jungen Dame eine Chance.«

»Zwei jungen Damen«, brachte Stupsi sich ins Spiel. »Ich will nämlich auch mit. Als persönliche Assistentin«, fügte sie dann noch hinzu.

Paul Winterstein stützte den Kopf in beide Hände. »Ihr bringt mich noch alle ins Grab. Wie soll ich das denn oben begründen?«

»Das mach ich nachher, ich muss eh zu den Herrn Oberen. Es wird nämlich alles teurer als gedacht«, lachte Hermann Rockmann. »Da kommt es darauf jetzt auch nicht mehr an.«

Am Sonntag, den 31. Mai 1953, saßen sechs Herren und zwei Damen des NWDR in dem Flugzeug, das gleich starten und sie nach London bringen sollte. Noch erlaubten die Alliierten keine deutschen Fluglinien, und so saßen sie in einer ausländischen Maschine.

Weder Stupsi noch Elly waren jemals geflogen und versuchten, sich ihre Aufregung nicht anmerken zu lassen. Elly hatte unbedingt den Fensterplatz gewollt, was sie jetzt schon bereute. Wenn das Flugzeug abstürzte, dann würde sie ja die Erde immer näher kommen sehen. Entsetzlich!

Sie hielten sich an den Händen, die immer feuchter wurden, und kicherten viel, was die Kollegen in den vorderen Reihen zum Augenrollen veranlasste. Frauen!

Die letzten Tage waren vollgefüllt mit Arbeit gewesen. Zunächst war Elly zu Herrn Rockmann gegangen und hatte sich für seinen Einsatz bedankt.

»Müssen Sie nicht, junges Fräulein«, hatte der gesagt. »Ich glaub, ich hab einen guten Riecher, und Paul übrigens auch.

Das machen wir nicht aus reiner Nächstenliebe. Ich wünsche Ihnen viel Erfolg, machen Sie was draus!«

»Das werde ich, Herr Rockmann, danke!«

Es war geplant, Elly auch live hinzuzuschalten und im Bild zu zeigen. Sie sollte schon am Tag vor der eigentlichen Übertragung zur *Tagesschau* geschaltet werden, um über ihre Eindrücke zu berichten. Auch während der Zeremonie sollte sie kommentieren, zum Beispiel über die Kronjuwelen oder über Kleiderschnitte, und sie sollte die anreisenden Könige und Königinnen beim Namen nennen. Magdalena hatte mit ihr bis spät in die Nacht gepaukt. Die Mutter hatte einen ganzen Kiosk leergekauft, Elly musste Fotos ausschneiden, in ein Buch kleben und danebenschreiben, um wen es sich handelte und was der- oder diejenige mit dem und der zu tun hatte. Magdalena war ein wandelndes Lexikon.

»Am besten, du kommst auch mit, Mama«, hatte Elly schließlich müde gesagt. »Ohne dich schaff ich das nicht.«

»Natürlich schaffst du das! Wir Bothsen-Frauen kriegen das hin!« Und die Mutter hatte ihr einen Kuss gegeben.

»Weißt du eigentlich, was ganz wunderbar ist, also unter anderem, seitdem ich deinen Vater verlassen habe?«

»Hm?«

»Meine Kopfschmerzen sind weg, Kind. Ich hab seitdem keine mehr gehabt.«

»Das ist wunderbar, Mama.« Elly hatte die Mutter umarmt und nun ihr einen Kuss gegeben.

Ihre gute Laune verflog nur für einige Stunden, nachdem Benedikt tatsächlich Ellys Hab und Gut aus dem Haus im Harvestehuder Weg in den Sender hatte bringen lassen. Dort durfte Elly es erst mal einlagern, dann würde man weitersehen. Niemand stellte merkwürdige Fragen, und das war Elly sehr recht.

Jetzt also saßen sie im Flugzeug, das nun zur Startbahn rollte.

Die Stewardessen erinnerten freundlich daran, sich anzuschnallen und das Rauchen bis nach dem Start einzustellen, und dann setzten auch sie sich, und der große Silbervogel sauste die Bahn entlang und erhob sich dann gemächlich, aber immer weiter in den strahlend blauen Himmel. Was für ein Gefühl, nach hinten in den Sitz gepresst zu werden, nachdem das riesige Gefährt abgehoben hatte, das Geräusch, als das Fahrwerk eingefahren wurde … Elly schaute aus dem Fenster. Du liebe Zeit. Wie schnell Hamburg klein wurde! Aber wie viele Flüsse und Kanäle es in ihrer Heimatstadt doch gab! Stupsi neben ihr hatte die Augen geschlossen und öffnete sie dann wieder.

»Es heißt immer, dass bei Start und Landung das meiste passiert«, sagte sie. »Jetzt bin ich erst mal froh, bis wir landen.« Dann schrieb sie weiter in ihren Unterlagen herum.

Und da erlosch auch schon das Fasten-seat-belt-Zeichen, und die Stewardessen begannen, mit Rollwagen durch den Gang zu fahren.

Kapitel 35

Drei Stunden später saßen sie in einem Taxi und ließen sich quer durch London zum Hotel fahren. Es war keines dieser großen, sondern ein kleines, inhabergeführtes, was Elly und Stupsi sehr recht war, das war ja hier alles schon trubelig genug. Der Fahrer quälte sich im Linksverkehr mit dem schwarzen Wagen durch die festlich geschmückten Straßen und fluchte kaum hörbar vor sich hin, denn zwischen ihm und dem Fond befand sich eine Glasscheibe. Elly und Stupsi saßen mit offenen Mündern da und saugten alles auf. Überall Flaggen, überall das Konterfei von Prinzessin Elisabeth und auch von ihrem Mann, Philip. Kleine Geschäfte, riesige zweistöckige Busse, Menschentrauben, wohin man blickte.

Natürlich war Hamburg auch kein Dorf, aber so einen Trubel gab es dort selten. Vielleicht, überlegte Elly, lag das auch an den bevorstehenden Feierlichkeiten.

Die Kollegen waren in zwei Taxen vorausgefahren und waren schon da, der Fahrer half den beiden Frauen mit den Koffern und den Taschen, und dann betraten sie das kleine Hotel, das schlicht den Namen *Hotel Rose* hatte.

»Oh«, sagte Stupsi. »Das ist ja schön hier.«

Sie standen im kleinen Empfangsraum, der mit dunklem Parkett und orientalischen Teppichen ausgelegt war. Eine kleine Sitzgruppe aus grünem Leder stand um einen goldenen Tisch mit Löwenfüßen. Der Empfang bestand aus dunklem Holz, die Wände waren zum Teil holzgetäfelt und mit Rosentapeten tapeziert. Ein wunderschöner großer Kronleuchter hing von der Decke. Durch eine offene Tür konnte man in den nächsten Raum schauen, es schien sich um eine frei zugängliche Bibliothek zu handeln. Hunderte von Büchern standen in den Regalen aus dunklem Holz.

»Das ist ja wie in einer Puppenstube«, sagte Elly verzückt, und Stupsi nickte.

Eine freundliche Dame in einem weißen Kleid mit rosa Rosen händigte ihnen den schweren Zimmerschlüssel aus, und dann kam ein Junge, wahrscheinlich ihr Sohn, der Bob hieß und ihr Gepäck aufs Zimmer brachte.

Beide, Elly wie Stupsi, stießen einen Freudenschrei aus, als sie in das Zimmer kamen. Es war größer als gedacht, hatte einen Holzfußboden, auf dem auch ein bunter Teppich lag. Es gab sogar einen kleinen Kamin mit einem großen Spiegel drüber, die Wände waren weiß gestrichen und mit blassgelben und roten Rosen bemalt worden. Dann das Bett! Ein breites Himmelbett mit Baldachin und rosengeformten Nachttischlampen und natürlich rosenbedruckter Bettwäsche.

»Ist das schön«, hauchte Stupsi ehrfürchtig. Elly nickte. Es gab sogar einen großen Schreibtisch, und der war Gold wert, denn hier mussten sie sich vorbereiten.

Gegen siebzehn Uhr trafen sich alle zum Tee in der Bibliothek, um das Weitere zu besprechen. Es wurden Scones, Clotted Cream, Shortbread, Orangenmarmelade, Pumpernickel mit Teewurst und alle möglichen anderen Leckereien und natürlich Tee serviert. Der kleine Imbiss schmeckte himmlisch.

»So«, sagte einer der Redakteure, Arno. »Gehen wir also bitte alles von vorne bis hinten durch. Elly, zu deinem Auftritt morgen kommen wir gleich als Erstes. Bist du so weit vorbereitet?«

»Bin ich«, nickte Elly und schaute auf ihre Unterlagen. Sie beantwortete Arnos Fragen ohne Zögern, und der machte sich Notizen.

»Das heißt, wir stellen dich direkt vor die Westminster Abbey kurz vor die Absperrung, und du beschreibst die Stimmung, die Laune der Leute, hast im besten Fall auch zwei, drei Zuschauer neben dir stehen und befragst sie, wie sie sich fühlen, wie sie das alles empfinden und so weiter.«

Elly nickte und machte Notizen. »Gut.«

»Wenn es irgendwo hapert, souffliere ich«, sagte Stupsi. »Aus dem Off, wie ihr immer so schön sagt. Ich hatte eine englische Freundin. Sie hat neben uns gewohnt und sich geweigert, deutsch zu sprechen.«

»Bestens«, sagte Arno. »Dann haben wir das auch geklärt. Okay, wir planen dich dann im Vorbericht für drei dreißig ein, alles klar?«

»Alles klar.« Dreieinhalb Minuten – war das nicht recht kurz? Nun, man würde sehen.

»Dann hätten wir das und kommen zum großen Tag übermorgen. Denkt dran! Die erste Live-Übertragung einer Krönung. Ich will mich nicht blamieren! Zweiter Juni also. Wer wo steht, hab ich aufgemalt und vervielfältigt, bitte sehr.« Ben verteilte die Blätter. »Langhoff, Baecker und Rockmann kommentieren aus Hamburg, du kommentierst natürlich auch live direkt aus der Abbey. Hast du schon die Texte?«

»Ich hab mir den Sitzplan aus London schicken lassen«, erklärte Elly, »deswegen weiß ich jetzt schon, wer wo sitzt, und habe entsprechende Informationen über die Personen.«

»Ah, sehr gut, sehr gut. Wir übertragen von 10.15 Uhr bis 17.15 Uhr und haben dich pro Stunde dreimal eingeplant. Reicht das?«

Elly wurde schwarz vor Augen. Dreimal pro Stunde bei sieben Stunden Übertragung! Das war ja einundzwanzig Mal! Oh Gott. Aber sie sagte nichts, sondern schrieb sich die Uhrzeiten auf und erklärte, was sie wahrscheinlich wann wo sagen würde, hielt es sich aber offen, das zu ändern, wenn die Kamera etwas Interessanteres als das Geplante zeigte.

»Zum Beispiel, wenn sich Elisabeth in der Nase bohrt?«, fragte ein Kollege, und alle lachten. Jemand orderte Gin Tonic, langsam lockerte sich die Stimmung.

Es hätte ein ausgesprochen netter Nachmittag und Abend sein können, wenn nicht die anzüglichen Blicke einiger Kollegen auf Stupsi und Elly gewesen wären.

Aber – man konnte schließlich nicht alles haben. Jedenfalls ging keiner einen Schritt zu weit. Die Ansage von Paul Winterstein vor Kurzem hatte wohl Wirkung gezeigt.

Gegen halb zwölf begaben sich Elly und Stupsi auf ihr Zimmer, das sogar ein eigenes Bad hatte. Was hatten sie ein Glück!

Da klopfte es zaghaft an der Tür.

Die beiden sahen sich an.

»Wenn das jetzt einer der Kollegen ist, vergesse ich mich«, sagte Elly giftig. Konnten sie es nicht gut sein lassen?

Erst wollte sie nicht öffnen, weil sie ihre Unterlagen noch mal durchgehen wollte, aber dann tat sie es doch.

»Was ist denn?«, fuhr sie die Person an, die da stand.

»Mama!«, rief sie dann. »Ach, Mama, ist das schön, dass du auch da bist!« Und Elly flog ihrer Mutter in die Arme.

»Ich dachte, bei einer so großen Sache, da kann ich dich ja nicht alleine lassen«, sagte Magdalena, die das Zimmer gegenüber gebucht hatte. »Ich habe einen späteren Flug genommen. Eigentlich wollte ich ja gar nicht kommen, aber Kari hat gesagt, ich müsste jetzt einfach zu dir, und da hat das Kind recht. Davon mal abgesehen, bin ich dir ja wohl eine Hilfe, außerdem ist das ja alles sehr aufregend, und ich war noch nie bei einer Krönungszeremonie.«

Elly lachte. »Du sagst das so, als ob es eigentlich selbstverständlich wäre, einer beizuwohnen. Ach, Mama, ist das schön. Du, ich muss einundzwanzig Mal jeweils zwei oder drei Minuten was sagen, in erster Linie etwas, das die zuschauenden Frauen interessiert. Ich hab nicht damit gerechnet, so oft vor die Kamera zu müssen.«

»Ach, das schaffen wir schon, Kindchen«, beruhigte die Mutter sie, und Elly dachte nicht zum ersten Mal, dass sie sich verändert hatte. So kannte sie Magdalena gar nicht. Fast war es, als sei sie endlich erwachsen geworden.

»Bei mir ist jetzt Dorothea Randall aus Edinbourgh, die extra mit ihrer Freundin aus Schottland angereist ist. Wie gefällt es Ihnen denn hier mitten im Trubel?«, fragte Elly auf Englisch. Ihr Herz pochte so laut, dass sie vermutete, man würde es durchs Mikrofon hören können.

»Oh great«, sagte Dorothea und winkte mit einer kleinen Fahne in die Kamera. Dann erzählte sie, dass sie am Abend vorher schon hergekommen waren und mit Schlafsäcken vor der Absperrung gecampt hätten, no, das sei gar nicht dangerous gewesen, aber dass hier too few toilets wären, das sei bei der langen time, die man hier doch sei, not so good. Elly hörte zu, übersetzte ins Deutsche, fragte auf Deutsch die nächste Frage, die sie dann für Dorothea wieder ins Englische übersetzte, und erfuhr, dass die beiden Freundinnen Extraschichten gearbeitet hätten, um sich diesen nice trip leisten zu können.

»Wo sind Ihre Männer?«, fragte Elly, und die beiden lachten.

»*At home*«, sagten sie. »Männer interessiert das hier doch nicht.«

Dann grüßten sie noch ihre Kinder Madleen und Shaun, und der Take war fertig.

Nachdem Elly die beiden verabschiedet hatte, kam Stupsi an.

»Du wirktest gar nicht nervös.«

»War ich auch nicht. Ach, Mama, da bist du. Hab ich geglänzt?«

»Woher soll ich das wissen, ich stehe ja hier und nicht hinter der Kamera.« Zum Glück hatte Magdalena die Frage gestellt, wer Elly denn schminken würde, und man stellte fest, dass man daran überhaupt nicht gedacht hatte, denn von den sonst Anwesenden musste ja niemand vor die Kamera. Also war Magdalena morgens losgerannt und hatte eine Parfümerie fast leergekauft, um Elly dann gemeinsam mit Stupsi fernsehtauglich zu machen.

Elly war so froh, dass ihre Mutter da war. So froh. Noch nie vorher war sie so glücklich über deren Anwesenheit gewesen!

An diesem Abend fuhren sie alle miteinander nach Notting Hill, um dort in einem hübschen, kleinen Restaurant essen zu gehen. Elly war begeistert von diesem süßen Stadtteil mit den pittoresken Häusern. Die Stimmung war ganz wunderbar, alle verstanden sich bestens, und Elly, Stupsi und auch Magdalena fühlten sich wohl. Zum ersten Mal hatte Elly das Gefühl, von den männlichen Kollegen ernst genommen zu werden, und das war ein verflixt gutes Gefühl.

Am Tag der Krönung, dem 2. Juni 1953, saßen Magdalena und Elly seit fünf Uhr morgens in Pyjamas an dem großen Schreibtisch im Rose-Hotel. Immer und immer wieder gingen sie die Fotos und die Beschreibungen durch. Es gab auch eine offizielle Gästeliste derer, die in der Westminster Abtei der Zeremonie beiwohnen sollten. Ein Kollege hatte sie gestern von einem englischen Kollegen bekommen.

»Die Staatschefs sind auch wichtig«, sagte Magdalena eifrig. »Es werden unter anderem der Premierminister von Südafrika, Dr. Daniel Francois Malan, da sein und der von Kanada natürlich auch. Louis Stephen Saint-Laurent, schreib dir das auf, Kind. Für Australien kommt Robert Gordon Menzies, und Indien wird …«

»Oh Mama, das kann ich mir nicht alles merken! Darauf kommt es doch auch gar nicht an. Die Leute wollen doch keine Premierminister, die wollen Kronen sehen.«

Magdalena seufzte. »Nun gut. Aber denk dran, dass du einundzwanzig Mal was sagen musst. Da bist du vielleicht für einen Premierminister dankbar. Vielleicht wird ja auch jemand ohnmächtig«, hoffte sie. »Das wäre dann gut, wenn du gerade auf Sendung bist, Kind. Ach, was bin ich doch stolz auf dich!«

Elly lächelte ihre Mutter an. So gefiel sie ihr.

»So, Elly, zehn Sekunden noch, dann bist du drauf, ab fünf Sekunden mach ich Handzeichen«, sagte Gregor hinter der Kamera. Elly nickte. Sie trug ein hübsches rotes Kleid und stand in der Westminster Abbey. Zwar hatte sie Herzklopfen, aber bei Weitem nicht so heftiges wie bei den Ansagen.

Drei – zwei – eins – dann ging der Daumen von Gregor hoch, und Elly war im Bild.

»Ich melde mich direkt aus der Westminster Abbey. So

langsam kommen hier die Gäste zusammen, viele Gäste, illustre Gäste. Natürlich viele Eingeladene aus der Politik, aber natürlich auch die Königinnen und Könige aus aller Welt, die jetzt gerade die Kirche betreten. An mir vorbei geht gerade die Königin von Tonga, Salote Tupou III. in einer wunderschönen grünen Robe, die edelsteinbesetzt zu sein scheint. Sie wirkt sehr sympathisch, lächelt gerade vielen zu und hat ganz offenkundig gute Laune.«

Elly redete und redete und hätte noch weiter reden können, das Ganze machte ihr eine solche Freude, sie spürte eine innere Sicherheit, die sie stark werden ließ, und sie sprach langsam und deutlich. Sie erzählte vom Krönungskleid der Königin, dem Diadem der Königinmutter, sie erzählte von den Proben und dass der Krönungsstuhl, der siebenhundert Jahre alt war, erst ganz zum Schluss benutzt wurde; für die Proben war einer nachgebaut worden, damit man die Lichtverhältnisse messen konnte, ohne dass jemand ständig den antiken Stuhl anfasste.

Die Zeit verging wie im Flug, und immer zwischen ihren Moderationen waren Stupsi und Mama an ihrer Seite, die mit ihr die nächsten Schritte besprachen.

Es war Elly, als habe sie noch nie etwas anderes gemacht. Sie fühlte sich vor der Kamera auf einmal so wohl wie ein Fisch im Wasser!

Als Prinzessin Elisabeth an ihr vorbeischritt, stolz und wundervoll gekleidet, erzählte Elly vom Schneider des Kleides, Norman Hartwell, dass die gesamten Damen der Königsfamilie, die anwesend waren, ebenfalls von ihm eingekleidet worden waren und dass die zukünftige Königin das so gewollt hatte, um in der Abbey ein einheitliches Bild zu haben. Sie erzählte, dass der Rock aus schwerer Seide bestand und mit den Nationalblumen aller Commonwealth-Staaten bestickt war.

Und dann, der große Moment, als die Prinzessin zur Königin wurde und ihr vorsichtig die Edwardskrone aufgesetzt wurde.

Elly war in ihrem Element. »Diese Krone besteht aus Perlen, Silber und Gold, aus – und das denke ich mir nicht aus – vierhundertvierundvierzig Juwelen, und zwar aus Rubinen, Diamanten, Saphiren und Smaragden. Über dem Scheitelpunkt dann der Globus, darüber ein Tatzenkreuz. Hier befinden sich Diamanten und andere Edelsteine. Die Krone hat einen Durchmesser von circa einundzwanzig Zentimetern, ist circa dreißig Zentimeter hoch und wiegt exakt zweitausendeinhundertfünfundfünzig Kilogramm. Ursprünglich war ...«

Elly wurde von Satz zu Satz sicherer und spürte, dass sie ihre Sache gut machte. Sie bemühte sich, klar und deutlich zu sprechen und nicht daran zu denken, dass viele Menschen vor den Fernsehern saßen und diese erste Live-Übertragung einer Krönung anschauten.

Sie bebte innerlich vor Stolz und war unendlich froh, dass Hermann Rockmann sich so für sie eingesetzt hatte. Sie musste sich unbedingt bei ihm bedanken, wenn sie wieder in Hamburg war!

Kapitel 36

Peter holte sie alle mit einem Bus vom NWDR vom Flughafen ab.

»Peter!«, freute sich Elly und fiel in seine Arme. »Wie toll, dass du da bist. Sag, hast du mal reingeschaut?«

Peter sah sie ungläubig an. »Mal reingeschaut? Wo rein denn? In die Krönungszeremonie? Nö.«

»Ach wie schade …«

Er lachte kopfschüttelnd. »Ich habe natürlich, so wie wir alle übrigens, im Sender gesessen und zugeschaut. Der Chef hat Bier und Schnittchen spendiert. Wir haben stundenlang da gesessen, es war herrlich. Ganz ehrlich, der Winterstein ist fast durch die Decke gehüpft vor Stolz. Und ich natürlich auch. Nie hätte ich gedacht, dass ich mir mal sieben Stunden eine Königin anschauen würde. Und dich natürlich!«

»Oh, wie schön!«

»Er will euch übrigens gleich sprechen«, sagte Peter.

»Gleich? Eigentlich wollte ich mir dein Bett klauen und schlafen, am liebsten drei Tage lang.«

»Kannst du ja dann auch, aber ich hab ihm versprochen, dich erst zu ihm zu bringen. Wird bestimmt nicht lange dauern, er kann sich sicher vorstellen, wie ausgelaugt und müde ihr alle seid.«

Das stimmte. Die gesamte Belegschaft gähnte verhalten vor sich hin und versuchte, die Augen offen zu halten. Aber man hatte sich gut geschlagen, kein Patzer war passiert, und alle hatten gut und kollegial zusammengearbeitet. Es war ein schönes Gefühl gewesen, so akzeptiert zu werden. Stupsi war ein Goldstück gewesen, sie hatte stets alle Unterlagen griffbereit und sprang ein, wenn Elly ein Wort nicht fand oder etwas durcheinandergebracht hatte. Dann hatte Stupsi entweder flüsternd ihren Senf dazugegeben oder aber etwas auf ein Blatt Papier geschrieben. Sie stand stets neben dem Kameramann, sodass sie nicht im Bild war, Elly sie aber sehen konnte. So wurden sie recht schnell zu einem eingespielten Team, sprachen vorher alles ab, was Elly wie sagen sollte, und Stupsi überprüfte die Fakten, während Magdalena mit großen Augen dastand und den Trubel ringsherum betrachtete.

»Nie hätte ich gedacht, dass ich mal bei einer Krönung dabei sein würde«, sagte sie keuchend in einer Pause.

Als dann die Königin nur ein paar Meter neben Magdalena langsam vorbeischritt, war sie kurz davor zu kollabieren, und ein Kameraassistent musste aus ihrer Tasche eine Flasche mit *Frauengold* holen, dem Beruhigungstonikum für die Frau. Nach ein paar Schlucken ging es dann wieder.

Nachdem die letzte Kamera aus war, waren sie alle in ein Pub gegangen und hatten wieder und wieder angestoßen. Jetzt war Magdalena mit allen Kollegen per Du.

»Ich war so stolz auf dich«, sagte Peter, während sie Richtung Bunker fuhren. »Du hast das großartig gemacht. Natürlich haben wieder irgendwelche Besserwisser gemeckert, aber da haben wir gar nicht hingehört. Du, Linda Grüneberg arbeitet jetzt übrigens im Archiv.«

»Ist das gut oder schlecht?«, fragte Elly.

»Na ja, es ist entsetzlich langweilig. Sie gibt Sachen raus und räumt Sachen wieder ein, und das den ganzen Tag. Aber am schlimmsten ist für sie die Tatsache, dass sie im Archiv nicht rauchen darf, wegen erhöhter Brandgefahr, weil da doch recht viel Papier lagert.«

»Oje, das ist hart«, sagte Elly. Linda tat ihr leid. Sie war zwar gemein gewesen, aber das hatte sie nicht verdient.

»So, da sind wir.« Peter stellte den Motor ab. Alle stiegen aus und wuselten mit den ganzen Kameras und Stativen und allem möglichen anderen herum.

»Hallo zusammen! Wie ich mich freue!« Paul Winterstein kam mit ausgebreiteten Armen auf Elly und Stupsi zu. »Willkommen daheim!«

»Na ja, so lange waren wir nun auch nicht weg«, sagte Elly.

»Ich weiß, dass Sie alle müde sind, und ich entlasse Sie auch gleich wieder, aber ich möchte Ihnen nur kurz sagen, dass Sie Ihre Sache gut gemacht haben. Sicher nicht so gut wie jemand, der schon hundert Jahre vor der Kamera steht, aber trotzdem gut! Ich bin froh, dass ich auf Hermann gehört habe, der übrigens auch froh ist, dass Sie vor der Kamera nicht umgekippt sind oder so. Das kann ja alles passieren. Nun seid ihr also alle wieder gut angekommen, und das ist fein. Wir beide setzen uns mal zusammen, Fräulein Bothsen, wenn Sie ausgeschlafen haben. Wie sieht denn Ihr Dienstplan die nächsten Tage aus?«

»Ich muss nachsehen«, sagte Elly. »Heute und morgen hab ich frei, dann ist wieder Don Clemente dran und die nächste *Die moderne Frau*-Sendung auch.«

»Ah, verstehe. Gut, dann gehen Sie mal rasch nach Hause. Wir sehen uns übermorgen um fünfzehn Uhr bei mir im Büro. Gute Nacht.«

»Gute Nacht, Herr Winterstein.«

Elly verließ das Büro. Hm. Er war also zufrieden mit ihr

und fand, dass sie ihre Sache gut gemacht hatte, aber nicht sooo gut.

Aber sie war doch sehr gut gewesen, oder nicht?

Wenn nicht, dann würde sie das werden.

Ein neues Gefühl machte sich in Elly breit. Ehrgeiz.

Kapitel 37

London war nun zwei Wochen her, die Abschlusssitzungen über die Krönungsfeierlichkeiten waren vorbei, und Elly konnte sich auf die Schulter klopfen. Von allen Seiten kamen Lob und Anerkennung, vom Sprung ins kalte Wasser war die Rede und von einer guten Kenntnis des europäischen Hochadels. Natürlich auch Kritik, die Elly sich zu Herzen nahm. Aber das Positive überwog!

»Das war nur wegen dir, Mama. Ein Glück, dass du diese ganzen Zeitschriften liest«, sagte Elly zu ihrer Mutter.

»Ja, für irgendwas muss ich auch gut sein«, lachte Magdalena, nachdem sie nach einer Wohnungsbesichtigung im Café der Konditorei Lindtner in der Eppendorfer Landstraße saßen und sich Sandkuchen und Käse-Sahne-Torte schmecken ließen, während Kari mal wieder auf Diät war und nur schwarzen Kaffee trank. Die Wohnung war sehr schön. Sie befand sich in einer der Altbauvillen im Abendrothsweg, hatte vier Zimmer, ein Wannenbad und Balkon und sogar einen hübschen Kachelofen, Parkett, Dielen und Stuck.

Hier würden sich die Mutter und Kari wohlfühlen, da war Elly sicher. Der Vater ließ seine Frau machen, er duldete und respektierte alles, was Magdalena tat.

»Ach, Mama, du machst das alles richtig«, sagte Elly und nahm die Hand ihrer Mutter. »Und du bist so … eine richtige Mutter geworden, das finde ich schön.«

»Ich finde das auch, Mama«, sagte Kari. »Man glaubt, dir jetzt alles sagen zu können, ohne dass du in Ohnmacht fällst.«

»Musst du mir denn etwas sagen?«, fragte Magdalena gut gelaunt und schob sich ein Stück Kuchen in den Mund.

»Ja«, sagte Kari mit fester Stimme und setzte sich gerade hin. »Euch beiden.«

Elly sah, wie aufgeregt Kari war und wie viel Überwindung es sie kostete, ruhig zu bleiben. Wie jung sie wirkte in ihrem schlichten, hellblauen, ärmellosen Kleid und der weißen Schleife im Haar.

»Ah, da bist du ja«, sagte Kari nun über die Köpfe von Mutter und Schwester hinweg. Die drehten sich um. Eine schwarzhaarige junge Frau, etwas älter als Kari, kam auf sie zu. Sie trug eine schwarze Steghose und ein gelbes Twinset. An ihren Handgelenken klirrten unzählige dünne goldene Reifen, an den Ohren trug sie große goldene Kreolen. Am faszinierendsten waren ihre bernsteinfarbenen Augen.

»Guten Tag, Frau Bothsen, guten Tag, Fräulein Bothsen«, sagte die junge Frau.

»Darf ich vorstellen, Mama, Elly, das ist Carla Edelmark«, sagte Kari atemlos und erhob sich, während Carla eine Hand auf ihre Schulter legte. »Meine Freundin.«

Einen Moment lang sagten weder Elly noch Magdalena etwas. Kari und Carla standen erwartungsvoll da und sahen die beiden an.

Elly räusperte sich. »Wollen Sie sich nicht setzen, Fräulein Edelmark?«, fragte sie.

»Gern«, sagte Carla und setzte sich hin. Kari tat es ihr nach.

Magdalena bemühte sich, ihre Überforderung nicht zu zeigen.

»Ihr seid befreundet?«, fragte sie Kari, die sich ebenfalls gesetzt hatte.

»Das auch«, sagte Kari. »Aber in erster Linie sind wir zusammen. Carla und ich, wir sind ein Paar.«

»Ein Paar ...«, wiederholte Magdalena und starrte auf ihren Sandkuchen. »Das ist ... damit habe ich jetzt nicht gerechnet.« Dann sagte sie erst mal nichts mehr, und Elly überlegte einen klitzekleinen Moment, ob die Mutter sich jetzt in ihre Kopfschmerzen flüchten würde. Aber Magdalena schwieg.

Elly rettete die Situation. »Das wusste ich gar nicht, Kari«, sagte sie freundlich. »Aber wie nett, dass wir deine Freundin vorgestellt bekommen. Wie habt ihr euch denn kennengelernt?«

»In der Straßenbahn«, erklärte Carla lachend. »Ihrer Schwester ist eine Tasche gerissen, und ich hab ihr beim Aufsammeln geholfen.«

»Wie nett. Und ... was machen Sie beruflich, Carla?«

Carla strahlte sie an und schien froh über ihr Interesse. »Ich bin Tänzerin.«

»Oh, hier in Hamburg? Was tanzen Sie? Ballett?« Magdalena hatte sich wieder im Griff.

»Nein«, kicherte Kari nun. »Carla tanzt all das, was die Herren der Schöpfung sehen wollen. Sie tanzt in einem Striptease-Club auf der Reeperbahn.«

»Ich glaube, ich brauch ein Herrengedeck«, sagte Magdalena mit schwacher Stimme. »Oder wenn es das hier nicht gibt, was anderes Starkes. Bestellt mir einen Portwein, am besten eine ganze Flasche.«

»Immerhin hat deine Mutter nicht durchgedreht, so wie sie es wahrscheinlich vor ein paar Wochen oder Monaten noch getan hätte, gemeinsam mit deinem Vater«, schlussfolgerte Peter, als Elly ihm alles abends glucksend erzählte. Auch er hatte schrecklich lachen müssen.

»Oh ja, sie hat sich tapfer geschlagen«, nickte Elly. »Du hättest ihr Gesicht sehen sollen. Von jetzt auf gleich ist alles herausgefallen. Wir haben noch lange zusammengesessen. Carla ist eine nette Frau. Wenn Kari sich zu ihr hingezogen fühlt, dann bitte. Hauptsache, sie ist zufrieden und glücklich.«

»Man sollte das bloß nicht an die große Glocke hängen«, meinte Peter. »Du kennst den Paragrafen 175.«

»Natürlich. Und die beiden haben auch nicht vor, in der Öffentlichkeit Zärtlichkeiten auszutauschen. Sie werden vorsichtig sein und niemanden provozieren. Bei Männern wird auch schärfer sanktioniert. Ich weiß auch, dass viele Männer sich heimlich abends an bestimmten Orten treffen. Kari und Carla aber sind ja nur zwei Freundinnen, da denkt man sich nichts, solange sie in der Öffentlichkeit keine Zärtlichkeiten austauschen.«

Peter nickte. »Ich sag auch immer: Jeder, wie er's mag. Im Sender sind auch einige Herren vom anderen Ufer. Man kriegt es eben mit. Ich verstehe diesen Paragrafen nicht. Man soll doch jeden nach seiner Fasson selig werden lassen. Also, das finde zumindest ich.«

»Ich seh's doch genauso. In meinem Leben ist sowieso in kürzester Zeit so viel Veränderung, da kommt's darauf auch nicht mehr an. Peter, im Übrigen nehm ich dein Angebot mit der Wohnung an«, wechselte Elly dann das Thema.

»Wirklich? Oh, das freut mich. Ich werde dem Vermieter Bescheid sagen, dass ich untervermiete, dann ist das alles geregelt.« Er küsste sie. »Ich liebe dich.«

»Und ich liebe dich.«

Zärtlich strich Elly über Peters Wangen. »Ich bin so froh,

dass es dich gibt«, sagte sie leise. »Es ist so schön, alles miteinander teilen zu können, und ich verspreche dir, ich werde tapfer sein, solange du fort bist.«

»Und mir treu bleiben.«

»Natürlich! Ach, Peter, ich möchte überhaupt keinen anderen Mann nur anschauen.« Das stimmte. Sie liebte Peter wirklich von ganzem Herzen. Sein ausdrucksstarkes Gesicht mit den strahlenden blauen Augen, seine sinnlichen Lippen, seine breiten Schultern, seine wunderbaren, muskulösen Arme. Sie liebte einfach alles, und ihn am meisten.

Elly schloss die Augen und ließ sich von ihm küssen. Ach, wie schön es immer war, wenn sie zusammen waren, ganz zusammen. Diese Sekunde, wenn er ganz in ihr war und sich dann langsam zu bewegen begann. Dass das so schön sein konnte!

Am nächsten Vormittag klappte endlich der Termin mit Paul Winterstein. Der wollte ja noch London nachbesprechen und war just einen Tag nach der Rückkehr krank geworden, nun aber wieder auf dem Damm.

»Setzen Sie sich, Fräulein Bothsen, Stupsi, bringen Sie uns doch mal Kaffee, für mich wie immer schwarz wie die Nacht.

»Geht klar, Chef.« Kurze Zeit später kam sie mit den Tassen.

Erwartungsvoll und ein wenig aufgeregt sah Elly ihren Vorgesetzten an.

»Also, Fräulein Bothsen. Ich fall gleich mit der Tür ins Haus. Was halten Sie von einem Sendungsformat, in dem es eine Stunde oder auch länger nur um Prominente geht. Also der oder die Prominente im Sender ist und interviewt wird. Ähnlich wie bei Jürgen Roland, der trifft ja aber immer nur die Promis, die zufällig gerade in Hamburg sind, und spricht nur kurz mit ihnen. Wie finden Sie das?«

»Das ist eine tolle Idee«, sagte Elly. »Ich würde solch eine Sendung wahnsinnig gern betreuen.«

»Das dachte ich mir schon.« Paul Winterstein trank einen Schluck Kaffee.«

»Die Resonanz auf Ihre London-Beiträge war sehr positiv«, sagte er nun. »Nicht nur, natürlich, aber damit muss man leben. Jedenfalls hab ich mich auch mit Baecker, Langhoff und Rockmann zusammengesetzt und Letzterer hat ja sowieso einen Narren an Ihnen gefressen. Ja, warum es nicht wagen, eine Frau vor die Kamera zu setzen, die mit den Prominenten spricht. Mit Schauspielern, Musikern, Schriftstellern – was eben so angesagt ist. Neue Filme und Platten können vorgestellt werden, und jeder erfährt doch gern was über seinen Lieblingsstar.«

»Moment mal«, sagte Elly fassungslos. »Sie reden von mir? Trauen Sie mir das denn zu?«, fragte sie Winterstein.

Er hatte sie ernst angesehen. »Ich weiß es nicht. Ich weiß nur, dass ich es probieren möchte. Fünf Sendungen, dann wird endgültig entschieden.«

Elly hatte geschluckt. Mit allem hatte sie gerechnet, aber nicht damit.

Aber genau darüber hatte sie sich ja letztens Gedanken gemacht, so viele Ideen waren ihr durch den Kopf gegeistert.

Vielleicht konnte Paul Winterstein ja sehen, was sich hinter ihrer Stirn so abspielte.

Jedenfalls war es eine Riesenchance.

»Sagen Sie nicht gleich Ja, Fräulein Bothsen«, bat Winterstein Elly. »Schlafen Sie drüber. Darauf bestehe ich.«

Sie nickte, war wie auf Wolken davongeschwebt und hatte sofort Peter gesucht.

»Ich schlafe wirklich eine Nacht drüber«, sagte sie, und er nickte, wie auch Stupsi. »Das machst du richtig!«

»Elly!«, rief Stupsi am nächsten Vormittag, als Elly gerade aus Wintersteins Büro kam. »Komm mal schnell, da ist ein Mann für dich am Telefon und schreit. Ich kann ihn kaum verstehen.« Elly nahm den Telefonhörer, den Stupsi ihr hinhielt.

»Hier ist Chong«, sagte der Wirt der Hong-Kong-Bar aufgeregt und laut. »Ihre Freundin ist umgefallen, wir haben sie hochgebracht ins Bett, aber sie sieht komisch aus. So blass, und sie sagt dauernd, sie hat Schmerzen. Kann es sein, dass das Kind kommt und sie Wehen hat?«

»Ich komme!«, rief Elly und warf Stupsi den Hörer zu.

»Ist was passiert?«, fragte die.

Elly wirbelte davon. »Ich glaube, Ingrid kriegt ihr Kind! Du musst bitte für heute Ersatz für mich finden. Hagenbeck kommt um achtzehn Uhr, und die Probe mit Don Clemente muss noch gemacht werden. Und der Chef wollte mich noch mal sprechen, aber das geht nicht. Das muss verschoben werden.«

»Ist gut, ich kümmere mich.«

»Haben Sie denn keinen Arzt gerufen, Chong?«, fragte Elly entsetzt, als sie in ihr Zimmer kam. Ingrid lag auf der Seite, schwitzte stark und atmete schwer.

»Es ist zwei Wochen zu früh«, keuchte sie. »Glaube ich zumindest, ach je, tut das weh. Aua!«

Es klopfte an der Tür, und zwei der Gäste, Werftarbeiter vom Hafen, fragten, ob sie etwas tun könnten.

»Ja, holt einen Arzt, am besten einen Frauenarzt!«, rief Elly ihnen zu, und die beiden rannten davon.

Es klopfte wieder.

»Herrje, was ist denn?«, fragte Elly. Da stand Peter. »Ich hörte von Stupsi, dass du wie der Wind fort warst und dass was mit Ingrid ist. Braucht ihr einen Arzt?«

»Es sind schon Gäste unterwegs, um einen zu holen«, sagte Elly, während Ingrid sich vor Schmerz krümmte.

»Das sind die Wehen«, sagte Elly. »Das ist ganz normal, hörst du, Ingrid? Setzt heißes Wasser auf, und ich brauche Tücher, Bettzeug, alles, was frisch und sauber ist«, sagte Elly zu Peter und Chong. »Schnell. Ingrid. Du warst doch ein paarmal bei dieser Hebamme. Wo wohnt die denn?«

»In der Hein-Hoyer-Straße«, keuchte Ingrid. »Über der Bar *Chérie*.«

»Dann renn da jetzt hin und sag, dass wir sie brauchen. Hoffentlich ist sie da«, sagte Elly. Peter lief los.

»Es tut so weh …«, jammerte Ingrid. Da kam Chong mit Tüchern.

»Das Wasser ist noch nicht heiß«, sagte er entschuldigend. »Was kann ich noch tun?«

»Nichts, Chong, gehen Sie einfach wieder in die Bar runter. Ich rufe, wenn ich Sie brauche.«

»Ich komm dann, wenn das Wasser kocht.«

»Ja, ist gut … Ingrid, hör mal, dreh dich mal auf den Rücken. Ich zieh dir jetzt das Kleid aus und deck dich mit Tüchern zu.«

Da kam auch schon die nächste Wehe.

»Ich halt das nicht aus, Elly. Das wird immer schlimmer. Meinst du, das dauert noch lange?«

Es hat ja gerade erst angefangen, dachte Elly verzweifelt. Die arme Freundin.

»Sicher geht es schneller vorbei, als du denkst«, beruhigte sie Ingrid.

Wieder klopfte es. Die Hebamme Gunhild Minneken kam herein.

»So, da bin ich, Ingrid, alles wird gut. Nun woll'n wir mal schau'n, wie weit der Muttermund schon geöffnet ist. Kann ich mir hier irgendwo die Hände waschen? Ah, da ist ein Waschbecken.«

Gunhild wusch sich. Dann hob sie die Tücher hoch, und ihr Arm verschwand darunter.

»Das sieht gut aus, das gefällt mir. Alles, wie es sein soll. Sie sind bestimmt Elly, die beste Freundin? Ich glaub, wir haben uns schon mal gesehen.«

Elly nickte. »Ja, ich erinnere mich. Ein Arzt ist übrigens unterwegs.«

»Gut, der kann dann schauen, ob alles in Ordnung ist, wenn wir fertig sind. So. Das wird jetzt noch eine Weile dauern, aber wir sind hier bei dir, Ingrid, hörste? Wir lassen dich nicht alleine, und schau an, da kommt der Herr Tin Lam mit heißem Wasser. Danke, Chong. Stell's mal dahin. So.«

Ingrid verkrampfte sich, und Gunhild setzte sich neben sie. »Nun woll'n wir mal zusammen atmen. Wir atmen den Schmerz weg, na ja fast, komm, Mädel, hilf mit, atmen … atmen … atmen …«

»Ich kann nicht«, keuchte Ingrid.

»Doch, du kannst. Jeder kann atmen, also auch du. Eins, zwei … und bei drei ein …«

Peter kam und kam nicht zurück, aber Elly hatte keine Zeit, sich Sorgen zu machen, sie musste jetzt für die Freundin da sein. Eine Stunde verging, und die Wehen kamen nun in immer kürzeren Abständen. Ingrid war klatschnass geschwitzt.

»So … nun ham wers gleich geschafft«, sagte Gunhild. »Beine hoch und … JETZT PRESSEN! UND WEITER! Und

stop. Ruh dich einen Moment aus, Mädchen. Eins, zwei …
Elly, halt mal die Beine fest … drei! Jetzt wieder pressen. Und
weiter, und weiter. PRESSEN!«

Elly sah fasziniert auf das, was sich da zwischen Ingrids
Schenkeln tat. Etwas Dunkles erschien und wurde immer größer. Bei der nächsten Wehe wurde das Köpfchen ganz sichtbar, dann flutschte das ganze Kindchen aus Ingrid heraus. Elly
schlug die Hände vor den Mund, die Tränen liefen ihr übers
Gesicht. Es war ein Mädchen.

»Ist alles dran?«, fragte Ingrid matt. Gunhild nickte. »Alles,
wie es sein sollte, Deern. An jeder Hand und jedem Fuß fünf
Finger und Zehen, zwei Augen und Ohr'n, 'ne Nase und 'nen
ganz entzückenden Mund. Ganz die Mama, wenn man mich
fragt! Woll'n Sie die Nabelschnur durchschneiden?«, fragte sie
Elly, und die nickte. Dann nahm Gunhild das Kind, unter-
suchte es und legte es Ingrid auf die Brust.

»Sie ist so winzig«, sagte Ingrid. »Schau mal, die Finger-
chen. Sie hat sogar schon Fingernägelchen. Wie eine Puppe.«

»Sie ist viel süßer als eine Puppe«, stellte Elly klar.

»Oh, Elly, wir haben das Kind zusammen bekommen«,
freute sich Ingrid. »Ist das nicht schön?«

»Nun ja, fast«, sagte Elly und nickte. »War es sehr schlimm
für dich?«

»Noch schlimmer, aber schon vergessen. Schau mal, ihr
Mündchen, ich glaub, sie sucht was.«

»Die Kleine sucht die Brust, die will was zu trinken haben«,
sagte Gunhild und machte eine von Ingrids Brüsten frei.

»So, junges Fräulein, dann mal ran anne Tankstelle.«

Als hätte das Neugeborene nie etwas anderes gemacht, fing
es an zu saugen, dabei schaute es mit weit geöffneten Augen
seine Mutter an.

»Du hattest doch 'nen Milcheinschuss?«, fragte Gunhild und tastete nach der anderen Brust. »Ah, alles voll. Gut so.«

So saßen sie da, Elly und Ingrid, und schauten der Kleinen zu, wie sie trank, und sie waren so glücklich, dass alles gut verlaufen war und sie alles gemeinsam durchgestanden hatten.

»Hier ist wohl für mich nichts mehr zu tun«, sagte Doktor Menk, der kurze Zeit später dazustieß, mit Peter und auch Helge im Schlepptau. Helge beugte sich sofort über Ingrid und gab ihr einen Kuss.

»Und gleich nächste Woche wird geheiratet«, sagte er. »Dann ist die Kleine auch offiziell meine Tochter.«

»Sie ist wunderschön«, sagte auch Peter. Doktor Menk nahm Ingrid die Kleine noch mal ab, um sie zu untersuchen und gemeinsam mit der Hebamme zu messen und zu wiegen.

»Alles in bester Ordnung. Ihr Wonneproppen ist dreiundfünfzig Zentimeter groß und wiegt dreitausendvierhundert Gramm. Eine hübsche Tochter haben Sie da, gute Frau.«

Kapitel 38

»Bitte vergiss mich nicht«, sagte Peter zum wiederholten Male und hielt Elly fest im Arm. Es war der 2. Juli, und es war so weit. Peter sah gut aus in seiner schicken Matrosenuniform, wie Elly es nannte. Sie versuchte mit aller Gewalt, die Traurigkeit nicht zuzulassen. Die letzten Abende hatte sie, lange nachdem Peter schon längst eingeschlafen war, noch wachgelegen und geweint, aber stets so leise, dass er es nicht hören konnte.

»Wenn irgendwas ist, dann gehst du zum Büro der Marine, die müssen dann versuchen, mich zu erreichen, hörst du«, sagte er eindringlich, und Elly nickte mit einem Kloß im Hals.

Vom Schiff rief jemand, dass man nun an Bord gehen solle, man würde in zehn Minuten ablegen.

Peter nahm seinen Seesack, schulterte ihn und umarmte Elly ein letztes Mal.

»Bitte pass auf dich auf«, sagte Elly, die sich schon die schlimmsten Szenarien mit Schiffsuntergängen und Stürmen ausgemalt hatte.

»Das verspreche ich dir. Und du, du wirst Deutschlands erste Frau mit einer eigenen, einstündigen Fernsehsendung.«

»Das stimmt so nicht ganz, Ilse Obrig mit ihrer *Kinderstunde* und die Moderatorinnen von *Die moderne Frau* haben ja auch Sendungen.«

»Das ist ganz was anderes. Was du machst, ist ganz neu,

noch nie da gewesen. Ach, zu schade, dass ich dich auf See nicht sehen kann!«

»Wer weiß, vielleicht mach ich alles ja so schlecht, dass man die Sendung nach fünf Folgen wieder absetzt«, sagte Elly, während wieder zum An-Bord-Gehen aufgefordert wurde.

»Das glaub ich nicht«, sagte Peter mit Vehemenz. »So. Nun aber. Ich muss rauf.« Er küsste sie ein letztes Mal, innig und voller Liebe, dann drehte er sich um und ging auf die Gangway.

Elly stand da mit anderen Frauen und winkte ihm zu. Dann standen alle Männer oben an der Reling und riefen ihren Frauen und Kindern letzte Grüße zu. Elly warf Peter Kusshände zu und ließ nun ihre Tränen laufen, er konnte es ja nicht mehr sehen.

Helfer lösten die Leinen von den Pollern, und das große Schiff entfernte sich immer weiter vom Hafen. Elly blieb so lange stehen, bis sie Peter nur noch als winzigen Punkt wahrnahm.

Dann ging sie langsam Richtung Altona zu Peters Wohnung, in der sie nun wohnte.

Was würde werden, wie würde alles weitergehen? Ein Jahr. Ein Jahr wäre er fort.

Aber sie musste das durchhalten. Und ihn dann mit einer Überraschung an den Landungsbrücken willkommen heißen.

Elly strich über ihren Bauch und lächelte.

Das war das schönste Geschenk, das er ihr zum Abschied hinterlassen hatte, und noch ihr Geheimnis.

Sie würde das alles schaffen.

Das auch noch!

Sie streckte ihr Gesicht der Sonne entgegen und freute sich auf alles, was noch kommen würde.

Nachwort

In diesem Roman werden teilweise wahre Begebenheiten geschildert und echte Personen kommen zu Wort. Und auch weil es ein Roman ist, habe ich mir die Freiheit genommen, dort ein bisschen was zu verändern, wo es dramaturgisch nötig war.

Ich danke ...
... Stefanie Zeller und dem Lübbe-Team für ihr Vertrauen!
... meiner Lektorin Katharina Rottenbacher. Du findest echt jedes Fitzelchen. Es hat mir großen Spaß gemacht!
... meiner Agentin, »Scheffin« Petra Hermanns, die immer wieder Struktur in meine zehntausend Ideen und Vorschläge bringt.

„*Aber sich zu lieben war eben nicht genug. Für eine gemeinsame Zukunft würde Liebe nicht reichen.*"

Fenja Lüders
DER FRIESENHOF
Auf neuen Wegen

352 Seiten
ISBN 978-3-7857-2763-8

Ostfriesland, 1949: Nach dem Tod des Vaters müssen beiden jungen Schwestern Gesa und Hanna um den Erhalt des Familienhofes im friesischen Marschland kämpfen. Während Hanna auf dem Hof die Zügel in die Hand nimmt, fängt Gesa als Packerin in einem Teehandel an. Fasziniert von dieser für sie neuen und aufregenden Welt steigt sie bald zur rechten Hand des Juniorchefs auf, dem Kriegsheimkehrer Keno. Die beiden kommen sich näher, aber Keno ist ein verheirateter Mann. Und auch Gesas Herz ist nicht frei. Ihr Verlobter gilt als in Russland verschollen. Als böse Gerüchte die Runde machen, drohen die Schwestern alles zu verlieren, was sie sich aufgebaut haben.

Lübbe

Die Community für alle, die Bücher lieben

★ In der Lesejury kannst du Bücher lesen und rezensieren, die noch nicht erschienen sind

★ Gemeinsam mit anderen buchbegeisterten Menschen in Leserunden diskutieren

★ Autoren persönlich kennenlernen

★ An exklusiven Gewinnspielen und Aktionen teilnehmen

★ Bonuspunkte sammeln und diese gegen tolle Prämien eintauschen

Jetzt kostenlos registrieren: www.lesejury.de

Folge uns auf Instagram & Facebook:
www.instagram.com/lesejury
www.facebook.com/lesejury